Wolfgang Burger
Der fünfte Mörder

Zu diesem Buch

Um ein Haar entgeht der Heidelberger Kripochef Alexander Gerlach dem Tod, als ein am Straßenrand geparkter Geländewagen vor seinen Augen explodiert. Das Auto gehörte einem zwielichtigen Bulgaren, der in einem nicht minder dubiosen Restaurant in der Nähe des Tatorts zu tun hatte. Wenig später wird ein Toter aus dem Neckar gefischt, und ein weiterer Mann fällt fast einem zweiten Anschlag zum Opfer. Gerlach fürchtet einen Revierkrieg zwischen Zuhältern, doch mitten in den Ermittlungen wird er von höchster politischer Stelle zurückgepfiffen ... Da hat es Gerlach gerade noch gefehlt, dass sein Liebesleben von einem Tag auf den anderen kopfsteht und er sich wieder mal Sorgen um seine pubertierenden Zwillingstöchter machen muss, die sich in ziemlich merkwürdigen Kreisen herumtreiben.

Wolfgang Burger, geboren 1952 im Südschwarzwald, ist promovierter Ingenieur und als Leiter einer Forschungsabteilung am Karlsruher Institut für Technologie KIT tätig. Er ist verheiratet, hat drei erwachsene Töchter und lebt in Karlsruhe. Seit 1995 schreibt er Kriminalromane und hin und wieder auch Kurzgeschichten. Die Fangemeinde seiner Alexander-Gerlach-Krimis wächst unaufhaltsam. Weiteres zum Autor: www.wolfgang-burger.com

Wolfgang Burger

Der fünfte Mörder

Ein Fall für Alexander Gerlach

Piper München Zürich

Mehr über unsere Autoren und Bücher:
www.piper.de

Von Wolfgang Burger liegen bei Piper vor:
Heidelberger Requiem
Heidelberger Lügen
Heidelberger Wut
Schwarzes Fieber
Echo einer Nacht
Eiskaltes Schweigen
Der fünfte Mörder

Originalausgabe
Juli 2011
© 2011 Piper Verlag GmbH, München
Umschlaggestaltung: semper smile, München
Umschlagabbildung: Anja Weber-Decker / plainpicture
Satz: Kösel, Krugzell
Papier: Munken Print von Arctic Paper Munkedals AB, Schweden
Druck und Bindung: CPI – Clausen & Bosse, Leck
Printed in Germany   ISBN 978-3-492-25743-5

1

Terror!, war mein erster Gedanke in der Stille nach der Explosion. Der Dschihad hat Heidelberg erreicht!

Ich stand keine zwanzig Schritte von dem soeben in die Luft geflogenen Wagen entfernt und hatte das Atmen vergessen. Noch bevor die letzten Trümmer zu Boden geprasselt waren, ging irgendwo eine Alarmsirene los. In meinen Ohren hallte die Detonation nach.

Jemand hatte geschrien. Eine Frau. Sie stand unmittelbar neben mir, an einem Zigarettenautomaten. Nicht mehr ganz jung, registrierte mein Polizistenhirn automatisch, zierlich, neckische, weißblonde Strubbelfrisur. Ihre Augen waren groß vor Schreck, und sie war so blass, wie ich mich fühlte. Am linken Nasenflügel blitzte ein Steinchen im Sonnenlicht. Die Rechte hatte sie vor den Mund geschlagen. Handtasche und Portemonnaie lagen am Boden, darum herum ein wenig Kleingeld verstreut.

Die Alarmsirene jaulte, dass es in den Ohren gellte.

Gott sei Dank schien niemand verletzt zu sein, oder gar tot, soweit ich es überblicken konnte. Auch mir war offenbar nichts passiert – abgesehen von dem mächtigen Schrecken. Ich fühlte keinen Schmerz, entdeckte kein Blut an mir. Da war nur diese Starre, der Druck auf der Lunge, die dumpfe Beklemmung, die mir das Atmen schwer machte. Ich hob einen Fuß, versuchte einen Schritt. Noch einen. Meine Beine funktionierten vorschriftsmäßig.

Als hätte ein unsichtbarer Regisseur das Kommando gegeben, wurden an den umliegenden Häusern plötzlich Fenster aufgerissen, die Menschen auf den Bürgersteigen bewegten sich wieder, Autos bremsten, deren Fahrer sich nicht an dem inzwischen brennenden Wagen vorbei trauten, eine Straßenbahn, die etwa fünfzig Meter stadtauswärts im Verkehr stecken geblieben war, bimmelte vorwurfsvoll.

Ich musste etwas tun. Schließlich war ich Polizist und hatte den Überblick zu bewahren, Ruhe zu verbreiten, zu helfen, zu retten. Aber was? Hier gab es ja nichts zu retten. Niemand lag am Boden. Niemand schien in dem explodierten Wagen zu sitzen. Und ich hatte nicht einmal einen Feuerlöscher. Oder doch? Natürlich! In meinem Peugeot, neben dessen offener Fahrertür ich eben noch gestanden hatte, musste einer sein. Irgendwo, seit Ewigkeiten unbenutzt. Unter dem Fahrersitz?

Ich fand das rote Ding sofort, zerrte es heraus, etwas fiel zu Boden, ich ließ es liegen und rannte zu dem dunklen Geländewagen, aus dem die Flammen mit jeder Sekunde höher schlugen. Porsche Cayenne, notierte ich, Farbe: schwarz, dunkel getönte Scheiben.

Es knisterte und knackte und prasselte. Offenbar konnte ich inzwischen auch wieder hören. Die Geräusche waren in die Welt zurückgekehrt. Und die Gerüche. Es stank nach verbranntem Plastik und verschmortem Gummi.

Unbegreiflicherweise schien wirklich kein Mensch zu Schaden gekommen zu sein, obwohl die Neuenheimer Brückenstraße viel befahren, die Gehwege auf beiden Seiten jetzt, am Samstagvormittag, voller Passanten waren.

Ich zerrte den Sicherungsstift von meinem kleinen, so erbärmlich kleinen Feuerlöscher, drückte die rote Taste. Etwas Weißes zischte heraus. Zu schwach, zu dünn, viel zu wenig. Schon Sekunden später zischte nichts mehr, die Flammen schlugen höher als zuvor, mein Gesicht glühte von der Hitze. Die Bombe schien unter dem hinteren Teil des Wagens gesessen zu haben. Vermutlich genau unter dem Tank.

Jemand rief mir etwas zu. Ein älterer, stämmiger Mann mit Kugelglatze. Zehn, zwölf Meter von mir entfernt. Näher wagte er sich nicht heran.

»Weg da!«, brüllte er und gestikulierte wild. »Die Kiste kann jeden Moment in die Luft gehen!«

Er hatte recht. Ich wich zurück. Stieß gegen ein Auto, das hinter dem Cayenne parkte, kam ins Straucheln. Der Feuerlöscher glitt mir aus der Hand, kullerte irgendwohin.

»Ganz schön mutig«, meinte der aufgeregte Mann und hieb mir kräftig auf die Schulter. »Also, ich hätte mich das nicht getraut, mein Gott!«

Er steckte in einem verschossenen, viel zu bunten Trainingsanzug, war einen Kopf kleiner als ich und hatte die Gesichtsfarbe eines Babys, dem man zu viele Karotten gefüttert hat.

»Mein Feuerlöscher ist zu klein«, stellte ich überflüssigerweise fest und wunderte mich, dass meine Stimme fast normal klang.

»Wenn Sie vorhin nicht umgekehrt wären ...«, stieß der Mann keuchend hervor, während er unverwandt den brennenden und qualmenden Cayenne beobachtete. »Ich muss schon sagen!«

Die nervtötende Alarmsirene heulte immer noch. Sie kam mir sogar noch lauter vor als vorhin. Konnten Sirenen mit der Zeit lauter werden?

»Was?«, fragte ich verwirrt.

»Na, da!« Er wies auf meinen etwas entfernt am Straßenrand parkenden Peugeot, dessen Fahrertür immer noch offen stand. »Hätte böse ins Auge gehen können, wenn Sie vorhin nicht umgekehrt wären! Erinnern Sie sich denn nicht? Sie sind noch mal zu Ihrem Auto zurück, und das dürfte Ihnen wohl das Leben gerettet haben.«

Endlich verstand ich, was er meinte. Mir wurde kalt. Ich war aus meinem Wagen gestiegen – wann? vor einer Minute, vor zweien, vor zehn? – und hatte mich auf den Weg gemacht. Zum Geldautomaten in der kleinen Bankfiliale, vor deren Schaufenstern ich momentan etwas hilflos herumstand und deren Alarmanlage immer noch plärrte, obwohl doch offensichtlich nichts beschädigt war. Keine der großen Scheiben hatte auch nur einen Sprung. Dahinter bunte Werbung. Günstige Baukredite. Unverzichtbare Versicherungen. Sensationelle Tagesgeldzinsen nur noch bis zum Ende des Monats.

Richtig, ein wenig Bargeld hatte ich schnell holen wollen, fürs Wochenende. Am Vorabend war ich wegen dieses Toten im Neckar nicht mehr dazu gekommen. Bevor ich hier angehalten hatte, war ich in Theresas und meinem Liebesnest gewesen, nur zwei Ecken entfernt, und hatte endlich den Duschkopf zum Entkalken in Essigreiniger gestellt. Das hatte ich schon seit Ewigkeiten vorgehabt, aber immer wieder vergessen. Und auf dem Heimweg hatte ich rasch noch ein paar Scheine aus dem Automaten ziehen wollen.

Überraschenderweise hatte ich sofort einen Parkplatz gefunden. Auf halbem Weg vom Auto zur Bank war mir eingefallen, dass meine Brieftasche noch auf dem Beifahrersitz lag. So hatte ich noch einmal kehrtgemacht, mich einen Idioten geschimpft und wieder einmal gefragt, ob ich auch früher schon so schusselig gewesen war oder ob das die ersten Anzeichen von Altersdemenz waren. Und als ich mich in meinen Wagen beugte, um das Vergessene zu holen, war der Cayenne in die Luft geflogen.

Ja, buchstäblich in die Luft geflogen.

Die Erde hatte gebebt bei der Explosion.

Und meine Vergesslichkeit hatte mir wohl tatsächlich das Leben gerettet. Hätte ich meine Brieftasche nicht im Wagen liegen lassen, dann wäre ich jetzt vermutlich tot.

Warum musste diese dämliche Alarmanlage nur so einen Höllenlärm machen? Man konnte ja keinen klaren Gedanken fassen bei diesem Geheule!

Mir war ein wenig schwindlig. Ich war es nicht gewohnt, an einem sonnigen Samstagvormittag mit knapper Not dem Tod von der Schippe zu springen. Wir hatten Ende April, und nach einem ungewöhnlich langen und kalten Winter war in den letzten Tagen mit Macht der Frühling ausgebrochen.

Bis eben war die Luft noch voller Fliederduft und guter Laune gewesen.

Jetzt stank sie nach verbranntem Cayenne.

Die Feuerwehr! Weshalb war mir das nicht früher eingefallen? Ich zückte mein Handy, drückte die entsprechenden Tasten. Der Bombenanschlag war unserer Leitstelle schon bekannt, die Feuerwehr längst auf dem Weg. Ich hörte auch schon die Signalhörner in der Ferne.

Das immer noch heftig lodernde Wrack parkte nicht vor der Bank, sondern vor einem Nachbarhaus, einem frisch renovierten und sehr gepflegten Altbau, in dessen Erdgeschoss sich eine Apotheke befand. Die Bank dagegen residierte in einem phantasielosen, zitronengelben Fünfziger-Jahre-Kasten.

Bei der Apotheke hatte es – im Gegensatz zur Bank – erheblichen Sachschaden gegeben. Hinter gesprungenen Schaufensterscheiben sah ich bleiche, zu Tode erschrockene Gesichter.

Die Martinshörner kamen rasch näher.

»Mann, hat das vielleicht gescheppert!«, stellte der Glatz-kopf neben mir zugleich fassungslos und befriedigt fest. »Na ja, man hat ja praktisch darauf gewartet, dass hier mal was passiert.«

Er sprach mit dem Akzent eines Menschen, der aus Norddeutschland stammt, aber schon seit Jahrzehnten im Süden lebt. Trotz des beißenden Brandgeruchs stellte ich fest, dass sein Trainingsanzug lange keine Waschmaschine mehr von innen gesehen hatte.

»Ey, was ist das denn für 'ne Scheiße?«, schimpfte ein junger Mann, der plötzlich neben mir aufgetaucht war, mit greller Stimme. »Wer macht denn so eine Scheiße, ey?«

»Das ist Ihr Wagen?« Mit einem Mal war ich wieder in der Gegenwart angekommen.

Der junge Mann war größer als ich, schlaksig und muskulös zugleich und im Augenblick etwas blass um die Nase. Wie viele Großgewachsene versuchte er sich kleiner zu machen, indem er den Rücken beugte und den Kopf nach vorne neigte. Er trug einen hellgrauen Anzug und schwarze Halbschuhe aus einem jener Läden, in deren Schaufenstern die Preisschildchen immer so liegen, dass man sie nicht entziffern kann.

»War meine Karre, muss man ja wohl sagen«, zeterte er. »Zahlt bei so was eigentlich die Versicherung?«

Der Besitzer des Cayenne war dunkelhaarig und rollte das R, als stammte er aus dem Osten. Ansonsten war sein Deutsch nahezu akzentfrei. Auch seine kräftigen Hände waren dunkel behaart, an der Rechten protzte ein Siegelring. Und wenn er nicht gerade dabei zusah, wie sein geliebtes Auto sich in einen rußigen Schrotthaufen verwandelte, war er vermutlich gut gebräunt im Gesicht. Seine goldene Armbanduhr war gewiss mehr wert als mein altes Auto.

»Ah!«, rief der Glatzkopf erfreut. »Die Bullerei ist auch schon da!«

Gleich zwei Streifenwagen bremsten. Die Kollegen hatten sich offenbar während der Fahrt per Funk abgesprochen. Einer stellte sich etwa fünfzig Meter nördlich vom Ort der Explosion quer, der zweite ein Stück weiter südlich. Die Kollegen sprangen aus ihren Wagen und begannen, mit energischen Bewegun-

gen den sich stauenden Verkehr weiterzuwinken, um Raum
für die anrückende Feuerwehr zu schaffen. Und die kam auch
schon. Der Jeep mit dem Einsatzleiter vorneweg, gefolgt von
zwei schweren Gerätewagen.

Die Martinshörner erstarben, und sofort hörte man wieder
das nervenzermürbende Gejaule der Alarmanlage. Türen sprangen auf, Männer in schweren Monturen begannen, ohne Hast
und Aufregung das zu tun, was sie schon tausendmal getan hatten.

»Also, echt, Mann!« Der junge Mann im teuren Anzug trat
mit dem Fuß auf wie ein trotziges Kind. »Diese dreimal verfick-
ten Drecksäue!«

Ich hielt ihm meinen Dienstausweis unter die Nase.

»Gerlach, Kriminalpolizei«, erklärte ich dem verdutzten An-
gebertypen. »Können wir uns irgendwo unterhalten, wo es ein
bisschen ruhiger ist?«

Zwei uniformierte Kollegen kamen auf mich zugelaufen. Ein
älterer, bulliger Mann und eine schmale, vielleicht dreißigjäh-
rige und offensichtlich gut trainierte Frau.

»Sie?«, fragte der Mann keuchend. »Was macht denn der
Kripochef persönlich hier? Und wie sind Sie überhaupt so
schnell hergekommen?«

Ich berichtete den beiden in knappen Worten, was in den
letzten Minuten geschehen war.

»Wenn das mal kein Anschlag auf Sie gewesen ist, Herr Kriminaloberrat!«, stieß die Kollegin mit runden Augen hervor.
»Wie kommen Sie denn auf so was?«

Noch während ich sprach, wurde mir bewusst, dass ihre
Befürchtung nicht völlig unberechtigt war. In Sekundenschnelle
ging ich die letzten Wochen und Monate durch. Wen hatte ich
ins Gefängnis gebracht? Wer hatte mir gedroht, Verwünschun-
gen ausgestoßen? Es fiel mir niemand ein. Als Täter kam natürlich auch jemand in Frage, den ich längst vergessen hatte. Der
vor Jahren Rache geschworen hatte und vielleicht erst seit Kurzem wieder auf freiem Fuß war. Als Kripobeamter macht man
sich eine Menge Feinde über die Jahre.

Zwei behelmte Männer näherten sich dem brennenden Cayenne – den man inzwischen kaum noch als solchen erkannte –

mit großen Feuerlöschern in den Händen. Schaum schoss ins Feuer. Tausendmal mehr Schaum als vorhin aus meinem Spielzeug.

Und dann war es auch schon vorbei.

Das Feuer war aus.

Nur die Alarmanlage der Bank schien niemals wieder verstummen zu wollen.

2

»Worauf haben Sie gewartet?«, fragte ich den immer noch schwitzenden Glatzkopf.

»Was?« Verständnislos sah er mich an. »Wie?«

»Sie sagten eben, Sie hätten praktisch damit gerechnet, dass hier mal etwas passiert.«

»Ach, das.« Er wandte den Blick ab. Machte eine fahrige Bewegung zur Straße hin. »In letzter Zeit hat sich hier so ein komischer Kerl rumgetrieben. Mir war im ersten Moment klar, der führt nichts Gutes im Schilde, so …« Er schluckte. »Na ja, wie der ausgesehen hat.«

»Wie genau hat er denn ausgesehen?«

»Irgendwie südlich.« Er hob die gut gepolsterten Schultern. »Ich habe ihn für einen Araber gehalten, ehrlich gesagt, und von denen kommt ja zurzeit nicht viel Gutes, nicht wahr? Jung ist er gewesen. Zwanzig, maximal fünfundzwanzig. Und schlank und nicht besonders groß. Dunkelhaarig, sagte ich das schon? Und so einen stechenden Blick hat der gehabt, ist einem durch und durch gegangen.«

»Wann haben Sie den jungen Mann zum ersten Mal hier gesehen? Und wann zuletzt?«

»Zum ersten Mal …« Er dachte nach, ohne den Blick von dem immer noch qualmenden Wrack zu wenden. »Anfang der Woche dürfte das gewesen sein. Montag oder Dienstag.« Endlich sah er mir ins Gesicht. »Und zuletzt? Vor einer halben Stunde vielleicht. Vorhin ist er jedenfalls noch da gewesen, da bin ich mir sicher. Jetzt ist er natürlich verschwunden.«

Unwillkürlich sahen wir uns beide um, aber ein Mann, auf den die Beschreibung passte, war nirgendwo zu entdecken.

»Wo hat er gestanden?«

»Immer da drüben.« Mein Gesprächspartner deutete auf die Ecke der Bank, wo sich der Eingang befand und die Schröderstraße in die Brückenstraße mündete.

»Und was hat er gemacht?«

»Na, geguckt.«

»Wohin?«

»Da rüber!« Eine ungeduldige Handbewegung zur gegenüberliegenden Straßenseite hin. »Der baldowert was aus, habe ich mir schon am ersten Tag gedacht. Hat nicht viel gefehlt, und ich hätte die Polizei gerufen. Hab ich dann aber doch lieber gelassen. Man weiß ja, wie das ist mit den Ausländern.«

Aus irgendeinem Grund, und nicht nur wegen seines Körpergeruchs, war mir der Mann unsympathisch. Deshalb klang es vermutlich nicht allzu freundlich, als ich fragte: »Wie ist es denn so mit den Ausländern?«

»Na ja, am Ende steht man als ausländerfeindlich da. Und deshalb habe ich dann doch nicht angerufen. Und jetzt ist es zu spät. Jetzt haben wir den Salat.«

Die Löscharbeiten waren beendet, die Feuerwehrleute schon dabei, ihre Gerätschaften zusammenzupacken. Ich pickte mir den Ranghöchsten meiner immer zahlreicher werdenden uniformierten Kollegen heraus, einen Polizeihauptmeister mit Eselsgesicht, und gab einige Anweisungen.

»Das Wrack absperren, damit keiner anfängt, hier Souvenirs zu sammeln. Zeugen identifizieren. Niemand geht hier weg, bevor seine Personalien aufgenommen sind und gegebenenfalls seine Aussage notiert ist. Ich erwarte später eine Liste von Ihnen mit sämtlichen Namen und allen Fahrzeugen, die in der Straße parken. Außerdem lassen Sie in den umliegenden Häusern an jeder Tür klingeln und fragen, ob jemand zufällig aus dem Fenster gesehen und etwas beobachtet hat. Und, ach ja, fordern Sie die Spurensicherung an und einen Brandsachverständigen.«

Der überrumpelte Kollege, so viel Verantwortung sichtlich nicht gewohnt, nickte betroffen zu jedem meiner Sätze.

»Wird gemacht«, stammelte er. »Sie können sich auf mich verlassen, Herr Kriminaloberrat.«

Vermutlich hatte er die Hälfte schon wieder vergessen.

»Da können Sie gleich bei mir anfangen«, erklärte der Glatzkopf fröhlich. »Ich habe zwar nichts gesehen, aber umso mehr gehört. Ich wohne nämlich zwei Stockwerke über der Bank. Ehrlich gesagt, ich dachte, das Haus stürzt ein!«

Große Dieselmotoren wurden angelassen. Die Feuerwehr rückte ab. Erst jetzt wurde mir bewusst, dass die Alarmsirene schon seit Sekunden schwieg. Der schwarz uniformierte Mitarbeiter eines privaten Wachdienstes, der sie ausgeschaltet hatte, kletterte eben wieder in seinen ebenfalls schwarzen Kleinwagen. Ich lief zu ihm, packte ihn am Ärmel.

»Bei der Bank ist alles in Ordnung?«, fragte ich.

Er strahlte mich mit sonnigem Lächeln an. »In bester Ordnung sogar. Waren nur die Glasbruchsensoren an den Scheiben, die den Alarm ausgelöst haben.«

Er nickte mir freundlich zu und fuhr davon.

Auch ein erster Pressefotograf war inzwischen aufgetaucht und schoss aus allen denkbaren Perspektiven Fotos vom sensationellen Event-»Bombenanschlag in Heidelberg«. Ich sah die Schlagzeilen schon vor mir. »Al-Qaida jetzt auch in der Kurpfalz?«

Mitdenkende Kollegen hatten inzwischen die Straße mit Flatterband abgesperrt, wodurch natürlich auch der Straßenbahnverkehr zum Erliegen gekommen war. Aber daran war im Moment nichts zu ändern. Die Fahrer der Wagen, die nicht weiterkamen, versuchten zu wenden, was den meisten auch gelang. Allmählich kehrte wieder so etwas wie Ordnung und vor allem Ruhe ein.

Ein Kastenwagen mit dem Emblem eines lokalen Fernsehsenders auf der Tür hielt mit quietschenden Bremsen unmittelbar vor der Absperrung. Ein Hüne mit dunklen Flecken unter den Achseln kletterte heraus, wuchtete sich eine Kamera auf die Schulter und begann zu filmen, was es noch zu filmen gab.

»Wo ist eigentlich der Geschädigte geblieben?« Ich sah mich um. Der Angeber mit der goldenen Armbanduhr war verschwunden.

»Da lang.« Die durchtrainierte Kollegin deutete auf ein kleines Restaurant auf der gegenüberliegenden Straßenseite, über dessen Tür in altertümlich geschwungenen, hellblauen Neonbuchstaben »Bella Napoli« stand.

»Sie kommen bitte mit.« Ich gab der Frau einen Wink. »Den Herrn sehen wir uns mal ein bisschen genauer an.«

Während ich, gefolgt von der jungen Kollegin, die Straße überquerte, zückte ich mein Handy und wählte Sven Balkes Nummer. Er war in der Nähe des Fundorts unserer Wasserleiche unterwegs, erfuhr ich, und half einigen Kollegen beim Absuchen der Neckarufer. Sie hofften, dort etwas zu finden, das uns Anhaltspunkte zur Identität des Toten oder seines Mörders liefern könnte.

Zwei angetrunkene Angler hatten die Leiche des zwischen dreißig und vierzig Jahre alten Mannes am Vorabend entdeckt, westlich von Edingen, etwa zehn Kilometer flussabwärts von Heidelberg. Der Tote war unbekleidet gewesen und hatte nach Meinung des Arztes schon einige Tage im Wasser gelegen. Nun wurden im Neckar – wie in jedem Fluss – hin und wieder Leichen angeschwemmt. Was uns allerdings alarmiert hatte: Diese hatte ein Einschussloch in der Stirn. Der Mann, den wir auf Grund seines muskulösen Körpers und großflächiger Tätowierungen eher den unteren Gesellschaftsschichten zurechneten, war an einem Schuss aus kurzer Entfernung gestorben, genau zwischen die Augenbrauen. An seinen Handgelenken hatten meine Spurenspezialisten zudem blaue Fasern gefunden, die vermutlich von einem Kunststoffseil stammten, wie man es in jedem Baumarkt für wenige Euro kaufen kann.

Bei meiner Ersten Kriminalhauptkommissarin Klara Vangelis hatte ich mehr Glück als bei Sven Balke. Trotz Samstag war sie in der Direktion und versuchte, unseren unbekannten Toten anhand der aktuellen Such- und Vermisstenmeldungen zu identifizieren. Ich bat sie, die Wasserleiche fürs Erste Leiche sein zu lassen und schleunigst herzukommen. Ich brauchte hier dringend jemanden mit Erfahrung und Überblick.

Im Inneren des Bella Napoli duftete es nach guter italienischer Küche, obwohl noch keiner der adrett mit Blümchen und rosafarbenen Kerzen dekorierten Tische besetzt war. Der stämmige Wirt mit silbergrauem, kurz geschnittenem Haar kam mir mit freundlich-verstörter Miene und auf einen schwarzen Stock gestützt entgegengehumpelt. Sein linkes Kniegelenk schien steif zu sein. Auf den ersten Blick wirkte er nicht wie ein Neapolitaner, sondern eher wie ein knorriger Bauer aus den tiefsten Abruzzen. Sein Körper war eckig, das Gesicht markant, über dem Mund ein buschiger, ebenfalls ergrauter Schnauzbart. An der Theke langweilten sich zwei ausgesucht attraktive Bedienungen, eine hochgewachsene Rothaarige und eine Dunkle mit blau-schwarz schimmerndem Haar. Den Besitzer des Cayenne entdeckte ich nicht.

»Sehrrr schlimme Sache!«, knarrte der Wirt und reichte mir eine kurze und außerordentlich kräftige Hand. »Sie Polizei?«

Ich ließ ihn meinen Ausweis sehen und stellte mich vor. Die Zähne, die er beim breiten Lächeln entblößte, sahen schlecht aus.

»Ich Anton«, erklärte er mit devoter Verbeugung und quetschte gleich noch einmal meine Hand. »Anton Schivkov. Kommen von Bulgarien.«

»Wo ist der junge Mann geblieben, der hier vor ein paar Minuten reingekommen ist?«

»Slavko gegangen hinten. Telefonieren. Junge Leut immer telefonieren, immer, nicht wahr?«

In einer Mischung aus ängstlicher Erwartung und Bitte um Nachsicht grinste er mich an. Bulgarien zählte offenbar zu den Ländern, wo man Vertretern der Staatsgewalt noch Respekt zollte.

»Ich möchte ihn sprechen«, erklärte ich streng. »Wenn möglich, gleich, bitte.«

Der alte Bulgare humpelte eilfertig davon und verschwand durch die Tür zur Küche.

Das Lokal war einfach, aber geschmackvoll eingerichtet. Warme Farben, viel helles Holz. Unaufdringliche Bilder an der Wand zeigten Fischerdörfer und Sonnenuntergänge am Meer. Mochte der Wirt auch vom Balkan stammen – nach den Gerüchen zu schließen, die aus der Küche drangen, war der Koch Italiener.

Inzwischen war es halb zwölf geworden, wie eine mit drei glutäugigen Grazien bemalte Uhr über der blitzsauberen Theke anzeigte. Ich fragte mich, ob die Fischerdörfer in Italien oder in Bulgarien lagen. Lag Bulgarien überhaupt am Meer? Gab es dort Fischer? Ich wusste so gut wie nichts über dieses Land, wurde mir bewusst, außer, dass es seit einigen Jahren irgendwie zur Europäischen Union gehörte und auch wieder nicht.

Aus der Küche hörte ich einen kurzen und heftigen Wortwechsel in einer unverständlichen Sprache, dann erschien der gehbehinderte Wirt wieder, gefolgt von dem Mann, den er Slavko genannt hatte. Der hielt sein Wichtigtuer-Handy noch in der Hand.

In meinem Rücken öffnete sich die Eingangstür. Eine weitere aufsehenerregende Dunkelhaarige stöckelte an mir vorbei, nickte dem Wirt zu und verschwand mit gesenktem Blick und wiegendem Modelschritt durch eine zweite Tür, die vermutlich ins Treppenhaus und zu den Toiletten führte.

Slavko hieß mit Nachnamen Dobrev und war um drei Ecken mit dem Wirt verwandt. Er lebte schon seit vielen Jahren in Heidelberg, erzählte er bereitwillig, und war mit einer waschechten Handschuhsheimerin verheiratet.

Der Wirt hatte sich einen Stuhl genommen und gesetzt, das steife Bein von sich gestreckt. Nun beobachtete er seinen jungen Verwandten mit einer Miene, als würde er nicht zögern, ihn mit seinem Stock zu verprügeln, sollte er sich nicht anständig aufführen.

»Ich bin Deutscher, wissen Sie«, erklärte Slavko Dobrev stolz und versenkte sein Edelhandy in einer Tasche seiner teuren Anzugjacke.

»Was sind Sie von Beruf?«

»Alles Mögliche.« Er wechselte einen Blick mit dem Wirt. Grinste. »Zurzeit helfe ich meinem Onkel mit dem Lokal.«

Und davon konnte man sich Joop-Anzüge leisten und ein Smartphone und eine Protzarmbanduhr und einen Porsche Cayenne, dachte ich.

Laut sagte ich: »Wer war das?«

»Wer war was?«

»Sie wissen, was ich meine.«

»Sie meinen, wer mein Auto …? Ich hab keinen blassen Schimmer. Ehrlich.«

»Mit wem haben Sie gerade telefoniert?«

Eine Spur zu zögernd hob er die Schultern.

»Mit meiner Frau. Wollt ihr sagen, was passiert ist, bevor sie es im Radio hört und sich Sorgen macht.«

»Sie haben vorhin eine Bemerkung gemacht, als wüssten Sie ganz genau, wer hinter dem Anschlag steckt.«

Nun begann Dobrev zu schwitzen.

»Der Schock«, brummt er unglücklich. »Da sagt man schnell mal was.«

»Herr Dobrev«, sagte ich förmlich, »Sie wissen ganz genau, wer hinter dem Anschlag steckt. Zumindest haben Sie einen Verdacht.«

»Einen Dreck weiß ich, fuck!« Er schlug sich mit der flachen Hand auf den Oberschenkel. »Ich bin hier das Opfer, Mann! Meine Karre war nagelneu, und jetzt ist sie Schrott! Siebzigtausend Mücken sind im Arsch, und ich hab keine Ahnung, ob mir irgendwann irgendeine Scheißversicherung auch nur einen Cent davon ersetzt!«

Bereitwillig zeigte er mir den Kfz-Schein und seinen Personalausweis. Der Cayenne war auf seinen Namen zugelassen und tatsächlich erst vier Monate alt. Zwischenzeitlich hatte eine weitere Bedienung das Lokal durchquert, dem Wirt zugenickt, Dobrev ignoriert und war nach hinten verschwunden. Demnächst würden vermutlich die ersten Gäste auftauchen. Ich notierte mir Namen und Anschrift der beiden Männer. Der Wirt wohnte in einem gemieteten Haus in Wieblingen im Westen von Heidelberg, sein merkwürdiger Neffe in einer Etagenwohnung in Handschuhsheim.

Ich gab Dobrev seine Papiere zurück.

»Wie lange hat der Cayenne da drüben gestanden, bevor es gekracht hat?«

»Paar Minuten«, murmelte Slavko unglücklich. »Bin beim Großmarkt gewesen, Gemüse kaufen und Fleisch und Fisch. Grad war ich fertig mit den letzten Kisten und komm wieder aus der Küche, und da – rums!«

»Da haben Sie ja ganz schön Glück gehabt!«

»Kann man wohl sagen, ja«, erwiderte er mit gesenktem Blick.

»Und Sie wissen wirklich nicht, wer hinter dem Anschlag steckt? Wer Sie unbedingt tot sehen möchte?«

»Nein. Weiß ich nicht.«

Es hatte keinen Sinn, hier weiterzubohren. So wandte ich mich wieder an den Wirt, dessen Blick an meinen Lippen klebte.

»Haben Sie vielleicht einen Verdacht, wer hinter dem Anschlag auf Ihren Neffen stecken könnte?«

»Nix weiß.« Erschrocken schüttelte er den Kopf. »Ich gerne helfen, bitte glauben. Ich Polizei immer helfen. Deutsch Polizei gut!« Er schenkte meiner Kollegin einen bewundernden Blick. »Und viel schöne Frrrau!«

Aus den Augenwinkeln bemerkte ich, wie sie ein wenig größer wurde und glücklich errötete.

»Fahren Sie auch hin und wieder mit dem Wagen Ihres Neffen? Könnte die Bombe Ihnen gegolten haben?«

Er zog eine ratlose Miene. »Warum tun? Ich friedliche Mensch. Slavko friedliche Mensch. Wir keine Feinde.«

»Konkurrenten vielleicht? Die Sie um den Erfolg Ihres Restaurants beneiden?«

Die Falten in seinem wettergegerbten Gesicht wurden noch tiefer. Anton Schivkov schüttelte betrübt das kantige Haupt.

»Wir Friede mit alle Menschen. Wir Gast in Deutschland. Deutschland gut. Wir keine Feinde. Deutschland gut.«

»Schon komisch«, meinte die Polizeimeisterin, als wir in die laue, immer noch ein wenig nach verbranntem Gummi stinkende Frühlingsluft hinaustraten.

»Was finden Sie komisch?«

»Wie viele Bedienungen der hat. So teuer ist das da doch gar nicht, dass der sich so viel Personal leisten kann.«

Ich blieb mitten auf der Straße stehen. »Ich verstehe nicht ganz ...«

Eine Straßenbahn bimmelte mich an. Offenbar hatte man die Sperrung der Straße schon wieder teilweise aufgehoben, sodass die Straßenbahnen wieder durchkamen. Für den Autoverkehr war sie allerdings nach wie vor gesperrt. Ich ging ein paar

Schritte weiter, um den Schienennahverkehr nicht weiter zu behindern.

»In der Zeit, die wir da drin gewesen sind, sind drei Bedienungen reingekommen, und eine hübscher als die andere. Und zwei sind ja vorher schon da gewesen.«

Mir kam ein böser Verdacht. Der Neffe mit der teuren Armbanduhr. Das Zuhälterauto mit den dunklen Scheiben ... Wieder zog ich mein Handy heraus. Während ich auf das Rufzeichen wartete, registrierte ich, dass in der Zwischenzeit Klara Vangelis angekommen war. Wie üblich trug sie ein von eigener Hand maßgeschneidertes dunkles Kostüm. Ihre schwarzen Locken schimmerten im Sonnenlicht. Sie winkte mir kurz zu und sprach dann weiter mit dem Chef der Spurensicherung, der ihr mit großen Gesten etwas erklärte.

Sekunden später hatte ich den Chef des Sittendezernats am Ohr, Hauptkommissar Kollisch. Er war nicht amüsiert über die Störung seines Wochenendfriedens im Schrebergarten. Aber nachdem er gebührend geschimpft hatte, ließ er mit sich reden. Was blieb ihm übrig? Schließlich genehmigte ich seine Urlaubsanträge.

»Klar kennen wir die zwei Früchtchen«, maulte er. »Die Bulgaren haben wir schon eine ganze Weile auf dem Radar.«

»Das heißt, das Bella Napoli ist in Wirklichkeit ein getarntes Bordell und gar kein Restaurant?«

»So würd ich das nicht sagen. Man kann da ja essen, es wird gekocht und alles. Und der alte Schivkov kann natürlich Bedienungen einstellen, so viele er lustig ist. Was in den Zimmern darüber läuft, was seine Kellnerinnen in ihrer Freizeit machen, ist eine andere Geschichte.«

»Darf er als Bulgare hier überhaupt so ohne Weiteres ein Lokal eröffnen?«

»Der Mann ist Deutscher, Herr Gerlach.«

»Der Alte?«

»Nein, der Junge. Die Konzession läuft auf Dobrev. Aber auch wenn es anders wäre – Bulgarien gehört zur EU. Er müsste bloß das Frikadellenabitur machen.«

»Das was?«

Kollisch lachte gutmütig. »Ein vierstündiger Kurs. Grundlagen der Hygiene, bisschen Lebensmittelrecht, das ist alles. Dann können Sie loslegen und Ihr Gourmetrestaurant aufmachen.«

»Und die Mädchen wohnen alle in den Zimmern über dem Lokal? Wie viele sind das?«

»Mal vier, mal sechs, mal acht. Es schwankt.«

»Ich nehme an, die Damen stammen ebenfalls aus Bulgarien?«

»Das nehmen Sie richtig an. Normalerweise sind es Studentinnen, die sich hier ein, zwei Auslandssemester gönnen. Alles ganz legal und nicht zu beanstanden. Manche sieht man sogar hin und wieder an der Uni, habe ich mir sagen lassen. Nebenbei vögeln sie rum, was das Zeug hält, und verdienen sich für ihre Verhältnisse dumm und dämlich. Manche helfen auch ein bisschen im Lokal, und irgendwann verschwinden sie wieder. Dafür kommen andere. So geht der Ringelreihen schon seit Jahren.«

Die Kollegen von der Spurensicherung hatten inzwischen begonnen, das Wrack des Cayenne und seine nähere Umgebung zu untersuchen. Irgendwo begann eine Kirchturmuhr zu schlagen.

Zwölf Uhr. Mittag.

Meine Töchter fielen mir ein, die allein zu Hause saßen und sich vermutlich wunderten, wo ihr Vater wieder einmal blieb.

»Ist Ihnen etwas von Streitereien in Zuhälterkreisen bekannt?«, fragte ich meinen jetzt ein wenig freundlicher gestimmten Dezernatsleiter.

»Nicht, dass ich wüsste. Der Bulgare ist zu klein, als dass die anderen ihn ernst nehmen würden.«

»Wer sind momentan die anderen?«

Das rot-weiße Absperrband um den Cayenne flatterte fröhlich im Wind. Die drei Spurensicherer, von denen man wegen ihrer weißen Schutzanzüge nicht sagen konnte, ob es Männlein oder Weiblein waren, krochen um den Ort der Explosion herum und suchten Zentimeter für Zentimeter den Boden ab. Hin und wieder wurde etwas in ein Klarsichttütchen getan und sorgfältig in eine große, silberne Metallbox gesteckt.

»Bis vor ein paar Jahren haben die Russen den Ton angegeben«, sagte Kollisch. »Später haben sich die Rumänen breitgemacht, aber für die läuft es in letzter Zeit ja nicht so besonders. Momentan ist es eigentlich friedlich in der Szene.«

Ich sah Kollegen, teils in Zivil, teils in Uniform, mit Notizblöcken bewaffnet die Passanten befragen, Personalien feststellen, Aussagen notieren. Auf Klara Vangelis war Verlass. Sie war meine beste und zuverlässigste Mitarbeiterin, die jederzeit klaglos auch an Wochenenden Dienst tat, obwohl sie seit Januar verheiratet war.

Ich verabschiedete mich von Kollisch und wählte, da ich das Handy schon einmal in der Hand hatte, meine eigene Nummer. Es tutete eine Weile, aber niemand nahm ab. Vermutlich schliefen meine Töchter noch und hatten meine Abwesenheit gar nicht bemerkt. Gestern Abend waren sie auf der Geburtstagsparty eines Klassenkameraden gewesen, dem zurzeit angesagtesten Jungen der ganzen Mittelstufe, wie ich ihrem aufgekratzten Getuschel bei den umständlichen und zeitraubenden Vorbereitungen entnommen hatte. Fast zwei Stunden hatten sie damit verbracht, sich aufzuhübschen, und als sie später duftend und gickelnd aufbrachen, sahen sie aus, als ginge es nicht zu einer Party, sondern auf eine schräge Modenschau.

Die Eltern des Geburtstagskinds hatten die Veranstaltung diskret im Auge behalten und ihre jugendlichen Gäste spät nachts sogar nach Hause chauffiert. Nach dem Lärm zu schließen, den meine Mädchen bei ihrer Heimkehr produzierten, musste es eine gelungene Party gewesen sein. Mir graute ein wenig vor den drohenden Berichten, wer sich jüngst in wen verliebt oder mit wem schon wieder zerstritten hatte.

Ich steckte das Handy ein und ging zu meinen Spurenspezialisten hinüber. »Und?«, fragte ich den Chef der Gruppe.

Er hob die Achseln. »Hab's grad schon der Frau Vangelis erklärt. Der Sprengsatz hat direkt unterm Tank gesessen. Großes Glück, dass der Cayenne ein Diesel gewesen ist und kein Benziner. Sonst würd's hier ganz anders aussehen. Schade um das schöne Auto.«

3

Balkes Jeans waren schmutzig, ein Ärmel des olivgrünen T-Shirts beim heldenhaften Einsatz am Neckarufer zerrissen. Sein gerötetes Gesicht verriet, dass er sich zu lange in der Sonne aufgehalten hatte. Er stammte aus dem hohen Norden Deutschlands, war hellblond und vertrug Sonne schlecht. Klara Vangelis dagegen wirkte wie frisch aus dem Ei gepellt, dabei war sie seit heute Morgen um halb sieben im Dienst. Obwohl Tochter griechischer Eltern, war sie in Deutschland geboren und aufgewachsen.

Mittlerweile war es zwei Uhr geworden, und wir saßen in der Polizeidirektion bei einer ersten, improvisierten Fallbesprechung zusammen.

Zwischenzeitlich war ich kurz zu Hause gewesen, hatte mich umgezogen und notdürftig die Rußspuren von Händen und Gesicht gewaschen. Meine Hose hatte beim erfolglosen Löschversuch ein Brandloch und mein schönes dunkelblaues Poloshirt große, ölige Rußflecken davongetragen, die auch die chemische Reinigung nicht wieder herausbekommen würde. Meine Töchter hatte ich nicht zu Gesicht bekommen. Ich hatte ihnen einen Zettel auf den Küchentisch gelegt, damit sie wenigstens wussten, wo ich steckte, sollten sie vor dem Abend das Bewusstsein wiedererlangen.

Gemeinsam mit meinen Mitarbeitern sichtete ich die spärlichen Ergebnisse unserer ersten Ermittlungen. Der Cayenne war ein Totalschaden. An den umliegenden Häusern waren sieben Scheiben zu Bruch gegangen, ein hinter dem Geländewagen geparkter BMW war durch herumfliegende Teile stark beschädigt. Selbst der Straßenbelag hatte durch den Brand gelitten. Drei Personen, die sich zum Zeitpunkt der Explosion in der Apotheke aufgehalten hatten, wurden wegen Verdachts auf Schock ärztlich behandelt.

Zu elft drängten wir uns in stickiger Luft um einen länglichen Besprechungstisch, während draußen alle Welt ihr verlängertes Wochenende genoss. Heute war Samstag. Übermorgen war erster Mai und somit Feiertag. In der Sonne hatte ich liegen wollen, herumtrödeln, ausspannen, drei lange Tage. Und Theresas Buch lesen, das vorgestern aus der Druckerei gekommen war.

»Nach Lage der Dinge gehen wir davon aus, dass es ein Zeitzünder gewesen ist«, erklärte der schwitzende Leiter des Spurensicherungstrupps mit leicht gekränkter Miene und sonorem Bass. Seine Hände waren wesentlich schwärzer, als meine es gewesen waren, obwohl er sie gewiss auch gründlich gewaschen hatte. »Sicher ist beim gegenwärtigen Stand aber noch gar nichts. Möglich, dass die Techniker in Stuttgart was anderes sagen, wenn sie die paar Krümel untersucht habe, die von der Zündelektronik übrig sind. Der Mann hat übrigens verdammtes Glück gehabt, dass er nicht in seinem Auto gehockt ist. Eine Viertelstunde früher ...« Er seufzte schwer und schüttelte betrübt den Kopf.

Das war eine gute Nachricht. Zeitzünder bedeutete nämlich, dass der Anschlag nicht mir gegolten haben konnte. Fünf Minuten vor der Explosion hatte noch nicht einmal ich selbst gewusst, dass ich mich bald in der Nähe des Cayenne aufhalten würde.

Vangelis fasste zusammen, was sie bisher in Erfahrung gebracht hatte: »Halter des Cayenne ist ein gewisser Slavko Dobrev. Auf seinen Namen läuft auch das Lokal. Slavko arbeitet für seinen Onkel, von dem vermutlich das ganze Geld stammt. Er fungiert offenbar als Strohmann des Alten, weil er – im Gegensatz zum Onkel – deutscher Staatsbürger ist. Tagsüber macht er Fahrdienste und kauft ein. Abends ist er so was wie die Security.«

»Eine Pizzeria mit Security?«, fragte Balke verblüfft, der von meinem Verdacht auf illegale Prostitution noch nichts wusste.

Vangelis klärte ihn auf.

Der Spurensicherer räusperte sich. »Wir können übrigens verdammt froh sein, dass die Karre nicht mitten in der Stadt in die Luft geflogen ist. Dann hätten wir jetzt nicht nur ein paar kaputte Scheiben, sondern womöglich Tote oder Schwerverletzte. War schon eine dicke Ladung. Da hat's einer wirklich ernst gemeint ...«

»Was wissen wir sonst über den Sprengsatz?«, fragte ich.

»Nichts.« Er hob den Blick keine Sekunde von den Notizen,

die ausgebreitet vor ihm auf dem Tisch lagen. »Ich tippe aber auf Plastiksprengstoff aus dem Osten. An den kommen sie zurzeit am leichtesten, drum wird er immer wieder gern genommen. Das bisschen Material, was wir haben, ist mit dem Zünder zusammen auf dem Weg zum LKA in Stuttgart. Nächste Woche wissen wir mehr. Jedenfalls war's eine Haftladung mit Magnet, so viel kann ich schon mal sagen.« Er demonstrierte mit seinen Baggerhänden, wie groß beziehungsweise klein ein solcher Sprengsatz war. »Das geht ganz fix. Sie tun, als wäre Ihnen ein Schuhbändel aufgegangen, bücken sich, und patsch – pappt das Ding unterm Wagen. Da muss einer schon gut hingucken, dass er was davon mitkriegt.«

»Die Bombe könnte also schon länger am Tank geklebt haben?«

»Tage, Wochen, kein Problem. Das fällt höchstens in der Werkstatt auf oder beim TÜV. Ich meine, wer guckt schon jeden Tag unter sein Auto? Auf der anderen Seite – wozu sollte der Täter das Risiko eingehen, dass doch einer was merkt? Oder sein Opfer den Sprengsatz an einer Bodenwelle verliert? Ich tippe, das Päckchen hat erst seit ein paar Stunden dort gehangen.«

Klara Vangelis wirkte heute müde, fiel mir auf, und blasser als sonst. Hoffentlich wurde sie mir nicht krank. Sie gab sich offenkundig Mühe, es niemanden merken zu lassen. Jetzt ergriff sie wieder das Wort: »Augenzeugen haben wir bisher leider keine. Niemand hat die Explosion direkt beobachtet, obwohl sich zusammen mit Ihnen, Herr Gerlach, sieben Personen in der unmittelbaren Umgebung aufgehalten haben. Sie dürften übrigens am nächsten dran ...«

Mein Handy unterbrach ihren Bericht.

»Wo bleibst du denn?«, fragte Sarah ohne Begrüßung. »Wieso gibt's nichts zu essen? Wir haben Hunger!«

»Ich habe euch einen Zettel auf den Küchentisch gelegt.«

»Und den sollen wir essen? Was ist denn überhaupt los?«

In der Hoffnung, sie gnädig zu stimmen, erzählte ich ihr von dem Bombenanschlag.

»Und wegen deiner blöden Bombe sollen wir jetzt verhungern, oder was?«

»Im Gefrierschrank sind Brötchen. Die könnt ihr euch aufbacken. Im Kühlschrank sind Käse und Salat und Gurke ...«

»Man soll jeden Tag mindestens einmal warm essen, haben wir gelesen.«

»Warum kocht ihr euch nicht selbst eine Kleinigkeit?«

»Kochen?« Sarah klang, als hätte ich vorgeschlagen, bei Schneeregen im Neckar zu baden. »Wir können nicht kochen.«

»Dann wird es dringend Zeit, dass ihr es lernt. Ihr werdet demnächst sechzehn, erzählt ihr mir jeden zweiten Tag.«

»Klar. Schon. Aber ... was denn?«

»Irgendwo müsste noch eine Dose Würstchen sein. Ketchup ist auch da. Ihr könntet Hotdogs machen.«

»Wir sind aber Vegetarier.«

Wie konnte ich das vergessen? Nachdem sie in den letzten Monaten hin und wieder schwach geworden waren, hielten sie sich seit Neuestem wieder strikt an die selbst auferlegten Ernährungsregeln.

»Wie wär's mit Omelette? Mit Tomaten zum Beispiel?«

»Omelette?«

Meine Mithörer wurden unruhig. Manche grinsten nur deshalb nicht, weil sich das nicht gehört, wenn der Chef telefoniert.

»Im Eis müssten auch noch Gemüseburger sein.«

»Fast Food ist total ungesund. Du bist unser Vater, und wir haben ein Recht darauf, dass du uns gesund und regelmäßig ernährst. Das haben wir erst letzte Woche im Ethikunterricht besprochen. Kinder haben auch Rechte.«

An Tagen wie diesem hasste ich die Schule.

Die Unruhe im Raum nahm zu. Einige konnten sich das Grinsen nun doch nicht mehr verkneifen, andere begannen zu tuscheln und rissen vermutlich Witze über mich.

»Jetzt hört mal zu«, versetzte ich. »Esst, was ihr wollt. Wenn ihr etwas braucht, dann geht einkaufen. Ihr seid weiß Gott alt genug, ein paar Stunden ohne mich über die Runden zu kommen. Und wenn euch das nicht passt, dann hungert eben.«

Nachdem ich das Handy ausgeschaltet hatte, fuhr Vangelis fort, als wäre nichts gewesen. »Die Überwachungskameras der

Bank habe ich überprüfen lassen. Aber die beobachten nur den Schalterraum und die Geldautomaten.«

Sie hatte eine Skizze vom Ort des Geschehens und einen Zeitplan angefertigt. Der Cayenne hatte seit elf Uhr sieben an der Stelle gestanden, wo er später in die Luft geflogen war. Der Apotheker hatte den Zeitpunkt exakt angeben können, weil er Slavko Dobrev beim Einparken beobachtet und sich für den Fall, dass sein dahinter stehender BMW einen Kratzer erleiden sollte, die Uhrzeit notiert hatte. Im Gespräch mit Vangelis hatte er durchblicken lassen, dass man in der Nachbarschaft durchaus wusste, was sich in den Räumen über dem Bella Napoli abspielte und womit Dobrev seinen Cayenne finanzierte.

Um elf Uhr einundvierzig war die Bombe explodiert, und der geliebte, erst ein gutes Jahr alte BMW des Apothekers hatte weit mehr als nur einen Kratzer abbekommen.

»Wo steht der Cayenne normalerweise die Nacht über?«, fragte ich in die Runde.

Niemand wusste eine Antwort. Mit Dobrev hatte ich selbst gesprochen, aber ich hatte vergessen, ihn danach zu fragen. Das war jedoch kein Problem, denn ich hatte ihn samt seinem Onkel auf drei Uhr ins Präsidium gebeten.

»Da wär eventuell noch was«, meldete sich Polizeimeisterin Grünwald zaghaft zu Wort, die mich ins Bella Napoli begleitet hatte. Vor Verlegenheit hatte sie rote Flecken im Gesicht. »Weiß ja nicht, ob's wichtig ist. Da gibt's nämlich einen Nachbarn, einen Lehrer, der wohnt im Haus neben dem Lokal. Und der sagt, er hätte in den letzten Tagen öfters einen jungen Mann da gesehen. Der hätte sich ständig da rumgedrückt, sagt er, und das Lokal beobachtet. Sonst hätte er nichts gemacht. Bloß die ganze Zeit das Bella Napoli beobachtet.«

Vangelis nickte. »Ein zweiter Zeuge hat den jungen Mann unmittelbar vor der Explosion auch gesehen. Später war er verschwunden.«

»Ziemlich gefährlich soll der aussehen«, fügte die junge Kollegin stolz hinzu. »Ein bisschen wie ein Araber.«

»Von diesem angeblichen Araber habe ich auch schon gehört«, sagte ich. »Schicken Sie die Zeugen bitte so schnell wie möglich zum Erkennungsdienst.«

»Hab ich schon.« Ein bisschen unsicher schob sie den Versuch eines Phantombilds in die Mitte des Tischs. Eine Verbrechervisage mit kräftigem Kinn und stechendem Blick aus dunklen Augen starrte uns an.

»Sieht ja echt aus wie ein Serienkiller«, meinte Sven Balke und betrachtete das Bild mit spöttischem Lächeln. »Der muss es gewesen sein, keine Frage.«

»Egal, wie gut oder schlecht das Phantombild ist«, ich schob es der Kollegin mit anerkennendem Nicken wieder zu, »schicken Sie es an alle Dienststellen im Umkreis von hundert Kilometern. Außerdem zeigen Sie es sämtlichen Nachbarn. Und sicherheitshalber schicken Sie es auch an die Bundespolizei wegen der Grenzkontrollen und ans BKA. Wenn wir ein bisschen Glück haben, dann steht er schon auf irgendeiner Fahndungsliste.«

Sie strahlte.

»Neues von unserem unbekannten Toten?«, fragte ich Balke, als die anderen sich erhoben und ich meine Papiere zusammenschob.

Stöhnend winkte er ab. »Wir haben beide Ufer kilometerweit abgesucht, praktisch jeden Stein umgedreht und jede Brücke bis fast nach Heidelberg hinauf mit der Lupe untersucht. Wir haben ein paar Reifenspuren gefunden und Fußspuren im Uferbereich. Auf der Autobahnbrücke war eine Schleifspur, das könnte was sein. Momentan läuft noch die Auswertung. Ich habe aber wenig Hoffnung, ehrlich gesagt. Der Typ kann überall ins Wasser gekippt worden sein. Am ehesten nachts um vier von der Autobahn. Man hält kurz auf der Brücke, macht die Warnblinkanlage an, klappt den Kofferraumdeckel hoch und wartet, bis gerade kein anderes Auto in Sicht ist …«

»Zeugen?«

Er schüttelte den Kopf und sah sehnsüchtig hinaus in den sonnensatten Nachmittag. »Wir wissen nicht, wer der Tote ist, wir wissen nicht, wer ihm das Loch in der Stirn verpasst hat, wir wissen nicht mal, wo man ihn ins Wasser geschmissen hat. Nur eines weiß ich: Er hat seinem Mörder in die Augen gesehen, als der abgedrückt hat.«

Seit Balke nicht mehr solo war, kam er mir friedlicher vor und ausgeglichener. Und er legte plötzlich Wert auf geregelte Dienstzeiten.

»Der Arzt meint übrigens, der Typ stammt aus dem Osten«, fuhr Balke fort. »Irgendwas mit den Zähnen und mit den Tätowierungen. Russland vielleicht. Und er hat ein paar alte Verletzungen, die auf ein bewegtes Leben schließen lassen. Unter anderem eine Narbe am linken Oberarm, die von einem Messerstich stammen könnte.«

Gemeinsam verließen wir als Letzte das Besprechungszimmer und gingen zu meinem Büro hinüber. Anton Schivkov und sein Neffe waren noch nicht da, obwohl es schon kurz vor drei war.

»Aus Russland …«, wiederholte ich.

»Denken Sie, es gibt einen Zusammenhang mit dem Anschlag auf die Bulgaren?«

»Wir wollen es nicht hoffen.« Ich schloss die Tür auf, und wir durchquerten mein Vorzimmer, das am Samstag natürlich verwaist war. »Ein Bandenkrieg zwischen irgendwelchen Osteuropäern ist das Letzte, was ich brauchen kann.«

4

Auf den Glockenschlag um drei kam der Anruf von der Pforte. Die beiden Bulgaren waren da. Ich ließ sie nach oben bringen, bat Schivkov, auf einem Stuhl im Flur zu warten, und führte Dobrev in mein Büro.

Als wir uns an meinem Schreibtisch gegenübersaßen, wirkte der junge Bulgare bei Weitem nicht mehr so selbstbewusst wie noch am Vormittag. Vermutlich hatte er inzwischen begriffen, dass er nur auf Grund glücklicher Zufälle noch am Leben war. Sein Händedruck war stark gewesen, linkisch und klebrig. Vor meinem Fenster, vermutlich auf der Dachkante, sang eine Amsel. Aus der Ferne antwortete eine andere.

»Wie ist Ihr üblicher Tagesablauf?«, begann ich das Gespräch. »Das ist wichtig, damit wir herausfinden können, wo und wann der Täter den Sprengsatz angebracht hat.«

»Normalerweise fahre ich den Onkel morgens gegen neun zum Restaurant.«

»Hat er kein eigenes Auto?«

»Doch. Einen Mercedes. Aber er fährt nicht mehr gern, wegen seinem schlimmen Bein. Und der Verkehr ist ihm auch zu aufregend. In Bulgarien, da, wo er herkommt, ist nicht so viel Verkehr.«

»Wo genau kommt er denn her?«

»Er stammt aus Breznik. Das ist ungefähr vierzig Kilometer westlich von Sofia in den Bergen.«

»Wie geht Ihr Tag weiter, nachdem Sie Ihren Onkel vor dem Bella Napoli abgesetzt haben?«

»Ich fahre einkaufen. Im Großmarkt und bei Metro in Mannheim. Gegen halb elf liefere ich die Sachen in der Küche ab, und dann hab ich eigentlich frei bis zum Abend. Bis das Geschäft im Restaurant richtig losgeht.«

»Und was ist an den Abenden Ihre Aufgabe?«

Jetzt wurde sein Blick unsicher. »Bisschen gucken, dass es keinen Stress gibt. Dass die Gäste sich anständig aufführen. Manchmal muss man wen vor die Tür setzen.«

Ich vermutete, dass es eher darum ging, die Freier der Damen in den oberen Stockwerken im Auge zu behalten, behielt meinen Verdacht jedoch vorläufig für mich.

»Heute waren Sie später dran als üblich. Warum?«

»In der Küche ist eine Lampe kaputt gewesen. Schon länger. Der Koch hat sich ein paar Mal beschwert, aber der Elektriker ist einfach nicht gekommen, obwohl er es immer wieder versprochen hat. Da hat der Onkel mich gefragt, ob ich nicht mal danach gucken will. Hat mich eine halbe Stunde gekostet. Aber dann hat sie wieder gebrannt. Ein loser Draht.«

»Sie kennen sich mit so was aus?«

»Nicht wirklich. Aber das ist easy gewesen.«

»Dieser Wackelkontakt hat Ihnen wahrscheinlich das Leben gerettet.«

Dobrev vermied es, mir in die Augen zu sehen, und knispelte mit seinen Fingernägeln herum.

»Was ist eigentlich Ihr Beruf?«

»Früher, in Bulgarien, war ich beim Militär. Am Ende als

29

Oberfeldwebel, würde man hier sagen. Aber da unten funktioniert ja nichts, und dann habe ich gedacht, warum probierst du es nicht mal im Westen? Ich hab zum Glück ein bisschen Deutsch gekonnt. Meine Mutter ist Deutschlehrerin und hat es mir beigebracht. Und da hab ich mir gedacht, wieso sollst du da unten versauern oder verhungern ...«

»Wann ist das gewesen?«

»Vor neun Jahren. Ungefähr.«

Seine Antworten kamen mit wenigen Ausnahmen rasch und bereitwillig. Im Großen und Ganzen schien er die Wahrheit zu sagen.

»Und hier haben Sie Ihre Frau kennengelernt?«

»Ja.« Jetzt sah er auf. »Die Rosalind. Sie ist eine gute Frau, auch wenn sie es manchmal ein bisschen mit den Nerven hat.«

»Wie haben Sie eigentlich früher Ihren Lebensunterhalt verdient, bevor Ihr Onkel kam?«

»Mal dies, mal das. Alles Mögliche.«

»Und seit Ihr Onkel hier ist, gehört Ihnen das Haus in Neuenheim, das unter Freunden eine Million wert sein dürfte. Woher hatten Sie plötzlich so viel Geld?«

»Das Haus gehört mir nur auf dem Papier. Der Onkel hat Geld mitgebracht. Er ist ziemlich reich gewesen in Bulgarien.«

»Er ist noch nicht so lange in Deutschland wie Sie, nehme ich an.«

»Nein. Ziemlich genau drei Jahre jetzt.«

»Warum hat er seine Heimat denn verlassen, in seinem Alter?«

»Hat ihm nicht mehr gefallen. Wir haben nie groß drüber geredet.«

»Und wie ist er da unten zu seinem Reichtum gekommen?«

»Weiß nicht. Er redet nie über Geld. Er hat es und fertig.«

»Aber er bezahlt Sie so gut, dass Sie sich einen Cayenne leisten können.«

Wieder Nicken. »Ich bin auch fleißig. Fragen Sie ihn ruhig. Er wird es bestätigen.«

»Wo holen Sie morgens Ihren Onkel ab?«

»Na, in Wieblingen. Er hat da ein kleines Haus. Einen Bungalow. Der Mietvertrag läuft auch auf meinen Namen. Viele

Vermieter zicken rum, wenn man keinen deutschen Ausweis vorzeigen kann.«

Die Amsel vor meinem Fenster gönnte sich ein Päuschen.

»Wo steht der Cayenne normalerweise nachts?«

»In der Hans-Thoma-Straße in Handschuhsheim. Da wohne ich.«

»Steht er in einer Garage?«

»Irgendwo am Straßenrand, wo gerade Platz ist. Da gibt's keine Garagen, in der Ecke.«

»Demnach wäre es kein Problem gewesen, nachts den Sprengsatz an Ihrem Wagen anzubringen?«

»Wohl nicht. Nein.«

»Wie haben Sie die letzten Tage verbracht? Wo waren Sie überall? Wo hat der Cayenne unbeaufsichtigt gestanden? Ist Ihnen vielleicht etwas Verdächtiges aufgefallen?«

Das waren offenbar zu viele Fragen auf einmal gewesen.

»Fangen wir mit Mittwoch an«, sagte ich.

Am Mittwoch öffnete das Bella Napoli erst abends, erfuhr ich. Tagsüber war Dobrev in Mannheim gewesen, um sich irgendetwas zum Anziehen zu kaufen, was er aber nicht gefunden hatte, und später im Technikmuseum in Speyer.

»Echt cool da! Dieses russische Space-Shuttle zum Beispiel wollt ich immer schon mal sehen. Hammergeil, das Teil.«

Gemeinsam erstellten wir ein nahezu lückenloses Bewegungsprofil. Welche Straßen war er wann gefahren? Wo hatte der Cayenne wie lange unbeaufsichtigt geparkt? Aber je länger wir diskutierten und rekonstruierten, desto mehr kam ich zur Überzeugung, dass das Ganze sinnlos war. Es gab Tausende von Gelegenheiten, wo und wann der Täter die Bombe unter dem Tank des Wagens angebracht haben konnte.

Am Freitag, also gestern, hatte Dobrev nicht wie üblich seinen Onkel morgens zum Restaurant gefahren, sondern war in Mannheim gewesen, in der Nähe des Rhein-Neckar-Stadions. Schon die zögernde Art, wie er damit herausrückte, ließ mich vermuten, dass hier etwas zu holen war.

»Wozu?«, fragte ich streng. »Was wollten Sie da?«

»So halt«, erwiderte er lahm. »Zum Spaß.«

»Verkaufen Sie mich nicht für dumm, Herr Dobrev!«

31

»Ich … Es …« Er knackte mit seinen Fingern und schwieg.

Ich bohrte nach, quälte ihn ein wenig, aber es führte zu nichts. So dumm Slavko Dobrev war, so verstockt konnte er sein. Er war Chauffeur und Helfer seines reichen Onkels und hatte ansonsten von kaum etwas eine Ahnung.

»Wir denken darüber nach, ob der Mordanschlag mit der Gastfreundschaft Ihres Onkels für hübsche junge Damen zu tun hat. Hat es in der Vergangenheit Ärger mit der Konkurrenz gegeben? Drohungen?«

Mein Gegenüber schwieg mit gesenktem Blick und kaute auf der Unterlippe. Ich beugte mich vor und fuhr eindringlich fort: »Wer immer das getan hat, Herr Dobrev, wird es wieder versuchen. Wenn Sie mit mir zusammenarbeiten, dann kann ich den oder die Täter vielleicht aus dem Verkehr ziehen, bevor etwas passiert. Wenn nicht, dann sind Sie demnächst tot.«

Dobrev schwieg und kaute. Ich gab auf. Es war schließlich sein Leben, das auf dem Spiel stand.

»Ich hoffe«, sagte ich, als ich ihn ohne Händedruck verabschiedete, »Sie sind noch am Leben, wenn wir uns wiedersehen.«

Ich brachte Slavko Dobrev vor die Tür und bat Schivkov herein, der offenbar die ganze Zeit aufrecht auf seinem Stuhl sitzend ausgeharrt hatte. Dobrev schien nicht auf seinen Onkel warten zu wollen, sondern machte sich eilig davon.

Anton Schivkov hatte, ohne dass ich ihn darum gebeten hätte, seinen bulgarischen Pass mitgebracht, seine Freizügigkeitsbescheinigung und sogar die Meldebescheinigung des Heidelberger Einwohnermeldeamts und die Konzession für sein Lokal. Er drängte mir die Dokumente geradezu auf, als läge ihm nichts mehr am Herzen, als die Legalität seiner Anwesenheit und Tätigkeit zu beweisen. Vermutlich war man vor den Behörden seiner Heimat ein Niemand ohne gültige Papiere. Um ihn zufriedenzustellen, sah ich mir die Dokumente an und reichte sie ihm zurück.

Das Gespräch gestaltete sich schwierig. Fragen zu seiner Herkunft beantwortete er mit nervtötender Zuvorkommenheit. Als wir allerdings zur Herkunft seines Geldes kamen, ließen seine Sprachkenntnisse dramatisch nach. Familie hatte er keine mehr.

»Frau tot«, murmelte er mit einer Handbewegung, die alles und nichts bedeuten konnte. »Ich viel, viel allein.«

Für eine Sekunde wirkte er sehr verloren. Aber es war nur ein winziger Moment der Stille, dann straffte er sich und strahlte mich wieder an, als würde er nichts im Leben lieber tun, als die Fragen deutscher Polizisten zu beantworten.

»Sind Sie deshalb nach Deutschland gekommen? Weil Sie in Bulgarien niemanden mehr haben?«

»Deutschland gekommen, ja.« Er nickte eifrig. »Deutschland gut. Menschen gut. Polizei gut.«

Ich stützte meine Unterarme auf den Schreibtisch und faltete die Hände. »Herr Schivkov, mal ehrlich, wie wird man in Bulgarien Millionär?«

»Millo...?«

Ich atmete tief ein und formulierte meine Frage um: »Wie kommt man in Ihrer Heimat zu so viel Geld, dass man sich in Deutschland ein Haus kaufen kann?«

»Deutschland gut Land. Viel Frieden. Viel gut Menschen. Viel gut Polizei.«

Es war sinnlos.

»Ich werde einen Dolmetscher besorgen«, erklärte ich dem alten Mann, Wort für Wort betonend. »Es wäre schön, wenn Sie sich zur Verfügung halten würden, damit wir das Gespräch morgen fortsetzen können.«

»Verfügung gut«, erwiderte er strahlend. »Gerne reden mit deutsch Polizei. Polizei in Bulgaria ...« Er tat, als würde er auf den Boden spucken, und reichte mir mit breitem Lächeln seine wulstige Bauernhand.

Sekunden nachdem er durch die Tür war, entdeckte ich, dass er seine Papiere vergessen hatte. Ich lief hinaus auf den Flur und rief seinen Namen. Aber niemand antwortete. Ich lief die Treppe hinunter, konnte Schivkov jedoch nirgendwo entdecken. So schnell konnte er eigentlich angesichts seiner Gehbehinderung gar nicht sein. Aber niemand, den ich traf, wollte ihn gesehen haben. Beide Aufzüge standen mit offenen Türen im Erdgeschoss. Schließlich fragte ich die blonde Kollegin an der Pforte. Angeblich hatte in den letzten Minuten niemand das Haus verlassen.

» Das ist der alte Mann, der vorhin mit dem großen Jungen zu Ihnen gewollt hat, nicht wahr? «, fragte sie.

» Genau der. «

» Die Treppe wird er nicht genommen haben, so schlecht, wie der zu Fuß ist. « Sie überlegte mit runden Augen. » Vielleicht hat er noch aufs Klo müssen, oder hat sich im Haus verlaufen? «

Im Grunde konnte mir das ja gleichgültig sein.

» Falls er vorbeikommt, dann geben Sie ihm bitte das hier. Er hat es bei mir vergessen. «

Ich schob Schivkovs Papiere unter der Sicherheitsglasscheibe hindurch und stieg die Treppen hinauf. Als ich meine Bürotür öffnete, sang die Amsel wieder.

Noch einmal wählte ich Kollischs Nummer. Dieses Mal war der Leiter des Sittendezernats von Beginn an freundlich. Ich dagegen weniger.

» Wie kommt es eigentlich, dass dieser alte Bulgare mitten in der Stadt ein Bordell betreibt und Sie nicht einschreiten? «

» Das ist doch gerade sein Trick, Herr Kriminaloberrat: dass das gar kein Puff ist. Der Alte vermietet Zimmer an junge Frauen, das ist nicht verboten. Die studieren und jobben nebenbei in seinem Lokal. Dass er ein bisschen viele und noch dazu ausgesucht hübsche Bedienungen beschäftigt, kann man ihm auch nicht verbieten. Dass die Miete sich gewaschen hat, ist seine Sache. Seine Mädels sind volljährig. Die dürfen Miete zahlen, so viel sie wollen, und schlafen, mit wem sie wollen und so oft sie wollen. Und wenn ihr Stecher anschließend einen Hunderter auf dem Nachttischchen liegen lässt, dann ist das sein Problem und nicht meins. Tut mir leid, Herr Kriminaloberrat. «

Leider hatte er vollkommen recht. Es war praktisch unmöglich, der illegalen Prostitution Herr zu werden. Selbst wenn wir eine der Damen dabei ertappen sollten, wie sie von einem Freier ihren Liebeslohn entgegennahm, war nichts gewonnen. Niemand konnte einen Mann daran hindern, einer Frau Geschenke zu machen. Und niemand konnte es einer Frau verbieten, Geschenke anzunehmen. Selbst in offensichtlichen Fällen von Zwangsprostitution war es in der Vergangenheit vorgekommen, dass die Bordellbetreiber am Ende nur wegen Hinterziehung von Sozialabgaben oder ähnlichen Nebensächlichkeiten verurteilt wurden.

Eine Spur freundlicher fuhr ich fort: »Weshalb ich Sie eigentlich sprechen wollte: Halten Sie es nicht doch für denkbar, dass wir es hier mit einem beginnenden Revierkrieg zu tun haben?«

»Für denkbar halte ich alles. Aber den Rumänen mit ihren Flatrate-Puffs haben wir in den vergangenen Jahren den Strom abgedreht. Die haben im Moment andere Sorgen. Die Russenmafia hat sich in den letzten Jahren eher aufs Nobelgeschäft verlegt. Da ist alles legal und sauber, und natürlich kann man wesentlich mehr Kohle abziehen. Da sind die Klos besser geputzt als in manchem Restaurant. Denen dürfte der Bulgare also ziemlich egal sein.«

»Es könnte ums Prinzip gehen.«

»Sie meinen, nach dem Motto: In meinem Revier macht mir ohne meine Erlaubnis niemand ungestraft Konkurrenz?«

»Ungefähr so, ja. Gibt es einen Namen, der Ihnen in diesem Zusammenhang einfällt?«

»Kopf von dem Russenclan ist früher ein gewisser Lebedev gewesen. Aber der ist vorletztes Jahr ums Leben gekommen. Seither ist seine Witwe am Drücker.«

»Dobrev ist eine absolute Null«, berichtete mir Klara Vangelis kurze Zeit später. »Bevor der Alte hier aufgekreuzt ist, hat er sich in Bodybuilderkreisen herumgetrieben. Eine Weile hat er geboxt, aber meistens nur Prügel eingesteckt. Erst seit sein Onkel das Bella Napoli aufgemacht hat, wirft er mit Geld um sich.«

»Ich würde zu gerne wissen, wie Schivkov in Bulgarien zu so viel Geld gekommen ist.«

»Anfrage an die deutsche Botschaft in Sofia ist raus. Aber die haben momentan natürlich auch Wochenende.« Vangelis drehte an ihrem immer noch ungewohnten, golden blitzenden Ehering herum.

Mein Handy. Schon wieder Sarah. Dieses Mal atmete ich tief durch, bevor ich den grünen Knopf drückte.

»Und, was habt ihr Schönes gegessen?«, fragte ich leutselig.

»Nudeln«, lautete die mürrische Antwort.

»Nudeln und?«

»Maggi.«

»Nudeln mit Maggi?«

»Schmeckt echt super! Was ich fragen wollte: Du hast versprochen, unsere Jeans zu waschen. Die schwarzen. Wir brauchen die ganz, ganz dringend!«

»Habe ich leider nicht geschafft. Du weißt ja …«

»Deine Bombe, klar. Und was sollen wir jetzt anziehen?«

»Ihr habt noch andere Jeans.«

»Wir brauchen aber die schwarzen.«

»Wofür eigentlich?«

»Loui und ich wollten heute Abend noch ein bisschen weg.«

»Schön, dass ich das auch erfahre. Wohin, wenn man fragen darf?«

»Gucken, was so geht.«

»Ihr solltet vielleicht besser daheim bleiben und für die Schule lernen, bei euren Noten.«

»Manno!«

Erst vorgestern hatten sie mir eine katastrophale Mathearbeit zur Unterschrift vorgelegt. Dass Sprachen nicht ihre Stärke waren, damit hatte ich mich mit der Zeit abgefunden. Aber inzwischen gab es überhaupt kein Fach mehr, in dem sie noch akzeptable Noten schrieben.

»Warum wascht ihr eure Hosen eigentlich nicht selbst, wenn es angeblich so wichtig ist?«

»Haben wir noch nie gemacht.«

»Dann lernt ihr es jetzt.« Ich warf Vangelis einen Mitgefühl heischenden Blick zu. »Es geht ganz einfach: Man zieht seine schmutzigen Sachen an, nimmt den Mund voll Waschpulver und klettert in die Maschine …«

»Ähm – wie jetzt?«

»Nach dem Schleudern steigt man in den Trockner, zieht von innen die Tür zu … Herrgott! Ihr wisst doch, was eine Waschmaschine ist!«

»Wir haben sie aber noch nie benutzt. Keine Ahnung, was man da einstellen und drücken muss und so.«

»Hast du was zu schreiben?«

Schritt für Schritt diktierte ich ihr, wie sie vorzugehen hatte.

»Und nicht vergessen: Vorher unbedingt noch mal in alle Taschen greifen, ob sie wirklich leer sind. Und – das ist auch sehr wichtig – in letzter Zeit spinnt die Maschine manchmal und lässt zu viel Wasser ein. In diesem Fall hilft es, sie noch mal aus- und wieder einzuschalten. Dann pumpt sie das überflüssige Wasser wieder raus und läuft ganz normal.«

»Das ist aber schlecht für die Umwelt«, wurde ich aufgeklärt. »Wasser ist eine unserer wichtigsten Ressourcen.«

»Eine neue Waschmaschine ist auch schlecht für die Umwelt«, versetzte ich und beendete das Gespräch, bevor ich wieder laut wurde.

Vangelis schmunzelte nachsichtig.

»Da kommt der alte Onkel aus Bulgarien«, nahm ich den Faden wieder auf, »sieht aus, als wäre er sein Leben lang Bauer gewesen, und bringt so viel Geld mit, dass er aus dem Nichts ein Mietshaus in Neuenheim kaufen, ein Restaurant eröffnen, einen Bungalow anmieten und sich zwei dicke Autos leisten kann.«

Vangelis zupfte ihren businessgrauen Rock zurecht und begutachtete ihre Fingernägel. »Auch in Bulgarien hat sich nach dem Zusammenbruch des Kommunismus die Mafia breitgemacht. Onkel Anton sieht zwar nicht gerade aus, wie man sich einen schwerreichen Mafioso vorstellt, aber wer weiß …« Sie beendete die Inspektion ihrer Nägel und sah mir ins Gesicht. »Falls Schivkov wirklich zur bulgarischen Mafia gehört, dann wird er sich an den Leuten rächen, die seinen Cayenne in die Luft gesprengt haben. Dann stehen uns ungemütliche Zeiten ins Haus, fürchte ich.«

»Er scheint hier nur seinen Neffen zu haben.« Ich betrachtete eine Weile erfolglos die Zimmerdecke. »Zu zweit wird auch ein Bulgare nicht in den Krieg ziehen. Er braucht Verstärkung. Besorgen Sie bitte die Passagierlisten aller Flüge von Bulgarien nach Deutschland der letzten beiden Wochen, und gleichen Sie sie mit den Karteien der Kollegen in Sofia ab. Ich fürchte, hier geht es um mehr als Geld und Bordelle. Hier geht es um die Besetzung von Revieren und Geschäftsfeldern, und vor allem geht es um Respekt. Mit jeder Stunde, die Schivkov jetzt verstreichen lässt, ohne zurückzuschlagen, wird er in den Augen seiner Gegner – wer immer das sein mag – schwächer.«

Der Rest des Samstagnachmittags verlief unspektakulär. Die Fahndung nach dem angeblichen Araber blieb vorläufig erfolglos. Für Ergebnisse aus den Labors des LKA war es noch zu früh. Auch aus Sofia hörte man nichts. Dort schien man das Wochenende ernster zu nehmen als bei uns. Als ich um kurz nach fünf meine Sachen packte, um mich auf den Heimweg zu machen, stürmte Balke herein und hätte mich fast umgerannt.

»Gott sei Dank, Sie sind noch da«, keuchte er. »Es geht los. Auf der A 5, in der Nähe vom Rasthof Hardtwald.«

Auf der Autobahn war vor einer halben Stunde auf den Fahrer eines schweren Audi mit Baden-Badener Kennzeichen geschossen worden. Der Wagen war mit hoher Geschwindigkeit in Richtung Norden unterwegs gewesen, ins Schleudern gekommen und hatte sich mehrfach überschlagen. Was die Kollegen von der Autobahnpolizei zunächst für einen klassischen Unfall wegen überhöhter Geschwindigkeit gehalten hatten, hatte sich rasch als Mordversuch entpuppt. Das Geschoss hatte die Nackenstütze durchschlagen und war in der Dachverkleidung des Audi stecken geblieben. Der Fahrer und einzige Insasse hatte den Unfall bei annähernd zweihundert Stundenkilometern nur dank seines Airbags überlebt. In seinem Ausweis stand der Name Piotr Voronin.

Balke hatte auf die Schnelle schon herausgefunden, dass der Verunglückte Geschäftsmann war. Piotr Voronin betrieb unter anderem eine Nobelboutique für italienische und französische Designermode in Baden-Baden. Geboren war er jedoch in Russland, in einem Städtchen in der Nähe von Samara.

Was Balke in solche Alarmstimmung versetzt hatte, war jedoch nicht der Geburtsort Voronins, sondern das Ziel, auf das das Navigationssystem des Audi programmiert war. Voronin war auf dem Weg nach Schriesheim gewesen, zu einer Adresse, unter der eine gewisse Elisaveta Lebedeva gemeldet war. Die Witwe des toten Mafiachefs.

5

Zehn Minuten später war ich nicht, wie geplant, auf dem Weg nach Hause, sondern nach Schriesheim, etwa acht Kilometer nördlich von Heidelberg. Klara Vangelis fuhr, und wie üblich fuhr sie schnell. Rasantes Autofahren war neben dem Schneidern von Designerkostümen ihre zweite Leidenschaft. Bis zu ihrem Verkehrsunfall letztes Jahr, bei dem sie den Wagen ihres Vaters zu Schrott gefahren hatte, war sie regelmäßig mit seinem kleinen Renault Rallyes gefahren und hatte diese fast ebenso regelmäßig gewonnen. Heute hatte ich nichts dagegen, dass sie das Gaspedal bis zum Anschlag durchtrat. Sollte es mir nicht gelingen, den drohenden Bandenkrieg zu stoppen, bevor er richtig losbrach, durfte es für längere Zeit vorbei sein mit der kurpfälzischen Gemütlichkeit. Vor der Abfahrt hatte ich noch versucht, Schivkov oder seinen Neffen zu erreichen. Aber bei den Festnetznummern, die sie mir genannt hatten, wurde nicht abgenommen, die Handys waren ausgeschaltet.

So rasten wir mit heulendem Martinshorn auf der Bundesstraße in Richtung Norden, als wieder einmal mein Handy Alarm schlug.

Sarah, die Dritte: »Paps, die Waschmaschine, ich glaub, die spinnt irgendwie.«

Ich versuchte, ruhig zu bleiben. »Inwiefern?«

»Oben, da wo man das Waschmittel reintut, läuft Wasser raus.«

»Um Himmels willen! Habe ich nicht …« Ich schluckte und fuhr in gemäßigter Lautstärke fort: »Hast du sie ausgeschaltet und wieder eingeschaltet, wie ich es gesagt habe?«

»Bin ja nicht blöd!«

»Dann ist sie jetzt wohl endgültig hinüber. Schalte sie aus, und dreh den Wasserhahn zu.«

»Hab ich schon.«

»Dann werdet ihr jetzt wohl die Küche putzen müssen und leider doch andere Jeans anziehen. Ist es sehr schlimm?«

»Steht schon ein bisschen unter Wasser. Aber das kriegen wir hin. Im Flur ist noch nichts.«

39

Vangelis lächelte verständnisvoll, als ich das Gespräch beendete. »Nicht immer leicht mit Kindern, wie?«

»Kinder sind eine der schönsten Erfahrungen, die man im Leben machen kann«, erwiderte ich wütend, »aber definitiv auch eine der anstrengendsten.«

Vangelis hatte schon einige Informationen über Elisaveta Lebedeva zusammengetragen.

»Als Beruf gibt sie Unternehmerin an. Alter: siebenundvierzig. Mit dem Gesetz ist sie noch nie in Konflikt gekommen. Nicht mal Punkte in Flensburg.«

»Haben Sie mit der Abteilung für Organisierte Kriminalität beim BKA geredet?«

Sie nickte. »Die haben eine Menge Akten über ihren toten Mann. Haben ihm aber nie etwas Gesetzwidriges nachweisen können. Wie das so ist …«

Ich hielt mich am Griff über der Tür fest und wandte die Augen nicht von der Straße, da Vangelis pausenlos rechts und links überholte.

»Ihr verstorbener Mann war vor dem Zusammenbruch der Sowjetunion irgendwas Hohes in der KPdSU. Es heißt, anschließend hätte er zusammen mit ehemaligen Kollegen sowjetische Kombinate privatisiert. Und irgendwann hat er sich dann hier niedergelassen, anfangs in Neuenheim mit einer Firma für Import und Export. Aber wie gesagt, nicht einmal das BKA hat verlässliche Informationen über Lebedev und seine Geschäfte. Wenn es hin und wieder Ärger mit der Steuer oder mit dem Zoll gab, dann war immer ein Abteilungsleiter oder sonst wer schuld. Lebedev selbst haben sie nie drangekriegt. Die Witwe scheint ihr Geld heute ausschließlich mit legalen Geschäften zu verdienen. Ihr Mann ist übrigens keines natürlichen Todes gestorben. Er ist vor zwei Jahren beim Absturz eines Privatflugzeugs in der Nähe von Moskau ums Leben gekommen.« Vangelis bremste scharf, schlug einen Haken und überholte einen Traktor mit Anhänger.

»Und heute leitet seine Witwe die Geschäfte?«

»Das ist inzwischen ein verzweigtes Imperium geworden. Die einzelnen Teile ihres Firmengeflechts werden von angestellten Geschäftsführern geleitet. Es gibt eine Holding auf Zypern. Der größte Teil ihres Clans residiert übrigens in Baden-Baden, ein kleinerer Ableger im Raum Frankfurt, bevorzugt in Bad Homburg. Allein der Immobilienbesitz der schönen Elisaveta – so nennen die Schriesheimer Kollegen sie – wird auf achtzig Millionen geschätzt.«

»Und womit verdient sie heute ihr Geld?«

»Gute Frage. Ich bin gespannt, ob sie Ihnen eine Antwort darauf geben wird. Ich werde gleich morgens versuchen, mehr Informationen zusammenzutragen. Aber leider bin ich keine Betriebswirtin.«

Vangelis schaltete zurück und bog rechts ab, wir hatten Schriesheim erreicht. Als ich kurz vor unserem Ziel einen Blick aufs Handy warf, entdeckte ich, dass in der Zwischenzeit eine SMS gekommen war. Mein Herz machte einen Hüpfer. Sie war von Theresa. Immerhin ein Lichtblick an diesem trostlosen Tag, der so sonnig begonnen hatte.

»Gute Nachrichten von Ihren Mädchen?«, wollte Vangelis wissen, der mein Lächeln nicht entgangen war.

»Von denen kommen zurzeit leider selten gute Nachrichten«, erwiderte ich seufzend.

Theresa schrieb, ihr Mann werde überraschend verreisen und erst morgen im Lauf des Tages zurückkommen. Ob ich heute Abend schon etwas vorhabe und was ich außerdem von ihrem Buch halte.

Während ich die SMS las, begann das Handy erneut zu summen. Ein Anruf, dieses Mal jedoch nicht von einer meiner Töchter, sondern von Doktor Egon Liebekind, dem Chef der Heidelberger Polizeidirektion und Theresas Ehegatte persönlich. Für den Bruchteil einer Sekunde fürchtete ich, er könne irgendwie mitbekommen, dass ich gerade dabei gewesen war, eine Nachricht von seiner Frau zu lesen.

»Diese Sache mit dem explodierten Wagen«, begann Liebekind und räusperte sich. »Ich muss mir doch keine Sorgen machen?«

»Nicht im Geringsten«, beruhigte ich ihn eilig. »Wir haben alles im Griff.«

»Ich hatte nämlich vor, übers Wochenende wegzufahren und einen Freund zu besuchen.«

Es fehlte nicht viel, und ich hätte »ich weiß« gesagt.

»Falls Sie doch Unterstützung brauchen«, fuhr mein Chef fort. »Mein Handy wird die meiste Zeit eingeschaltet sein.«

»Wir werden klarkommen. Keine Sorge.« Ich wünschte ihm ein schönes Wochenende und schrieb Theresa, dass ich leider nichts versprechen könne, berichtete von der aktuellen Sicherheitslage Heidelbergs und wohin ich gerade unterwegs war. Außerdem versprach ich, mich später noch einmal zu melden. Von dem Buch schrieb ich nichts, weil ich sonst hätte gestehen müssen, dass ich es bisher nur einmal kurz durchgeblättert und beschnuppert hatte.

In den vergangenen Monaten hatte meine Geliebte sich mit ihrem Manuskript herumgequält, in dem es im Wesentlichen um die Intrigen und das Lotterleben des kurpfälzischen Hofs im siebzehnten und achtzehnten Jahrhundert ging. Es sollte etwas werden zwischen historischem Tatsachenroman und frivolem Sittengemälde. Nachdem es anfangs gut vorangegangen war, hatte sie vor drei Monaten in einer ernsten Motivationskrise gesteckt. Diese war jedoch schlagartig beendet gewesen, als ein kleiner Mannheimer Verlag von dem Projekt erfuhr und Interesse bekundete. Daraufhin hatte Theresa ein regelrechter Schaffensrausch gepackt, und nur fünf Wochen später hatte sie das Manuskript abgeliefert.

Und seit vorgestern lagen sie nun im Buchhandel, die »Kabale und Liebe am kurpfälzischen Hof«. Theresa schwankte zwischen Überschwang und Stolz und nagenden Selbstzweifeln. Und natürlich fieberte sie meinem Urteil entgegen. Ihr Mann hatte es bereits gelesen, wusste ich, von vorne bis hinten in einem Rutsch, und hatte es schwer gelobt.

Heute Abend würde ich mir Theresas Buch vornehmen. Gleichgültig, wie müde ich sein sollte, wenigstens zehn Seiten musste ich schaffen. Und selbstverständlich würde auch ich etwas zu loben finden.

Vor Elisaveta Lebedevas Villa fand Vangelis eine letzte, enge Parklücke, zwängte unseren BMW hinein und stellte den Motor ab. Das Haus war, soweit man das von der Straße aus beurteilen konnte, keineswegs protzig und gehörte nicht einmal zu den mondänsten in der Reihe am Westhang des Odenwalds. Hell erleuchtet thronte es auf einem sanft ansteigenden, gepflegten Grundstück. Auf beiden Seiten des schmalen Sträßchens parkten Wagen, von deren Neuwert eine deutsche Durchschnittsfamilie viele Jahre sorgenfrei hätte leben können. Einen Mercedes S 500 entdeckte ich, nicht weniger als vier Porsche Cayenne, zwei Panamera, einen Bentley sowie zwei BMW der 7-er Klasse. Einige Fahrzeuge führten Baden-Badener Kennzeichen. Die Porsche kamen allesamt aus dem südlichen Taunus, der Bentley aus Hamburg.

Zur Straße hin wurde das erhöht liegende Grundstück durch eine übermannshohe, glatte Betonmauer abgegrenzt. An ihrem oberen Ende, direkt unter dem Haus, war das breite Tor einer Doppelgarage eingelassen. Ungefähr in der Mitte der Mauer befand sich eine schwere bronzefarbene Tür, die deutlich machte, dass hier nicht jeder willkommen war. Über dem goldenen Klingelknopf, dort, wo sich üblicherweise das Namensschild befand, glotzte ein Kameraauge. Rechts auf der Mauer entdeckte ich eine zweite, bewegliche Kamera, die sich langsam von uns wegdrehte.

Ich drückte den Knopf, und oben im Haus ertönte ein wichtig klingender Gong. Die Kamera auf der Mauer machte sofort kehrt und schwenkte nun lautlos in unsere Richtung. Stimmen in der Ferne, dann ein Knacken in der Sprechanlage.

»Sie wünschen?«, herrschte mich eine raue Männerstimme an.

»Wir würden gerne Frau Lebedeva sprechen.«

»Worum geht es?«

»Um einen Verkehrsunfall. Wir sind von der Polizei.«

»Sie tragen aber keine Uniform!«

Wortlos hielt ich meinen Dienstausweis vor die Linse. Augenblicke später schnarrte der Türöffner. Wir mussten einige Stufen einer elegant geschwungenen, breiten Marmortreppe hinaufsteigen, und als wir oben ankamen, wirkte die Villa schon wesentlich großzügiger als von der Straße her. Vom Ende der Treppe führte ein mit hellem Naturstein gepflasterter Weg zur Haustür. In der Zwischenzeit hatten zwei weitere Kameras jeden unserer Schritte sorgfältig registriert.

Zwei kräftige Männer mittleren Alters in der Pose von Türstehern erwarteten uns vor dem Haus. Der linke hatte einen
kahl geschorenen Kopf, eine Boxernase und ein dünn ausrasier-
tes Bärtchen. Die mächtigen Arme hatte er vor der breiten Brust
verschränkt. Der andere war schmaler, wirkte etwas sympathi-
scher und hatte rötlich-blonde Locken.

»Gehn Sie rein«, knurrte der Linke mit hessischem Akzent
und öffnete die Tür mit einer Geste, als hätte er uns sehr viel
lieber eigenhändig wieder auf die Straße hinunterbefördert.

Innen roch es nach gebratenem Fleisch, gekochtem Kohl und
schwitzenden Männern. Viele Personen schienen hier versam-
melt zu sein, die sich zum größten Teil in einem saalähnlichen
Wohnraum links vom Eingang aufhielten. Gläser klirrten, keh-
liges Gelächter brandete auf und verebbte wieder. Jemand sang
leise eine melancholische Melodie.

Auch aus einem Raum weiter hinten hörte ich Stimmen,
wobei nicht erkennbar war, ob die Stimmung dort ernst oder
heiter war. Von den wenigen Anwesenden, die ich zu Gesicht
bekam, sah keiner so aus, wie man sich einen russischen Mafioso vorstellt. Die meisten hätte man auf der Straße für das
gehalten, was sie ihrer eigenen Ansicht nach vermutlich auch
waren – erfolgreiche und nicht immer zimperliche Geschäftsleute.

Die Eingangshalle, in der Vangelis und ich – argwöhnisch im
Auge behalten von dem übellaunigen Gorilla schräg hinter
uns – etwas verloren herumstanden, war kaum möbliert. Ein
riesiger Spiegel mit vergoldetem Barockrahmen prangte an der
Längswand neben einer bescheidenen, derzeit unter Kaschmir-
mänteln fast verschwundenen Garderobe. Eine alte, möglicherweise wertvolle, auf jeden Fall aber sehenswert hässliche Stand-
uhr tickte.

Aus einer bisher geschlossenen Tür trat unvermittelt eine
unauffällig gekleidete schlanke Frau und musterte uns kurz
unter zusammengekniffenen Brauen. Dann entspannte sich ihre
Miene. Sie war weder schön, wie manche offenbar behaupte-
ten, noch hässlich. Auf eine strenge Weise war sie jedoch durchaus attraktiv. Nun stöckelte sie auf hohen Schuhen und wie mit
dem Lineal ausgerichteten Schritten auf uns zu. Ihr dunkles

44

Haar trug sie lang und gerade geschnitten. Als sie noch zwei Meter entfernt war, streckte sie ihre Rechte aus und setzte ein geschäftsmäßiges Lächeln auf. Wir machten uns bekannt, und ich fand, dass sie hinter ihrer freundlichen Fassade angespannt wirkte.

»Polizei?« Sie zog die Hand zurück, nickte Vangelis nur zu. »Was führt Sie zu mir?«

In der Tasche meines Sakkos summte schon wieder das Handy. Ich ließ es summen.

»Kennen Sie einen Mann namens Piotr Voronin?« Ich suchte und fand den Zettel mit der Autonummer in derselben Tasche, wo das Handy immer noch summte.

»Ein wenig.« Das Lächeln der Russin zerfiel. »Wir haben früher hin und wieder Geschäfte zusammen gemacht. In letzter Zeit kaum noch.«

»Er ist leider auf der Autobahn kurz vor Heidelberg verunglückt. Herr Voronin war offenbar auf dem Weg zu Ihnen.«

»Es gibt nichts Schlechtes ohne Gutes.« Unvermittelt lächelte sie wieder. »Ich kann mir nicht denken, was er von mir wollte. In letzter Zeit hatten wir kaum Kontakt, wie gesagt. Wie geht es ihm?«

»Er ist schwer verletzt. Aber er lebt.«

Sie nahm es gelassen. »Kostenlosen Käse gibt es nur in der Mausefalle, sagen wir in Russland. Und schlechte Menschen gibt es überall.«

Mein Handy wollte sich nicht beruhigen.

»Weshalb sagen Sie das?«

»Wäre er vernünftig gefahren, dann wäre er noch gesund.«

Diese Frau im schlichten dunkelblauen Kleid log entweder unglaublich gut, oder sie war eine begnadete Schauspielerin. Falls das nicht dasselbe war. In dem großen Raum linkerhand lachten viele Männerstimmen dröhnend. Jemand schien eine launige Ansprache zu halten. Handelte es sich bei dieser Versammlung etwa gar nicht um die Krisensitzung einer kriminellen Vereinigung, sondern um eine Geburtstagsparty?

»Können wir uns irgendwo ungestört unterhalten?«, fragte ich.

»Was gibt es zu unterhalten?«, fragte die Russin mit hochgezogenen Brauen zurück. »Verlorenes bringt niemand zurück, sagen wir in Russland. Was hilft es da zu schwatzen?«

»Sie wissen also nicht, was er von Ihnen gewollt haben könnte?«

»Wie gesagt, ich habe mit Piotr seit Längerem keinen Kontakt mehr. Und das ist auch gut so. Ich kann Ihnen also nicht helfen. Außerdem, Sie sehen, ich habe Gäste. Wenn Sie weitere Auskünfte brauchen, wenden Sie sich bitte an mein Büro.«

Als letzte Gnade drückte sie mir ein Visitenkärtchen in die Hand. Dann ließ sie uns einfach stehen. Der Gorilla hielt grinsend die Tür auf.

»Das war ja wohl nichts«, meinte Vangelis wütend, als sie aus der Lücke manövrierte und mit aufjaulenden Reifen anfuhr.

»Sehe ich anders.« Ich schnallte mich an. »Sie weiß jetzt, dass wir sie im Auge haben. Sie wird hoffentlich entsprechend vorsichtig sein bei ihren nächsten Schritten.«

»Diese Frau hatte etwas im Blick … Ich möchte nicht in der Haut der Bulgaren stecken.«

»Falls es wirklich die Bulgaren waren, die auf Voronins Audi geschossen haben.« Ich rieb mir die müden Augen. »Was ja noch nicht erwiesen ist.«

»Jedenfalls hat sie gelogen, als sie sagte, sie hat mit Voronin nichts mehr zu tun. Er hatte ihre Adresse im Navi. Er wollte zu ihr.«

Drei entgangene Anrufe, las ich auf meinem Handy – dreimal Sarah. Seufzend rief ich zurück.

Meine Tochter weinte.

»Paps«, schluchzte sie, »wir haben alles geputzt, wie du gesagt hast.«

»Prima.«

»Und dann wollten wir die Jeans rausnehmen. Wir brauchen die Jeans doch!«

»Die müsst ihr jetzt wohl mit der Hand waschen. Der Trockner funktioniert ja zum Glück noch.«

»Haben wir auch gedacht. Und da haben wir die Tür von der Waschmaschine aufgemacht und …«

»Und wo ist das Problem?«, fragte ich ahnungsvoll.

»Die Maschine war doch noch bis obenhin voll mit Wasser!«
Stöhnend fiel ich in meinen Sitz zurück. Alle Welt genoss das
verlängerte Wochenende, das schöne Wetter, und ich Narr raste
durch die Gegend beim wahrscheinlich hoffnungslosen Versuch, einen Krieg zu verhindern, während meine Töchter unser
Zuhause verwüsteten.

»Ich komme, so schnell ich kann«, versprach ich. »Fangt
schon mal an aufzuwischen, damit es im Erdgeschoss nicht
durch die Decke regnet.«

Vangelis schenkte mir einen mitfühlenden Blick und ersparte
mir kluge Kommentare. Einige Minuten fuhren wir schweigend.

»Ich sehe im Moment nur eine Möglichkeit«, überlegte ich
laut, als wir wieder in Heidelberg waren. »Wir müssen diese
Russin und ihre Leute rund um die Uhr überwachen. Keiner
von denen darf in den nächsten Tagen auch nur aufs Klo, ohne
dass wir es erfahren. Vielleicht halten sie dann still. Außerdem
sollten wir sicherheitshalber auch das Bella Napoli im Auge
behalten.«

»Werde mich sofort darum kümmern.« Vangelis überholte
einen rot lackierten Reisebus mit englischem Kennzeichen.
»Zum Glück hatte ich an diesem Wochenende nichts vor. Mein
Mann ist mit Freunden zum Segeln.«

Es klang keine Spur von Neid aus ihren Worten.

Zurück in der Polizeidirektion, erwartete mich eine Nachricht,
deren Bedeutung ich erst später erfassen sollte, als ich längst auf
feuchten Knien und mit einem Lappen in der Hand in meiner
überschwemmten Wohnung herumrutschte.

»Hätten Sie eine Sekunde für mich, Chef?«, sprach mich
Balke auf der Treppe an. Er hielt einen schmalen hellgrauen
Aktenordner in der Hand.

»Worum geht's?«, fragte ich unfreundlich und blieb stehen.

»Um den Zünder. Die Stuttgarter haben das Ding untersucht
beziehungsweise das, was davon übrig ist. Und jetzt heißt es auf
einmal, es sei eventuell doch keine Zeitbombe gewesen, sondern eine Fernauslösung per Funk. Sie sagen, die Wahrscheinlichkeit liegt bei achtzig Prozent, vielleicht sogar neunzig.«

»Das macht die Sache auch nicht besser«, fuhr ich ihn an, obwohl er nun wirklich nichts für die Schweinerei in meiner Wohnung konnte.

»Ich dachte nur, Sie sollten es wissen.«

Ich bedankte mich mühsam freundlich und wünschte ihm ein schönes Restwochenende. Am oberen Rand der Treppe fiel mir noch etwas ein.

»Wie geht es unserem Verletzten von der Autobahn, diesem Piotr Dingsda?«

»Voronin.« Balke wandte sich um und sah mich wütend an. Auch er verbrachte das erste schöne Wochenende des Jahres im Dienst und musste sich zur Belohnung auch noch von mir anraunzen lassen.

»Die Ärzte sagen: Fifty-fifty, dass er durchkommt. Das Geschoss ist übrigens Kaliber neun Millimeter. Dasselbe wie bei der Wasserleiche. Ob es auch dieselbe Waffe war, können wir erst morgen sagen. Der Schuss ist vermutlich aus einem etwa gleich schnell und parallel fahrenden Auto abgegeben worden.«

»Wann wird der Verletzte vernehmungsfähig sein?«

»Falls er überhaupt noch mal aufwacht, dann wird er sich mit Sicherheit an nichts erinnern können, was mit dem Unfall zu tun hat.«

6

Die Zwillinge hatten ihr Outfit den widrigen Umständen angepasst und waren in Bluejeans losgezogen. Sie hatten sich sehr zerknirscht gegeben und hoch und heilig versprochen, um halb elf zu Hause zu sein. Spätestens. Den Flur hatten sie, so gut es ging, trockengelegt. In der Küche stand immer noch das Wasser, aber deren Fußboden war zum Glück gefliest und wasserdicht.

Eimer um Eimer trübe Brühe kippte ich in die Spüle. Längst waren meine Hände weiß und schrumpelig, meine alte Hose, die ich für handwerkliche Tätigkeiten aufgehoben hatte, bis über die Knie durchnässt, und der Wasserstand am Fußboden schien nicht sinken zu wollen. Unglaublich, was in so eine Waschmaschine hineinpasst.

Um sieben Minuten nach neun klingelte mein Telefon.

Eine kurzatmige Männerstimme meldete sich: »Schreber hier. Spreche ich mit Kriminaloberrat Gerlach?«

Ich kannte keinen Herrn Schreber. Die Nummer auf dem Display begann mit Null-Sieben-Eins, er rief also aus der Umgebung von Stuttgart an.

»Worum geht's?«

»Die Sache ist kompliziert«, erwiderte er in leidendem Ton. »Es ist ein bisschen schlecht am Telefon ...«

»Welche Sache denn?«, fragte ich so gut gelaunt, wie man angesichts einer ausgelaufenen Waschmaschine nun einmal ist. »Falls es um Geldanlagen geht, ich habe kein Geld und bin nicht interessiert.«

Er schwieg für Sekunden. Ich hörte seinen leise pfeifenden Atem. Schließlich fuhr er fort: »Bei Ihnen ganz in der Nähe gibt's eine Telefonzelle. Vor der Kirche. Wären Sie vielleicht so nett, in zehn Minuten dort zu sein?«

»Wollen Sie mich auf den Arm nehmen? Ich habe weiß Gott Besseres zu tun, als am Samstagabend ...«

»Es ist zu Ihrem Besten. Bitte glauben Sie mir.«

Ich bedachte den Teich in meiner Küche mit einem grimmigen Blick, wechselte die Hose und machte mich auf den Weg zur angegebenen Ecke. Der Abend war mild, die Luft voller Düfte und Stimmen. Irgendwo wurde gegrillt. Aus offen stehenden Fenstern drangen Gelächter und Musik. Ich musste nicht einmal eine Minute warten, bis das Gerät in dem grau-pink lackierten Kasten zu trillern begann.

Interessiert beobachtet von einigen gelangweilten Teenies, die auf einer nahen Gartenmauer hockten, nahm ich den schweren Hörer ans Ohr. Immerhin waren meine Töchter nicht bei der Gruppe, stellte ich aus den Augenwinkeln fest.

»Ja?«, sagte ich.

»Danke«, keuchte der Mann von vorhin. »Sie sind allein? Niemand hört zu?«

»Ich bin allein. Niemand hört zu.« Ich drehte mich so, dass die Teenies mein Gesicht nicht sehen konnten, und fühlte mich

49

wie in einem albernen Agentenfilm.«Und ich bin sehr gespannt, was Sie mir zu erzählen haben.«

»Also erstens, mein Name ist nicht Schreber.«

»Das überrascht mich nicht.«

»Im richtigen Leben heiße ich Arnold Heisenberg. Kriminaldirektor am LKA.«

»Und?«

»Mir ist zu Ohren gekommen, dass Sie sich für eine gewisse Person in Schriesheim interessieren.«

»Darf man erfahren, wie?«, fragte ich, nachdem meine Überraschung sich gelegt hatte.

»Das tut nichts zur Sache.«

»Und wenn es so wäre? Wenn ich mich tatsächlich für diese ... Person interessieren würde?«

»Dann würde ich Sie sehr herzlich bitten, lieber Herr Gerlach, die Finger davon zu lassen. Ich weiß, es klingt jetzt alles ein bisschen merkwürdig ...«

»Das ist noch milde ausgedrückt. Woher weiß ich überhaupt, dass Sie wirklich beim LKA sind?«

»Ich wollte Sie nur warnen. Ich meine es gut mit Ihnen.«

»Und jetzt?«

»Jetzt vergessen Sie die Dame an der Bergstraße am besten und gehen wieder heim und putzen Ihre Küche.«

»Ich ... Augenblick mal. Woher wissen Sie ...?«

Aber er hatte schon aufgelegt.

Mit einem Mal hämmerte mein Puls. Meine Hände waren feucht. Die Teenies in meinem Rücken lachten schallend, und für einen kurzen Moment bildete ich mir ein, sie lachten über mich.

Klara Vangelis erreichte ich zu Hause. Im Hintergrund meinte ich, einen Fernseher zu hören, in dem eine lärmende Show lief und viel vom Band gelacht wurde.

»Mit Sven habe ich noch kurz gesprochen«, sagte sie, nachdem sie meine Frage verstanden hatte. »Er wollte wissen, warum Sie so schlechte Laune haben. Ich dachte nicht, dass Ihr Wasserschaden geheim ist.«

»Ist er ja auch nicht.«

»Weshalb fragen Sie dann?«

»Hat nichts zu bedeuten. Entschuldigen Sie, dass ich Sie gestört habe.«

Ich sah ihr fragendes Gesicht durchs Telefon.

Bei Balke musste ich es lange läuten lassen.

»Was?«, murmelte er verwirrt. Er klang, als hätte er schon geschlafen. »Mit wem ich was habe?«

»Mit wem Sie über meine übergelaufene Waschmaschine geredet habe.«

»Mit niemandem. Warum sollte ich?«

Nicht zu überhören: Er war noch immer sauer auf mich.

»Auch nicht am Telefon?«

»Wozu?«

Wer außer den Zwillingen, Klara Vangelis und Sven Balke konnte noch von meiner privaten Katastrophe wissen? Solange ich auch grübelte, das Ergebnis war und blieb: niemand.

Plötzlich war da noch etwas anderes. Etwas, was mit dem Treppenhaus der Polizeidirektion zu tun hatte. Inzwischen war ich wieder zu Hause, tauschte die trockene gegen die feuchte Hose, zog die Strümpfe aus und bewaffnete mich erneut mit Eimer und Lappen.

Ein Funkzünder.

Aber warum?, fragte ich mich beim Wischen und Auswringen und Wischen. Eine Fernzündung wählt man, wenn man nicht genau weiß, wann das potenzielle Opfer wo sein wird. Damit man die Sache unter Kontrolle hat und die Bombe nicht im falschen Moment explodiert. In diesem Fall war sie aber zum falschen Zeitpunkt explodiert, denn Slavko Dobrev hatte überlebt.

Ich ließ den Lappen in den schon wieder halb vollen Eimer platschen und setzte mich auf einen Küchenstuhl. Entweder es war Dummheit oder Schusseligkeit gewesen oder vielleicht ein technischer Fehler. War es denkbar, dass der Plastiksprengstoff auf Grund einer Störung zum falschen Zeitpunkt detoniert war? Vielleicht hatte ein Handy in der Nähe den Empfänger unabsichtlich ausgelöst? Sollte es gar mein eigenes Handy gewesen sein? Das hatte ich in der rechten Hosentasche getragen, glaubte ich mich zu erinnern, und es war eingeschaltet gewesen, in diesem Punkt war ich mir sicher. Allerdings war die Bombe ja – zu meinem Glück – gar nicht in dem Moment explodiert, als ich ihr am nächsten war, sondern erst Sekunden später.

Ich verstand zu wenig von technischen Dingen. Um diese Uhrzeit am Samstagabend noch jemanden zu erreichen, der mehr darüber wusste, war unmöglich. Der Einzige, der mir einfiel, war Balke. Aber den würde ich heute bestimmt nicht noch einmal anrufen. Und war das alles wirklich so wichtig?

Nein, beschloss ich. Mein Küchenboden war jetzt wichtig. Und dann Theresas Buch. Hin und wieder haben auch Kripochefs dienstfrei.

Eine halbe Stunde später war meine Küche von den letzten Pfützen befreit, ich ließ die Balkontür offen stehen, damit der Rest trocknen konnte, räumte den Eimer in den Besenschrank und hängte die nasse Hose und den Putzlappen auf den Balkon. Dann entdeckte ich, dass Theresa schon vor einer Stunde per SMS angefragt hatte, wie es denn nun aussah bei mir. Ob wir uns heute außer der Reihe treffen konnten, nachdem ich gestern wegen der Wasserleiche hatte absagen müssen. Sie klang nicht gerade gekränkt, schien aber auch nicht allzu weit davon entfernt zu sein.

Erschöpft schrieb ich zurück. Von der Überschwemmung, dem Bombenanschlag, dem drohenden Mafiakrieg. Dass ich selbstverständlich enorme Lust hätte, sie zu treffen, aber unbedingt endlich ihr Buch zu Ende lesen wollte. Sie antwortete nicht. Vielleicht hatte sie ihr Handy inzwischen ausgeschaltet. Oder sie war nun doch beleidigt.

Nichts auf der Welt ist so ungenießbar wie eine versetzte Frau.

Zur Feier meines Triumphs über die Wassermassen öffnete ich eine Flasche Rioja, setzte mich auf den Westbalkon und schlug Theresas Buch auf. Sie begann mit einer launigen Abhandlung über die Moral des ausgehenden Barocks und beginnenden Rokokos. Eine Moral, die – wie vermutlich immer, seit es Menschen und Regeln gab – aus Sicht der großen nur für die kleinen Leute gedacht war. An den Höfen hatte man zu heiraten, wen die Familie aus dynastischen Gründen für passend hielt. Liebe und solche Kleinigkeiten spielten keine Rolle. Dafür hielt man sich dann nur zu oft in anderen Betten schadlos. Theresa zitierte aus der Sittenstrafordnung für Dirnen des Heidelberger Kurfüsten Ott-Heinrich aus dem Jahr 1532 (»Sollen sich die ledigen Weibspersonen keusch halten bis zur Ehen, und dieda, so solches missachten und nur zu ihrer Freuden sich lassen von Mannsleut beschlafen oder gar solche hierzus verführen, ihnen gar dafür noch Münz oder Wertens abnehmen, sollen strenglicher Straff unterzogen werden sonder Gnaden ...«) und schlug anschließend einen großen Bogen von Versailles über Stuttgart und Ludwigsburg nach Heidelberg und Mannheim. Die Mätressen von Ludwig XIV., dem berühmten Sonnenkönig (1638–1715), kamen ebenso vor wie seine zahllosen unehelichen Nachkommen. Der badische Markgraf Karl Wilhelm (1679–1738) hatte mit einer nicht exakt bekannten Zahl von jungen Hofsängerinnen eine größere Anzahl unehelicher Kinder, die – je nach Geschlecht – alle auf die Namen Carl oder Carline getauft wurden.

Um halb elf war ich auf Seite fünfzehn, und allmählich wurde mir kühl. Ich ging hinein, setzte mich aufs Sofa und las weiter. Theresas Buch gefiel mir nicht schlecht, wenn auch bei manchen Passagen die Historikerin ein wenig mit ihr durchging. Zum Beispiel, wenn bei fast jeder neu auftauchenden Person in Klammern Geburts- und Sterbejahr genannt werden mussten. Des Öfteren kam ich mit den vielen hochwohlgeborenen Namen durcheinander. Schließlich legte ich das Buch zur Seite, um meinen Augen ein wenig Erholung zu gönnen. Demnächst sollten meine Töchter nach Hause kommen. Hatte ich halb elf gesagt oder elf?

Als ich gegen Mitternacht wieder erwachte, war ich immer noch allein. Ich nahm mein Handy und wählte erst Sarahs, dann Louises Nummer. Beide Male landete ich auf der Voicebox. Ich goss mir ein zweites Glas Rioja ein und nahm die kurpfälzischen Kabalen wieder zur Hand. Ich beschloss, so lange wach zu bleiben, bis meine Töchter aufkreuzten, und ihnen gründlich die Leviten zu lesen.

Als ich das nächste Mal erwachte, war es Viertel nach zwei,

Theresas Buch lag aufgeschlagen auf dem Teppich, und mein linkes Bein war eingeschlafen. Mein Handy hatte mich geweckt. Keine Ahnung, wie lange es schon auf dem Couchtisch im Kreis herumschnurrte. Mein erster Gedanke war natürlich: die Zwillinge. Aber die Nummer auf dem Display war mir unbekannt. Die weibliche Stimme, die sich meldete, nicht weniger.

Zunächst verstand ich überhaupt nichts.

»Wer ist da?«, fragte ich benommen. »Was ist?«

»Polizeiobermeisterin Vaihinger. Entschuldigung, falls ich Sie geweckt habe.«

Ich versuchte, mir den Schlaf aus den Augen zu reiben. Um meine Töchter schien es nicht zu gehen.

»Sie brauchen einen guten Grund, damit ich diese Entschuldigung annehme«, fuhr ich die arme Frau an.

»Ich hab hier ein kleines Problem.«

»Ich habe selbst genug Probleme.«

Die Stimme meiner Gesprächspartnerin wurde lauter, der schwäbische Akzent ausgeprägter. »Herr Kriminaloberrat, ich mache hier auch bloß meine Arbeit, wissen Sie? Und ich weiß selber, dass es mitten in der Nacht ist, und ich ruf Sie weiß Gott nicht zum Spaß an, oder um Sie zu ärgern.«

»Also, worum geht es? Wie war noch mal der Name? Und machen Sie es kurz, bitte.«

»Vaihinger. POM Vaihinger.« Sie klang schon wieder friedlicher. »Aus Feuerbach ruf ich an. Und wir haben hier eine kleine Fahrzeugkontrolle, und einer von den Insassen will ums Verrecken seinen Ausweis nicht herzeigen.«

Mein linkes Bein kam allmählich wieder zu sich und begann zu kribbeln und zu jucken. Nebenbei hob ich Theresas Buch auf und legte es ordentlich auf den Couchtisch.

»Und was habe ich mit der Sache zu tun?«

»Sehen Sie, das weiß ich auch nicht. Die betreffende Person verlangt, dass wir Sie kontaktieren.«

»Ich weiß ja nicht mal, wo Feuerbach genau liegt.«

»Das ist in der Nähe von Stuttgart. Und der Mann besteht darauf, dass ich Sie anrufe.«

»Wer ist der Mann?«

»Das ist doch gerade das Problem!«, stöhnte sie. »Er behauptet, er heißt Meier, und das glaub ich ihm nicht, und ausweisen will er sich nicht. Und jetzt will er Sie unbedingt sprechen.«

»Ich ihn aber nicht, sagen Sie ihm das. Wo kommen wir denn hin ...«

»Bitte, Herr Kriminaloberrat. Ich steh mir hier jetzt seit über einer Stunde die Füße in den Bauch und streit mit diesem Granadedaggel rum, und so langsam hab ich keine Lust mehr, wissen Sie? Und wenn Sie nicht mit dem Mann reden wollen, dann nehm ich ihn jetzt in Gewahrsam. So.«

»Geben Sie mir den Idioten in Gottes Namen.«

Ich hörte Rascheln, Stimmen im Hintergrund, dann plötzlich ganz nah: »Guten Abend, Herr Gerlach. Beziehungsweise guten Morgen. Es tut mir unsäglich leid, dass ich ...« Der Mann am anderen Ende hüstelte verlegen. »Sie wissen, wer ich bin?«

Ja, ich wusste es. Es war die Stimme, die ich in dieser Sekunde am allerwenigsten erwartet hatte.

»Natürlich, Herr ...«

»Keine Namen bitte. Ich stecke hier in einer äußerst unangenehmen Situation, und Sie sind vermutlich der einzige Mensch, der mir heraushelfen kann. Deshalb bitte ich Sie dringend, kommen Sie und schaffen Sie mir diese Leute vom Hals.«

»Natürlich«, erwiderte ich lahm. »Aber um ehrlich zu sein, ich verstehe im Moment überhaupt nichts.«

»Brauchen Sie auch nicht. Ich werde Ihnen später alles erklären. Kommen Sie einfach, bringen Sie Ihren Dienstausweis mit, und ich werde Ihnen bis in alle Ewigkeit dankbar sein.«

Ich zögerte immer noch. Nein, ich zögerte nicht, ich war einfach viel zu perplex, um vernünftig zu reagieren. Angemessen. Normal.

»Herr Gerlach«, sagte die Stimme, die ich so gut kannte. »Ich denke, Sie schulden mir etwas. Und ich denke, wir wissen beide, wovon ich spreche.«

»Bin schon unterwegs«, sagte ich ohne weiteres Nachdenken.

Ich wusch mir das Gesicht mit eiskaltem Wasser, während die Espressomaschine warm wurde, trank einen schnellen, starken Kaffee und machte mich auf den Weg.

Während der eiligen Fahrt über die nächtlichen Autobahnen

konnte ich zunächst an nichts anderes denken als an das, was ich eben am Telefon gehört hatte. Mein Ohr brannte noch von dem Satz: »Ich denke, Sie schulden mir etwas.«

Klang das nach einer weiteren Katastrophe? Eigentlich nicht. Es klang nach etwas, was einfach nicht sein konnte. Was jeder Logik widersprach. Kurz war ich sogar versucht, Theresa anzurufen. Aber die gehörte zu den klugen Menschen, die nachts ihr Handy ausschalteten.

Schließlich – da war es schon fast drei Uhr, und ich ließ eben das Weinsberger Kreuz hinter mir – wurde mir klar, dass ich hier durch Nachdenken nicht weiterkam, und prompt fiel mir der Funkzünder wieder ein. Aber auch hier half Denken nichts. Ich konnte es drehen und wenden, wie ich wollte – was gestern Vormittag geschehen war, ergab keinen Sinn. Es sei denn, der Zünder hätte tatsächlich versagt, und die Bombe war einfach zum falschen Zeitpunkt explodiert.

Um Viertel nach drei, noch immer war es stockdunkel, verließ ich die kaum befahrene A 81 an der Ausfahrt Stuttgart-Feuerbach. Jetzt waren es nur noch wenige Kilometer bis zum Ort dieser merkwürdigsten aller Verkehrskontrollen. Die letzten zwei Kilometer lotste mich die immer häufiger gähnende Polizeimeisterin per Handy.

Und dann war ich da. Am spärlich beleuchteten Straßenrand parkte ein dunkler Mercedes mit ausgeschalteten Lichtern und Stuttgarter Kennzeichen. Darin saßen zwei Männer. Vor dem Mercedes stand ein Streifenwagen, an dem eine groß gewachsene Kollegin in Uniform lehnte, die soeben ihr Handy einsteckte. Die Beifahrertür des Mercedes öffnete sich. Ein großer, massiger Mann stieg aus, begrüßte mich mit betretenem Lächeln und steifer Herzlichkeit. Gleichzeitig kletterte aus dem Streifenwagen ein dürrer Schupo, der vermutlich kurz vor der Pensionierung stand und schon zu viel gesehen hatte, um sich noch über irgendetwas zu wundern. Zusammen mit POM Vaihinger begutachtete er meinen Dienstausweis. Schließlich nickten die beiden sich zu.

»Ja dann«, sagte die Frau und reichte mir das Kärtchen zurück. »Damit ist die Sache für uns ja wohl erledigt. Wir haben schon alles Mögliche gedacht, wissen Sie? Der andere«, sie nickte in Richtung Mercedes, dessen Motor eben ansprang, »der hat ja gar keine Zicken gemacht. Aber Ihr Herr Meier, also, ich wüsst ja zu gern, was hinter der komischen Geheimnistuerei steckt ...«

»Ich kann es Ihnen leider nicht sagen.«

Der Anlass meines nächtlichen Autobahnausflugs saß bereits in meinem Peugeot und hatte die Tür geschlossen. Die Nachtluft war kalt, stellte ich fest.

»Warum haben Sie das Fahrzeug überhaupt kontrolliert?«, fragte ich.

Sie kam ganz nah und senkte die Stimme. »Da hinten, gleich um die Ecke, ist seit Neuestem so ein Schwulenclub, wissen Sie? Nicht so ein schäbiges Ding, sondern was für die besseren Kreise. Sie müssten nur mal sehen, was da für Autos auf dem Parkplatz stehen. Ein paar Anwohner haben sich aber trotzdem beschwert, dass es manchmal zu laut ist, und drum gucken wir jetzt hin und wieder ein bisschen nach dem Rechten.«

»Danke, dass Sie mich angerufen haben«, sagte ich ebenso leise und drückte ihre kräftige, kühle Hand.

Sie ging wieder auf Abstand und sprach mit normaler Lautstärke weiter: »Wenn aus Ihrer Sicht alles in Ordnung ist, Herr Kriminaloberrat, dann können Sie den Herrn jetzt mitnehmen.«

Wortlos setzte ich mich hinter das Lenkrad, ließ den Motor an und sagte: »So treffen wir uns also auch mal außerhalb der Direktion, Herr Liebekind.«

»Danke.« Mein Chef und zugleich Theresas Ehegatte ließ sich mit einem abgrundtiefen Seufzer in die Rückenlehne fallen. »Können Sie sich vorstellen, was es bedeutet, als Leitender Polizeidirektor homosexuell zu sein?«

»Wir haben schon homosexuelle Oberbürgermeister und einen bekennend schwulen Außenminister.«

»Das ist etwas völlig anderes.«

Womit er zweifellos recht hatte. In seinem Fall ging es ja nicht nur um die Reaktion der angeblich so aufgeklärten und toleranten Öffentlichkeit, sondern um das Gemunkel und Gemurre in der Mannschaft. Ein Polizist, noch dazu in leitender Funktion, hatte so wenig schwul zu sein wie ein Bundesligaspieler oder ein General.

»Doch«, sagte ich, als wir den Ort hinter uns ließen und auf der unbeleuchteten Bundesstraße waren. »Ich kann mir vorstellen, dass Sie ziemlich viel Versteck spielen müssen.«

Liebekind brummelte etwas, was nach Zustimmung klang. Lange Zeit schwiegen wir. Erst, als ich längst wieder auf der A 6 war, sprach mein Chef wieder. Versuchte zu erklären, wo er nichts zu erklären brauchte.

»Sie sind der einzige Mensch, bei dem ich sicher sein konnte, dass er mich nicht verraten wird.«

»Ihr Vertrauen ehrt mich.«

»Sie haben mich seit heute in der Hand, lieber Herr Gerlach.«

»Sie haben mich in der Hand, seit Sie mein Chef sind. Ich nehme an ...« Nun musste ich doch schlucken. »Ich nehme an, Sie wissen, was Ihre Frau ...?«

Natürlich wusste er es. Vom ersten Tag an hatte er es gewusst. Und geschwiegen. Es war ein Deal gewesen zwischen ihm und Theresa. Ich war ein Deal gewesen. Und ich Idiot, ich Riesenknallkopf ...

Wieder schwiegen wir lange.

»Ich nehme an, Sie haben Ihre ... Neigung erst entdeckt, nachdem Sie verheiratet waren?«, wagte ich schließlich zu fragen.

»So ist es. Es war eine Katastrophe, für mich und natürlich auch für Theresa. In meiner Position geht so etwas einfach nicht, verstehen Sie?«

»Ich verstehe Sie vollkommen. Es ist nur ... Ich werde ein paar Tage brauchen, mich an den Gedanken zu gewöhnen, dass Sie die ganze Zeit gewusst haben ...«

»Ich war und bin froh, dass Sie es sind, lieber Herr Gerlach. Auch für Theresa war die Situation nicht einfach. Unsere Ehe existierte längst nur noch auf dem Papier, als Sie ins Spiel kamen. Wir hatten schon von Scheidung gesprochen. Obwohl wir uns auf der menschlichen und auf der intellektuellen Seite nach wie vor sehr gut verstehen. Aber dann kamen Sie, und auf einmal war alles gut.«

Er hatte es gewusst, die ganze Zeit gewusst, und ich Narr hatte ihm ins Gesicht gesehen, wenn wir miteinander sprachen, und mir eingebildet, ein guter Schauspieler zu sein. Über die aktuellen Fälle hatten wir diskutiert, unsere Statements bei der nächsten Pressekonferenz abgesprochen, und er hatte die ganze Zeit gewusst, dass ich in der Nacht zuvor mit seiner Frau im Bett gelegen hatte.

War ich wütend? Hatte ich irgendeinen Grund, irgendein Recht, wütend zu sein?

Theresa hatte mich nie belogen. Vom ersten Tag unserer Beziehung an war klar gewesen, dass mich ihre Ehe nichts anging. Da hatte es immer eine scharfe Grenze gegeben. Auf der einen Seite waren sie und ich. Auf der anderen Seite waren sie und Liebekind. Und dazwischen war eine Mauer. Eine hohe, glatte Mauer, wie die in Schriesheim. Natürlich hatte ich geahnt, dass jenseits dieser Grenze manches nicht so war, wie es sein sollte. Aber das war nicht meine Sache gewesen. Meine Sache war Theresa, solange sie bei mir war. Vor wenigen Monaten erst, im Februar, hatten wir uns unsere Liebe gestanden.

Hatte ich jetzt nicht allen Grund, mich zu freuen? Künftig würde alles einfacher sein, viel einfacher. Kein Versteckspielen mehr, kein schlechtes Gewissen, keine feuchten Hände, wenn ich überraschend zum Chef bestellt wurde.

Es war ein Deal gewesen. Ich war ein Deal gewesen. Er gönnte sich seine Freiheiten und seiner Frau die ihren. Und ich war eben ein Teil dieser Freiheiten gewesen. Kein Grund zur Klage. Ich musste mich nur erst daran gewöhnen. Ich musste es nur erst ganz begreifen.

»Alles in Ordnung?«, fragte Liebekind besorgt.

»Völlig.«

»Sie liebt Sie sehr. Seien Sie bitte gut zu ihr. Wenn Sie ihr jemals wehtun sollten, dann haben Sie einen Feind in mir.«

Plötzlich mussten wir beide lachen. Nicht, weil irgendetwas lustig gewesen wäre. Die Situation war so irreal, so vollkommen absurd, dass wir einfach keine andere Art fanden, damit umzugehen.

Liebekind erzählte ungefragt von den Anfängen seiner Ehe und auch von Theresa. Auf diesem Weg erfuhr ich zum ersten

Mal, dass meine Geliebte vor zehn Jahren wegen einer Unterleibsgeschichte längere Zeit im Heidelberger Universitätsklinikum gelegen hatte. Zum Glück war sie jedoch vollständig genesen. Anschließend hatte sie – damals war sie schon weit über dreißig gewesen – mangels anderer Perspektiven eine wissenschaftliche Karriere angestrebt. Sie hatte an der Ruprecht-Karls-Universität eine Stellung als Wissenschaftliche Angestellte gefunden und eine Dissertation begonnen, die sie nie zu Ende brachte. Vor zwei Jahren hatte sie ihre Stelle – in den letzten sechs Monaten war es nur noch eine halbe gewesen – verloren, da ein Forschungsvorhaben auslief. Seither privatisierte sie. Und seit Neuestem schrieb sie nun also Bücher.

»Sie haben es schon gelesen?«, fragte ich.

»Mit Genuss.« Ich hörte mehr, als dass ich sah, wie Liebekind schmunzelte. »Sie schreibt ungemein lebendig. Kein bisschen akademisch. Ihre Figuren sind oft so lebensecht, man kann kaum glauben, dass die meisten seit über zweihundert Jahren tot sind.«

Wir erreichten das Walldorfer Kreuz, wechselten auf die A 5.

»Macht Ihr Wagen immer diese seltsamen Geräusche?«, fragte Liebekind, als wir ungefähr an der Stelle waren, wo man vor etwa zwölf Stunden auf Piotr Voronin geschossen hatte. Mein Auto machte schon sehr lange irgendwelche Geräusche.

Meinem Chef zu Gefallen lauschte ich eine Weile.

»Für mich klingt er eigentlich wie immer«, sagte ich.

»Er ist schon sehr alt, nicht wahr?«

»Ein halbes Jahr älter als meine Töchter.«

Als ich ihn vor seiner Haustür in Rohrbach absetzte, meinte ich im Osten einen ersten Schimmer graues Licht zu erahnen.

7

Die an Sonn- und Feiertagen üblicherweise ruhige Polizeidirektion wimmelte heute von Menschen. Ich saß kaum mit vor Schlaflosigkeit kleinen Augen am Schreibtisch vor einem selbst zubereiteten Cappuccino, als Balke hereinplatzte.

»Wir haben ihn!«

»Wen?«

»Diesen Südländer, der sich vor dem Bella Napoli rumgetrieben haben soll.« Atemlos plumpste er auf einen der Stühle auf der anderen Seite meines Schreibtischs. »Das heißt, so richtig haben wir ihn noch nicht, aber so gut wie. Der Nachbar neben dem Bella Napoli hat ihn heute Morgen wieder gesehen und schlauerweise fotografiert. Dann hat er das Revier Mitte alarmiert, aber bis die vor Ort waren, war der Typ schon wieder weg. Derzeit fahren sie mit fünf Wagen das Viertel ab.«

Er schob mir eines der Fotos über den Tisch. Der junge, schmale Mann hatte keinerlei Ähnlichkeit mit unserem Phantombild.

»In ein, zwei Stunden haben wir ihn. Bin schon mächtig gespannt, was er uns zu erzählen hat.«

Es war fast zehn Uhr. Nach der unruhigen Nacht hatte ich mir erlaubt, ein wenig länger zu schlafen. Als ich um Viertel vor fünf endlich nach Hause gekommen war, war im Bad Licht gewesen. Ich hatte die Stimmen meiner Töchter gehört und Geräusche, als würde eine der beiden sich erbrechen. Gesehen hatte ich sie allerdings nicht, denn ich war viel zu erschöpft gewesen, um noch mit ihnen herumzustreiten. Heute, hatte ich mir vorgenommen, heute Abend würde ich Klartext reden mit den beiden Früchtchen. Lautstarken Klartext.

Die Nacht war ruhig verlaufen, berichtete Balke, der unseren kleinen Zwist von gestern Abend vergessen zu haben schien. »Keine neuen Anschläge, keine neuen Leichen, nichts explodiert.«

Unsere Schriesheimer Kollegen hatten die Nacht über Sonderschichten geschoben und in ihren Streifenwagen Runde um Runde gedreht, um der Russin klarzumachen, dass wir uns nicht auf der Nase herumtanzen ließen.

Seit vier Uhr fünfzehn lag auch die Genehmigung zur Telefonüberwachung vor, berichtete Klara Vangelis, als sie mit einem großen Kaffeebecher in der Hand hereinkam. Mein Cappuccino war inzwischen ausgetrunken, und ich überlegte, ob ich mir einen zweiten machen sollte. Obwohl sie die halbe Nacht im Büro verbracht hatte, wirkte Vangelis frisch und aus-

61

geruht. Ich dagegen fühlte mich, als hätte ich drei Nächte in Folge durchgezecht.

»Bisher gibt es leider nichts Interessantes«, sagte sie und nahm neben Balke Platz. »Es ist ruhig in Schriesheim. Fast ein bisschen zu ruhig.«

»Die haben auch Handys«, gab Balke zu bedenken. »Internet, E-Mail. Die leben auch nicht hinter dem Mond.«

Wir diskutierten kurz über die Fernzündung der Bombe.

»Schon irgendwie komisch«, fand auch Balke. »Eine Funkzündung macht ja nur Sinn, wenn der Täter Sichtverbindung zu dem Teil hat, das er in die Luft jagen will. Und hätte er Sichtverbindung gehabt, dann hätte er ja wohl kaum im falschen Moment abgedrückt.«

»Vielleicht war es ja der richtige Zeitpunkt.« Vangelis schlürfte aus ihrem Becher, auf dem ich die Akropolis zu erkennen meinte. »Vielleicht sollte das Ganze nur so etwas wie eine ernste Warnung sein?«

»Sie denken, der Täter wollte bewusst vermeiden, dass Menschen zu Schaden kamen?«, fragte ich.

»Es wäre eine Möglichkeit.«

»Die Bulgaren sind übrigens weiter auf Tauchstation.« Balke schob seine Papiere zusammen und sprang auf. »Weder in dem Bungalow in Wieblingen noch in Dobrevs Wohnung in Handschuhsheim hat sich was getan seit gestern. Vielleicht haben die Russen sie sich ja schon gegriffen und durch den Wolf gedreht. Wie geht's übrigens Ihrer Küche?«

»Ist wieder trocken. Danke der Nachfrage.«

»Mir ist eingefallen, ich hab's natürlich Evalina erzählt, das mit Ihrer Waschmaschine.« Evalina Krauss, die junge, aschblonde Kollegin, mit der er seit einigen Monaten Tisch und Bett teilte. »Sie hat's aber nicht weitererzählt, ich habe sie gefragt, nachdem Sie angerufen hatten. Aber ich verstehe immer noch nicht, warum das eigentlich so geheim ist.«

Mein Handy summte auf dem Schreibtisch, eine neue Nachricht. Ich nahm das Gerätchen zur Hand – Theresa. Ich legte es wieder hin und versuchte, eine unbeteiligte Miene zu ziehen.

Vangelis betrachtete die Fotos, die Balke mitgebracht hatte.

62

»Nach den Beschreibungen hatte ich mir den Mann ein wenig breiter vorgestellt.«

»Um das Knöpfchen an einem Funkzünder zu drücken, dürfte er kräftig genug sein«, meinte Balke gut gelaunt.

Als ich wieder allein war, machte ich mir tatsächlich einen zweiten Cappuccino und las Theresas Nachricht. Natürlich wusste sie schon, was in der Nacht geschehen war. Sie klang ein wenig, als hätte sie ein schlechtes Gewissen, und wollte wissen, wie es mir ging, in der neuen Situation.

Ja, wie ging es mir? Ich wusste es selbst nicht und verzichtete deshalb vorerst auf eine Antwort. Erst musste ich mit mir selbst ins Reine kommen.

Es dauerte dann doch länger als erwartet, bis mir der junge Mann gegenübersaß, der sich in den Tagen vor der Explosion so oft in der Nähe des Bella Napoli herumgetrieben hatte. An Stelle des von unseren Zeugen beschriebenen, verschlagen dreinblickenden Finsterlings saß mir ein intelligenter junger Mann gegenüber, bei dessen traurigem Blick und schmalen Händen ich unwillkürlich an die Nocturnes von Chopin denken musste.

In der Zwischenzeit hatten wir eine kleine, kurzfristig anberaumte Pressekonferenz veranstaltet. Bei dieser Gelegenheit hatte ich meinen Chef wiedergesehen, der nicht weniger übernächtigt wirkte als ich. Wir hatten uns dennoch gut geschlagen, fanden wir anschließend. Natürlich war Heidelberg in Aufregung, hatte die Presse längst eins und eins zusammengezählt und ihre Vermutungen angestellt. Zum Glück war jedoch noch niemand auf den Gedanken gekommen, die mächtige russische Mafia habe einen Krieg gegen zwei bulgarische Kleinkriminelle begonnen. Noch stellte niemand einen Zusammenhang her zwischen der Wasserleiche, dem ausgebrannten Cayenne und dem Anschlag auf Piotr Voronins schwarzen Audi.

Die kriminaltechnischen Labors in Heidelberg und Stuttgart lieferten jetzt nahezu stündlich neue Erkenntnisse, doch weder an den spärlichen Resten des Sprengsatzes noch an der Zündelektronik oder am Cayenne selbst fand sich irgendetwas, das als Beweis oder wenigstens Indiz hätte dienen können. Der Tote aus dem Neckar hatte noch immer keinen Namen. Die Kugel, die Voronins Seitenscheibe zerschossen hatte, ließ sich keiner polizeibekannten Waffe zuordnen. Nur eine einzige Person war Augenzeuge des Vorfalls auf der Autobahn gewesen. Eine selbstständige Physiotherapeutin aus Hannover namens Silke Gerke behauptete, ein Motorrad gesehen zu haben, das Voronin Augenblicke vor seinem Unfall überholt hatte. Weder Typ noch Kennzeichen dieses Motorrads konnte sie angeben. Selbst, ob eine oder zwei Personen darauf gesessen hatten, wusste sie nicht zu sagen.

Einen Lichtblick gab es immerhin: Piotr Voronins Überlebenschancen stiegen stündlich. Bis er vernehmungsfähig war, würde es natürlich noch dauern.

Um halb elf rief Theresa an.

»Ich bin's«, sagte sie überflüssigerweise. Ihre Stimme klang belegt.

»Ich bin's auch.«

Auch meine Stimme war nicht so, wie sie sein sollte. Früher hätten wir an dieser Stelle gelacht.

»Wie geht's dir?«, fragte sie leise.

»Ich weiß nicht.«

»Sauer?«

»Auf dich? Wieso sollte ich? Nein.«

»Du klingst so … merkwürdig. Ziemlich weit weg.«

»Ich habe kaum geschlafen letzte Nacht. Gestern Abend habe ich übrigens in deinem Buch gelesen.«

»Wie weit bist du?«

»Knapp die Hälfte«, log ich. »Du schreibst unglaublich … wie soll ich sagen … lebensnah. Kein bisschen akademisch. Deine Figuren sind so lebendig.«

»Danke. So was Ähnliches hat Egonchen auch gesagt.«

Echte Freude klang anders.

»Warum hast du mir nie von deiner Vergangenheit erzählt? Von deiner Krankheit? Von deiner Dissertation?«

»Lass das bitte, Alexander. Dafür ist jetzt nicht der richtige Zeitpunkt.«

»Wofür ist denn der richtige Zeitpunkt?«

Sie zögerte. »Vielleicht sollten wir uns sehen? Reden?«

»Gute Idee. Aber ... entschuldige, ich muss aufhören. Es hat geklopft.«

Warum war ich erleichtert, als ich auflegte?

Der Name des jungen Mannes, der mir mit schuldbewusst gesenktem Haupt gegenübersaß, lautete Roman Siderov, entnahm ich seinem Pass, Alter: zweiundzwanzig, Wohnort: Sofia. Das bordeauxrote Dokument schien echt zu sein, wenn auch das Foto nicht allzu viel Ähnlichkeit mit dem Besitzer hatte. Roman Siderov sprach außer »danke« und »entschuldigen bitte« kein Wort Deutsch. Zudem war er völlig verängstigt, und die Handschellen passten an seine schmalen Gelenke ungefähr so gut wie ein Würgehalsband an einen Zwergpudel. Ich ließ sie ihm abnehmen. Wer auch immer den Cayenne in die Luft gejagt hatte – dieser verschüchterte Kerl war es gewiss nicht gewesen. Auch mit Englisch und Französisch kamen wir nicht weiter. Klara Vangelis versuchte es sogar mit Griechisch, ihrer Muttersprache, und damit war die erste Vernehmung Roman Siderovs auch schon zu Ende.

Gefunden hatte ihn eine Streifenwagenbesatzung auf einer Bank am nördlichen Neckarufer. Dort hatte er schlafend gelegen, und sie hatten einige Mühe gehabt, ihn wach zu kriegen.

Ich ließ Siderov in eine unserer Zellen im Keller bringen und bat Vangelis, einen des Bulgarischen mächtigen Dolmetscher aufzutreiben. Die Zeit bis dahin nutzte ich dazu, einige Akten abzuarbeiten, zu deren Erledigung ich die Woche über nicht gekommen war. Vor allem aber nutzte ich die wohltuende Stille, um über meine private Situation nachzudenken und Theresa schließlich eine SMS zu schicken.

»Ich brauche einfach Zeit«, schrieb ich. »Mir schwirrt der Kopf. Tut mir leid. Ich melde mich, wenn ich klarer sehe.«

»Haben wir schon eine Reaktion aus Sofia?«, fragte ich Klara Vangelis beim Mittagessen. Wie in unserer Kantine an Sonn- und Feiertagen üblich, gab es nur Kaltes. Wir hatten beide Salat gewählt. Vangelis die italienische Variante, ich die griechische.

»Auch in Bulgarien ist heute Sonntag«, erwiderte sie lächelnd.

»In der deutschen Botschaft erreiche ich nur den Bereitschaftsdienst. Die Bulgaren sind alle auf dem Land in ihren Datschen, heißt es dort.«

Die Ehe schien ihr gutzutun. Seit sie verheiratet war, lächelte sie mehr und vor allem herzlicher als früher. Ich nahm einen Schluck von meiner Cola, die ich mir trotz aller Kalorienzählerei gegönnt hatte, weil heute Sonntag und draußen wieder wunderschönes Wetter war.

»Hat eigentlich schon jemand mit der Frau von diesem Slavko gesprochen?«

»Ich habe gestern mit ihr telefoniert. Sie war sehr kurz angebunden. In die Direktion zu kommen, weigert sie sich. Sie müsse auf ihre Kinder aufpassen, und wenn wir etwas von ihr wollten, dann sollten wir uns gefälligst zu ihr bemühen. Klang nicht, als wäre sie gut auf uns zu sprechen.«

Ich legte die Gabel zur Seite. Der Salat schmeckte mir nicht. Die Soße war zu ölig, die Oliven matschig, die Tomatenstücke zu wässrig. Der Schafskäse schmeckte nach aufgeweichtem Schuhkarton.

»Was hört man von der Telefonüberwachung? Was redet man in Schriesheim?«

»Bisher nichts von Interesse. Die Herrschaften genießen ihren freien Tag.«

Vangelis schien es im Gegensatz zu mir zu schmecken. Draußen strahlte die Sonne von einem makellos blauen Himmel. Ich leerte meine Cola.

»Was halten Sie davon, wenn wir einen kleinen Ausflug machen und ein paar Worte mit Frau Dobrev wechseln?«

Rosalind Dobrev öffnete die Tür erst nach dem dritten Klingeln und freute sich nicht über unseren unangemeldeten Besuch. Im Hintergrund krakeelten Kinderstimmen.

»Hab grad was auf dem Herd ...«, murmelte sie zerstreut und sah zwischen uns hindurch. »Außerdem sind die Kids heute wieder mal ... Was wollen Sie überhaupt?«

»Wir werden auch nicht lange stören«, erwiderte ich liebenswürdig. »Wir haben nur ein paar Fragen, dann sind Sie uns wieder los.«

Die Pupillen der Frau waren klein, als stünde sie unter Drogen. Sie trug ein verwaschenes T-Shirt undefinierbarer Farbe und eine ausgefranste Jeans. Ihre Füße steckten in bunt geringelten Wollsocken.

»Und wenn ich Sie nicht reinlasse, dann kommen Sie mit der Kavallerie?«

Unschuldig lächelnd hob ich die Hände. »Ganz so dramatisch ist es auch nicht wieder nicht.«

»Kommen Sie halt in Gottes Namen rein«, seufzte sie und ließ die Tür los. »Wird schon zu irgendwas gut sein.«

Gefolgt von Klara Vangelis betrat ich ihre heruntergewirtschaftete Wohnung im dritten Obergeschoss eines schmutziggrauen Mietshauses in der Hans-Thoma-Straße. Der Laminatfußboden war abgetreten. Schon das Treppenhaus wirkte, als hätte der Besitzer seit dem Bau vor über fünfzig Jahren nie Geld in Renovierungen investiert. In allen Ecken sammelten sich dort Staub und Schmutz und Papierschnipsel. An jeder zweiten Tür, an der wir vorbeigekommen waren, klebten mehr als zwei Namensschildchen. Irgendwo weit unten wummerte Technomusik, dass der Boden zitterte.

In Rosalind Dobrevs Wohnung roch es nach frischer Wäsche und altem Käse.

»Machen Sie bloß keinen Krach«, murmelte sie. »Der Kleine ist endlich eingeschlafen. Grad wollt ich kochen, und jetzt kommen Sie.«

Sie mochte Mitte dreißig sein, wirkte jedoch wie Anfang fünfzig. Das Gesicht hager und grau, der Blick müde, das dunkelblonde Haar strähnig, die Kleidung schlabberte um ihren mageren Körper. Im ersten Zimmer, an dem wir vorbeikamen, kauerte ein vielleicht vierzehnjähriger Junge mit Kopfhörern vor einem Computerbildschirm. Er schien uns nicht zu bemerken. Im nächsten Zimmer, dessen Tür nur einen Spalt offen stand, schien der »Kleine« zu schlafen.

Der schlauchartige Flur war vollgestellt mit sperrmüllreifen Möbeln, Kinderkram und einem riesigen Karton, der vor Kurzem noch einen übergroßen Flachbildfernseher enthalten hatte. In einem Zimmer am Ende des Flurs stritten zwei Mädchenstimmen zu einer plärrend lauten TV-Show.

» Macht endlich die blöde Kiste leiser «, kreischte die Mutter ohne Hoffnung, » oder es setzt was! «

Die Mädchen schienen sie nicht gehört zu haben. Dafür war offenbar der Kleine aufgewacht und begann, schlaftrunken zu wimmern.

Wir betraten eine ärmliche, aber aufgeräumte Küche. Auf dem Herd dampften zwei Töpfe.

» Wie viele Kinder haben Sie? «, fragte ich.

» Tun Sie doch nicht so, als wüssten Sie es nicht «, sagte sie über die Schulter und drehte die Herdplatten herunter, weil der größere Topf überzukochen drohte.

» Selbstverständlich haben wir uns über Sie informiert. « Allmählich fiel es mir schwer, freundlich zu bleiben. » Deshalb weiß ich zum Beispiel auch, dass Ihr Mann in den vergangenen Jahren kaum Geld verdient hat. Seit Neuestem kann er sich auf einmal ein teures Auto leisten und ein mehrstöckiges Haus in Neuenheim kaufen und ein Restaurant aufmachen. «

Vangelis besichtigte ungerührt das Mobiliar.

» Wenn Sie alles schon wissen, was wollen Sie dann hier? Mir mein letztes bisschen Geld auch noch wegnehmen? «

Mit dem Rücken zu mir rührte sie hektisch in ihren Töpfen. Im größeren schienen Spaghetti zu garen, im kleineren simmerte eine Soße, die meinen Töchtern vielleicht geschmeckt hätte. Sie roch nach Maggi.

» Wir sind nicht hier, um Ihnen irgendwas wegzunehmen, Frau Dobrev «, sagte ich, nun wieder ruhiger. » Wir wollen uns einfach nur mit Ihnen über Ihren Mann unterhalten. «

» Slavko? Was hat er angestellt? «

» Es würde Sie nicht überraschen, wenn er etwas angestellt hätte? «

» Slavko ist ein lausiger Hund und ein Blödmann dazu, aber in letzter Zeit hat er sich eigentlich anständig aufgeführt. «

» Er ist erst durch die Heirat mit Ihnen deutscher Staatsbürger geworden, nehme ich an? «

Sie fuhr herum und starrte mich hasserfüllt an. » Ach, geht's darum? Im Schlafzimmer drüben liegt sein Schlafanzug, im Bad steht seine Zahnbürste. Und falls Sie sich wundern, wieso die neu ist – er hat seine alte gestern weggeschmissen. Wenn Sie sich beeilen und eifrig suchen, dann finden Sie sie vielleicht noch unten im Müllcontainer.«

»Das alles interessiert uns nicht im Geringsten«, mischte sich nun Vangelis ein. »Und Sie würden sich und uns die Sache wesentlich leichter machen, wenn Sie ein wenig kooperativer wären.«

Durch die offene Tür zum Flur sah ich, dass ein kleiner Junge den Karton inzwischen zum Piratenschiff umfunktioniert hatte. Ab und zu stieß er ein heldenhaftes Geheul aus, wenn er wieder einmal einen imaginären Frachter um seine Schätze brachte. Frau Dobrev sprang zur Tür und knallte sie zu.

»Fragen Sie halt, in Gottes Namen«, fauchte sie Vangelis an. »Und dann ziehen Sie endlich Leine!«

Die Spaghetti wollten erneut überkochen. Frau Dobrev bemerkte es im letzten Moment, zerrte den Topf von der Platte und rührte wild.

»Sie haben Slavko Dobrev vor acht Jahren geheiratet«, begann ich den offiziellen Teil des Gesprächs.

»Ungefähr. Ja.«

»Ich nehme an, Liebe hat dabei keine allzu große Rolle gespielt.«

»Liebe?« Sie lachte schrill. »Seh ich aus, als könnt ich mir so was leisten?« Das Piratengeschrei im Flur war plötzlich verstummt. »Slavko gibt mir Geld. Er schlägt mich nicht. Er säuft nicht. Er ist gut zu den Kindern.« Frau Dobrev lehnte sich an den Herd und sah mir zum ersten Mal direkt ins Gesicht. »Klar ist er ein Idiot. Aber welcher Kerl ist kein Idiot? Die haben doch alle nichts als Scheiße im Kopf und Ficken und Autos und ihre Riesenfernseher. Drum hat er doch so schöne braune Augen, weil er nichts als Scheiße im Kopf hat!«

Dieses Mal geriet ihr Lachen ein wenig versöhnlicher.

»Was hat er Ihnen für die Hochzeit bezahlt?«, fragte ich.

Sofort wurde sie wieder laut. »Gar nichts hat er mir bezahlt, stellen Sie sich vor! Und wir haben sogar eine Hochzeitsreise gemacht! In Sofia sind wir gewesen, und er hat mir gezeigt, wo er herkommt. Ist nämlich viel netter da unten, als man so denkt.«

»Was wissen Sie über seinen Onkel?«

»Slavko hat tausend Onkels. Sind alles so Megafamilien da unten mit zwanzig Kindern und hundert Enkeln.«

»Sie wissen, wen ich meine.«

Rosalind Dobrev wandte sich wieder ihren Nudeln zu, die demnächst vermutlich zu Brei zerfallen würden. Für Sekunden rührte sie schweigend. Dann drehte sie die Platten aus, nahm sich einen Stuhl und sank erschöpft darauf.

»Anton«, sagte sie langsam. »Ich weiß nicht. Ich mag ihn nicht leiden.«

»Kennen Sie ihn gut?«

»Gar nicht. Hab ihn nur zwei, drei Mal gesehen, wenn ich Slavko vom Bella Napoli abgeholt hab. Freundlich ist er ja. Aber ich mag ihn trotzdem nicht. Und er mag mich auch nicht, wenn Sie es genau wissen wollen. Die Bulgaren stehen eher auf dicke Frauen. Ich bin ihm zu dürr, denke ich.«

»Wissen Sie etwas von – entschuldigen Sie das unschöne Wort – kriminellen Machenschaften?«

»Slavko ist sauber, da bin ich mir sicher. Der hat viel zu viel Schiss, um was zu machen. Dem Alten traue ich schon eher was zu. Der ist so … ich weiß nicht. Was ich weiß: dass er Mädels im Haus wohnen hat und dass die nicht für die Heilsarmee singen.« Verlegen schlug sie die ungeschminkten Augen mit den zu kleinen Pupillen nieder. »Slavko kann nicht viel, wissen Sie. Bevor der Alte aufgetaucht ist, hat er immer bloß rumgejobbt und seine Zeit in Muckibuden oder beim Boxen verplempert. Dann ist der Alte gekommen, und seither hat er Arbeit. Und Geld.«

»Das Geld für das Haus und für den Cayenne stammt von seinem Onkel?«

»Er hat es mitgebracht«, flüsterte sie. »In bar. Über anderthalb Millionen in Scheinen, völlig irre. Slavko hat eine unglaubliche Rennerei gehabt, bis alles auf irgendwelchen Konten eingezahlt war. Es durften ja immer nur Beträge unter zehntausend sein. Es sind viele verschiedene Konten gewesen, bei allen möglichen Banken. Ein Wahnsinnstheater, wirklich. Ein paar von den Konten laufen auch auf meinen Namen. Ich wollt nichts davon wissen. Hab Slavko Vollmachten unterschrieben und ihn machen lassen. Hab mir gleich gedacht, dass da nichts Gutes bei rauskommt. Aber was sollt ich machen? Sagen Sie mir doch:

Was sollte ich machen? Ist ja wohl kein Verbrechen, ein Konto zu eröffnen und seinem Mann eine Vollmacht zu geben, oder doch?«

»Klingt nicht danach, als hätte Slavkos Onkel das Geld auf ehrliche Weise verdient.«

Im Wohnzimmer lärmte immer noch der Fernseher, die Mädchen waren jedoch seit einiger Zeit still. Dafür meinte ich, im Flur Rascheln und Wispern zu hören.

»Der Alte hat Slavko nie mehr Geld in die Hand gegeben als unbedingt nötig. Geizig ist der, richtig geizig. Und ganz unglaublich misstrauisch, dabei ist er doch so reich.« Ihr Atem ging jetzt heftig, als würde sie gleich in Tränen ausbrechen. »Über jeden einzelnen Hunderter muss Slavko Rechenschaft ablegen. Immer. Auf der anderen Seite hat er sich dann auf einmal dieses tolle Auto kaufen dürfen vom zusammengestohlenen Geld seines sogenannten Onkels. Ich hab gleich gesagt: Lass die Finger von so was. Lass dich nicht auf die Geschäfte von dem Alten ein. Wir brauchen keinen Porsche. Wir brauchen keine Anzüge, die fünfzehnhundert Euro kosten.«

»Frau Dobrev«, sagte ich eindringlich. »Deswegen müssen Sie sich keine Gedanken machen. Gedanken sollten Sie sich machen wegen dieser Geschichte gestern.«

»Gestern?«, fragte sie mit angstweiten Augen. »Was für eine Geschichte denn?«

»Es hat einen Bombenanschlag auf Ihren Mann gegeben. Wussten Sie das nicht?«

Ihre starre Miene ersetzte eine Antwort. Slavko Dobrev hatte also gelogen, als er behauptete, er habe seine Frau angerufen.

»Ihm ist nichts passiert, keine Sorge. Nur sein schöner Cayenne, der ist hinüber.«

Mit unerwarteter Energie sprang sie zur Tür, riss sie auf und verscheuchte kreischend die Mädchen, die dahinter gelauscht hatten. Dann warf sie die Tür wieder ins Schloss. Als sie sich umwandte, war sie noch bleicher als zuvor.

»Ich hab's immer gewusst«, murmelte sie mit herumirrendem Blick und sank wieder auf ihren Stuhl. »Da kommt nichts Gutes bei rum, ich hab's immer gewusst.«

Ich beugte mich vor und sah ihr in die Augen. »Haben Sie

irgendeine Idee, Frau Dobrev, wer hinter dem Mordanschlag auf Ihren Mann stecken könnte?«

Sehr langsam schüttelte sie den Kopf. »Ich weiß nichts, und ich will auch nichts wissen. Slavko ... Slavko und ich, wir ...« Sie fand ein Taschentuch in irgendeiner Tasche ihrer alten Jeans und schnäuzte sich. »Er gibt mir Geld. Und ich kann es verdammt gut brauchen, sein Geld. Woher er es hat, ist mir egal, solang er keinen umbringt oder so was. Klar, was der Onkel mit den Mädels macht, ist nicht okay ...«

Ein kurzer, aber heftiger Hustenanfall schüttelte sie. Dann sah sie mich mit wundem Blick an.

»Was soll denn jetzt werden?«, fragte sie mit erstickter Stimme. »Wie soll das denn gehen, wenn Slavko was passiert?«

8

Um halb fünf erschien endlich eine Übersetzerin, und es konnte losgehen. Balke und Vangelis waren irgendwo unterwegs, und so führte ich die Vernehmung wider jede Vorschrift allein durch. Um der Sache eine gewisse Ernsthaftigkeit zu verleihen, ließ ich Roman Siderov nicht in mein Büro, sondern ins Verhörzimmer im Erdgeschoss bringen, mit Videokamera und Gittern vor den Fenstern und nur von außen durchsichtigem Spiegel. Das Mikrofon stand auf dem Tisch, an der Kamera glimmte das rote Lämpchen.

Die kugelrunde Dolmetscherin stellte sich als Julia Södergren vor. Wenn sie nicht gerade in der Polizeidirektion bei der Vernehmung verschreckter Bulgaren aushalf, studierte sie an der Universität Slawische Philologie im achten Semester.

Auch Roman Siderov war Student, gestand er mit hartnäckig gesenktem Blick und leiser Stimme. Er studierte in Sofia Geschichte und Philosophie, wenn er sich nicht gerade in Heidelberg festnehmen ließ.

»Was wollten Sie vor dem Bella Napoli?«, lautete meine erste Frage. Julia Södergren übersetzte mit sonniger Liebenswürdigkeit. Siderov antwortete einsilbig.

»Er will's nicht sagen. Scheint ihm irgendwie peinlich zu sein.«

»Sagen Sie ihm, er wird in die Hölle kommen, wenn er nicht redet. Sagen Sie ihm, dass ich furchtbar schlechte Laune habe und die deutsche Polizei die schrecklichsten Gefängnisse der Welt.«

Sie lachte hell, übersetzte, und daraufhin sagte Siderov gar nichts mehr.

»Ich denke, es geht um eine Frau«, meinte die Dolmetscherin nach einigen weiteren vergeblichen Anläufen. »Ich denke, der Arme ist verliebt.«

»Verliebt?«

»Gucken Sie ihn sich doch an!«

Und so war es dann auch.

Es kostete die Übersetzerin ihre sämtlichen Überredungskünste und eine Menge psychologisches Geschick, bis es heraus war: Mein längst nicht mehr Verdächtiger hatte sich unsterblich in eine gewisse Nikolina verliebt, eine Kommilitonin und nach seiner Beschreibung zweifellos die schönste Frau zwischen dem Balkangebirge und dem Bosporus. Fast hatte sie ihn erhört, man hatte schon miteinander gesprochen, einen Kaffee zusammen getrunken, sich zart an der Schulter berührt und tief in die Augen gesehen, und dann – eines Tages vor sechs Wochen – war Nikolina plötzlich verschwunden.

Der verliebte Student hatte keine Mühe und kein Risiko gescheut, seine Angebetete wiederzufinden. Anfangs hatte er befürchtet, sie sei entführt worden, vielleicht sogar von ihrer eigenen Familie, die auf dem Land lebte und in gewissen Dingen wohl ein wenig konservativ dachte.

Dort hatte er zunächst auf Granit gebissen. Am Ende hatte jedoch Nikolinas Mutter Mitleid mit ihm gehabt und ihm verraten, seine große Liebe sei für einige Zeit verreist, um ihr Studium in einer fernen deutschen Stadt namens Heidelberg fortzusetzen.

Roman Siderov hatte sich auf den Weg gemacht, war praktisch ohne Geld und auf abenteuerlichsten Wegen und Umwegen wider alle Erwartung wohlbehalten in Heidelberg angekommen. Große Strecken war er per Anhalter in Lkws

73

mitgefahren, einiges auch als Schwarzfahrer per Bahn, hin und wieder war er kilometerlang zu Fuß an Autobahnen entlanggetrabt. Aber er hatte es geschafft, war unterwegs weder verhungert noch verloren gegangen, hatte sein Ziel erreicht und seine angebetete Schöne nach tagelanger Sucherei endlich wiedergesehen.

Allerdings nicht an der Universität, sondern in einem Bordell.

Natürlich hatte sie ihn gleich am ersten Tag entdeckt, zur Rede gestellt und ihm mit jener Grausamkeit den Kopf gewaschen, zu der nur Frauen in der Lage sind. Dennoch hatte er mit jenem Mangel an Realitätssinn, wie ihn wohl nur Männer aufbringen können, weiterhin Tag für Tag vor dem Bella Napoli gestanden, in der Hoffnung, wenigstens hin und wieder einen Blick auf seine Nikolina zu erhaschen. Und nun saß er hier, im kahlen Vernehmungszimmer der Heidelberger Polizeidirektion, heulte sich die Seele aus dem Leib und verbrauchte nach und nach meinen kompletten Vorrat an Papiertaschentüchern.

Die Übersetzerin half nach Kräften, den armen Kerl zu beruhigen, ich spendierte Kaffee und vier belegte Brötchen aus der Kantine, die Siderov mit Heißhunger verschlang. Er hustete und schniefte noch ein wenig, und dann konnte man endlich mit ihm reden. Viel kam allerdings nicht dabei heraus. Meine Hoffnung, er könnte in den Tagen und Stunden vor dem Anschlag etwas beobachtet haben, was mir weiterhalf, erfüllte sich nicht.

»Alles ganz normal, sagt er«, erklärte mir die mit unverwüstlicher Sonntagslaune gesegnete Übersetzerin. »Alles ruhig, alles wie immer. Nikolina hat morgens um zehn nach elf ihren Dienst angetreten und ist wie immer gegen Mitternacht nach Hause gegangen. Das heißt, in die WG an der Plöck, wo sie ein Dachzimmerchen hat. In ihrem ... ähem ... Arbeitszimmer mag sie wohl nicht schlafen.«

»Irgendwelche Anzeichen von Nervosität bei den Bulgaren?«

Kurzes Geplapper.

»Nein, sagt er. Alles wie immer.«

»Hat er vor der Explosion etwas Ungewöhnliches beobachtet? Jedes Detail kann wichtig sein.«

Dieses Mal dauerte der Wortwechsel länger.

»Roman sagt, eigentlich nicht. Allerdings hat er ja die meiste Zeit auf das Bella Napoli gestarrt. Nikolina war zu diesem Zeitpunkt schon drin.«

»Was hat er gemacht, nachdem der Cayenne explodiert war?«

Wieder musste ich einige Sekunden auf die Antwort warten, während die beiden in ihrer unverständlichen Sprache diskutierten. Roman Siderov taute nun sichtlich auf.

»Weggelaufen ist er. Wollte keinen Ärger mit der Polizei haben. Ihm ist nicht ganz klar, ob er sich illegal in Deutschland aufhält oder nicht.«

»Sagen Sie ihm, als EU-Bürger braucht er kein Visum und keine Aufenthaltserlaubnis, und einen gültigen Pass hat er ja. Er soll sich bitte vorläufig zu meiner Verfügung halten. Eventuell brauche ich ihn noch mal, um Personen zu identifizieren. Wo kann er solange wohnen?«

»Na, bei mir!«, erklärte die Dolmetscherin strahlend. »In meiner WG stehen gerade zwei Zimmer leer. Und ich finde ihn ja sooo süß!« Den letzten Satz hatte sie mit gesenkter Stimme und einem schnellen Seitenblick ausgesprochen.

Roman Siderov schenkte mir das freundlich-dämliche Lächeln eines Menschen, der nichts begreift. Durch die Übersetzerin ließ er anfragen, ob es eventuell noch Kaffee gebe. Außerdem hatte er schon wieder Hunger.

»Was, wenn der Täter in einem Auto saß und unmittelbar nach der Explosion weggefahren ist?«, fragte Vangelis, als sie gegen Abend noch einmal bei mir vorbeischaute, um die letzten Dinge des Tages zu besprechen.

»Er könnte genauso gut gemütlich vorbeispaziert sein, den Sender in der Tasche …« Mir kam eine Idee, die mir schon längst hätte kommen sollen. »Die Überwachungskameras der Bank haben ja in die falsche Richtung geguckt, sagten Sie. Vielleicht gibt es dort noch andere Kameras? Vielleicht ist ein Juweliergeschäft in der Nähe oder so etwas?«

Vangelis hob erschrocken den Kopf. »Daran hat bisher kein Mensch gedacht«, gestand sie.

Zwanzig Minuten später erfuhr ich per Telefon, dass wir ausnahmsweise einmal Glück hatten.

»Bei der Apotheke, vor der der Cayenne gestanden hat, gibt es gleich zwei Außenkameras, die den Gehweg und einen Teil der Straße überblicken. Der Inhaber hat sie montieren lassen, nachdem ihm im Januar zum dritten Mal irgendwelche Junkies die Scheiben eingeschlagen haben.«

»Wie kommen wir an die Videos?«

»Streife ist schon unterwegs. Der Herr Apotheker hat sehr geschwärmt von seiner Überwachungsanlage. Angeblich das Beste, was der Markt heute zu bieten hat. Er brennt geradezu darauf, uns zu helfen. Übrigens ist er ziemlich sauer, weil sein schöner BMW bei dem Anschlag gelitten hat.«

Als ich eine Viertelstunde später das Büro betrat, das Vangelis sich mit Balke teilte, hantierte sie an einem Gerät herum, das für mich wie ein DVD-Spieler aussah.

»Er wusste nicht, wie er die Daten aus dem Gerät herausbekommt«, erklärte sie, ohne aufzusehen. »Deshalb hat er den Jungs einfach die ganze Kiste mitgegeben. Dummerweise hat er aber die Gebrauchsanweisung vergessen.«

Ich sah ihr über die Schulter, während sie das Gerät mit einem Fernseher älteren Modells verband und nach und nach verschiedene Knöpfe ausprobierte. Es dauerte nicht lange, dann erschien ein Bild, und Augenblicke später wusste sie schon, wie man vor- und zurückspulte.

Der Apotheker hatte recht, was die Qualität seiner Videoanlage betraf – die Aufzeichnungen waren gestochen scharf und sogar in Farbe. Am unteren Rand des Bildes raste die Uhrzeit rückwärts, bis zum neunundzwanzigsten April, elf Uhr dreißig. Zehn Minuten vor der Explosion stoppte Vangelis den Rücklauf.

»Eine Sekunde im Video sind zehn in Wirklichkeit«, sagte sie halblaut und drückte den Startknopf.

Gemeinsam beobachteten wir vorbeiflitzende Passanten, einen riesigen Hund, der in rekordverdächtiger Zeit an eine Laterne pinkelte, Kunden, die im Zeitraffer die Apotheke betraten und schon Sekunden später wieder verließen, einen jungen, unrasierten Mann, der eine große graue Katze auf dem Arm trug und im Schweinsgalopp vorbeisauste. Ein besonders scharfes Auge hatten wir auf vorbeifahrende oder am Straßenrand parkende Autos. Aber nichts davon wirkte ungewöhnlich oder gar interessant. Noch stand der Cayenne unbeschädigt am äußersten linken Bildrand, und keiner der Vorbeigehenden warf auch nur einen Blick darauf. Dann parkte ein alter Peugeot-Kombi am oberen Bildrand ein. Ich durfte mir selbst beim ungeschickten Herumkurven zusehen, wie ich den großen Wagen endlich doch in die Parklücke brachte, ausstieg, einige Schritte auf die Kamera zuging, mir an den Kopf fasste und kehrtmachte.

In dem Moment, als ich die Tür meines Wagens öffnete, um die vergessene Brieftasche herauszunehmen, wackelte das Bild, und im nächsten Augenblick sah die Kamera nichts mehr außer Rauch und Staub.

»In der Zeit, die wir jetzt gesehen haben«, sagte Vangelis mit schmalen Augen, »war das eben der erste Moment, in dem niemand näher als zehn Meter an dem Wagen dran war.«

»Sehen wir uns das Video von der zweiten Kamera an.«

Sie drückte eine Taste, und der nächste Film startete, der die Szene nun genau entgegen der Blickrichtung der ersten Kamera zeigte. Nun stand der Geländewagen am rechten Bildrand. Dieselben Passanten, der Riesenhund, die Apothekenkunden, der junge Mann mit der großen Katze, schließlich ich selbst mit aus dieser Perspektive erschreckend weit fortgeschrittener Stirnglatze. Und wieder die stumme Explosion.

»Haben Sie irgendwas entdeckt?«, fragte Vangelis und reckte sich. »Dummerweise kann man wegen des Qualms nicht erkennen, was anschließend passiert.«

Sie drehte sich in ihrem Bürostuhl zu mir um, legte die Spitzen ihrer Zeigefinger an die Nase und sah zu mir auf.

»Können Sie selbst sich denn an nichts erinnern? Sie sind der einzige Zeuge, mit dem ich noch nicht gesprochen habe.«

Ich zog Balkes verwaisten Stuhl heran und setzte mich.

»Wenn ich etwas gesehen hätte, dann wüssten Sie es natürlich längst«, erwiderte ich leicht gekränkt.

Sie nahm die Fingerspitzen von der Nase. »Sie haben eingeparkt«, sagte sie so geduldig, als wäre ich ein begriffsstutziger

Zeuge mit Erinnerungsstörungen. »Sie sind ausgestiegen und auf den Cayenne zugegangen ...«

»Das haben wir ja eben alles lang und breit im Fernsehen beobachtet«, versetzte ich.

»Und nach dem Knall? Was war da?«

Ich stützte die Ellbogen auf die Knie, betrachtete den längst renovierungsbedürftigen Fußbodenbelag aus grauem Kunststoff.

»Erst mal war ich zu Tode erschrocken, habe nur Qualm gesehen. Dann hat es angefangen zu brennen. Ich habe meinen Feuerlöscher aus dem Auto geholt und versucht, zu löschen. Beim besten Willen ... Ich kann mich an den Knall erinnern, an den Brand und später an den Kerl mit der Glatze, der über der Bank wohnt. Seine Aussage haben Sie in den Akten.«

»Vielleicht sollten wir sämtliche Zeugen ein zweites Mal vernehmen«, überlegte sie. »Gleich heute. Noch ist die Erinnerung frisch.«

Ich sah auf die Uhr. Es war halb sieben Uhr am Abend.

»Das wird eng«, sagte ich.

»Wir müssen es versuchen«, erwiderte sie trotzig. »Heute ist Sonntag, die Leute sind zu Hause. Und mit jeder Stunde, die wir länger warten, sinken unsere Chancen.«

»Siderov«, sagte ich.

Sie hatte sich schon wieder dem Aufzeichnungsgerät zugewandt und begonnen, die Kabel abzuziehen. »Wer?«

»Dieser bulgarische Student. Er war am Tatort. Er hat die ganze Zeit in die richtige Richtung gesehen. Ich habe ihn gefragt, ob er vor dem Knall etwas beobachtet hat. Ich habe ihn leider nicht gefragt, was später war.«

9

Zurück in meinem Büro wählte ich die Nummer von Julia Södergren. Man saß gerade gemütlich beim Tee und verstand sich prächtig. Ich bat sie, ihren Gast zu fragen, was er in den Sekunden nach der Explosion beobachtet hatte.

Die Antwort kam fast sofort. Sie war kurz und eindeutig: »Nichts. Roman hat sich so erschrocken, dass er nur noch einen Gedanken hatte: Fort, so rasch wie möglich. Moment … Beinahe wäre er vor Schreck unter ein Auto gelaufen, sagt er.«

»Ein Auto?«, fragte ich wachsam. »Was für eines denn?«

Dieses Mal dauerte der Wortwechsel im Hintergrund lange. Ich hörte die beiden lachen. Sollte Roman Siderov etwa auf ganz unerwartetem Weg doch noch sein Liebesglück in Heidelberg gefunden haben?

»Ein kleiner Opel oder ein Ford«, sagte Julia Södergren dann. »Er ist von der Seite gekommen, wo das brennende Auto war, so wie Roman mir die Szene aufgemalt hat. Der Fahrer hat es sehr eilig gehabt, sagt er.«

»Ein Mann, demnach? Die Farbe des Wagens? Dunkel, hell, weiß, schwarz?«

Wieder wurde diskutiert. Der Opel oder Ford war eher neu gewesen und eher dunkel als hell. Der Fahrer eventuell auch eine Frau.

»Schmutzig war er.«

»Der Fahrer?«

Julia Södergren kugelte sich vor Lachen. »Aber nein, der Wagen. Fast so schmutzig wie die meisten Autos in Bulgarien.« Und dann, so beiläufig, dass es mir um ein Haar entgangen wäre: »An Romans Jeans ist sogar noch Schmutz von der Stoßstange, haben wir eben entdeckt.«

Ich eröffnete der Studentin der Slawistik, dass in Kürze die Polizei an ihrer Tür klingeln würde, um die Jeans ihres Gastes umgehend ins Labor zu befördern.

»Können Sie ihrem Schützling was zum Anziehen borgen? Oder soll ich mich um Ersatz kümmern?«

Sie gluckste. »Der kriegt meinen Bademantel, danke. Das geht schon.«

Kaum hatte ich aufgelegt, klingelte mein Telefon.

»Södergren noch mal«, sagte die Studentin aufgeregt. »Roman ist sich auf einmal sicher, dass am Steuer doch eine Frau gewesen ist. Blond, sagt er. Sehr blond. Die Haare so kurz wie bei einem Mann.«

»Weshalb ist er sich jetzt auf einmal so sicher?«

»Die Brüste.« Dieses Mal lachte sie nicht. »Sie hat eine weiße Bluse angehabt, und die stand für seinen Geschmack zu weit offen. Diese orthodoxen Christen auf dem Balkan sind anscheinend noch prüder als die protestantischen Betschwestern bei uns oben in Oldenburg.«

Kein Wunder, dass der Bursche sich nicht an die Farbe des Wagens erinnern konnte, dachte ich, als ich den Hörer zum zweiten Mal auflegte.

Ich informierte Vangelis, und während ich sprach, fiel mir die junge Frau wieder ein. Nur zwei Schritte von mir entfernt hatte sie gestanden, vor dem Zigarettenautomaten. Blond war sie gewesen, weißblond. Ihr Haar war kurz geschnitten gewesen, die weiße Bluse ... Wie hatte ich die vergessen können?

Und nach der Explosion hatte sie offenbar nichts Eiligeres zu tun gehabt, als in ihren Wagen zu springen und davonzufahren. Vangelis ging ihre Listen durch. Eine junge blonde Frau stand nicht darauf.

»Die müssten doch auch andere gesehen haben«, überlegte ich. »Eine schöne Frau mit freizügig geknöpfter Bluse fällt doch auf.«

Ich hörte Papier rascheln. »Nein«, sagte Vangelis. »Von dieser Frau steht hier nichts. Aber ich werde die Zeugen sicherheitshalber noch mal befragen.«

»Tun Sie das. Irgendwer müsste auch ihren Wagen gesehen haben. Hat denn niemand sonst einen schmutzigen Kleinwagen erwähnt?«

»Herr Gerlach«, seufzte sie, »nicht nur Sie standen in diesem Moment unter Schock. Wir haben sehr gründlich und sehr ausführlich mit allen Zeugen gesprochen. Aber ich werde natürlich gerne noch einmal alle Protokolle durchgehen, sobald ich Zeit dazu habe.«

Ich ging ihr auf die Nerven. Ein Chef, der alles besser wusste, selbst aber nicht imstande war, sich an eine Frau zu erinnern, die so nah neben ihm gestanden hatte, dass er sie fast mit der Hand hätte erreichen können. Ich nahm mir vor, ihr bei nächster Gelegenheit einen Espresso und ein paar nette Worte zu spendieren. In den frühen Phasen einer Ermittlung sind kleinere oder auch größere Verstimmungen nahezu unvermeidlich. Ich stelle mir das vor wie bei einem Operationsteam während eines lebensrettenden Eingriffs. Da sagt auch niemand: »Hätten Sie bitte die Freundlichkeit, mir einen frischen Tupfer zu reichen?« Wo eilig gehobelt wird, da fallen hin und wieder grobe Worte.

Eine Stunde später wussten wir schon etwas mehr über die Frau mit dem schmutzigen Kleinwagen. Soweit erreichbar, waren alle Zeugen inzwischen noch einmal kontaktiert und befragt worden. Drei Personen meinten immerhin, sich an die Frau zu erinnern. Ein pensionierter Oberstudienrat beschrieb sie auffallend detailliert. Vor allem die Bluse. Eine Studentin, die im Moment der Explosion gähnend aus ihrem Schlafzimmerfenster gesehen und überlegt hatte, ob sie sich zur Feier des Frühlings eine Pizza gönnen sollte, wusste weniger über die Bluse unserer Unbekannten zu berichten, erinnerte sich dafür umso genauer an eine schwarze, elegant geschnittene Tuchhose und fürs Autofahren eindeutig zu hohe Schuhe. Schließlich fand sich noch eine ältere Dame, die ihre katastrophale Kurzsichtigkeit durch besondere Schärfe anderer Sinne zu kompensieren versuchte. Sie gab zu Protokoll, die Frau habe nach einem Parfum von Jean Paul Gaultier namens Fragile geduftet.

Alle Zeugen schätzten das Alter der weißblonden Unbekannten zwischen fünfundzwanzig und Anfang dreißig.

Jedes Mal, wenn ich von Klara Vangelis ein neues Detail erfuhr, wurde das Bild in meinem Kopf deutlicher. Ich sah die kecke Wuschelfrisur wieder vor mir, die dunkle Hose, die pinkfarbenen Schuhe. Ich roch das Parfüm und wusste doch, dass alles nur Einbildung war. In wenigem sind wir Menschen so kreativ wie darin, uns an Dinge zu erinnern, von denen andere behaupten, wir hätten sie wahrgenommen. Sicher erinnerte ich mich an nichts als an einen Schrei, aufgerissene Augen, das helle, kurze Haar, eine vor den Mund geschlagene Hand. Ich hatte die Frau ja nicht einmal eine halbe Sekunde lang angesehen, dann hatte ich mich wieder dem Ort der Bedrohung zugewandt, dem qualmenden und fast sofort in Flammen aufgehenden Wagen.

Eine Hand oder zwei?

Hatte die Frau eine Hand vor den Mund geschlagen oder

zwei? Ich meinte, es sei nur eine gewesen. Die rechte hing herab. Aus der war ihr das Portemonnaie entglitten, das am Boden lag. Und die Handtasche. Oder hatte sie etwas in der rechten Hand gehalten? Ein Kästchen zum Beispiel, voller Elektronik und mit einem kleinen, roten Kopf daran?

Die frustrierende Wahrheit war: Ich wusste es nicht. Ich konnte aus meinem Gedächtnis problemlos beide Bilder abrufen – die Frau mit einer Hand oder mit beiden Händen vor dem Mund. Nur bei den aufgerissenen Augen war ich mir sicher. Und bei dem Schrei und den Haaren.

Immerhin hatten wir nun eine selten gute Personenbeschreibung und ein in meinen Augen gelungenes Phantombild.

Ich beschloss, nun endlich nach Hause zu fahren und mich um meine Töchter zu kümmern, von denen ich den Tag über nichts gehört hatte. Was hoffentlich ein gutes Zeichen war.

Als ich den Peugeot vor meiner Wohnung in der Kleinschmidtstraße abstellte, begann es schon zu dunkeln, und inzwischen war ich nur noch müde. Die vergangene Nacht war zu kurz gewesen, der Tag lang und anstrengend. Die Kastanienbäume verloren schon ihre ersten Blüten, stellte ich zu meiner Überraschung fest. Dabei war mir gar nicht aufgefallen, dass sie geblüht hatten.

Schon an der Wohnungstür schlug mir ein Geruch entgegen, als hätte es gebrannt. Hastig zog ich mein Jackett aus, warf es über die Garderobe und machte mich auf die Suche nach dem Ort der neuen Katastrophe. Er war rasch gefunden: wieder die Küche. Es sah aus, als hätte die Russenmafia auf dem Herd eine zweite Bombe zur Explosion gebracht.

Offenbar hatten die Zwillinge versucht, etwas zu braten, und wahrscheinlich hatte zum falschen Zeitpunkt irgendein Handy geklingelt. Die Kacheln hinter dem Herd, die Dunstabzugshaube, der darüber hängende Wandschrank – alles war grau vom Ruß, und trotz der weit offen stehenden Balkontür stank es zum Davonlaufen. Die Gerätschaften, die meine missratene Brut bei ihrem Kochexperiment benutzt hatte, lagen um das Zentrum des Desasters herum verstreut. Auf dem Tisch vertrockneten zwei aufgeschnittene Brötchen, die es vermutlich als

Beilage hatte geben sollen, daneben standen ein Glas Essiggurken und eine offene Ketchupflasche. Immerhin schien der Schaden ohne Totalrenovierung behebbar zu sein.

Ich rief die Namen der beiden kulinarischen Bruchpiloten, erhielt jedoch keine Antwort. Anscheinend war man vorsichtshalber ausgeflogen. Schließlich entdeckte ich am Kühlschrank einen gelben Klebezettel. Umringt von Smilies stand darauf in allerschönster Handschrift: »Sind bei Silke. Sorry wegen der Küche. Machen morgen sauber. hdgdl S+L«

Und natürlich waren ihre Handys ausgeschaltet.

Es gelang mir, meinem ersten Impuls nicht nachzugeben und die Schweinerei nicht selbst aufzuräumen. Ich stellte lediglich die verderblichen Sachen in den Kühlschrank, fand dort noch etwas Salami und Camembert. In der Mikrowelle taute ich mir zwei Brötchen auf, öffnete eine Flasche Durbacher Spätburgunder, der nach meinen Erfahrungen gut für die Nerven von mit pubertierenden Töchtern geplagten Vätern war, trug alles ins Wohnzimmer und suchte eine ruhige Musik in meiner CD-Sammlung. Meine Wahl fiel auf Mark Knopfler, »Get lucky«. Ein gutes Motto für den Abend, fand ich.

Mit den Füßen auf dem Couchtisch ließ ich mir mein karges Abendessen schmecken. Die Musik tat gut, der Wein seine Wirkung. Allmählich kamen meine Nerven zur Ruhe. Ich nahm Theresas Buch wieder zur Hand. Von allen Figuren, die im Text eine Rolle spielten, waren zeitgenössische Porträts abgedruckt. Beim Anblick der meisten Fürstinnen und Herzoginnen und Markgräfinnen verstand ich ihre untreuen Ehegatten sofort. Der nicht weniger hässliche Heidelberger Kurfürst Karl Ludwig (1617–1680) zeugte mit seiner schönen Geliebten Luise von Degenfeld (1634–1677) nicht weniger als dreizehn Kinder, obwohl er rechtlich immer noch mit seiner Charlotte von Hessen-Kassel (1627–1686) verheiratet war.

Liebekind hatte recht: Theresa schrieb amüsant, ohne dabei auf historische Genauigkeit zu verzichten. Es fing an, mir Spaß zu machen.

Bei Seite siebenundzwanzig begann irgendwo in der Wohnung das Telefon zu quengeln. Nach längerem Suchen fand ich es in Louises Zimmer unter einem Berg auf dem Bett verstreuter

T-Shirts. Inzwischen hatte es sich natürlich längst wieder beruhigt. Ich nahm es mit ins Wohnzimmer. Eine halbe Minute später meldete es sich erneut.

»Bertram hier«, sagte eine Frauenstimme, die mir bekannt vorkam. »Bitte entschuldigen Sie die Störung zu so später Stunde. Ich müsste dringend ein paar Takte mit meinem Töchterchen reden.«

»Ihre Tochter?« Ich begann, Fürchterliches zu ahnen.

»Silke ist doch bei Ihnen?«

»Nein. Leider.«

»Sie sind aber schon der Vater von Sarah und Louise?«

Wir diskutierten eine Weile den Unterschied zwischen Lüge und gezielt herbeigeführtem Missverständnis. »Sind bei Silke« bedeutete ja keineswegs, dass meine Töchter bei ihr zu Hause waren, obwohl ich natürlich genau das hatte glauben sollen.

Frau Bertram sprach von Hausarrest und Taschengeldentzug. Ich dagegen hatte mir vorgenommen, mich heute über nichts mehr aufzuregen, und es gelang mir beinah. Auch Silkes Noten waren in diesem Halbjahr zum Weinen. Wir bemitleideten uns ein wenig gegenseitig und verabschiedeten uns im Einvernehmen darüber, dass das Leben im Allgemeinen schwer war und Kinder die zugleich aufregendste und schönste Katastrophe, die es zu bieten hatte. Immer noch waren die Handys meiner unehrlichen Töchter ausgeschaltet. Zum zweiten Mal versuchte ich, wach zu bleiben, bis sie nach Hause kamen, und wieder gelang es mir nicht. Gegen zwölf kam ich aus dem Gähnen nicht mehr heraus und nickte immer öfter ein. Schließlich gab ich auf und ging zu Bett.

In dieser Nacht gaben sich die beiden enorme Mühe, leise zu sein.

Am Montagmorgen sah meine Küche aus wie am Abend zuvor, und ich beschloss, im Büro zu frühstücken. Draußen schien die Sonne und blühten die Bäume, und ich verspürte nicht die geringste Lust, mir den schönen Tag gleich zu Beginn mit erzieherischen Maßnahmen zu verderben. Zur Schnecke machen konnte ich die beiden ebenso gut am Abend. Heute war Feiertag, der erste Mai, die Straßen waren noch leer, als ich um halb neun durch die schöne Heidelberger Weststadt schlenderte und den Vögeln beim Jubeln zuhörte.

Gegenüber der Polizeidirektion gab es eine kleine Bäckerei, die auch an Sonn- und Feiertagen morgens für einige Stunden geöffnet hatte, Kaffee gab es im Büro.

Kurze Zeit später betrat ich mit meiner Bäckertüte in der Hand die Direktion und fand sie, wie am Tag zuvor, erfreulich ruhig. Auch in der vergangenen Nacht war nichts Erwähnenswertes vorgefallen. Vielleicht hatten die Gemüter sich schon ein wenig abgekühlt? Vielleicht hatte man telefoniert und das Kriegsbeil im Neckar versenkt? Die Telefonüberwachung berichtete leider nichts, was meine Hoffnung stützte. Andererseits hatte Balke natürlich recht, es gab Handys, es gab E-Mails, und unsere Gegner waren uns, was die Technik betraf, meist um mehrere Nasenlängen voraus. Möglicherweise wartete man auch nur ab, bis die Polizei mit ihren lästigen Streifenwagen die Lust verlor, einem ständig über die Füße zu fahren. Auch der Russin dürfte klar sein, dass ich den massiven Einsatz an Fahrzeugen und Personal nicht lange würde aufrechterhalten können.

Auf der Treppe lief mir Sven Balke über den Weg. Er wirkte frisch und ausgeruht. Er hatte keine Kinder, der Glückliche.

»News aus Sofia!«, verkündete er und wedelte mit einigen losen Papieren. »Die Leute in der Botschaft sind seit gestern Abend in Kontakt mit den bulgarischen Kollegen.«

Wir betraten mein Büro, ich legte meine Tüte auf den Schreibtisch und hängte mein Jackett auf. Balke setzte sich und breitete seine Unterlagen aus.

»Sie haben da unten eine fette Akte über unseren Anton Schivkov«, begann er, nachdem ich ebenfalls Platz genommen hatte.

»Und wie ist er nun zu seinem Reichtum gekommen?«

Balke grinste mich an. »Wie oft wollen Sie raten?«

»Ich tippe auf Mafia.«

»Der Kandidat kriegt hundert Punkte.« Balkes Grinsen wurde noch breiter. »Ich habe ein bisschen im Internet gestöbert. Wenn man glauben darf, was man da liest, dann gehört halb Bulgarien der Mafia. Das scheint da fast noch schlimmer zu sein als in Süditalien. Die Polizei ist machtlos und zur Hälfte wohl auch korrupt. Und wenn sie doch mal einen Clan zerschlagen – meistens sind das Sippenverbände, jeder ist irgendwie mit jedem verwandt, und von außen kommt man da unmöglich rein. Wenn sie also wirklich mal einen Clan zerschlagen, dann veranstaltet die Konkurrenz ein Besäufnis mit großem Feuerwerk und übernimmt die Geschäfte.«

»Und so was ist nun also in der EU.«

»Italien ist bekanntlich auch in der EU.« Balke blätterte in einem mehrseitigen Fax. »In letzter Zeit kriegen sie aber mächtig Druck aus Brüssel, und der Wind scheint sich allmählich zu drehen. Ah, jetzt hab ich's.« Er sah auf. »Diese mafiösen Strukturen sind jahrhundertealt. Zu Ostblockzeiten hat man nichts davon gehört, existiert haben sie aber trotzdem. Nach dem Zusammenbruch der Sowjetunion sind sie wieder dick im Geschäft.«

»Und Schivkov?«, fragte ich ungeduldig.

»Der ist Chef eines Clans gewesen, der in den Bergen im Westen des Landes sitzt. Reich geworden ist er durch Waffenschmuggel nach Serbien während des Kosovokriegs. Zurzeit gibt es zwar immer noch Schmuggel, der ist aber natürlich nicht mehr so lukrativ. Deshalb haben sie sich auf Schutzgelderpressung verlegt und wohl auch ein bisschen Prostitution. Mehr weiß ich bisher nicht. Auf dem Balkan gilt die Omertà genauso wie in Sizilien. So viel kann man aber sagen: Schivkov und sein Familienclan sind sehr schnell zu sehr viel Geld gekommen. Dann hat er angefangen, der Konkurrenz das Leben schwer zu machen. Reiche Leute wollen ja immer noch reicher werden. Es hat Schießereien gegeben, später regelrechte Hinrichtungen. Vor drei Jahren muss die ganze Sache dann irgendwie aus dem Ruder gelaufen sein, und ein paar Monate später ist Schivkov hier bei uns aufgetaucht. Vermute, er ist an einen Konkurrenten geraten, der eine Nummer zu groß für ihn war.«

Ich nahm einen Kuli in die Hand und zwirbelte ihn herum.

»Und hier kommt er ausgerechnet den Russen in die Quere.«

»Was, wenn gar nicht die Russen dahinterstecken?«, überlegte Balke und lehnte sich zurück. »Was, wenn seine alten Freunde aus Bulgarien ihn aufgestöbert haben?«

Als ich allein war, ging ich ins Vorzimmer, um mir von unserem Kaffeecomputer einen Cappuccino zubereiten zu lassen. Warum ging ich nicht nach Hause?, fragte ich mich bei meinem kargen Bürofrühstück. Was wollte ich hier, wo alles problemlos ohne mich funktionierte? Drückte ich mich etwa vor meinen Vaterpflichten, zu denen auch gehörte, hin und wieder hart durchzugreifen? An Tagen wie diesen hätte ich lieber Söhne gehabt. Die anzuschreien wäre mir vermutlich leichter gefallen.

Als der Kaffee getrunken und das Croissant vertilgt war, begann ich, Theresa eine Guten-Morgen-SMS zu schreiben. Ich lobte ihr Buch, fragte sie, wie sie geschlafen hatte. Dann wurden meine Finger langsamer. Beim obligatorischen »Ich liebe dich« kam ich ins Stocken.

Zu meiner Erleichterung summte das Telefon.

Bei polizeilichen Ermittlungen ist es wie überall im Leben: Mal hat man Glück, mal hat man Pech. An diesem sonnigen ersten Mai gehörte ich offenbar zu den Glückspilzen.

»Es geht um diese Frau«, sagte eine heisere Männerstimme. »Die Blonde aus den Nachrichten.«

Klara Vangelis hatte noch in der vergangenen Nacht das Phantombild der weißblonden Frau sowie die Beschreibung veröffentlichen lassen, hatte ich von Balke erfahren.

»Sie kennen sie?«

»Kennen – na ja.« Er räusperte sich, aber die Heiserkeit blieb. »Hab mal mit ihr ... zu tun gehabt.«

»Mir reichen Name und Adresse.«

Der Anrufer räusperte sich wieder, als wollte er Zeit schinden, sich seine Antwort zurechtzulegen.

»Sie heißt Inga. Und sie wohnt in Schwetzingen, hat sie mir verraten.«

»Darf ich fragen, woher Sie diese Inga kennen?«

Im Hintergrund hörte ich Verkehrsgeräusche. Vielleicht telefonierte er am offenen Fenster. Oder aus einer Zelle.

»Nein. Und meinen Namen werden Sie auch nicht erfahren. Die Telefonnummer brauchen Sie nicht zu checken. Ich ruf aus 'ner Zelle an. Verstehen Sie, ich ...«

Mitten im Satz legte er auf.

Inga. Um die dreißig. Schwetzingen. Einen Versuch war es wert.

Eine Viertelstunde später kannte ich bereits ihre Adresse. Der Vorname war zum Glück nicht allzu häufig, und von den sechs Ingas, die in Schwetzingen gemeldet waren, hatte nur eine einzige das passende Alter.

Meine SMS hatte ich schließlich doch zu Ende getippt, Theresa hatte bisher noch nicht geantwortet.

10

Inga Wolff wohnte in einem blassrosafarbenen Mietshaus, das nur wenige Meter östlich vom Schwetzinger Bahnhof gleich neben den Bahngleisen lag. Nicht allzu weit entfernt befand sich das berühmte Barockschloss, in dessen Vorgängerbau Luise von Degenfeld (1634 – 1677) seinerzeit auf ihren geliebten Kurfürsten gewartet hatte. Immer noch war der Himmel von strahlendem Blau. Die Sonne lachte auf mich herunter. Es war fast sommerlich warm, alles grünte und strotzte und blühte, als wäre es das letzte Mal. Auf der ruhigen Straße spielten Kinder Federball und Fangen. Das kleine Rasenstück vor dem Haus zierten Gänseblümchen und bunte Papierschnipsel. Die Vögel wollten sich nicht beruhigen in ihrer Begeisterung über diesen wunderschönen Tag.

Und ich Idiot arbeitete. Vermutlich lachte die Sonne über mich.

Inga Wolffs schmutziger, anthrazitfarbener Kleinwagen entpuppte sich als Citroën Xsara und parkte am Straßenrand.

Ich drückte den Klingelknopf und musste ein Weilchen warten, bis sich eine schlaftrunkene, helle Stimme meldete und nach einigem Hin und Her der Türöffner summte. Inga Wolff wohnte im Erdgeschoss rechts und erwartete mich gähnend und in einem steingrauen Morgenmantel an der Wohnungstür. Zu meiner Überraschung war sie nicht weißblond, sondern hatte fuchsbraunes, schulterlanges Haar. Dennoch erkannte ich sie sofort wieder.

»Polizei?«, fragte sie verwirrt und rieb sich den Schlaf aus den Augen. »Ist was mit meinem Auto?«

An ihrer schmalen Nase funkelte das Steinchen.

»Es geht um den Samstagvormittag. Vorgestern. Erinnern Sie sich an mich?«

Sie musterte mich mit großen, goldbraunen Augen von oben bis unten, schüttelte den Kopf.

»Sie haben neben mir gestanden, als das Auto explodierte.«

»Echt? Ich erinnere mich an gar nichts, ehrlich gesagt. Ich bin so dermaßen erschrocken ...«

»Warum sind Sie anschließend so eilig weggefahren?«

»Bin ich das? Ich bin weggefahren, ja, weil ich sowieso schon spät dran war. Und ich war auch ganz durcheinander von dem Knall. Später habe ich im Radio gehört, dass es zum Glück keine Verletzten gegeben hat oder noch Schlimmeres. Ein Wunder, nicht wahr?«

Sie sah mir so treuherzig in die Augen, dass ich die Hoffnung fahren ließ, die schlanke Frau mit den rührend kleinen bloßen Füßen könnte den Knopf des Zünders gedrückt haben. Aber sie war eine Augenzeugin. Eine Zeugin, mit der noch niemand gesprochen hatte.

»Wollen wir uns nicht lieber setzen?«, schlug ich vor. Manches gesteht sich sitzend und unter vier Augen leichter als stehend an der Wohnungstür vor den Ohren der Nachbarn. Sie nickte, in Gedanken versunken, ließ mich ein.

Kurze Zeit später saßen wir uns in Inga Wolffs winziger, vom Morgenlicht durchfluteter Neubauküche an der Miniaturausgabe eines Frühstückstischs gegenüber. Vor dem Fenster rumpelte ein endlos langer Güterzug vorbei. Auf dem Tischchen wackelte ein Kristallväschen mit drei angewelkten gelben Tulpen. Einige Blütenblätter waren schon abgefallen und lagen auf der Tischplatte. Daneben ein ungeöffnetes Päckchen Zigaretten. Eine altertümliche Kaffeemaschine blubberte und duftete heimelig. Außerdem roch es hier nach Zitrone.

»Ist Ihnen etwas aufgefallen in den Sekunden, bevor es gekracht hat?«, fragte ich, als der Zug endlich zu Ende war.

»Aufgefallen?« Sie schüttelte ratlos den Kopf. »Gar nicht.

Die Sonne hat geschienen, ich wollte noch rasch Zigaretten ziehen, und auf einmal macht es bums, und mir fällt alles aus der Hand. Das ist alles, was ich weiß.«

Akzent und Tonfall verrieten, dass sie aus dem Rheinland stammte.

»Was haben Sie in den Minuten vorher getan?«

»Ich bin, also ich war …«

Sie senkte den Blick und verstummte. Ihre schmale Rechte hielt den Kragen ihres kuscheligen Morgenmantels zu. Vor dem gekippten Fenster zwitscherten Vögel. Eine angenehm frische Luft wehte herein. Inga Wolff erhob sich, nahm die Kanne aus der Kaffeemaschine, füllte die Tassen, setzte sich wieder. Dann begann sie zu sprechen.

»Wer wird von unserem Gespräch erfahren?«, fragte sie leise, während sie drei gehäufte Löffel Zucker in ihre Tasse schaufelte und sie anschließend bis zum Rand mit Sahne auffüllte.

»Kommt darauf an«, erwiderte ich freundlich. »Falls das, was Sie mir zu erzählen haben, nichts mit meinem Fall zu tun hat, bin ich genauso zu Diskretion verpflichtet wie Ihr Arzt oder Ihr Beichtvater.«

Sie lächelte, als hätte sie nichts anderes erwartet, und probierte einen vorsichtigen Schluck von ihrer morgendlichen Kalorienbombe.

»Ich bin … Ich war nämlich …« Sie musste noch dreimal schlucken und ein zweites Mal an ihrem Milchkaffee schlürfen, bevor sie fortfuhr. »Ich strippe«, gestand sie und errötete bis zum Haaransatz. »Auf Junggesellenabschieden. Und Herrenabenden. Und so.«

»Mich interessiert ausschließlich, was Sie gesehen haben, nachdem Sie am Samstag die Straße betreten haben.«

Sie seufzte und schlürfte wieder von ihrem Kaffee, der nicht weniger zu werden schien.

»Eine Freundin hat mich dazu gebracht. Tina. Sie ist in solchen Sachen ziemlich locker. Lockerer als ich jedenfalls. Verstehen Sie, man wird ja nicht angefasst. Das ist sogar regelrecht verboten. Es gibt einen ordentlichen Vertrag, und da steht klipp und klar drin: Gucken ja, grapschen nie und nimmer. Läuft über eine Agentur in Mainz. Ich mache das noch nicht so lange. Die ersten beiden Male war es … na ja … ein bisschen komisch, aber okay. Vor allem die Bezahlung, die ist sogar sehr okay. Am Freitagabend war es schrecklich. Eine Horde sturzbesoffener Russen …«

»Russen?«

»Ukrainer, Letten, was weiß ich. Jedenfalls hat nur einer von den widerlichen Typen deutsch gesprochen, und der hat uns später auch bezahlt. Termin war von zehn bis elf. Eine Stunde – zweihundert Euro pro Nase. Zweihundert die Stunde, wo kriegen Sie das sonst? Aber diese Kerle am Freitag hatten anscheinend die Spielregeln nicht begriffen. Dachten wohl, Stripperin ist so was wie Callgirl. Das läuft aber nicht. Nicht bei mir. Und bei Tina auch nicht.«

»Und nach der Vorstellung haben Sie trotz allem bei diesen … Herren übernachtet?«

Seit Ewigkeiten hatte ich keinen deutschen Brühkaffee mehr getrunken. Er schmeckte gar nicht so schlecht, wie ich ihn in Erinnerung hatte.

»Um Himmels willen!« Sie schüttelte sich vor Ekel und lachte gleichzeitig. »Wir haben zugesehen, dass wir wegkamen, bevor die am Ende noch handgreiflich geworden wären. Zum Glück waren sie nicht mehr die Schnellsten bei ihrem Alkoholpegel. Zu Hause bin ich sofort unter die Dusche, und da habe ich erst bemerkt, dass meine Armbanduhr fehlte. Die hatte ich da irgendwo liegen lassen. Deshalb bin ich am Samstagmorgen noch mal hingefahren, ich hatte dummerweise nicht mal eine Telefonnummer, und habe geklingelt. Sie können sich denken, mit welcher Freude ich das gemacht habe. Aber die Uhr war teuer. Ein Geschenk meines Opis zum Abi.«

»Und haben Sie Ihre Uhr zurückbekommen?«

»Gott sei Dank, ja. Der Typ, der aufgemacht hat, war der, der am Abend bezahlt hat. Meine Uhr hat in der Küche auf dem Kühlschrank gelegen. In der Küche hatten wir uns umgezogen.«

»Und was war mit dem Rest der Partygäste?«

»Ich habe keinen gesehen. Die Wohnung ist aber auch riesig. Vier oder fünf Zimmer mindestens. Gut möglich, dass da noch irgendwo welche ihren Rausch ausgeschlafen haben. Gesehen habe ich nur Unmengen leerer Flaschen. Meine Güte, was manche Menschen trinken können ...«

Sie fischte Block und Bleistift aus einer Schublade und begann, mit geübten Bewegungen eine Skizze zu zeichnen. Dabei hatte sie den Kragen ihres Morgenmantels losgelassen, und er war ein wenig auseinandergerutscht. Sie schien nichts darunter zu tragen.

Inga Wolff war eine gute Beobachterin, stellte ich in den nächsten Minuten fest, und sie trug wirklich nichts unter ihrem Bademantel.

»Hier bin ich gewesen, Nummer 43, zweiter Stock. Den Namen des Herrn kann ich mir nicht merken.« Sie sah kurz auf. »Irgendwas mit ›Kos‹ am Anfang und ›ky‹ am Ende.« Sie wandte sich wieder ihrer Zeichnung zu. »Ich komme also aus der Haustür, sehe gegenüber den Zigarettenautomaten, gehe zwischen zwei Autos durch ...«

»Hat jemand in den Autos gesessen?«

»Rechts, das war ein Lieferwagen, ein dunkelblauer. Da kann ich nicht sagen, ob einer drinsaß, den hab ich ja nur von hinten gesehen. Links, das war ein uralter Golf. Da hat niemand dringesessen. Dann ist noch eine Straßenbahn gekommen, aus der Stadt, und dann konnte ich über die Straße. Auf der anderen Seite hat mein Autochen gestanden, und direkt davor hat irgend so eine Knalltüte eingeparkt, die nicht Auto fahren konnte. Das war einer von diesen alten französischen Riesenkombis.«

»Die Knalltüte war ich.«

»Ups!« Erschrocken sah sie mich an. Plötzlich mussten wir beide lachen. Sie schenkte Kaffee nach.

»Jedenfalls steh ich da am Automaten«, fuhr sie fort, nachdem die Tassen wieder gefüllt waren, »und suche in meiner Börse nach Münzen, und auf einmal kracht es und alles wackelt, dass ich denke, die Welt geht unter. Erst war ich wie gelähmt, und dann habe ich gedacht, jetzt kommt gleich Polizei, und dann wollen die natürlich wissen, wo du warst, und in der nächsten Sekunde habe ich schon im Auto gesessen. Um ein Haar hätte ich noch wen überfahren. Einen jungen Kerl. Der war mindestens so geschockt wie ich. Ganz blass ist der gewesen. Wie ich auch, vermute ich mal.«

»Können Sie sich erinnern, ob kurz vor oder nach Ihnen ein anderes Auto weggefahren ist?«

Erst zögernd, dann überzeugt schüttelte sie den Kopf mit den noch ungekämmten, im Morgensonnenlicht rötlich schimmernden Locken.

»Da war nur ... Moment ... ja, ein Fahrradkurier ist da gewesen. Wo der hergekommen ist, kann ich nicht sagen. Auf einmal war er da, ist vor mir auf die Straße gebrettert und losgezischt. Die sind ja in der Stadt viel schneller als die Autos, wenn sie es drauf anlegen. Wie der Blitz ist der davon.«

Ich war mir sicher, dass auch dieser rasende Fahrradkurier nicht auf Vangelis' Zeugenliste stand.

»Können Sie den Mann beschreiben?«

»Oje!« Ihre kleine Nase wurde kraus beim Nachdenken. »Groß war der. Kräftig. Braune Beine. Ein knallrotes Shirt hat er angehabt und einen gelb-blauen Rucksack. Ich hab solche schon öfter gesehen. Die gehören alle zur selben Firma. Irgendwas mit ›Rad‹.«

»Sie haben ihn aber nur von hinten gesehen, oder?«

»Den sollten Sie trotzdem finden. Die werden ja wohl so was wie eine Buchführung haben.«

Ich leerte meine Tasse und lehnte eine dritte dankend ab. Wir plauderten noch ein wenig über die Minuten vor und nach der Explosion. Aber sie hatte alles gesagt, was sie wusste.

»Passen Sie auf, dass Sie bei Ihrem kleinen Nebenverdienst nicht mal an die falschen Kunden geraten«, sagte ich, als ich ihr zum Abschied mein Kärtchen überreichte. Inzwischen hielt ihre Linke wieder den Morgenmantel zu.

Dieses Mal lachte sie laut. Es war ein sympathisches, offenes Lachen.

»Keine Sorge, seit vorgestern ist Schluss mit Nebenverdienst. Im wirklichen Leben bin ich Pfarramtssekretärin. Was denken Sie wohl, was los wäre, wenn das bekannt würde? Und wenn Sie jetzt fragen, ob ich das nötig habe – ich verrate Ihnen lieber nicht, was am Monatsanfang auf meinem Konto ist. Sonst haben Sie den Rest des Tages Mitleid mit mir.«

Als ich wieder im Wagen saß, warf ich einen Blick auf mein Handy. Neue Nachricht von Theresa: »Es kann der Anfang vom Ende unserer Liebe sein oder das Ende des Anfangs. Wir müssen reden. Ich liebe dich.«

Das Ende des Anfangs.

Fühlte es sich so an?

Ich beschloss, erst gründlich nachzudenken, bevor ich antwortete, und ließ den Motor an. Ich musste meine Gedanken und Gefühle sortieren. Und dazu fehlte mir im Augenblick die Zeit und irgendwo auch die Kraft. Und ein kleines bisschen vielleicht auch die Lust. Tief drinnen war ich wütend, ohne sagen zu können, auf wen und weshalb eigentlich.

Meine Glückssträhne schien zu Ende zu sein, kaum dass sie begonnen hatte. Die Telefonnummer des Kurierdienstes »Per Rad« herauszufinden, kostete mich drei Mausklicks. Unter der Büronummer war natürlich niemand zu erreichen, da am Tag der Arbeit auch Fahrradkuriere frei hatten. Der Inhaber der kleinen Firma, ein Mann namens Josef Vahrenkamp, war telefonisch ebenfalls nicht zu erreichen. Die Streifenwagenbesatzung, die ich zur angegebenen Adresse in Oftersheim schickte, traf niemanden an. Nachbarn vermuteten Vahrenkamp, einen leidenschaftlichen Surfer, irgendwo an der spanischen Südküste. Dort sei er ohnehin die meiste Zeit des Jahres. Eine Handynummer schien es nicht zu geben.

Beim Essen in der Kantine – heute hatte ich den Salat stehen lassen und versuchte es mit einem Käsebrötchen – erzählte ich Balke von dem Fahrradkurier. Mein Mitarbeiter hatte einen Teller mit zwei heißen Würstchen und einem Berg Kartoffelsalat vor sich stehen und schon eine Idee, wie wir weiterkommen könnten. Bevor er sich mit Evalina Krauss zusammengetan hatte, hatte er seine Bettgenossinnen häufiger gewechselt als manch anderer die Socken. Merkwürdigerweise sprachen die meisten seiner abgelegten Freundinnen immer noch mit ihm. Eine davon, fiel Balke ein, eine Medizinstudentin, trat hin und wieder für »Per Rad« in die Pedale, wenn gegen Monatsende das Geld knapp wurde. Während ich auf meinem Brötchen herumkaute, suchte und fand er ihre Nummer in seinem Smartphone. Das Gespräch dauerte nur Sekunden, denn am anderen Ende der Funkstrecke war man wohl doch ein wenig wortkarg. Immerhin erfuhr er den Namen einer anderen Frau, die in der Zentrale des Kurierdienstes arbeitete. Der Name war Anna Rossini.

Balke war heute gedrückter Stimmung, fiel mir auf, während er telefonierte. Das unternehmungslustige Glitzern in seinem Blick fehlte.

»Probleme?«, fragte ich, als er das Handy neben den Teller legte.

»Paarbeziehungen zwischen Polizisten gehören von Amts wegen verboten«, erwiderte er mit finsterem Blick. »Wenn der eine Dienst hat, hat die andere todsicher frei und umgekehrt. Es gibt Tage, da sehen wir uns gerade mal beim Frühstück. Zurzeit ist es besonders blöd. Evalina hat Urlaub, wissen Sie ja. Und ich hänge hier rum wegen diesen bescheuerten Bulgaren.«

»Und jetzt ist sie sauer auf Sie?«

»Na ja, sie sitzt zu Hause, draußen scheint die Sonne …«

»Wissen Sie was?«, sagte ich kurz entschlossen. »Ich gebe Ihnen für den Rest des Tages frei. Wie es scheint, ist heute sowieso nicht viel los. Sie lassen aber bitte Ihr schönes Handy an, okay?«

Balke ließ seine Würstchen samt Kartoffelsalat stehen und war keine zehn Sekunden später außer Sichtweite.

Ich saß kaum wieder an meinem Schreibtisch, als mein Laptop piepste. Balke hatte mir, bevor er sich auf den Weg zu seiner Evalina machte, noch rasch den Link zu einem Facebook-Profil gemailt.

Anna Rossini, einszweiundsechzig groß, geboren in Livorno, das rundliche Gesicht von einer rotlockigen Explosionswolke umrahmt, studierte Germanistik im vierten Semester. Was sie mochte: Biken (onroad und offroad), deutsches Bier, Leberkäse mit Spiegelei, Partys, Cicero in Originalsprache und sämtliche Filme mit Adriano Celentano.

Versuchsweise schickte ich ihr eine Mail, schilderte mein Problem, obwohl ich sie bei diesem Wetter eher auf einem ihrer Fahrräder als vor ihrem PC vermutete. Sie saß tatsächlich auf dem Rad, erfuhr ich zu meiner Verblüffung Minuten später. Allerdings besaß sie ein Handy, mit dem man auch mitten im Odenwald E-Mails lesen konnte. In Momenten wie diesen fühlte ich mich alt. Anna Rossini versprach, umgehend kehrt-zumachen und mich in spätestens einer Stunde aus der Leitstelle des Kurierdienstes anzurufen.

Und sie hielt Wort.

»Wann soll das gewesen sein?«, fragte sie mit kehliger Alt-stimme und lustigem italienischem Akzent.

»Vorgestern, Samstag, gegen elf.«

»Und der Fahrer war ein Kerl, sagen Sie?«

Ich hörte Tastaturklappern.

Mein Handy surrte.

»Wir haben am Samstag keine Tour nach Neuenheim ge-habt«, stellte Anna Rossini fest. »Sie sind sicher, dass der von uns war?«

»Könnte es sein, dass Ihre Liste nicht vollständig ist?«

Ihre Antwort kam eine winzige Spur zu zögernd. »No«, sagte sie dann. »Das kann eigentlich nicht sein. Nein.«

Eigentlich.

»Könnten Sie mir eine Liste aller Personen machen, die vor-gestern Dienst hatten?«

»Ist schon unterwegs.«

Tatsächlich kam die Liste wenige Augenblicke später. Ich lei-tete sie unbesehen an Klara Vangelis weiter mit der Bitte, jede der acht Personen zu kontaktieren.

Als das erledigt war, klingelte mein Telefon erneut. Noch ein-mal Anna Rossini.

»Mir ist eben noch was eingefallen. Manche Fahrer kaufen uns die Rucksäcke ab, wenn sie aufhören. Oder melden sie als gestohlen, weil sie sie kultig finden und sie absolut wasserdicht sind.«

»Und Sie haben nichts dagegen, wenn die mit Ihren Firmen-rucksäcken spazieren fahren?«

»Warum sollten wir? Die machen schließlich Werbung für uns.«

Nachdem ich aufgelegt hatte, las ich endlich Theresas SMS.

»Du meldest dich nicht. Schade.«

Kein Gruß, kein Kuss.

Ich schrieb zurück, ich sei gerade unter einem Berg Arbeit begraben, was zwar ein klein wenig gelogen war, aber immer eine gute Ausrede.

»Du hast recht, wir müssen reden«, fügte ich hinzu. »Aber heute geht es nicht. Außerdem muss ich mich erst sortieren.«

Sie antwortete postwendend: »Ist es, weil verbotene Früchte nicht mehr schmecken, wenn sie plötzlich erlaubt sind?«

»Unsinn«, schrieb ich zurück. »Ich fühle mich …«

Ja, wie fühlte ich mich? Verschaukelt? Betrogen? Hintergangen?

Mein Problem war, ich wusste es nicht. Was ich wusste: Ich wollte sie nicht sehen. Nicht jetzt. Nicht heute.

Ich löschte die letzten drei Worte und schrieb stattdessen: »Gib mir Zeit. Ich melde mich. Versprochen.«

Sie antwortete nicht.

11

Klara Vangelis telefonierte sich an diesem Nachmittag erfolglos die Finger wund. Wir fanden den Fahrradkurier nicht. Sieben der acht Kuriere auf Anna Rossinis Liste waren Studenten oder Studentinnen, hatten Handys und waren deshalb rasch abgehakt. Der achte schien weder zu studieren noch sonst irgendeiner geregelten Beschäftigung nachzugehen. Es kostete Vangelis drei wertvolle und frustrierende Stunden, um herauszufinden, dass Benjamin Kopp sich als Künstler fühlte, einen streng alternativen Lebensstil pflegte und technischen Dingen aus prinzipiellen Erwägungen abgeneigt war, soweit sie nichts mit Fahrrädern zu tun hatten natürlich. Das Heidelberger Meldeamt hatte seinen Namen nie gehört. Einen festen Wohnsitz schien er nicht zu haben.

Der Fahrer des verunglückten Audi, Piotr Voronin, war inzwischen bei Bewusstsein, erfuhr ich zwischendurch. Die Ärzte waren jetzt überzeugt, dass sie ihn durchbringen würden.

Um halb fünf beschloss ich, Feierabend zu machen und endlich das zu tun, wovor ich mich schon seit gestern drückte: über Theresa und mich nachzudenken. Und meinen Töchtern ins Gewissen zu reden. Und in Theresas Buch zu lesen. Auf den dritten Teil freute ich mich sogar.

Was mir ein wenig auf den Magen drückte, war die Pressekonferenz, die am nächsten Vormittag drohte. Während des Wochenendes hatte an dieser Front erfreuliche Ruhe geherrscht. Das würde sich morgen ändern. Ein Zuhälterkrieg mitten im romantischen Heidelberg – selbst mit Fragezeichen versehen, versprachen die Schlagzeilen Auflage. Eine mysteriöse Wasserleiche mit einem Einschussloch zwischen den Augen und ein Mordanschlag auf der A 5 – welcher Journalist bekam keine glänzenden Augen bei solchen Meldungen?

Andererseits lag das Schlimmste vielleicht schon hinter uns. Die Telefonüberwachung der Russen meldete immer noch Funkstille. Die beiden Bulgaren hielten sich versteckt oder waren längst in den Wäldern ihrer Heimat untergetaucht. Und was war im Grunde schon geschehen? Ein alter Zuhälter und Waffenschmuggler besaß seit Samstag ein Auto weniger, ein wohlhabender Apotheker würde sich mit seiner Versicherung herumärgern, ein Stückchen Straßenbelag musste ausgebessert werden. Den Mord und den Mordversuch würden wir aufklären, da war ich mir sicher. Früher oder später würde sich jemand melden, der den Toten im Neckar gekannt hatte. Irgendwann würden wir das Motorrad finden, von dem vermutlich der Schuss abgegeben wurde, der Voronin verfehlt und dennoch fast das Leben gekostet hatte. Unsere Aufklärungsrate in Mordsachen lag bei weit über fünfundneunzig Prozent, und außerdem ...

Und außerdem war jetzt Schluss damit! Jetzt war Feierabend. Und es drohte Aufregung an einer ganz anderen Front – das überfällige Donnerwetter für meine Töchter.

Die Halbjahreszeugnisse waren noch ganz passabel ausgefallen. Natürlich hätte manche Note besser sein können. Aber das war bei mir nicht anders gewesen, als ich in ihrem Alter war. Auch ich hatte mich nach der Devise durch die Schule geschlagen: Ein gutes Pferd springt nie höher als nötig.

Zu meiner Überraschung fand ich die Küche aufgeräumt und blitzsauber geputzt. Nicht die geringste Spur vom Kochdesaster meiner Töchter war noch zu entdecken. Die beiden hockten vor ihren PCs, als wäre nichts gewesen. Auf meine strenge Frage, wo sie am Abend zuvor gewesen seien, lautete die entspannte Antwort:

»Bisschen chillen, bisschen abhängen, paar Leute treffen. Silke war auch dabei. Bei dem schönen Wetter, Paps!«

»Und wann seid ihr heimgekommen?«

Sie wechselten blitzschnelle Blicke.

»Elf?«, versuchte Louise mit unschuldigem Lächeln.

»Da war ich noch wach. Und um halb zwölf auch und um zwölf. Mädchen, ihr seid fünfzehn, ihr dürft noch nicht in die Disco, und das wisst ihr ganz genau. Irgendwann werdet ihr wieder von einem Streifenwagen heimgebracht!«

»Wir waren gar nicht in der Disco, ehrlich, Paps«, behauptete Sarah mit treuherzigem Blick. »Wir haben bloß Leute getroffen und uns bisschen verquatscht. Okay, es ist später geworden. Wir haben nicht dauernd auf die Uhr geguckt. Es war so lustig, weißt du.«

Und nun? Sollte ich jetzt herumbrüllen? Hausarrest verhängen, Taschengeldkürzung? Sie hatten Pech gehabt beim Kochen, das Schlachtfeld aber letztlich selbst wieder aufgeräumt. Sie waren zu spät nach Hause gekommen – genauer: Sie hatten mir gar nicht erst die Chance gelassen, ihnen einen Termin zu setzen. Was auch meine Schuld war, denn wie so oft war ich nicht zu Hause gewesen. Hatte nicht auch ich Anlass für ein schlechtes Gewissen? Und hatte nicht auch ich früher mit dem Jugendschutzgesetz und den mittelalterlichen Moralvorstellungen meiner Eltern gehadert? Und war letztlich doch nicht auf die schiefe Bahn geraten.

»Ach, Mädels«, hörte ich mich seufzen. Mit jedem Arm zog ich eine meiner schmalen Töchter an mich und drückte sie ein bisschen. Sie entspannten sich augenblicklich. »Manchmal habt ihr's ganz schön schwer mit mir, was?«

Erziehung ist zu anstrengend für einen schwer arbeitenden Menschen wie mich. Vor allem abends.

»Dürfen wir vielleicht noch bisschen weg, Paps?« Louise

99

strahlte zu mir hinauf, dem zweifellos besten Vater der Welt.
»Heute wird's auch ganz bestimmt nicht spät.«

Ich hatte vielleicht eine halbe Stunde geschlafen, als das Handy mich wieder einmal aufschreckte.

Dieses Mal war es Balke.

Das Bella Napoli brannte.

Als ich am neuerlichen Tatort ankam, war das Feuer bereits gelöscht, und es herrschte ein fast volksfestartiger Trubel auf der Straße. Bevor ich aufgebrochen war, hatte ich mich davon überzeugt, dass meine Töchter in ihren Betten lagen. Ich drängelte mich zum Ort des Geschehens durch. Balke war gerade dabei, aufgebracht nach einem Brandsachverständigen zu telefonieren, und nickte mir nur kurz zu. Sekunden später stopfte er das Handy in eine Gesäßtasche seiner Jeans.

Es stank nach kaltem Rauch. Die Straße war nass vom Löschwasser, an manchen Stellen standen Pfützen. Aus den glaslosen Fenstern der beiden unteren Geschosse ringelten Qualm und weißer Dampf. Die darüber liegenden Stockwerke schienen unversehrt zu sein. Die Außenwand war fast bis zum Dach hinauf schwarz vom Ruß.

In meiner Nähe standen einige Feuerwehrmänner, rauchten und alberten herum. Einer lachte immer wieder meckernd.

»Eigentlich ist schon alles klar«, schimpfte Balke, als er neben mich trat. »Eigentlich brauchen wir gar keinen Sachverständigen.«

»Was genau ist passiert?«

»Molotow-Cocktails. Drei Stück insgesamt.«

»Diese Russen haben ja sogar Humor.«

Balke sah mich erst ratlos, dann misstrauisch an.

»Molotow war doch Russe, nicht wahr?«, fügte ich hinzu.

Er verzog das bartstoppelige Gesicht zu einem gequälten Grinsen. Wenn der Chef Witze macht, dann hat man die als Untergebener lustig zu finden.

»Jemand zu Schaden gekommen?«, fragte ich.

Er schüttelte den Kopf, griff in die Jeanstasche und nahm sein Handy wieder ans Ohr. Dann entfernte er sich ein paar Schritte und gestikulierte herum, während er halblaut und von Minute zu Minute unfreundlicher ins Mikrofon sprach. Am anderen Ende vermutete ich Evalina.

Die Feuerwehrleute begannen, ihre Gerätschaften zusammenzuräumen, ein Journalist lief herum und knipste mit vor Konzentration verzerrter Miene. Ich drehte mich so, dass er mein Gesicht nicht aufs Bild bekam.

Balke hatte endlich zu Ende telefoniert.

»Das Haus war zum Glück komplett leer«, sagte er. »Die Russen – ich nehme mal an, es waren die Russen – haben drei Brandsätze durch die Fenster im Erdgeschoss geworfen.«

»Zeugen?«

»Da drüben, unsere zwei Helden, die das Haus bewachen sollten.« Mit müdem Grinsen deutete er auf einen hellblauen Opel Kombi, der auf der gegenüberliegenden Straßenseite ungefähr dort stand, wo ich am Samstagvormittag geparkt hatte. Während ich die Straße überquerte, stiegen die beiden Bewacher aus. Beide waren jenseits der fünfzig. Einer davon ließ Rolf Runkel, mager, unglückliches Bernhardinergesicht, trotz seines Alters immer noch Oberkommissar – und Pechvogel vom Dienst.

»Herr Kriminaloberrat«, begann er zerknirscht, noch bevor ich den Mund aufbekam. »Ich weiß, was Sie jetzt sagen wollen. Aber das ist so unglaublich schnell gegangen, Sie glauben es nicht ...«

»Zwei sind's gewesen«, mischte sich der Beifahrer ein. »Zwei Männer. Mehr war beim besten Willen nicht zu sehen.«

»Vielleicht der Wagentyp? Das Kennzeichen?«

»Ein Mercedes.«

»Kennzeichen konnten wir unmöglich lesen. Er hat kein Licht angehabt.«

»Was für ein Mercedes?«

»Eine S-Klasse.« Der Beifahrer fuhr sich mit einem karierten Taschentuch über die Stirn. »Der ist ganz harmlos da hinten um die Ecke gekommen. Als würd er einen Parkplatz suchen. Sehen Sie, hier fahren den ganzen Abend Leute rum, die einen Parkplatz suchen. Dann hat er gehalten, das hat keine zwei Sekunden gedauert, und dann sind die auf einmal mit Vollgas und Karacho los und ohne Licht. Und bis wir richtig hingeguckt haben, sind die schon weg gewesen.«

»Sie hätten den Mercedes ja spaßeshalber ein kleines bisschen verfolgen können«, schlug ich vor.

»Ist doch nicht gegangen«, gestand Runkel mit leidendem Blick.

»Und warum nicht, wenn man fragen darf?«

»Wir stehen hier seit sechs, Herr Kriminaloberrat«, erklärte er mit gesenktem Blick. »Anfangs ist viel Platz gewesen. Aber dann sind nach und nach immer mehr Autos gekommen und …« Er verstummte und wies mit einer hilflosen Geste auf den Opel.

Endlich wurde mir klar, weshalb die beiden Trottel den Mercedes nicht verfolgt hatten, nicht hatten verfolgen können: Der große Opel, in dem sie gesessen hatten, war im Lauf des Abends so zugeparkt worden, dass sie nicht mehr aus der Lücke gekommen waren.

Ich beschloss, gnädig zu sein. Die beiden würden unter dem Spott ihrer Kollegen genug zu leiden haben.

Nur wenige Fenster der umliegenden Häuser waren hell. Es war weit nach Mitternacht. Vernünftige Menschen schliefen um diese Zeit. Balke hatte sich mit dem Rücken an eine Hauswand gelehnt und kam aus dem Gähnen nicht mehr heraus. Bei ihm stand eine hochaufgeschossene ältere Dame mit einem freundlich um sich blickenden Golden Retriever an der kurzen Leine.

»Heise ist mein Name«, erklärte sie mit würdevollem Kopfnicken, als ich näher kam. »Dorothea Heise. Interessieren Sie sich möglicherweise für die Nummer des Mercedes?«

Ich reichte ihr die Hand und stellte mich vor.

»Ich weiß, Herr Gerlach«, erwiderte sie mit nachsichtigem Lächeln. Der Hund schnüffelte mehr aus Pflichtbewusstsein denn aus Interesse an meinem Hosenbein. »Man sieht Sie ab und an in der Zeitung.«

Dorothea Heise konnte nicht nur das Kennzeichen des Wagens nennen, er hatte eine Mannheimer Nummer, sondern auch die Farbe.

»Schwarz ist er gewesen«, berichtete sie. »Und geglänzt hat er, wie ein Direktionsfahrzeug.«

»Wo waren Sie, als es passiert ist?«

Sie machte eine präzise Handbewegung zur nächsten Ecke. »Da vorn. Ich war eben vor die Tür getreten. Oskar, so heißt dieses Untier zu meinen Füßen, musste erst mal sein Bein heben, und ich habe mich in der Zeit ein wenig umgesehen. Der Mercedes ist mir aufgefallen, weil der Fahrer plötzlich das Licht ausgeschaltet hat und so rasant losfuhr. Da stimmt etwas nicht, dachte ich bei mir, merkst du dir mal die Nummer. Erst später habe ich bemerkt, dass es brennt.«

»Konnten Sie sehen, wer in dem Wagen saß?«

Sie sah mich ernst an. »Das leider nicht. Aber Ihre beiden Herren dort drüben, die seit gestern Abend in ihrem Auto sitzen und das Haus anstarren, sollten doch eigentlich alles ganz genau gesehen und notiert haben.«

»Die zwei haben leider nicht so gute Augen wie Sie«, sagte ich.

Sie nickte. »Als alleinstehende Frau muss man seine Augen offenhalten. Es gibt so viel Gesindel auf den Straßen heutzutage. Vergangenes Jahr ist dort hinten vor der kleinen Buchhandlung eine junge Frau von einem Exhibitionisten belästigt worden. Kürzlich hat man im Nachbarhaus eingebrochen. Am helllichten Tag! Und wie man sieht ...« Vorwurfsvoll deutete sie auf die schwarzen Fenster des Bella Napoli. »Es wird schlimmer und schlimmer. Jahr für Jahr.« Sie nickte mir stumm zu und ging.

»Bingo«, sagte Balke, als er sein Handy wegsteckte. »Das Kennzeichen existiert, es gehört tatsächlich zu einem Mercedes ...« Er grinste müde. »Und der Besitzer ist gebürtiger Russe.«

In diesem Augenblick gesellte sich Klara Vangelis zu uns und grüßte stumm in die Runde. Balke bekam große Augen. Auch ich sah Vangelis heute zum ersten Mal nicht im Nadelstreifenkostüm, sondern in Jeans und Pullover. »Der Typ heißt Igor Akimov«, fuhr Balke fort, nachdem er sich zu Ende gewundert hatte. »Geboren in Sevastopol. Geschäftsmann. Gastronomie. Nehme an, das heißt: Sexclubs.«

Ich hatte zu früh gehofft. Es war noch nicht vorbei. Wenn ich Pech hatte, dann ging es jetzt überhaupt erst richtig los.

Einige Schritte entfernt entstand plötzlich Unruhe. Einer der

Feuerwehrmänner hatte unter einem am Straßenrand parkenden, weißen Mini-Cooper etwas entdeckt.

»Vorsicht«, ermahnte er mich, als ich mich bückte. »Nicht anfassen, das Ding!«

Ein vierter Brandsatz war danebengegangen, vermutlich gegen die Außenwand des Hauses geprallt, unter den davor parkenden Wagen gerollt und aus irgendwelchen Gründen nicht explodiert. Ein Team vom Sprengmittelbeseitigungsdienst wurde angefordert, und so lange würde der längliche, olivgrün lackierte Gegenstand liegen bleiben, wo er lag. Niemand wagte, ihn auch nur scharf anzusehen.

»Eine Brandgranate mit Aufschlagzünder«, vermutete der Finder mit fachmännischer Miene.

»Israelisches Fabrikat«, behauptete ein am Boden kniender, weiß gewandeter Kollege von der Spurensicherung. »Hab mal Bilder davon gesehen, auf einer Schulung. Das Beste, was du zurzeit kriegen kannst.«

»Damit sind wieder die Bulgaren am Zug«, meinte Balke. »Bin gespannt, was die als Nächstes im Rohr haben.«

Ich richtete mich auf und drückte meinen schmerzenden Rücken durch. Die ersten Wagen der Feuerwehr und ein Rettungswagen, der glücklicherweise umsonst angerückt war, fuhren weg. Die letzten Schaulustigen trollten sich.

»Und jetzt?«, fragte Balke mit demonstrativem Blick auf die Uhr.

»Razzien«, entschied ich, ohne lange nachzudenken. »Wir mischen die Clubs der Russen auf, noch in dieser Nacht. Wir müssen jetzt ein deutliches Zeichen setzen, dass man uns nicht ungestraft auf der Nase herumtanzt. Wir packen sie da, wo es diesen Leuten am meisten wehtut: beim Geld. Wenn ihren Nobelbordells die Kundschaft wegbleibt, dann werden sie schnell zur Vernunft kommen. Und außerdem statten wir dem Halter des Mercedes einen Besuch ab. Den übernehme ich persönlich.«

12

Igor Akimov, der angebliche Gastronom, wohnte standesgemäß in einer Villa im Mannheimer Philosophenviertel. Klara Vangelis begleitete mich bei der nächtlichen Fahrt nach Westen. Balke hatte ich nach Hause geschickt, um den unehelichen Frieden mit seiner Evalina nicht noch mehr zu gefährden.

Wir mussten lange klingeln, bis im Haus endlich Licht anging.

»Ja?«, bellte die Sprechanlage.

Wieder einmal hielt ich meinen Dienstausweis vor ein Kameraauge.

»Polizei?«, fragte die Stimme nach einer Gedankenpause. »Was ist los?«

»Spreche ich mit Herrn Akimov?«

»Ja.«

»Es geht um Ihren Wagen. Bitte öffnen Sie.«

»Haben Sie ihn etwa schon gefunden? Donnerwetter, das ging aber schnell!«

Der Türöffner brummte.

Igor Akimov war klein und kugelrund. Auf den ersten Blick wirkte er wie ein gemütlicher Frührentner. Nur sein Blick verriet trotz unverkennbarer Schläfrigkeit, dass dieser Mann ein ungemütlicher Gegner sein konnte. Über einem gestreiften Seidenpyjama trug er einen ebenfalls aus Seide gewebten, geschmackvoll bunten Hausmantel. Die feisten Füße steckten in schwarzen Lederpantoffeln.

»Kompliment!«, sagte er in akzentfreiem Deutsch, als er erst Vangelis, dann mir andeutungsweise die Hand schüttelte. »Ich hatte nicht damit gerechnet, den Mercedes so bald wiederzusehen.«

»Verstehe ich Sie richtig? Ihr Wagen wurde gestohlen?«

»Aber ja.« Akimov nickte eifrig. »Vor ein paar Stunden erst. Mitten in Mannheim. Ich war essen in einem meiner Restaurants, in Begleitung meiner Frau. Hält das Personal in Schwung, wenn hin und wieder unangekündigt der Chef auftaucht.«

»Sie besitzen Restaurants?«

Er nickte beiläufig. »Und wie wir gegen halb elf herauskommen, da ist der Mercedes verschwunden. Trotz Alarmanlage und Wegfahrsperre – einfach weg. Erst haben wir gedacht, wir hätten uns falsch erinnert und woanders geparkt.«

»Ich nehme an, Sie haben den Verlust angezeigt?«

Wir standen in einer großzügig geschnittenen, spärlich, aber elegant ausgestatteten Halle. Offenbar hatte der Hausherr nicht vor, uns ins Allerheiligste zu bitten.

»Aber selbstverständlich habe ich das! Selbstverständlich habe ich den Diebstahl sofort angezeigt. Der Wagen ist noch kein halbes Jahr alt, und er war nicht billig. Ich nehme an, es waren Polen? Oder sollten es diesmal Ukrainer gewesen sein?«

»Ich muss Sie leider enttäuschen, Herr Akimov. Wir sind nicht gekommen, um Ihnen Ihren gestohlenen Wagen zurückzubringen.«

Ich berichtete ihm, was vorgefallen war.

»Bulgaren?«, fragte er verständnislos. »Ein Brandanschlag auf eine Pizzeria? Stehlen jetzt seit Neuestem die Bulgaren unsere Autos?«

Vangelis hatte in den letzten Sekunden leise telefoniert. Nun beendete sie das Gespräch und nickte mir zu. Akimov hatte tatsächlich vor etwa drei Stunden den Diebstahl seines schwarzen S-Klasse-Mercedes angezeigt.

»Was ich mich die ganze Zeit frage«, überlegte Klara Vangelis während der Rückfahrt, »wer würde denn so verrückt sein, mit seinem eigenen Wagen vorzufahren, um ein Haus anzuzünden?«

»Verbrecher machen nun mal idiotische Sachen. Das ist das Geheimnis unseres Erfolgs.«

Im Radio dudelte Kaufhausmusik.

»Vielleicht sollen wir auch genau das denken, was wir jetzt denken: dass die Russen dahinterstecken?«

»Und was hätte das für einen Sinn?«

»Tja.« Vangelis zuckte die Achseln.

Wir erreichten die Autobahn. Wir hatten sie fast für uns allein. Ich trat aufs Gas.

»Ihr Auto klingt irgendwie merkwürdig«, fand Vangelis.

Ich fand das nicht.

»Hören Sie das denn nicht?«

Nein, ich hörte es nicht. Ich wollte auch nichts mehr hören. Ich wollte nur noch eines: zurück in mein Bett. Die Uhr an meinem Armaturenbrett zeigte Viertel vor drei, und der kommende Tag würde wieder anstrengend werden.

In dieser Nacht wurden viele Flüche ausgestoßen. Zunächst von den leitenden Beamten, welche die von mir angeordneten Razzien organisieren mussten. Dann von dem Richter, der tief in der Nacht die notwendigen Beschlüsse zu unterzeichnen hatte. Und schließlich von unzähligen Kollegen, die aus ihren Betten gescheucht wurden, um in russischen Edelbordellen Unruhe zu stiften. Und endlich, da war es schon nach vier Uhr am Morgen, fluchten vermutlich auch eine Menge aufgebrachter, bevorzugt mit rollendem R sprechender Damen sowie deren um diese Uhrzeit nicht mehr allzu zahlreiche Kundschaft.

Sogar den Namen eines Heidelberger Stadtrats entdeckte ich am Dienstagmorgen auf der Liste, die mir Kollisch mit vor Müdigkeit kleinen Augen auf den Schreibtisch knallte. Außerdem den Inhaber einer Buchhandlung für religiöse Literatur und den Direktor eines Gymnasiums in Ludwigshafen.

Meine Truppen hatten in der vergangenen Nacht insgesamt sieben Etablissements im Umkreis von achtzig Kilometern durchsucht. Und den Russen für die nächsten Wochen hoffentlich empfindliche Umsatzeinbrüche beschert.

Blieb zu hoffen, dass die Dame in Schriesheim meine Nachricht verstand.

An diesem Vormittag drohten gleich zwei unangenehme Termine: Besprechung bei der Staatsanwaltschaft um halb neun und Pressekonferenz um elf.

Bei beiden Terminen würde auch der Leitende Polizeidirektor Doktor Egon Liebekind anwesend sein. Seit unserer nächtlichen Fahrt hatte ich ihn nur einmal kurz gesehen und gesprochen. Man kann nicht sagen, dass ich mich vor dem Wiedersehen fürchtete. Aber ich hatte sehr konfuse Gefühle bei der Vorstellung. Wie würde er reagieren? Würde er mir vertraulich zuzwinkern? Waren wir ab jetzt so etwas wie heimliche Verbündete?

Nichts dergleichen geschah: Liebekind war wie immer. Reichte mir die weiche Hand mit seiner üblichen, oft ein wenig abwesenden Freundlichkeit. Das Gespräch riss ohnehin schon in den ersten Sekunden die Chefin der Staatsanwaltschaft an sich, Frau Doktor Steinbeißer. Sie sei äußerst beunruhigt, gab sie uns unmissverständlich zu verstehen.

»Es muss etwas geschehen, meine Herren!«, erklärte sie streng.

»Es ist schon eine Menge geschehen, Frau Doktor Steinbeißer«, wagte ich zu erwidern. Trotz eines besonders starken Kaffees zum Frühstück war ich sterbensmüde. »Wir haben die Russen in der vergangenen Nacht kräftig aufgemischt. Wir haben sie hoffentlich dort getroffen, wo es ihnen am meisten wehtut: am Geld.«

»Und was ist mit den Bulgaren? Sie sind immer noch nicht in Haft, seit … warten Sie … zweieinhalb Tagen sind die beiden untergetaucht, und Sie haben nicht den Hauch einer Spur von ihnen?«

»Wir suchen sie ja vorerst nur als Zeugen. Nicht als Verdächtige.«

Die Staatsanwältin waltete ihres Amtes, trampelte auf meinen Nerven herum, verlangte Aktivität, proaktives Vorgehen, mehr Phantasie. Was ich an ihrer Stelle auch verlangt hätte.

»Und vor allem anderen, meine Herren: Wir müssen die Öffentlichkeit beruhigen! Wenn die Medienleute erst einmal Blut geleckt haben, dann gnade uns Gott. Sagen Sie bei der Pressekonferenz bitte nicht ein falsches Wort, Herr Gerlach. Wir haben die Lage fest im Griff, das muss unsere Botschaft sein. Wir sind den Tätern dicht auf den Fersen. Wir haben so viele Spuren, dass wir mit dem Auswerten gar nicht fertig werden. Sie wissen, was ich meine, meine Herren.«

Ja, wir wussten.

Schließlich erhob sie sich von dem hochlehnigen Stuhl hinter ihrem stets sauber aufgeräumten Schreibtisch, wobei sie nicht viel größer wurde, weil sie kurze Beine hatte, drückte jedem von uns die Hand mit einem Blick, als würde sie uns ihr Beileid aussprechen. Liebekind machte das, was man in meiner Jugend einen Diener genannt hätte. Ich beließ es bei einem knappen

Nicken und einem Händedruck, den sie hoffentlich noch eine Weile spüren würde.

Vor der Tür der Staatsanwaltschaft trennten wir uns. Liebekind war mit dem Wagen gekommen und würde die zweihundert Meter zur Direktion fahren. Ich wollte lieber nicht mit ihm allein sein und redete mich darauf hinaus, frische Luft zu brauchen, was nur zur Hälfte gelogen war.

Aber die Luft half nicht. Als ich die Direktion erreichte, war ich so unausgeschlafen wie zuvor. Meine Augen brannten vom Schlafmangel. Immerhin lag der unangenehmste Teil des Vormittags nun hoffentlich hinter mir. Die Pressekonferenz würde um elf Uhr im großen Besprechungszimmer der Staatsanwaltschaft stattfinden. Heute würde es voll werden. Und bis dahin musste ich unbedingt wach werden.

Als ich wieder hinter meinem Schreibtisch Platz nahm, war es Viertel nach neun. Ich bat Sönnchen um einen zweiten Cappuccino und machte mich an die Arbeit. Noch war reichlich Zeit, mich gründlich vorzubereiten. Als sie die Tasse brachte, plauderte ich sogar ein wenig mit meiner unersetzlichen Sekretärin, die mir schon mehr als einmal die Karriere gerettet hatte. Sie erzählte von einem Tennismatch am Samstag, das sie zur eigenen Verwunderung gewonnen hatte,

»Ich glaub fast, der Doktor Czernitz ist ein bisschen krank gewesen«, meinte sie. »Oder seine Frau hat ihn wieder mal verlassen. Man hört so manches von der Ehe. Meine Cousine Erika kennt eine Nichte von seiner Frau, und ich kann Ihnen sagen ... «

Sonja Walldorf, seit frühester Kindheit Sönnchen genannt, stammte aus Heidelberg und schien mit der einen Hälfte der Bewohnerschaft bekannt und mit dem Rest um einige Ecken verwandt zu sein.

»Sie gucken ein bisschen bedröppelt, Frau Walldorf«, fiel mir auf. »Fehlt Ihnen was? «

Sie zog eine klägliche Grimasse. »Der Backenzahn. Der, der mir letztes Jahr schon dauernd Ärger gemacht hat. «

»Vielleicht sollten Sie es doch mal mit dem Zahnarzt versuchen? «

»Sollt ich wohl, ja. Nächste Woche. Vielleicht. «

Übergangslos wollte sie hören, wie es meinen Mädchen ging, erzählte von ihren eigenen ersten Kochversuchen, die um ein Haar in einem Großbrand geendet hatten. Nachdem das Private erledigt war, wollte sie haarklein wissen, was denn dran sei an den komischen Radiomeldungen von wegen Mafia in Heidelberg und so.

Als der Cappuccino getrunken und ich wieder allein war, begann ich meine Stellungnahme zu formulieren. Ich überlegte, welche Fakten ich der Journaille vorwerfen sollte und was ich besser für mich behielt.

Mein erster Entwurf gefiel mir schon ganz gut. Als ich mich mit einem Schluck Kaffee belohnen wollte, bemerkte ich, dass die Tasse längst leer war.

Da klingelte mein Telefon.

»Chef«, hörte ich Sven Balke sagen, und schon nach diesem einen Wort war mir klar, dass sich die nächste Katastrophe anbahnte. »Sie erraten nie im Leben, was passiert ist.«

Zwanzig Minuten später stand ich im Keller der Bankfiliale, in deren Nähe am Samstag der Cayenne explodiert war. Bei mir waren Klara Vangelis, Sven Balke, der blasse Filialleiter, der sich hustend mit »Falk, Thorsten Falk« vorgestellt hatte, und seine mit den Tränen kämpfende ältliche Vertreterin mit dem bemerkenswerten Namen Marilyn Brettschneider-Backhaus. Alle zusammen starrten wir durch eine tonnenschwere und einen knappen halben Meter dicke, jetzt offen stehende Stahltür in den Tresorraum.

»Aber das geht doch nicht!«, murmelte Frau Brettschneider-Backhaus immer wieder fassungslos. »Doch nicht hier! Doch nicht bei uns!«

Jemand hatte den Tresor übers lange Wochenende ausgeplündert, hatten die beiden festgestellt, als sie um Viertel vor neun gemeinsam die Tür öffneten. In der gegenüberliegenden Betonwand gähnte ein Loch, so groß, dass ein erwachsener Mann bequem durchsteigen konnte. Das Licht im Tresorraum funktionierte nicht. Das Loch war offensichtlich durch eine Sprengung entstanden, und die Neonröhren an der Decke hatten vielleicht die Druckwelle nicht überlebt oder waren von herumfliegenden Brocken zerstört worden. Schwere Betonstücke waren quer durch den etwa fünf mal sieben Meter messenden Raum geflogen, die Armierungseisen waren in alle Richtungen verbogen.

»Clever«, meinte Balke durch die Zähne. »Echt verdammt clever!«

Dafür, dass niemand die Sprengung bemerkt hatte, gab es nur eine Erklärung: Exakt gleichzeitig mit der Bombe, die Slavko Dobrevs Cayenne zerstörte, war hier, unter der Erde, eine zweite, viel stärkere explodiert. Vermutlich waren die beiden Sprengsätze mit demselben Sender ausgelöst worden. Wegen des Tumults auf der Straße hatte niemand das Gejaule der Alarmanlage ernst genommen. Jeder hatte natürlich angenommen, der Alarm der Bank sei durch die Explosion des Cayenne ausgelöst worden.

Anschließend hatten die Täter zweieinhalb Tage Zeit gehabt, in aller Ruhe und Gründlichkeit den Tresor zu leeren. Offenkundig hatten sie sich vorwiegend für die Kundenschließfächer interessiert. Knapp die Hälfte der Türen hatten sie aufgeschweißt. Aber auch, was in den Regalen an Bargeld lag, hatten sie nicht verschmäht. Lediglich das Hartgeld war noch da. Siebenhundertzwölf Euro und dreiundvierzig Cent in Münzen, hatte ein verstörter Bankangestellter in metallicgrauem Anzug inzwischen gezählt.

Balke lief plötzlich davon und die Treppe hinauf.

»Weiß man schon, wie viel ungefähr fehlt?«, fragte ich den Filialleiter, der sich unentwegt nicht vorhandenen Schweiß von der Stirn wischte.

»An Bargeld dürften siebzig- bis achtzigtausend drin gewesen sein.« Er wechselte einen Blick mit seiner mageren Stellvertreterin. Die nickte ergeben und tupfte sich die Augenwinkel. »Welche Werte unsere Kunden in ihren Schließfächern aufbewahren ...« Ratlos hob er die Hände. »Das entzieht sich leider meiner Kenntnis.«

Balke kam zurück, immer zwei Stufen auf einmal nehmend. Er hatte eine Taschenlampe aus dem Wagen geholt. Zu dritt durchquerten wir den im Halbdunkel liegenden Tresorraum. Balke bückte sich und leuchtete in das Loch an der Wand.

»Ein Tunnel«, erklärte er überflüssigerweise. »Wenn mich mein Orientierungssinn nicht völlig im Stich lässt, geht er zur Bergstraße hinüber.«

Das Ende des Tunnels verlor sich in der Dunkelheit. Die Decke war fachmännisch mit Balken und massiven Brettern abgestützt. Auf den letzten Metern vor der Wand war die Abstützung besonders kräftig ausgeführt. Vermutlich, damit der Tunnel bei der Sprengung nicht einstürzte. Rechts waren Sandsäcke gestapelt, viele Sandsäcke, mit denen die Täter den Sprengsatz abgedeckt hatten, um seine Wirkung zu erhöhen.

»Die haben genau gewusst, was sie taten.« Vangelis dachte dasselbe wie ich. »Die Bombe war nicht zu schwach, aber auch nicht zu stark. Sonst würde es hier drin ganz anders aussehen. So was muss man können.«

»Sie müssen wochenlang gebuddelt haben.« Balke knipste die Lampe aus und richtete sich auf. »Sie müssen tonnenweise Holz herangekarrt haben. Sie müssen Unmengen Erde weggeschafft haben.«

Nach einem Blick in den Stadtplan vermuteten wir den Eingang des Tunnels im Keller eines jenseits der Hinterhöfe liegenden Hauses. In der Bergstraße stand zurzeit ein Mietshaus aus der Gründerzeit leer, das demnächst saniert werden sollte, wusste Herr Falk zu berichten.

»Das werden ausgesprochen hochwertige Eigentumswohnungen«, erklärte er stolz. »Erstklassige Ausstattung. Ich habe selbst die Finanzierung gemacht.«

Fünf Minuten später hatte ich, begleitet von Balke, den Block umrundet. Vangelis war in der Bank zurückgeblieben, um die Spurensicherung einzuweisen. Ich bezweifelte, dass sie irgendwelche verwertbaren Spuren finden würden. Die Leute, die das hier angerichtet hatten, waren Profis. Die hinterließen weder Fingerabdrücke noch DNA-Spuren.

An der Fassade des ziemlich heruntergewirtschafteten Hauses in der Bergstraße prahlte schon das Werbebanner eines Maklers mit stilvollen und großzügigen Etagenwohnungen, die hier demnächst für viel Geld zu kaufen sein würden. Noch war mit den Arbeiten jedoch nicht begonnen worden. Die hässliche

Tür aus Aluminium und Glas stammte aus den Sechzigerjahren und war verschlossen.

Durch ein doppelflügliges Tor aus grün gestrichenem Holz betraten wir eine etwa zwei Meter breite Durchfahrt, die zum Hof auf der Rückseite führte. Dort mussten wir eine tückisch steile und schlüpfrige Steintreppe hinabsteigen und eine altersschwache, erbärmlich quietschende Tür aufdrücken, die so verzogen war, dass sie sich vermutlich schon seit Jahrzehnten nicht mehr schließen ließ. Der im Schloss steckende Schlüssel ließ sich nicht drehen.

Obwohl ich wenig Hoffnung hatte, hier Fingerabdrücke oder sonst etwas Hilfreiches zu finden, trugen wir Latexhandschuhe. Hinter der Kellertür durchquerten wir das feuchte Halbdunkel eines sehr schmutzigen Raums, der früher vermutlich die Waschküche gewesen war. Es roch nach Schimmel und feuchter Erde. Das einzige Fenster war sorgfältig mit grauer Pappe zugeklebt, sodass kein Licht nach außen dringen konnte. Der Boden war mit Sand bedeckt und übersät von Abdrücken grober Sohlen. Auch hier funktionierte das Licht nicht. Vermutlich war das ganze Haus ohne Strom.

Den Tunneleingang fanden wir in einem fensterlosen Nachbarraum, der bis auf ein hellblaues Damenrad mit platten Reifen leer war. Wieder leuchtete Balke mit seiner starken Stablampe in den Tunnel. Vom anderen Ende her hörten wir Stimmen, konnten jedoch nichts verstehen.

»Wer dieses Ding ausgeknobelt hat«, murmelte mein Mitarbeiter, »muss verdammt viel Ahnung haben. Das muss Monate gedauert haben, alles zu planen und durchzuführen. Und man braucht ein gut eingespieltes Team dazu.«

Gemeinsam gingen wir in die Waschküche zurück.

»Reifenspuren.« Balke wies auf den Boden. »Vielleicht von einer Schubkarre?«

Wir folgten den Spuren in die Tiefen des Kellers und fanden dort Berge von Erde.

»Das war das«, konstatierte Balke. »Aber wie haben sie das Holz hergeschafft? Die müssen zig Mal mit einem Lastwagen vorgefahren sein und tonnenweise Balken in diesen Keller geschleppt haben. Das muss doch irgendwem ...«

»Still!«, zischte ich und fasste ihn am Unterarm.

Erstaunt sah er mich an. Aber dann hörte er es auch. Irgendwo über uns erklang leise Musik. Barock. Ein barockes Flötenkonzert.

Kurze Zeit später standen wir in dem Raum, aus dem die Musik kam. Ein ausgemergeltes, streng riechendes und zu Tode erschrockenes Männlein starrte uns an, als fürchtete es eine Tracht Prügel. Auf einem Tischchen neben der Tür thronte ein großes Kofferradio.

»Vivaldi?«, fragte ich freundlich.

Das seit Tagen nicht rasierte Männchen nickte erst nach Sekunden.

»Darf ich fragen, was Sie hier machen?«

Die Frage war natürlich idiotisch. Der Mann hatte sich in diesem Zimmer im Erdgeschoss ein gemütliches Lager eingerichtet, das war offensichtlich. Und nach der Menge an Plunder, die sich angesammelt hatte, hauste er nicht erst seit gestern hier. In einer Ecke standen, säuberlich nach Farbe und Größe sortiert, schätzungsweise einhundert leere Flaschen – abgesehen vom Radio vermutlich das Einzige von Wert im Besitz des alten Mannes, der uns immer noch anstarrte, als könnten wir jeden Moment das Feuer eröffnen. Er war im Begriff gewesen, sich anzukleiden, als wir ihn überrumpelten. Nun stand er da, ein Bein schon in der Hose, das andere noch in der Luft, und wagte nicht mehr, sich zu rühren. Die Flöten jauchzten und jubelten. Die beiden hohen Sprossenfenster gingen zur Straße. Balke riss sie auf.

»Ich ... Also ich wohne hier, sozusagen«, erwiderte der illegale Hausbewohner und schlüpfte endlich ins zweite Hosenbein, wobei er jedoch das Gleichgewicht verlor und auf eine hinter ihm liegende ranzig aussehende Matratze plumpste. Dort knäulten sich zwei braungraue Wolldecken, die ich nicht einmal mit der Schuhspitze berühren mochte, und ein speckiges Kopfkissen. Der Raum stank nach Schnaps, Urin und seit Ewigkeiten nicht gewaschener Kleidung.

»Was ... wer sind Sie?«, fragte der kleine Mann, nun schon etwas mutiger. Ich schätzte sein Alter auf weit über siebzig Jahre. »Muss ich jetzt hier weg?«

Ich zeigte ihm meinen Dienstausweis, den er jedoch aufgrund seiner schlechten Augen nicht lesen konnte, und erklärte ihm geduldig, wer wir waren und dass wir ihm nichts Böses wollten.

»Bin ich verhaftet?«, wollte er daraufhin wissen.

»Das werden wir noch sehen«, knurrte Balke und sah sich mit angewiderter Miene um.

»Erst mal haben wir nur ein paar Fragen an Sie«, korrigierte ich beschwichtigend. »Seit wann wohnen Sie denn schon hier?«

Neben dem Kopfende der Matratze lag ein Stapel handbeschriebenes Papier, obenauf ein teuer aussehender Füllfederhalter.

»Hab ich gefunden«, beeilte sich der kulturbeflissene Obdachlose zu versichern, dem mein Blick nicht entgangen war. »Ich mache hier nichts kaputt, ich stehle nicht. Ich belästige niemanden. Ich wohne bloß hier.«

»Seit wann?«, wiederholte ich meine Frage.

Er überlegte mit schiefer Miene und kleinen Augen. »Nicht leicht zu sagen. Es hat noch geschneit, wie ich das hier entdeckt habe. So was finden Sie ja nicht so leicht, heutzutage. Heute sind leer stehende Häuser für gewöhnlich verrammelt und verriegelt. Manchmal schlagen sie sogar die Fenster heraus, um unsereinem das Leben sauer zu machen. Aber wen schädige ich hier, frage ich Sie? Ich tue doch nichts.«

»Sind Sie nur nachts hier oder manchmal auch tagsüber?«

»Hängt vom Wetter ab. Jetzt, zum Beispiel, wollte ich gerade los. Bisschen Klimpergeld auftreiben. Ich habe noch nichts gefrühstückt.«

»Haben Sie hier in den letzten Wochen jemanden getroffen? Handwerker vielleicht?«

»Nein.« Etwas zu eilig schüttelte er den Kopf. »Nie. Keinen Menschen.«

»Merkwürdige Geräusche gehört auch nicht?«

»Auch nicht. Hier ist niemand. Nur ich.« Er griff sich an den Kopf, von dem das schüttere weiße Haar kreuz und quer abstand. »Obwohl, wenn ich … Nein. Beim besten Willen. Ohne Kaffee und etwas zu beißen funktioniert mein Erinnerungsvermögen einfach nicht richtig.«

»Was hätten Sie denn gern zum Frühstück?«, fragte ich unter Balkes verdutztem Blick.

Der Alte verstand meinen Bestechungsversuch schneller als mein Mitarbeiter.

»Ein doppelter Espresso wäre nicht zu verachten nach dem Schrecken. Zweimal Zucker, bitte. Dazu Orangensaft, frisch gepresst, falls es nicht zu viel Mühe macht. Rührei mit Speck wäre nett, muss aber nicht sein. Und zwei, drei Semmeln mit Salami, Schinken, Wurst. Falls es keine Salami gibt, zweimal Schinken. Kuchen oder Marmelade ist nicht so meins.«

13

»Sie kommen aus Bayern?«, fragte ich den klapprigen Obdachlosen, nachdem Balke sich mit der Bestellung auf den Weg gemacht hatte.

»Wie kommen Sie darauf?«

»Wegen der Semmeln.«

Inzwischen war er so weit aufgetaut, dass er sogar ein meckerndes Lachen zustande brachte. »Aber nein. Ich komme aus Köln. Ehrenfeld. Vor Ewigkeiten hatte ich dort einen Blumenladen, Frau, Kinder, Haus und so. Aber dann ist Verschiedenes vorgefallen, und seither bin ich heimatlos.«

»Was schreiben Sie da?« Ich deutete auf den Papierstapel neben seiner Schlafstelle.

»Meine Lebensgeschichte.« Vor Stolz wurde er ein wenig größer. »Aber es ist schwierig. Ich habe schon dreimal wieder von vorne angefangen, und es kommt komischerweise jedes Mal eine andere Geschichte heraus.«

Während er immer redseliger wurde und mich mit Anekdoten aus seinem bewegten Leben überschüttete, schlüpfte er in ein fleckiges Flanellhemd. Er zog die Hosenträger über die Schultern, stieg mit verblüffend sauberen Füßen ohne Socken in unvorstellbar schmutzige, aber ordentlich neben der Matratze stehende Stiefel. In Moskau wollte er gewesen sein und in Afrika und auf Kuba.

»Einmal, Sie haben ganz recht, war ich für ein paar Monate in Oberbayern. Aber diese schrecklichen Berge, die machen mir Kopfschmerzen. Ständig hat man das Gefühl, gleich fällt einem was auf den Kopf.«

Zusammen verließen wir den Raum, um an die frische Luft zu gehen. Im Vorbeigehen schaltete er das Radio aus. »Energiesparmaßnahme. Batterien sind teuer.«

Eine Viertelstunde später saß ich im Hinterhof unter einem duftenden Holunderbusch und sah Jens-Ludwig Bergholt beim gemütlichen Frühstück zu. Die Stelle, wo wir saßen, lag im Schatten, war jedoch gesprenkelt vom Licht der heute nicht ganz so klaren Maisonne. Sogar einen ehedem weiß lackierten kleinen Tisch und zwei noch recht gut erhaltene Balkonstühle aus dunkelblauem Plastik hatte ich auf einem Haufen Gerümpel gefunden. Balke verzichtete auf unsere Gesellschaft und zog es vor, das Haus zu durchstöbern, auf der Suche nach was auch immer.

Mein möglicherweise einziger Zeuge genoss das unerwartete Glück eines Frühstücks auf Staatskosten schamlos. Sein Erinnerungsvermögen wurde mit jedem Bissen besser. Wenn er nicht gerade mit Kauen, Schlürfen oder Schlucken beschäftigt war, beantwortete er meine Fragen.

»Eben ist es mir wieder eingefallen: Mal sind Handwerker hier gewesen. Im Keller.«

»Haben Sie die gesehen?«

Die Antwort dauerte ein Weilchen, weil Bergholt erst ein halbes Salamibrötchen vertilgen musste.

»Da bin ich logischerweise immer mäuschenstill gewesen. Dieses Haus ist ein Traum für Gescheiterte wie mich. Fenster dicht, Dach dicht, keine Konkurrenz, die einem die Räumlichkeiten streitig macht. Man schläft wunderbar, man wird nicht beklaut. Wer so etwas gefunden hat, in meinen Kreisen, der geht kein Risiko ein.«

Balke trat aus der rückwärtigen Tür des Hauses und schüttelte den Kopf. Die schwächliche Tür zum Treppenhaus war ursprünglich verschlossen gewesen, aber jemand hatte sie offenbar schon vor Längerem aufgebrochen. Meine Frage, ob er der

Einbrecher war, versetzte Bergholt in Empörung. Die Tür habe selbstverständlich schon einen Spalt offen gestanden, als er zum ersten Mal versuchsweise dagegendrückte.

Von seinem mit weißen Bartstoppeln übersäten Kinn tropfte ein wenig frisch gepresster Orangensaft. Mit unüberhörbarem Genuss machte er sich an das Schinkenbrötchen.

Das Haus war für die Täter ideal. Der Abstand zur Bank jenseits der üppig begrünten Höfe und Gärten betrug kaum mehr als dreißig Meter, es war – abgesehen von dem momentan hingebungsvoll schmatzenden und grunzenden Obdachlosen – unbewohnt. Der betonierte Hof, wo wir saßen, war von der Straße her nicht einsehbar, aber dennoch auch mit einem größeren Fahrzeug erreichbar. Hof und Kellertreppe waren durch Büsche und Bäume gegen neugierige Blicke aus der Nachbarschaft abgeschirmt.

Die Täter hatten hier wochenlang ein- und ausgehen können, ohne Gefahr zu laufen, beobachtet zu werden. Und sollte doch einmal jemand in den umliegenden Häusern etwas bemerkt haben, so hatte er natürlich angenommen, es handle sich um Handwerker, die mit der Instandsetzung des Hauses begannen.

»Was für eine Art Handwerker ist das gewesen?« Balke klang immer noch verstimmt. »Wie oft sind sie hier gewesen?«

»Auf dem Lieferwägelchen, mit dem sie manchmal vorgefahren sind, stand, es sei eine Firma für Kanalsanierungen. Wie viele es gewesen sind, kann ich den Herren leider nicht sagen.« Mit einer theaterreifen Geste griff Jens-Ludwig Bergholt sich ans ergraute Haupt. »Die Augen. Leider bin ich vor Jahren meiner Brille verlustig gegangen, und eine neue zu kaufen, erlauben meine finanziellen Verhältnisse im Augenblick nicht. Eines aber weiß ich jetzt genau, da mein Erinnerungsvermögen zurückgekehrt ist: Vor sechs oder sieben Wochen sind sie zum ersten Mal hier aufgekreuzt.« Er verstummte und grübelte kurz bei einem Schluck Saft. »Vielleicht waren es doch eher acht Wochen. Ich meine, die Narzissen haben gerade angefangen zu blühen, als das Lieferwägelchen zum ersten Mal hier stand. Da haben sie Werkzeug abgeladen und andere Sachen in den Keller geschleppt. Später hat man sie manchmal rumoren gehört, ohne dass das Lieferwägelchen im Hof gestanden hätte. Gearbeitet haben sie zu unregelmäßigen Zeiten. Oft bis spät abends. Manchmal sogar samstags und sonntags.«

Auf meine Nachfrage hin erfuhr ich, dass es sich bei dem »Lieferwägelchen« um einen kleinen Pritschen-Lkw handelte.

»Blau ist er gewesen.« Er klappte seine dritte Semmel auf und inspizierte den Schwarzwälder Schinken. »Marineblau. Mit weißer Aufschrift.«

Wegen seiner schlechten Augen war Bergholt leider außerstande gewesen, den Namen der Firma zu entziffern.

Aus dem Keller drangen Stimmen, und Sekunden später stiegen zwei Kollegen von der Spurensicherung die Treppe herauf. Es waren die beiden, die wir unter uns Dick und Doof nannten. Dick war der Ranghöhere der beiden. Er grüßte in die Runde und betrachtete die idyllische Szene einige Sekunden lang ratlos.

»Bisher haben wir noch nichts«, erklärte er dann, an mich gewandt. »Aber irgendwas werden wir da unten finden, keine Sorge. Kein Mensch kann einen Tunnel graben, ohne dass irgendwas zurückbleibt. Wird seine Zeit dauern, bei der Fläche, aber wir werden was finden.«

»Und jetzt?«, fragte Balke, als wir zu meinem Wagen zurückgingen, der vor der Bank mit den Vorderrädern auf dem Gehweg parkte. »Alles wieder auf Anfang?«

In dieser Sekunde schlug mein Handy Alarm.

»Wo bleiben Sie denn, Herr Gerlach?«, wollte Sönnchen wissen. »Liebekind sucht Sie. In einer Viertelstunde fängt die Pressekonferenz an!«

14

Balkes Frage ging mir während der eiligen Fahrt zur Staatsanwaltschaft nicht aus dem Kopf: Und jetzt?

Drei Tage lang waren wir den völlig falschen Spuren hinterhergerannt. Der Cayenne der Bulgaren war offenbar rein zufällig Ziel des Bombenanschlags geworden. Weil er zum falschen Zeitpunkt an der falschen Stelle stand. Auch die Russen hatten wohl nichts mit der Geschichte zu tun. Es war nicht deren Stil, Banken auszurauben. Zumindest nicht hier, in Deutschland.

Zweihundert Meter von meinem Ziel entfernt, am Bismarckplatz, hörte ich es dann doch: Mein braver, alter Peugeot machte tatsächlich merkwürdige Geräusche. Und diese Geräusche wurden sehr schnell lauter. Er lief auch nicht mehr so wie sonst. Ich musste das Gaspedal viel zu weit durchtreten, um an der Ampel noch mithalten zu können. Als das schuhschachtelförmige Gebäude der Staatsanwaltschaft in Sichtweite kam, steigerten sich die Geräusche zu einem alarmierenden Rattern. Zum Glück kam ich rechtzeitig auf die Idee, die Kupplung zu treten und den Wagen ausrollen zu lassen. So schaffte ich es gerade noch in die Haltebucht einer Bushaltestelle und musste nicht auf der Fahrbahn stehen bleiben. Ich zog die Handbremse an und schaltete die Warnblinkanlage ein. Um einen Zettel aufs Armaturenbrett zu legen, fehlte mir die Zeit. Ich würde ja in höchstens einer halben Stunde zurück sein.

Außer Atem erreichte ich mein Ziel um zwei Minuten vor elf. Ich stürmte die Treppen hinauf, die von anrückenden Medienvertretern bevölkert war, informierte Liebekind und die Oberstaatsanwältin im Telegrammstil über die neue, völlig veränderte Lage. Dann nahmen wir nebeneinander auf dem Podium Platz. Es dauerte noch einige Minuten, bis im überfüllten Raum Ruhe einkehrte, sodass mein Atem sich normalisieren konnte, bis es mit einem Hüsteln von Frau Doktor Steinbeißer losging.

Fernsehkameras beäugten mich, Blitzlichter blitzten, etwa einhundert Augenpaare musterten mich sensationslüstern. Die Staatsanwältin sprach einige unverbindliche Worte, dann war ich an der Reihe.

Schon nach meinen ersten Sätzen war es totenstill im Raum. Die Fotografen vergaßen sogar zu knipsen. Meine Ansprache dauerte keine fünf Minuten, und noch niemals zuvor hatte ich vor so aufmerksamem Publikum gesprochen.

»Wie viel ist geraubt worden?«, wollte eine ältere Journalistin in der dritten Reihe wissen, vor deren üppigem Busen eine Brille an einem Goldkettchen hing.

»Nach unserem jetzigen Erkenntnisstand, an Bargeld etwas

über achtzigtausend Euro. Was in den Kundenschließfächern war, können wir derzeit noch nicht sagen.«

»Wie viele Schließfächer waren das?«

»Geöffnet wurden etwa zwanzig. Einige davon sind komplett leer. Bei anderen haben die Täter den Inhalt anscheinend nicht für wertvoll genug befunden. Wir wissen noch nicht, ob sie nur ausgesuchte Stücke haben mitgehen lassen oder vielleicht überhaupt nur Bargeld. Das alles wird derzeit in Zusammenarbeit mit der Bank geklärt.«

»Und jetzt?«, lautete die nächste Frage aus der Menge. »Was machen Sie als Nächstes?«

»Jetzt fangen wir wohl oder übel wieder ganz von vorn an«, erwiderte ich wahrheitsgemäß.

Meine Zuhörer wussten offensichtlich nicht recht, ob sie von der neuen Entwicklung begeistert oder enttäuscht sein sollten. Einerseits war ihnen das Aufregerthema »Mafia in der Kurpfalz« abhanden gekommen. Andererseits hatte man es plötzlich mit einem Bankraub zu tun, dessen Drehbuch aus Hollywood hätte stammen können.

Als ich mich nach dem Ende der Veranstaltung um mein krankes Auto kümmern wollte, war es verschwunden. Man parkt in Heidelberg nicht ungestraft an einer Bushaltestelle. Unsere Polizei ist auf Draht. Fluchend zückte ich mein Handy. Sönnchen versprach, sich meines privaten Problems anzunehmen, und wollte hören, wie die Pressekonferenz gelaufen war.

Nach dem Essen trat die frisch gegründete Sonderkommission »Tunnel« zum ersten Mal zusammen. Bisher hatten wir nichts – abgesehen von den paar Dingen, die die Täter zurückgelassen hatten, und einer Menge Theorien.

»Das Holz«, grübelte Balke. »Es müsste sich doch rausfinden lassen, wo das Holz herkommt.«

Das war immerhin ein Ansatz.

Er tippte eine Notiz in sein neues Smartphone, auf dem man, so hatte er mir stolz erzählt, sogar Filme ansehen konnte. Mir wurde bewusst, dass die Handys in den letzten Jahren nicht mehr kleiner, sondern wieder größer wurden. Die Weisheit,

Handys seien das Einzige, wovon Männer nicht das größte haben mussten, schien nicht mehr zu gelten.

»Dann die Schubkarre«, fuhr Balke fort. »Da ist sogar der Preisaufkleber vom Baumarkt noch dran. Und der Schweißbrenner. Der sieht allerdings aus, als wäre er gebraucht gekauft.«

Vangelis ergriff das Wort: »Die Nachbarschaft habe ich am Vormittag schon mal durchklingeln lassen. Aber es war kaum jemand zu Hause. Immerhin haben wir eine alte Dame angetroffen, die im Nebenhaus wohnt und den blauen Pritschenwagen ein paar Mal gesehen haben will. Sie spricht von zwei oder drei Männern in blauen Overalls, die äußerst fleißig gewesen seien. Und natürlich hat sie sich nichts dabei gedacht. Jeder wusste ja, dass das Haus demnächst renoviert wird.«

»Kann sie etwas über den Namen der angeblichen Firma sagen?«

Vangelis zuckte die Achseln. »Müller. Oder Meier. Aus Mannheim, vielleicht auch nicht. Die Alte ist ... nun ja, alt eben.«

»Die meisten Nachbarn haben wir noch gar nicht erreicht«, ergänzte Evalina Krauss. Sie war heute überraschend wieder unter uns, obwohl sie meines Wissens noch bis Ende der Woche Urlaub gehabt hätte. »Da wohnen hauptsächlich berufstätige Singles und kinderlose Paare. Tagsüber ist da kaum wer daheim.« Nach ihrer grimmigen Miene zu schließen, hatte sie keine Lust mehr gehabt, noch länger zu Hause herumzusitzen, während ihr Liebster arbeiten musste.

Das ganze Viertel war im Umbruch, erfuhr ich. Alte soziale Strukturen waren zerstört, viele Bewohner verstorben oder in alle Winde zerstreut, neue Netzwerke noch nicht entstanden. Die wenigsten kannten ihre Nachbarn. Und viele wollten sie vielleicht auch gar nicht kennen.

»Wie sieht's an der anderen Front aus?«, fragte ich in die Runde. »Gibt es Neuigkeiten von den Bulgaren? Von den Russen? Was ist mit unserer Wasserleiche?«

»Nichts.« Vangelis schüttelte resigniert den Kopf. »Wegen der Russen hat vorhin übrigens die Staatsanwaltschaft angerufen. Wir sollen die Telefonüberwachung mit sofortiger Wirkung einstellen. Ich habe das bereits veranlasst. Die Wasserleiche ist immer noch nicht identifiziert. Die Bulgaren bleiben in Deckung. «

»Und der Brandanschlag auf das Bella Napoli?« Seufzend lehnte ich mich zurück. »Das ergibt doch alles keinen Sinn. «

»Ziemliche Scheiße, was?«, brachte Balke die Sache auf den Punkt. »Die Bankräuber sind mit ihrer fetten Beute längst über alle Berge, während wir nach zwei bulgarischen Kleinzuhältern fahnden, die überhaupt nicht wissen, wie ihnen geschieht. «

»Falls die Russen die beiden nicht längst zu Bœuf Stroganoff verarbeitet haben«, meinte Vangelis gut gelaunt.

»Versuchen wir ein erstes Täterprofil«, schlug ich vor, da mir nichts Besseres einfiel. »Was sind das für Leute, die diesen Bankraub durchgezogen haben? Wer kommt für so was in Frage?«

»Hochprofessionelle«, fiel Balke als Erstes ein.

Oberkommissarin Krauss hatte ihren Mini-Laptop vor sich stehen und drückte mit finsterem Blick und spitzem Finger eine Taste. Der Beamer, der bisher an der Decke vor sich hin gesummt hatte, wurde hell, an der Wand erschien eine leere weiße Fläche.

»Es müssen mehrere Spezialisten dabei gewesen sein«, fuhr Balke fort, während seine Lebensabschnittsgefährtin tippte. »Erstens brauchten sie wen, der was von Tunnelbau versteht. Das lernt man ja nicht auf der Volksschule. Zweitens wen, der sich mit Funkkram auskennt, und drittens jemanden, der Erfahrung mit Sprengstoff hat. Die Wand musste durchbrochen werden, aber auf der anderen Seite sollte natürlich nicht alles in Schutt und Asche gelegt werden. Da muss einer schon verdammt viel Ahnung haben, um das so hinzukriegen. «

»Außerdem haben sie Baupläne gebraucht. Sie mussten wissen, wie dick die Wand ist«, überlegte Vangelis. »Und es muss einen Finanzier geben. Die Vorbereitungen haben nicht nur gedauert, das hat auch eine Stange Geld gekostet. «

»Weitere Fragen, die wir klären müssen«, sagte ich.

Evalina Krauss sah mich erwartungsvoll an, die ein wenig zu kurz geratenen Finger entspannt auf der Tastatur.

»Woher hatten die Täter ihre Informationen über die Bank?«, fuhr ich fort. »Woher wussten sie, wo der Tresorraum liegt, wie

123

dick der Beton ist? War mehr Geld als üblich im Tresor? Gibt es möglicherweise jemanden in der Bank, der ihnen zuarbeitet? Hat da jemand Schulden? Kostspielige Hobbys?«

Die letzten Fragen hatte Klara Vangelis bereits am Vormittag dem Filialleiter gestellt.

»Was das Bargeld betrifft: nein«, sagte sie. »Sie haben immer zwischen fünfzig- und hunderttausend Euro im Tresor, hat mir Herr Falk verraten. Der weitaus größere Schaden dürfte den Inhabern der Schließfächer entstanden sein. Drei Schließfächer sind vollkommen leer. Beim Rest wissen wir im Moment noch nicht, ob überhaupt etwas fehlt, und wenn ja, wie viel. An einen Informanten in der Bank glaubt Herr Falk nicht. Er legt für jeden seiner vier Mitarbeiter die Hand ins Feuer.«

»Man hat schon Pferde kotzen sehen«, warf Balke ein. »Wie sieht's mit ihm selbst aus? Meistens ist ja der Boss der Böse.«

»Dazu kann ich noch nichts sagen«, erwiderte Vangelis, ohne eine Miene zu verziehen. »Aber natürlich habe ich den Mann auf der Liste.«

»Was tut man eigentlich in so ein Schließfach?«, wollte Evalina Krauss wissen. Ihre Miene schien sich ein wenig aufgehellt zu haben.

Balke lachte böse. »Schwarzgeld natürlich. Sachen, von denen die Steuerfahndung nichts wissen darf oder die man noch nicht ins Ausland schaffen konnte. Schmuck, Aktien, Tafelsilber.«

»Wichtige persönliche Papiere«, fügte ich hinzu. »Verträge. Versicherungspolicen. Kunstwerke, die zu kostbar sind, um sie zu Hause an die Wand zu hängen.«

»Die ersten Gespräche mit den geschädigten Kunden übernimmt die Bank«, sagte Vangelis. »Die dürfen uns nicht mal die Namen verraten, solange wir keinen Verdacht auf Mittäterschaft ...«

Die Tür knallte auf. Rolf Runkel streckte seinen im Augenblick hochroten Kopf herein. »Der Pritschenwagen!«, brüllte er, als würde es im Erdgeschoss brennen. »Wir haben den Pritschenwagen gefunden!«

»Immerhin«, sagte Balke, »ist doch mal ein Anfang.«

Runkel trat ein und berichtete, nun ein wenig ruhiger, der

blaue Kleinlastwagen stehe in einem Waldstück etwa fünf Kilometer nordöstlich von Neckarsteinach. Völlig ausgebrannt, leider, und komplett leer, natürlich. Ein Förster hatte das Wrack erst vor einer halben Stunde entdeckt. Es war noch warm, die Spurensicherung bereits auf dem Weg. Viel würde sie nicht finden, davon war ich überzeugt. Die Täter hatten jeden ihrer Schritte monatelang geplant und durchdacht. Mit etwas Glück würde es meinen Technikern vielleicht gelingen, das Fahrzeug zu identifizieren und damit seinen letzten Halter.

Auf dem Weg zurück in mein Büro traf ich auf einen jungen Mann in zerknittertem dunkelblauem Anzug und zu großen Schuhen. Er wolle zu Liebekinds Sekretärin, erklärte er mit nervösem Blick, und habe sich dummerweise verlaufen. Ich bot ihm an, ihn zu begleiten, da mein Ziel nur wenige Türen von seinem entfernt lag. Während der kurzen Strecke, die wir gemeinsam gingen, erzählte er mir, er gehöre zu den freiberuflichen Übersetzern, die Vangelis für die Telefonüberwachung der Russin engagiert hatte.

»Schade eigentlich«, meinte er, als er mir zum Abschied seine feuchte Hand reichte. »Die ganze Zeit langweilt man sich fast einen Wolf. Und ...«

Sönnchen hatte offenbar meine Stimme gehört. Sie riss die Tür auf. »Telefon, Herr Gerlach. Die Staatsanwaltschaft. Entschuldigung, aber es ist dringend.«

Es war dann doch nicht so dringend. Am Apparat war eine junge Mitarbeiterin von Frau Doktor Steinbeißer, die mir mitteilen wollte, was ich schon wusste.

»Die Telefonüberwachung haben wir weisungsgemäß eingestellt«, beruhigte ich sie. »Darf man erfahren, wie es zu dem plötzlichen Sinneswandel unserer vorgesetzten Behörde kommt?«

»Weisung von oben«, erklärte sie mit schnippischem Ton. »Mehr weiß ich auch nicht.«

In den nächsten Stunden versuchte ich das zu erledigen, was vorrangig zu meinen Aufgaben als Chef einer Behörde zählte: Verwaltungskram. Absegnen von Urlaubsanträgen, Bearbeiten von Beschwerden und Klagen, mehr oder weniger elegant formulierten Beförderungsgesuchen, Schlichten von Streitigkeiten, wie sie überall vorkommen, wo Menschen zusammenarbeiten. Sönnchen, meine treue Sekretärin, unterstützte mich nach Kräften. Meinen Peugeot hatte sie inzwischen aufgestöbert, auf dem Parkplatz eines Abschleppdienstes an der Eppelheimer Straße. Sie hatte ihn jedoch bereits aus den Krallen der Ordnungsbehörde befreit. Zurzeit war er auf dem Weg zu einer Vertragswerkstatt in Schlierbach. Auf meine misstrauische Frage, wie genau der Transport denn vonstatten ging, verweigerte sie standhaft die Aussage.

Später schrieb ich Theresa eine SMS. Ich entschuldigte mich dafür, dass ich mich jetzt erst meldete, berichtete von dem Bankraub, der Pressekonferenz und meinem kaputten Auto.

Ich hatte das Handy kaum auf den Schreibtisch zurückgelegt, als es auch schon summte. Ihre Nachricht war kurz und nicht gerade herzlich: »Sehen wir uns heute?«

Heute war Dienstag, fiel mir jetzt erst ein, einer der beiden Tage der Woche, an denen wir uns trafen. Wenn nichts dazwischenkam.

»Weiß noch nicht«, schrieb ich zurück, und das war die Wahrheit.

Natürlich hatte sie recht: Das Einzige, was jetzt half, war reden. Auge in Auge. Arm in Arm. Sich sehen, fühlen, riechen. Theresa war immer schon der Ansicht gewesen, in gewissen Dingen seien unsere Körper klüger als unsere Köpfe. Aber ich konnte sie jetzt nicht sehen. Ich wusste selbst nicht, weshalb. Und mir fehlten die Zeit und die Ruhe, mir über meine Gefühle klar zu werden.

15

Im Lauf des Nachmittags tröpfelten nach und nach Informationen herein. Im Tunnel hatte sich einer der Täter an einem rauen Holzpfosten den Kopf gestoßen. Meine Mitarbeiter hatten Haare sicherstellen können, ein wenig Haut und winzige Blutspuren. Das Material war bereits auf den Weg ins DNA-Labor.

Außerdem hatten sie einen abgebrochenen Fingernagel gefunden, was man offenbar als großen Erfolg wertete.

Der Förster, der den ausgebrannten Pritschenwagen entdeckt hatte, erinnerte sich plötzlich an einen Subaru, den er am frühen Morgen kurz nach Sonnenaufgang beobachtet hatte. Der Wagen war ohne Licht aus dem Waldstück gekommen, wo das Wrack des kleinen Lastwagens stand. Ein Kombi sei es gewesen, dunkelgrün möglicherweise. Auf das Kennzeichen hatte er leider nicht geachtet. Aber das machte nichts, denn falls es sich wirklich um ein Fahrzeug der Bankräuber handelte, dann war es ohnehin gefälscht. Auf dem Waldweg fand sich überdies eine Reifenspur, die möglicherweise von dem Subaru stammte.

Die Fahrgestellnummer des Pritschenwagens hatten die Täter sorgfältig weggefeilt, aber meine Leute waren zuversichtlich, sie mit Hilfe ihrer Zaubertricks wieder lesbar zu machen. Dass in Mannheim keine Firma für Kanalsanierung existierte, die einen blauen Pritschenwagen vermisste, wunderte niemanden.

Nachmittags um halb vier klingelte wieder einmal mein Telefon. Dr. Steinbeißer, las ich auf dem Display.

»Es gibt da eine Angelegenheit, die ich gerne unter vier Augen mit Ihnen besprechen würde.« Sie klang ungewöhnlich liebenswürdig. »Wären Sie so freundlich, kurz bei mir vorbeizuschauen?«

Da die Staatsanwaltschaft meine vorgesetzte Behörde war und sie selbst Chefin dieser Einrichtung, war dies eine eher rhetorische Frage.

»Selbstverständlich«, sagte ich zuvorkommend. »Bin schon auf dem Weg.«

Auf diese Weise kam ich ein wenig an die frische Luft und konnte über Theresa nachdenken.

Unsinn.

Über mich selbst sollte ich nachdenken. Versuchen, herauszufinden, was mit mir los war. Warum ich sie auf einmal nicht mehr sehen wollte. Draußen schien immer noch oder schon wieder die Sonne, und bereits nach wenigen Schritten zog ich das Jackett aus.

Von der Polizeidirektion bis zur Staatsanwaltschaft brauchte ich kaum mehr als fünf Minuten, deshalb kam ich nicht weit mit dem Nachdenken. Was mich davon abhielt, Theresa zu sehen, war nichts Rationales, wurde mir bewusst. Es war einfach ein Gefühl. Irgendetwas tief in mir war gekränkt, verletzt, gedemütigt. Und solange ich mit mir selbst nicht im Reinen war, so lange war Reden sinnlos.

»Nehmen Sie bitte Platz«, begann Frau Doktor Steinbeißer.

Irgendetwas stimmte nicht, ich hatte es schon am Telefon bemerkt. Die Leitende Oberstaatsanwältin war zu freundlich. Hier braute sich etwas zusammen.

Ich setzte mich gehorsam. Sie nahm ein Papier in beide Hände, das auf ihrem frisch abgestaubten Schreibtisch lag, und starrte eine Weile darauf, als müsste sie ihre Gedanken erst sortieren.

»Ich habe eben«, sagte sie endlich und räusperte sich, »ein sehr bemerkenswertes Fax bekommen. Aus Berlin. Vom Innenministerium. Es geht um eine Frau. Elisaveta Lebedeva.«

Die Russin. Hatte ich es geahnt, oder bildete ich mir das nur ein?

Sie sah auf. »Wir haben strikte Anweisung, die Dame in keiner Weise weiter zu behelligen.«

»Wir behelligen sie nicht«, erwiderte ich trotzig. »Bei den Razzien in ihren Edelbordellen hat es sich um eine reine Routinemaßnahme gehandelt, die richterlich abgesegnet war. Die TÜ habe ich heute Vormittag weisungsgemäß einstellen lassen.«

Frau Doktor Steinbeißer hüstelte unglücklich. »Ich weiß das ja alles, lieber Herr Gerlach.«

Wenn sie mich »lieber Herr Gerlach« nannte, bestand Grund zu ernster Sorge. Die Staatsanwältin legte ihr Fax so achtsam auf den Schreibtisch, als wäre es aus Glas, sah mir mitfühlend ins Gesicht.

»Diese Anweisung kommt von ganz oben. Ich vermute, vom Minister persönlich. Die Dame, von der wir sprechen, hat offenbar Verbindungen in allerhöchste Kreise.« Sie senkte den Blick. Sah wieder auf. »Mir gefällt das auch nicht, das können Sie mir glauben. Aber es wird uns beiden wohl nichts anderes übrig bleiben, als uns zu fügen.«

Als ich mein Vorzimmer durchquerte, eröffnete mir Sönnchen, mein Wagen sei wohlbehalten in der Werkstatt angekommen.

»Was wird der Transport eigentlich kosten?«, fragte ich.

»Nichts«, gestand sie und sah angestrengt an mir vorbei.

»Frau Walldorf! Ich muss mir doch hoffentlich keine Sorgen machen?«

»Ich finde, diese Abschleppgeier verdienen genug an uns«, meinte sie schnippisch. »Da können die uns ruhig auch mal einen Gefallen tun.«

»Sie haben denen aber nicht zum Beispiel versprochen, sie nächstes Mal zu bevorzugen, wenn wir wieder mal einen Abschleppwagen brauchen?«

»Was denken Sie von mir?« Sie sah mich entrüstet an. »So würd' ich das doch im Leben nicht formulieren!«

»Ach, Sönnchen«, seufzte ich. »Falls wir deswegen in den Knast kommen, dann sorgen Sie aber bitte dafür, dass wir nebeneinander liegende Zellen kriegen, okay?«

Ungerührt schob sie mir eines ihrer gelben Klebezettelchen über den Tisch. »Sie sollen bei Gelegenheit mal in der Werkstatt anrufen. Der Meister möchte mit Ihnen reden.«

Ich bat Balke und Vangelis in mein Büro und eröffnete ihnen, dass die Weisung, die Telefonüberwachung einzustellen, von ganz oben kam. Aus dem Berliner Innenministerium. Klara Vangelis nahm die Sache gelassen. Balke dagegen knirschte mit den Zähnen, verkniff sich jedoch jeden Kommentar. Als die beiden sich nach meiner kurzen Erklärung erhoben, bat ich ihn, noch auf ein paar Worte zu bleiben. Er setzte sich wieder. Ich nahm die Brille ab, massierte meine Nasenwurzel und wartete, bis die Tür zu war.

»Herr Balke«, begann ich, »ich kenne Sie inzwischen lange genug, um zu wissen, was Sie jetzt denken.«

»Wenn Sie wüssten, was ich jetzt denke, dann hätte ich ein Disziplinarverfahren am Hals.«

»Ich möchte nicht, dass Sie sich in Schwierigkeiten bringen.« Ich setzte die Brille wieder auf und sah ihm ins verkniffene Gesicht. »Und deshalb verbiete ich Ihnen hiermit ausdrücklich jede Form von Eigenmächtigkeiten.«

Er nickte wie ein verstockter Schuljunge, dem gerade untersagt wurde, noch einmal Kirschen aus dem Schulgarten zu klauen.

»Sollten Ihnen aber«, fuhr ich langsam fort, »rein zufällig natürlich, irgendwelche für uns interessante Dinge zu Ohren kommen, dann würde ich mich natürlich sehr freuen, wenn ich als Erster davon erfahren würde. Und wenn möglich, auch als Einziger.«

Es dauerte keine Sekunde, bis er begriff. Ein Grinsen machte sich auf seinem Gesicht breit.

»Wir haben uns verstanden?«, fragte ich.

»Aber ja.« Immer noch grinsend stemmte Balke sich aus dem Stuhl. »Ich habe Sie überhaupt noch nie so gut verstanden wie jetzt, Chef.«

Als ich wieder allein war, wählte ich die Nummer auf Sönnchens Klebezettel. Eine junge Frau nahm ab, tat, als freute sie sich über alle Maßen, endlich meine Stimme zu hören, und verband mich mit dem zuständigen Werkstattmeister.

»Wenn ich Ihnen einen guten Rat geben darf«, begann der Mann sachlich, »lassen Sie ihn verschrotten. Der Motor ist hinüber. Kolbenfresser. Das lohnt sich nie und nimmer, den noch mal zu reparieren. Außerdem, über dreihunderttausend Kilometer, ich bitte Sie! Zum Glück habe ich gerade ein erstklassiges Angebot auf dem Hof stehen ...«

Ich sank in meinen Sessel.

»Ich wollte eigentlich kein neues Auto«, wagte ich einzuwerfen.

»Herr ... ähm ... Gerlach, Ihr Kombi ist zu alt für ein richtiges Auto, und für einen Oldtimer ist er leider noch zu jung.«

»Bisher war ich immer ganz zufrieden damit.«

»Weil Sie nichts Besseres gewohnt sind, ja. Aber irgendwann geht halt alles den Weg alles Irdischen, nicht wahr.« Er lachte, als sprächen wir über irgendein seelenloses Gerät und nicht über ein treues Familienmitglied.

»Was würde eine Reparatur denn kosten?«

»Schwer zu sagen. Über den Daumen ... hm ... Dreieinhalbtausend? Vier? Wenn bei der Reparatur nicht noch mehr dazukommt, was bei so alten Kisten natürlich ganz normal ist. Am Ende sind Sie einen Haufen Geld los und haben immer noch kein gescheites Auto. Der Zeitwert dürfte bei fünfhundert liegen. Unter Liebhabern vielleicht tausend. Und wie gesagt, ich habe da gerade auf dem Hof …«

»Aber danach läuft er bestimmt noch mal zehn Jahre.«

»Herr Gerlach.« Nun wurde er ungnädig. »Wir haben seit Neuestem auch in Heidelberg Umweltzone. Ihr Wagen hat ja noch nicht mal eine Plakette!«

»Aber einen Katalysator!«

»Okay«, erwiderte er stöhnend. »Die gelbe würde er wahrscheinlich sogar kriegen. Aber das hat doch alles keinen Sinn. Er hat kein ABS, er hat kein ESP, er hat ja nicht mal Airbags! Von einem Navi gar nicht zu reden.«

»Ich pflege keine Unfälle zu bauen.« Nun wurde auch ich patzig. »Deshalb kann ich auf Airbags und solche Sachen verzichten. Und bisher habe ich mein Ziel immer ohne Navi gefunden.«

Das Letzte war ein ganz klein wenig geschwindelt. Aber das ging diesen kaltherzigen Ölfinger nichts an.

Der Rest des Dienstags verlief unspektakulär. Meine Leute verhörten Nachbarn des Abbruchhauses, die Spurensicherung sicherte Spuren. Thorsten Falk, der Leiter der ausgeraubten Bankfiliale, kam seiner traurigen Pflicht nach und setzte seine Kunden davon in Kenntnis, dass sie übers Wochenende ein wenig ärmer geworden waren. Und manch einer dürfte sich an diesem Tag weit mehr davor gefürchtet haben, wir könnten die Täter fassen und ans Licht bringen, was er in seinem Schließfach aufbewahrt hatte, als davor, dass sein Besitz für immer verloren sein könnte.

Ich arbeitete Papiere ab, die Sönnchen mir vorlegte, und unterschrieb, wo sie ihre bunten Markierungskleberchen angebracht hatte. Aber meine Gedanken waren draußen, in diesem so auffallend professionell gebauten Tunnel, im ausgebrannten Bella Napoli, bei der Russin mit ihren vorzüglichen Verbindungen in höchste politische Kreise.

Als ich um halb sieben Feierabend machte, war mein Schreibtisch fast so aufgeräumt wie der von Frau Doktor Steinbeißer, doch ermittlungstechnisch gesehen waren wir keinen Schritt vorangekommen.

Um acht würde ich Theresa treffen. Wir hatten noch ein paar Nachrichten per Handy ausgetauscht, und schließlich war ich nach einigen Anläufen über meinen Schatten gesprungen.

Sie liebt Sie sehr, hatte Liebekind gesagt, und es war ein seltsames Gefühl gewesen, diese Worte ausgerechnet von dem Mann zu hören, dem ich seit anderthalb Jahren zweimal die Woche Hörner aufsetzte. Liebekind schien mit der Situation im Gegensatz zu mir prima zurechtzukommen. Auch am Vormittag hatte er wieder mit keiner Wimper gezuckt, als er mir – vielleicht eine Spur fester als sonst – die Hand drückte. Er war gewesen wie immer. Aber wie ging es Theresa damit? Ich wusste es nicht. Ich wusste ja nicht einmal, wie es mir selbst damit ging.

Mit dem Wagen war ich am Morgen zur Direktion gefahren, zu Fuß kehrte ich nach Hause zurück. Die Luft war warm und weich. An jeder Ecke duftete es nach Frühling. Ich fühlte mich elend.

Die Post steckte noch im Briefkasten. Während ich die Treppe hinaufstieg, blätterte ich sie durch. Werbung, Werbung, ein Brief von der Krankenversicherung, der vermutlich wieder einmal eine Beitragserhöhung verkündete, Werbung. Schließlich ein mit der Hand beschrifteter dünner Umschlag. Ich riss ihn noch im Treppenhaus mit Hilfe des Wohnungsschlüssels auf. Auch der Brief selbst war mit der Hand geschrieben.

Er begann mit: »Mein lieber Freund«.

Lorenzo.

»Die Freiluft-Schachsaison hat begonnen«, las ich. »Hättest Du Lust, wieder einmal einige Partien gegen mich zu verlieren?«

Lorenzos richtiger Name lautete Horst-Heinrich Lorentz, und er war der seltsamste Mensch, den ich kannte. Bevor er sich ins Privatleben zurückzog, hatte er jahrzehntelang an den Rezeptionen erstklassiger Hotels gestanden. Lorenzo stammte aus wohlhabendem Haus, weshalb er es niemals nötig gehabt hatte, Geld zu verdienen. Er hatte vieles erlebt, manches studiert und hätte bei seiner Intelligenz und Eloquenz vermutlich eine blendende akademische Karriere machen können. Stattdessen hatte er sich zum Leidwesen seiner Eltern in der Welt herumgetrieben, einige Jahre unter geheimnisvollen Umständen im Süden Italiens verbracht und schließlich seine Bestimmung darin gefunden, in Nobelherbergen Wünsche von hoch getragenen Nasenspitzen abzulesen.

»Als Entschädigung könnte ich die eine oder andere Flasche guten Weines anbieten«, las ich weiter. Lorenzo war vermutlich der einzige lebende Mensch, der einen derart versnobten Genitiv benutzte, ohne rot zu werden.

Außerdem verfügte er über einen unerschöpflichen und immer bestens sortierten Weinkeller.

»Selbstverständlich würde es auch die eine oder andere Kleinigkeit zu essen geben.«

Lorenzo konnte besser kochen als mancher Chef de Cuisine in sogenannten Edelrestaurants. Im Lauf seiner Rezeptionistenkarriere hatte er mehr als einem Sternekoch aufmerksam über die Schulter gesehen. Die Versuchung war groß, ungeheuer groß, Theresa abzusagen und stattdessen Lorenzo zu besuchen.

Aber ich widerstand. Jetzt oder nie.

Ich hatte einen Spaziergang vorgeschlagen. Ein Gespräch auf neutralem Boden sozusagen. So trafen wir uns in Neuenheim, nicht weit von der Stelle, wo vor Tagen der Cayenne explodiert war, küssten uns natürlich nicht in der Öffentlichkeit und gingen schweigend los.

Das Praktische am Heidelberger Philosophenweg ist, dass er auf den ersten zweihundert Metern so steil ansteigt, dass man sich unmöglich unterhalten kann. Schon nach wenigen Schritten waren wir beide außer Atem und mussten langsamer gehen. Theresa neben mir, die große Handtasche am langen Riemen über der Schulter, den Blick starr auf den asphaltierten Weg gerichtet. Sie machte keinen Versuch, den Abstand zwischen uns zu verringern.

»Wie geht's dir?«, fragte sie, als wir den ebenen Teil des vermutlich berühmtesten Spazierwegs der Welt erreicht hatten.

»Ich komme mit meinen Töchtern nicht mehr klar«, seufzte ich. »Ich weiß nicht, was ich noch machen soll.«

Bis auf gelegentliche Jogger mit Stöpseln in den Ohren und weltvergessene Liebespaare waren wir die Einzigen auf der Strecke.

»Deine Mädchen sind zauberhaft«, erwiderte Theresa ernst und immer noch, ohne mich anzusehen.

»Du hast leicht reden.«

»Nein, habe ich nicht. Ich hätte gerne Kinder gehabt. Aber ... nun weißt du es ja.«

Wieder gingen wir eine Weile schweigend nebeneinander her.

»Nein«, sagte ich schließlich. »Ich weiß es nicht. Genau genommen weiß ich nichts über dich.«

War der Abstand zwischen uns geringer geworden, oder kam es mir nur so vor? Theresa schien traurig zu sein und wütend zugleich. Zum ersten Mal, seit wir uns kannten, hatte sie mir eben einen winzigen Einblick in ihr Leben gewährt, wurde mir bewusst. Irgendwann einmal hatte ich sie gefragt, warum sie keine Kinder hatte. Damals hatte sie ausweichend geantwortet. Da war wieder diese Mauer gewesen. Die es jetzt plötzlich nicht mehr gab.

Wir blieben stehen und sahen auf die Stadt hinunter. Das Schloss am Hang gegenüber, der Fluss, der Millionen Lichter reflektierte, das Summen und Sausen tausendfachen Lebens.

War es das, was mich so erschreckt hatte? Die auf einmal fehlende Mauer? War es nicht sehr bequem gewesen, eine Geliebte zu haben, deren tägliche Sorgen mich nicht zu kümmern brauchten? Die aus dem Nichts kam und später einfach wieder verschwand? Die nie krank war, wenn wir uns trafen, nie deprimiert, selten traurig?

Immer noch schweigend gingen wir weiter. Irgendwo dort unten musste Lorenzos Haus stehen. Plötzlich war ich mir sicher: Der Abstand zwischen Theresa und mir war geringer geworden in den letzten Minuten. Ich hätte nicht sagen können, wer sich an wen angenähert hatte. Und auf einmal, ganz von allein, streckte sich mein rechter Arm aus und zog sie an mich. Sie ließ es zu, den Blick immer noch abgewandt. Heute trug sie flache Schuhe, weshalb sie einen halben Kopf kleiner war als ich.

Unten im Tal hupten Autos, lachten Menschen. Hier oben war es ruhig und kühl. Es duftete nach Wald und Frühlingsdämmerung. Theresa legte ihren Kopf an meine Schulter.

»Wieder gut?«, fragte sie leise.

»Ja.« Meine Stimme klang rau. »Ich glaube schon.«

»Da bin ich froh«, sagte sie traurig.

Ich musste schlucken. »Ich auch.«

Und wieder gingen wir ein Stück schweigend.

»Ich liebe dich«, sagte sie trotzig, blieb abrupt stehen und löste sich von mir. »Auch wenn du ein schrecklicher Dummkopf sein kannst.«

Nebeneinander standen wir an der Mauer und sahen auf die Altstadt hinunter, die tief unter uns lag.

In dieser Sekunde erinnerte ich mich an unseren ersten gemeinsamen Spaziergang, kurz nachdem wir uns unter höchst merkwürdigen Umständen kennengelernt hatten. Damals waren wir am gegenüberliegenden Hang gewesen, auf der anderen Seite des Neckartals, und sie hatte mir, dem Neuling in Heidelberg, ihre Stadt gezeigt. Auch damals war es dunkel gewesen, und Vera noch nicht einmal ein Jahr tot, und ich selbst noch voller Aufruhr und Verwirrung. An jenem Abend hatte sie Eichendorff zitiert: »Und jeden blickt's wie seine Heimat an.«

War ich jetzt angekommen? Hatte ich heute meine Trauer um Vera hinter mir gelassen und war bei Theresa angekommen?

»Sie hieß Vera«, hörte ich mich sagen.

Theresa sah mich von der Seite an. Ich wusste nicht, ob sie meine Bemerkung verstanden hatte. Schließlich zog sie meinen Kopf zu sich herunter und tupfte einen vorsichtigen Kuss auf meine trockenen Lippen.

»Das mit deinen Töchtern wird schon«, sagte sie leise. Ich war mir sicher, dass sie etwas anderes hatte sagen wollen, und war ihr dankbar dafür, dass sie es nicht tat.

Wir machten kehrt und gingen langsam zurück. Wir gingen untergehakt und schweigend wie ein altes Ehepaar.

»Lass uns noch mal von vorn beginnen«, schlug Theresa vor,

135

als wir die ersten Häuser erreichten. »Und vielleicht hast du recht. Vielleicht hätte ich dir mehr von mir erzählen sollen.«

»Das ist ein guter Vorschlag«, fand ich. »Und natürlich habe ich recht.«

Fühlte ich mich besser? Nein, denn ich fühlte gar nichts. In mir waren nur bleierne Leere und unendliche Ratlosigkeit.

16

»Herr Gerlach«, rief mir die Blonde an der Pforte hinterher, als ich am Mittwochmorgen die Direktion betrat. »Er hat's immer noch nicht abgeholt!«

Ich machte kehrt. »Wer hat was nicht abgeholt?«

»Dieser alte Bulgare. Sie haben mir doch am Samstag Sachen für ihn gegeben. Erinnern Sie sich nicht? Er hat sie aber nicht abgeholt.«

Richtig, Schivkov. Er war bei mir gewesen und hatte irgendwelche Dokumente auf meinem Schreibtisch liegen lassen.

»Er muss aber doch hier vorbeigekommen sein.«

Sie zuckte ratlos die Schultern. »Ich hab ihn nicht gesehen, weder vorher noch nachdem Sie bei mir gewesen sind. Ich hab die ganze Zeit hier gesessen und aufgepasst.«

»Vielleicht hat er den Hinterausgang genommen? Über den Parkplatz?«

Sie nickte. »Ist natürlich auch möglich, dass ich telefoniert hab oder mit wem geredet. Aber normalerweise ... Schon komisch, irgendwie. Der kann sich doch wohl nicht in Luft aufgelöst haben?«

»Wie weit sind wir mit dem Brandanschlag auf das Bella Napoli?«, fragte ich bei der morgendlichen Lagebesprechung aufgeräumt in die Runde.

In der vergangenen Nacht hatte ich blendend und endlich einmal wieder lang genug geschlafen.

»Da gibt's leider wenig Neues.« Balke suchte in seinem Handy nach einer Datei. »Dass die Brandgranaten aus israelischer Produktion stammen, ist inzwischen bestätigt. Ansonsten: keine Fingerspuren, kein Sonstirgendwas. Nicht mal den Mercedes haben wir bisher gefunden.«

Auch Klara Vangelis klang heute ungewohnt frustriert: »Bei dem Bankraub sieht es keinen Deut besser aus. Immerhin haben wir den ausgebrannten Pritschenwagen anhand der Fahrgestellnummer zurückverfolgen können: Bis vor einem halben Jahr hat er einer kleinen Firma in Lüttich gehört. Damals war er allerdings noch sonnengelb. Brauchbare Zeugen für die Bauarbeiten im Tunnel scheint es nicht zu geben. Die Täter scheinen meist nachts gearbeitet zu haben. Nicht einmal die DNA-Spuren aus dem Tunnel helfen uns weiter. Der Mensch, von dem sie stammen, ist in keiner unserer Datenbanken.«

»Der Bombenanschlag auf den Cayenne ergibt ja nun im Zusammenhang mit dem Bankraub einen Sinn«, überlegte ich. »Aber wozu musste anschließend das Bella Napoli niedergebrannt werden?«

»Und was ist mit der Wasserleiche?«, fragte Balke entnervt. »Und mit Voronin? Hängt das alles zusammen oder nicht?«

Niemand wusste eine Antwort.

Balke tippte lustlos auf seinem Handy herum.

»Einen kleinen Lichtblick gibt es vielleicht doch«, fiel Vangelis ein. »Ich habe alle Personen im Umfeld der Bank daraufhin überprüfen lassen, ob einer als Tunnelbauer oder Bombenbastler in Frage kommt. Und da gibt es tatsächlich jemanden: Ferdinand Prembeck. Das ist der Glatzkopf, der über der Bank wohnt. Der Mann ist studierter Elektronikingenieur und schon seit Jahren arbeitslos. Früher hatte er eine kleine Firma für Funktechnik.«

»Funktechnik?«, fragten Balke und ich gleichzeitig.

»Er hat Fernsteuerungen entwickelt, unter anderem für diese kleinen Roboter, mit denen die Bundeswehr Minen entschärft. Zu seiner Kundschaft gehörte das Bundesamt für Wehrtechnik und Beschaffung in Koblenz. Eigentlich ein krisensicheres Geschäft, sollte man meinen. Aber seine Firma ist trotzdem vor ein paar Jahren pleitegegangen. Wovon er seither lebt, ist unklar.«

»Hat er vielleicht noch alte Bekannte bei der Bundeswehr?«, fragte ich.

»Sie denken an den Sprengstoff? So weit bin ich leider noch nicht. Jedenfalls wird er durch seinen Bankrott Schulden haben.«

»Und hätte damit ein prima Motiv«, überlegte Balke mit hochgezogenen Augenbrauen. Er sah zur Decke. »Andererseits: Wenn ich eine Bank ausrauben wollte, würde ich mir dann ausgerechnet die aussuchen, über der ich wohne?«

»Prembeck passt ins Raster«, erwiderte Vangelis kühl. »Er hat in der Tat das beste Motiv der Welt. Und wenn ich mich nicht irre, dann gehen wir in solchen Fällen üblicherweise so vor: Wir suchen nach Personen, die ein Motiv haben, die Möglichkeit, die Tat zu begehen, und die Fähigkeiten dazu.«

Ich machte beschwichtigende Handbewegungen. Balke schluckte eine scharfe Erwiderung hinunter. Irgendetwas schien ihm an dem neuen Verdächtigen nicht zu passen.

»Beschaffen Sie mir alles an Informationen, was Sie über diesen Herrn Prembeck herausfinden können«, wies ich Vangelis an. »Zur Not lassen Sie ihn beobachten. Sollte ja nicht weiter schwierig sein, im Bella Napoli gegenüber stehen jede Menge Zimmer leer.«

Sönnchen war inzwischen fleißig gewesen, hörte ich, als ich wieder allein war. Über Rolf Runkel hatte sie die Adresse einer kleinen Kfz-Werkstatt in Erfahrung gebracht, die meinen armen Peugeot möglicherweise vor der Schrottpresse retten würde.

Auch das Problem, wie der Wagen ohne Motor von Schlierbach quer durch die Stadt zum Industriegebiet im Westen gelangen würde, wo sich diese Werkstatt befand, hatte sie schon eine ebenso einfache wie illegale Lösung gefunden – ein Streifenwagen würde mich abschleppen.

»Ich hoffe bloß, dass mich niemand sieht bei der Aktion«, seufzte ich. »Wenn das in die Zeitung kommt, dann können Sie mir den Gnadenschuss geben.«

Im Vorzimmer begann Sönnchens Telefon zu klingeln. Sie wartete, bis das Gespräch automatisch auf meinen Apparat geschaltet wurde, hörte kurz zu und reichte mir schweigend den Hörer.

»Södergren!«, meldete sich eine fröhliche Stimme, und als ich nicht sofort schaltete: »Die Dolmetscherin!«

»Wie geht's Ihrem Schützling?«

»Primissimo! Roman hat ewig geschlafen und unglaublich viel gegessen. Jetzt denkt er darüber nach, in Heidelberg zu studieren. Wir haben schon im Internet geguckt, ob es Stipendien gibt, und er lernt Deutsch wie verrückt. Er hat ein ganz unglaubliches Sprachtalent.«

»Freut mich, das zu hören, aber ich habe leider im Moment nicht allzu viel Zeit …«

»Na, dann mache ich es kurz: Wir waren spazieren. Ich habe Roman ein bisschen Heidelberg gezeigt, und dabei hat er wen erkannt. Jemanden, den er am Samstag gesehen hat, als die Explosion war. Einen Fahrradkurier. Er hatte es völlig vergessen. Und wir dachten, das würde Sie vielleicht interessieren.«

Und ob mich das interessierte!

»Wo haben Sie den Kurier denn gesehen?«

»Am Neckar unten, in der Nähe vom Marstall. Er war mit dem Rad unterwegs.«

»Das hilft mir leider nicht viel weiter.«

»Oh doch, das tut es. Wir haben Detektiv gespielt und sind ihm gefolgt. Zum Glück hat er unterwegs noch wen getroffen und gequatscht, sonst hätten wir das natürlich nie und nimmer geschafft, wie der gerast ist. Aber so haben wir dann mit knapper Not noch gesehen, wie er sein Rad in einen Hauseingang in der Mönchgasse getragen hat. Wir haben dann noch ein Weilchen an der Ecke gewartet. Aber er ist nicht wieder herausgekommen.«

Kaum hatte ich aufgelegt, meldete sich mein Telefon erneut. Dieses Mal war es Balke.

»Ich habe da was, was ich lieber nicht am Telefon …«

»Kommen Sie rauf«, sagte ich gut gelaunt. »Ich spendiere Ihnen einen Latte Macchiato.«

Sönnchen hatte mir inzwischen einen Cappuccino zubereitet, wie ich ihn liebte, mit ein wenig Kakaopulver auf dem Milchschaum, und ich gab Balkes Lieblingsheißgetränk in Auftrag. Ihre ungewöhnliche Wortkargheit ließ mich fürchten, dass sie schon wieder Zahnschmerzen hatte.

»Es geht um die bewusste Dame in Schriesheim«, sagte Balke fünf Minuten später und nippte an seinem großen Glas. »Mir ist da was zu Ohren gekommen. Sie wollen es vermutlich nicht hören?«

»Natürlich nicht«, sagte ich und beugte mich vor.

Er lachte leise. »Ihr Geld macht sie im Wesentlichen im Import- und Exportgeschäft.«

»Drogen?«

»Möglicherweise. Es gibt eine Holding auf Zypern, in der sie irgendwie die Finger drin hat. Ich habe bisher nicht weniger als siebzehn Firmen identifiziert, die auf Frau Lebedeva oder jemanden aus ihrer Sippschaft laufen. Angefangen von Zwei-Mann-Klitschen bis hin zu einer Spedition in Wiesbaden, die um die dreihundert Lkws laufen und im vergangenen Jahr einen Umsatz von über hundert Millionen gemacht hat.«

»Ich nehme an, diese Lkws fahren hauptsächlich osteuropäische Länder an?«

»Praktisch ausschließlich. Da haben sie ihre Connections, da kennen sie die Regeln. Polen, Baltikum, natürlich Russland, Ukraine, Rumänien, Bulgarien.«

»Das meiste Heroin aus Afghanistan kommt derzeit über die Ostroute herein«, überlegte ich.

»Allerdings seit Jahren kaum noch via Bulgarien, habe ich mir sagen lassen. Ich habe vorhin mit jemandem beim BKA telefoniert. Natürlich ohne zu verraten, worum es geht.«

»Was machen die anderen Firmen unserer ... Freundin?«

»Ganz normales Business. Immobilien. Bevorzugt schweineteure Immobilien für zahlungskräftige Kundschaft aus dem Osten. Villen in Baden-Baden, die Russen lieben ja Baden-Baden. Aber alles scheint so weit sauber zu sein.«

»Ihnen ist klar, dass ich Ihr eigenmächtiges Vorgehen schärfstens missbilligen muss.«

»Sonnenklar, Chef.« Balke grinste mir unternehmungslustig ins Gesicht. »Aber keine Sorge, das sind alles frei zugängliche Informationen. Ich habe nur ein bisschen herumtelefoniert und gegoogelt. Und selbstverständlich ausschließlich während meiner Freizeit. Aber wo wir gerade darüber sprechen: Mir ist da noch eine Idee gekommen.«

»Ist sie illegal, diese Idee?«

»Vielleicht unanständig. Aber illegal auf keinen Fall.«

140

»Dann kann ich Sie wohl kaum daran hindern, sie in die Tat umzusetzen. Würde uns Ihre Idee denn weiterbringen?«

»Gut möglich. Ich kann aber nichts versprechen. Und es würde eine Kleinigkeit kosten.«

»Wie groß ist diese Kleinigkeit?«

»Zweihundertfünfzig. Dreihundert, maximal.«

»Das werde ich in irgendeinem Etatposten verstecken, wo es keinen Verdacht erregt. Sie bringen mir einen Beleg?«

Balke nickte. »Und außerdem habe ich hier einen neuen Urlaubsantrag von Evalina. Das Mädchen hat im vergangenen Jahr sage und schreibe fünf Tage freigenommen, und das auch nur, weil ihre Eltern silberne Hochzeit gefeiert haben. Ich muss sie regelrecht zwingen, mal ein paar Tage auszuspannen.«

Ich unterschrieb, ohne hinzusehen. Balke nahm den Schein an sich und sah mir ins Gesicht.

»Wissen Sie, was mir bei dieser ganzen Geschichte so megamäßig auf den Geist geht? Je mehr wir rausfinden, desto wirrer wird alles. Und überall, wo es interessant werden könnte, laufen wir gegen Wände. Wir bräuchten wen, der sich nicht um Vorschriften scheren muss. Haben Sie nicht letztes Jahr mit einem Privatdetektiv zu tun gehabt?«

»Machatscheck!«, fiel mir ein.

»Nein, der hieß irgendwie anders.«

»Ich meine den Journalisten, der uns bei der Angola-Sache unterstützt hat.«

Ich hielt den Hörer schon in der Hand, aber Heinzjürgen Machatscheck war nicht leicht zu erreichen. Unter seiner alten Nummer, die ich noch im Computer fand, meldete sich eine gurrende Frauenstimme und fragte mich nach meinen geheimen Wünschen.

»Darf ruhig ein bisschen versaut sein, Süßer«, hauchte sie. »Vanessa tut alles für dich.«

Nach mehreren Telefonaten mit verschiedenen Redaktionen, für die der Journalist früher recherchiert und geschrieben hatte, notierte ich schließlich eine Schweizer Handynummer. Als ich Machatscheck kennenlernte, hatte ich mich anfangs darüber amüsiert, dass er mit einer Pistole unter der Achsel herumlief und ständig um sich sah, als wäre sein Leben bedroht. Erst nachdem sein Haus in Flammen aufgegangen war, hatte ich begriffen, dass er wirklich gefährlich lebte.

Machatschecks Stimme klang dumpf, als er sich mit einem unwirschen »Ja?« meldete.

Ich nannte meinen Namen, und er erinnerte sich sofort an mich.

»Sie kennen die Spielregeln, Herr Gerlach«, sagte er aufgeräumt. »Am Telefon keine Details und keine Namen.«

»Letztes Jahr haben Sie mir von einer Geschichte erzählt, die in der Nähe von Moskau spielte und bei der etwa fünfzig Frauen ums Leben kamen. Es ging um einen Brand in einer psychiatrischen Klinik.«

»Hm.« Plötzlich zögerte Machatscheck. »Das ist nun wirklich nichts fürs Telefon. Wir treffen uns, okay? Sagen wir: In exakt vierundzwanzig Stunden am selben Ort wie letztes Mal?«

Wie schon damals kam mir seine Geheimniskrämerei übertrieben vor. Andererseits schien es in unserem aktuellen Fall viele Dinge zu geben, die ich noch vor einer Woche eher in einem billigen Spionageroman als in der Heidelberger Wirklichkeit vermutet hätte.

Es kam nichts in die Zeitung. Und vermutlich hätte mich auch niemand erkannt, wenn ich keine Sonnenbrille getragen hätte. Zugunsten meines kranken Autos verzichtete ich auf das Mittagessen. Eine Streife brachte mich nach Schlierbach, die Kollegen hängten den Peugeot ans Abschleppseil, und eine halbe Stunde später kurvten wir auf den Hof der kleinen und wenig vertrauenerweckenden Reparaturwerkstatt südlich von Wieblingen. Auf dem betonierten Hof vor dem lilafarbenen Tor standen mehr oder weniger ausgeschlachtete Wracks von mehr oder weniger alten Autos herum. In einer Ecke ein Riesenstapel abgefahrener Reifen. Auf der anderen Seite schmierige und rostige Fässer undefinierbarer Farbe.

Der Firmeninhaber hatte uns offenbar gehört. Er trat gemessenen Schrittes durch das hohe Tor aus seinem Reich, blinzelte ins Licht, während er seine schwarz verölten Hände an einem nicht weniger schmutzigen Lappen abwischte. Fachmännisch murmelnd umrundete er meinen Peugeot, während ein junger

Kollege in Uniform das Abschleppseil im Kofferraum des Streifenwagens verstaute und versuchte, so zu tun, als wäre ihm die Angelegenheit kein bisschen peinlich.

»Was hat er?«, fragte der Mann im dunkelblauen Overall schließlich. Ein stark angerostetes Schild über dem Garagentor verriet, dass er Jeremias May hieß.

»Kolbenfresser, haben sie in der anderen Werkstatt gesagt.«

»Oh, oh«, lautete Herrn Mays Kommentar.

»Die wollten ihn gar nicht mehr reparieren. Lohnt sich nicht mehr, hieß es.«

»Ja, ja«, meinte er.

»Ich habe gehört, Sie hätten eventuell noch Möglichkeiten?«

»Maschine tauschen lohnt wirklich nicht mehr bei Ihrem Prachtstück. Aber man könnt ihn vielleicht schon noch reparieren. Natürlich nur, wenn der Zylinder nicht allzu viel abgekriegt hat, und das Pleuel ...«

Weitschweifig erzählte er etwas von Ausbohren, Honen, neuem Kolben mit Übermaß, schwacher Kompression, und ich begann, meine letzten Hoffnungen fahren zu lassen.

»Und was würde das kosten?«, fragte ich am Ende kleinlaut. Herr May warf den Kollegen in Uniform einen langen Blick zu, als hätte er sie erst jetzt entdeckt. Die standen mit dem Rücken zu uns an ihren Wagen gelehnt und rauchten.

»Zweitausend«, sagte Herr May nach Sekunden mit schmalen Augen. »Falls nichts schiefgeht, fuffzehnhundert.«

»Mit Steuer oder ohne?«, fragte ich vor dem Hintergrund böser Erfahrungen.

»Mit«, erklärte Herr May und trat zwei Schritte näher. »Ohne Verwaltungskram geht's natürlich auch ein bisschen billiger.«

Zum Glück lachten meine Kollegen gerade über einen Witz, in dem es um Fußball und Hoffenheim ging. Ich bin nämlich ganz entschieden gegen jede Form von Schwarzarbeit. Ich war das immer schon. Unsere Gesellschaft kann nur funktionieren, wenn jeder nach Kräften seinen Teil der Kosten trägt.

»Kommt nicht infrage«, erklärte ich tapfer.

»Sie müssen es wissen«, sagte Herr May achselzuckend. »Ist Ihr Geld.«

»Wenn ich Ihnen einen Tipp geben darf«, sagte der größere meiner beiden Abschlepper, während wir in die Stadt zurückfuhren. »Der Typ sieht aus, als würd er's auch ohne Rechnung machen.«

»An so etwas bin ich nicht interessiert!«, fuhr ich ihn an. »Wo kämen wir hin, wenn wir auch noch anfangen würden mit dieser Unsitte?«

Er zog den Kopf ein und schwieg.

»Wir machen so was natürlich auch nicht, Herr Kriminaloberrat«, beeilte sich der Fahrer zu beteuern. »Ich meine, wo kämen wir schließlich hin …«

Zweitausend Euro minus Umsatzsteuer und die Einkommensteuer, die Herr May abführen musste, rechnete ich im Stillen, das machte mindestens fünfhundert. Fünfhundert Euro, für die man eine energiesparende Waschmaschine mit teenagerkompatibler Menüsteuerung kaufen könnte. Fünfhundert Euro, von denen der Staat weder mein Büro neu streichen noch die Schule meiner Töchter renovieren würde, sondern die er vermutlich irgendwelchen ohnehin bankrotten Banken in den Rachen schmeißen würde. Fünfhundert Euro wären ein kleiner Ausgleich für ungezählte und unbezahlte Überstunden …

17

Das lange und kunterbunte Klingelschild des schmucklosen Altbauhauses in der Mönchgasse verriet, dass hier vorwiegend Studenten wohnten. Versuchsweise drückte ich den untersten Knopf. Augenblicke später summte der Öffner der Haustür aus Gitterglas und braun eloxiertem Aluminium. Im düsteren Hausflur standen unter klapprigen Briefkästen teure Fahrräder sowie ein Kinderwagen, der nicht aussah, als wäre er in den letzten Jahren artgerecht bewegt worden. Modermief vermischte sich mit Räucherstäbchenduft.

Eine Wohnungstür quietschte, und ein verschlafenes Mondgesicht mit Mandelaugen starrte mich an.

»Wat isss?«, wollte das Wesen wissen, das in einem unförmigen matschgrauen Trainingsanzug steckte. »Isss irjentwatt?«

Der Stimme nach zu schließen, war das Wesen weiblich. Ich zückte meinen Dienstausweis.

»Hier im Haus soll ein Fahrradkurier wohnen.«

»Ben«, seufzte es mit erschöpftem Blick zur Decke. »Unterm Dach reschts.«

»Hat dieser Ben auch einen Nachnamen?«

»Hat ja jeder. Fragen Sie ihn einfach.«

Je höher ich stieg, desto wärmer und muffiger wurde es. Das Haus hatte fünf Etagen. Ab der dritten waren die Stufen aus Holz und nicht mehr aus Stein.

Oben angekommen, verharrte ich einige Sekunden, um wieder zu Atem zu kommen. Es wurde dringend Zeit, wieder einmal etwas für die Fitness zu tun. Im Winter war es für Bewegung im Freien meist zu kalt gewesen, oder es hatte geregnet oder gestürmt, oder ich hatte – wenn ausnahmsweise keine dieser Ausreden galt – keine Lust gehabt. Erst Ende März war es dann plötzlich warm geworden. Notgedrungen war ich einige Male joggen gewesen, hatte ein paar Runden mit dem Rad gedreht, und dann hatte es wieder zu regnen begonnen, und meine guten Vorsätze waren ertrunken.

Die Klingel schien nicht zu funktionieren, so klopfte ich an die altersschwache Tür, deren früher einmal prächtige Verglasung teilweise durch Sperrholz ersetzt war. Innen blieb es still. Ich klopfte stärker. Schließlich ging Licht an, jemand kam mit fast lautlosen Schritten an die Tür.

»Wer ist da?«, fragte eine kehlige Jungmännerstimme.

»Gerlach. Kriminalpolizei.«

»Falls ich wieder mal in der Fußgängerzone mit dem Bike unterwegs gewesen sein soll – vergessen Sie's. Wer immer das behauptet, er lügt.«

»Ich möchte mit Ihnen reden.«

Mein unsichtbarer Gesprächspartner hatte offenbar kein Bedürfnis nach Unterhaltung.

»Worüber?«, fragte er zögernd.

»Das sage ich Ihnen, wenn Sie die Tür öffnen.«

» Im Moment ist das aber schlecht. Ich komme gerade aus …
der Dusche. «

» Macht nichts. «

» Okay. Wie Sie meinen. «

Der Schlüssel drehte sich im Schloss.

Der Mann, der vor mir stand, verfügte über einen durchtrainierten, vollkommen haarlosen Bilderbuchkörper und einen
waffenscheinpflichtigen Händedruck. Er duftete nach einem
herben Duschgel und stellte sich als Ben Riedel vor. Und er trug
nichts am Leib als einen Tangaslip mit Tigermuster.

» Sie fahren als Kurier für ›Per Rad‹? «

» Jein. «

Der Flur der Wohnung war fast ganz blockiert von zwei filigranen, bestens gepflegten und vermutlich schwindelerregend
teuren Rennrädern. Riedel bat mich in seine winzige und bemerkenswert unaufgeräumte Küche mit schrägen, über die
Jahre fettig grau gewordenen Wänden. Mit energischen Bewegungen schuf er Platz auf einem Stuhl. Ich setzte mich. Er füllte
ein Glas mit Wasser aus der Leitung, sah mich fragend an. Ich
schüttelte den Kopf. Er leerte das Glas in einem Zug und behielt
es in der Hand. Er mochte einen Meter fünfundachtzig groß
sein, vielleicht neunzig Kilo wiegen und schien nur aus Muskulatur und starken Knochen zu bestehen. Mit blonden Haaren
auf dem Kopf wäre er problemlos als Darsteller eines Nibelungenrecken durchgegangen.

» Jein ist eine merkwürdige Antwort «, sagte ich.

Riedel schwieg eine ganze Weile. » Bleibt das unter uns, was
wir quatschen? «, fragte er schließlich.

» Kommt darauf an. «

» Worauf kommt es an? «

» Ob es für die Aufklärung eines Verbrechens wichtig ist oder
nicht. «

» Es geht um diese … Geschichte am Samstag? «

» Ich suche Sie schon eine ziemliche Weile als Zeugen. «

Er senkte den Blick, beobachtete seine wippenden Zehen und
schwieg wieder.

» Warum haben Sie sich nicht bei uns gemeldet? Es ist Ihnen ja
wohl nicht entgangen, dass da ein Auto in die Luft geflogen ist. «

Er stellte sein Glas auf ein letztes freies Plätzchen der Spüle und verschränkte die mächtigen Arme vor der feucht glänzenden Heldenbrust.

»Ist ein bisschen heikel, ehrlich gesagt. Ich fahre schon länger für ›Per Rad‹, das stimmt schon. Der Job ist cool, man ist an der frischen Luft, kann trainieren und kriegt auch noch dafür bezahlt.«

»Am Samstag sind Sie aber nicht für die Firma gefahren?«

»Es scheißt mich schon länger an, dass Schupp, dem gehört der Laden, den größten Teil von der Kohle absahnt, die wir Kuriere mit unseren Knochen verdienen. Das ist Kapitalismus pur, und wenn er noch so alternativ tut. Die meiste Zeit ist der Mistkerl auf unsere Kosten surfen, während wir für ihn die Sklaven machen. Und da sind wir, also Angie und ich, irgendwann sind wir auf die Idee gekommen …«

»Angie?«

»Eines der zwei Mädels, die im Büro sitzen und die Touren managen. Sie wohnt auch hier. Wir sind, na ja, zusammen.«

»Und was war das nun für eine Idee?«

»Wir haben ein paar von den besten Kunden unter der Hand angeboten, auf eigene Rechnung für sie zu fahren. Zu einem günstigeren Preis, logisch. So fahre ich manche Touren für Schupp, andere für mich selbst und für Angie. Sie nimmt die Aufträge an, schreibt sie aber nicht auf, sondern gibt sie mir nur über den Funk. Ich kassiere bar, und wir teilen uns die Kohle.«

»Und deshalb hatten Sie Hemmungen, mit uns in Kontakt zu treten?«

»Anna Rosinchen hat mich gleich angerufen, nachdem sie mit Ihnen gesprochen hat. Die weiß, was läuft, hält aber dicht.« Zum ersten Mal sah er mir offen ins Gesicht. »Es kann mich meinen Job kosten, wenn das rauskommt. Und Angie auch. Und so was finden Sie nicht so leicht wieder.«

Eine Tür ging, tappende Schritte, eine kastanienbraune, ebenfalls gut gebaute Frau erschien. Auch sie trug nur einen Tanga. Angie schmiegte sich zärtlich an die Brust ihres Helden und musterte mich neugierig aus den Augenwinkeln. Im Gegensatz zu ihrem Ben hatte sie sperrige Locken auf dem Kopf und

147

üppige Haare im Schambereich, die der knappe Slip kaum zu bändigen vermochte. Außerdem hatte sie große, wohlgeformte Brüste mit dunklen Warzenhöfen.

Sicherheitshalber konzentrierte ich mich auf den Boiler über der Spüle. Das Gerät stammte aus den Fünfzigerjahren des letzten Jahrhunderts, war von Siemens hergestellt und rettungslos verkalkt.

»Niemand braucht irgendwas von Ihren Nebengeschäften zu erfahren«, erklärte ich dem Boiler. »Falls ich Sie als Zeugen benötige, dann sagen wir einfach, Sie wären privat dort gewesen.«

Riedel entspannte sich. Die Frau streichelte zärtlich seinen Sixpack-Bauch. Längst war mir klar, dass Riedel vorhin keineswegs aus der Dusche gekommen war.

»Ich kann Ihnen nichts sagen.« Er quetschte seine Angie an sich und entzog dadurch ihre Brüste meinen Blicken. Sie schnurrte. »Ich hab da mein Päckchen abgeliefert, und wie ich wieder aufs Bike steige, da macht's auf der anderen Straßenseite bamm, und diese Zuhälterkarre fliegt in die Luft.«

»Wen haben Sie gesehen?«

»Sie meinen, Menschen?«

»Wir vermuten, dass derjenige, der die Bombe gezündet hat, in der Nähe war.«

Ben Riedel sah aus dem Fenster und überlegte. »Da ist so ein Typ gewesen, ungefähr zwanzig, dreißig Meter weiter, auf der anderen Straßenseite. So ein schmaler, dunkler.«

Roman Siderov.

»Dann die Frau. So 'ne kleine Blonde, ganz knusprig.« Angie knurrte ein bisschen. »Die hat irgendwas gemacht, an 'nem Fluppenautomat. Die ist so dermaßen erschrocken, dass sie mich anschließend noch fast über den Haufen gefahren hätte.«

Inga Wolff.

»Und weiter?«

»Oben, im zweiten Stock über der Bank, da hat einer am Fenster gehangen und runtergeglotzt. Der müsste Ihnen eigentlich mehr sagen können als ich. Der hat ja quasi einen Logenplatz gehabt.«

Hatte Prembeck nicht behauptet, er habe nichts gesehen,

weil er sich im hinteren Teil in seiner Wohnung aufgehalten hatte? Der musste eine Menge über die Bank im Erdgeschoss wissen und außerdem über die Gewohnheiten der Bulgaren gegenüber.

Riedels Stirn war kraus vom Nachdenken. Angie hatte sich wieder beruhigt.

»Dann war da noch so ein älterer Typ auf der anderen Straßenseite. Der hat ganz in der Nähe von der Blonden gestanden. Und das war's auch schon. Sorry. Tut mir leid.«

»Wo haben Sie Ihr Päckchen eigentlich abgeliefert?«

»Im Bella Napoli, wie fast jeden Tag. Irgendwelche Sachen vom Buon Appetito in der Rathausstraße. Die lassen sich oft was von dort liefern. Trüffeln, Gewürze, Nobelzeugs für die gehobene Küche. Der Witz dabei ist: Der Chef ist gar kein Italiener, sondern Rumäne.«

»Bulgare«, korrigierte ich und überreichte Ben Riedel eine Visitenkarte. »Und falls Ihnen noch etwas einfällt …«

Angie mit den üppigen Brüsten zwinkerte mir zum Abschied zu und lächelte verschämt.

18

Ferdinand Prembeck hatte einen kurvigen Lebenslauf hinter sich, erfuhr ich von Klara Vangelis während der Fahrt.

»Ingenieursstudium in Darmstadt, später einige Jahre in der Entwicklungshilfe. Zentralafrika, Ostasien.«

»Was hat er dort gemacht?«

»Wasserpumpen installieren, Kleinkraftwerke, solche Sachen. Als Ingenieur war er hauptsächlich für die Planung zuständig und die Logistik. Er hat sich mit den örtlichen Behörden herumgeschlagen, Genehmigungen und Ersatzteile besorgt und so weiter. Nach einer langwierigen Infektionskrankheit ist er zurück nach Deutschland gekommen.«

»Und hat hier seine Firma gegründet.«

»Da noch nicht.« Vangelis trommelte abwechselnd aufs Lenkrad oder zupfte nervös an ihrem linken Ohrläppchen. Der

Verkehr auf der Theodor-Heuss-Brücke war dicht und langsam. »Erst war er noch für einige Jahre bei einer Maschinenbaufabrik in der Nähe von Lahr. Da ging es um Automatisierungstechnik, sagte mir die Dame von der Personalabteilung vorhin am Telefon. Die Firma heißt Herrenknecht. In den ersten Jahren war man sehr zufrieden mit ihm. Dann ist anscheinend irgendwas vorgefallen. Was, wollte man mir nicht sagen. Nur, dass man ihm nahegelegt hat zu kündigen.«

»Was stellt diese Firma Herrenknecht her?«

»Das ist der Grund, weshalb wir jetzt auf dem Weg zu ihm sind: Tunnelbohrmaschinen. Sven ist dabei, seine finanziellen Verhältnisse zu durchleuchten.« Vangelis zupfte schon wieder an ihrem Ohrläppchen.

»Vorstrafen?«

»Negativ. Ansonsten: nie verheiratet, keine Kinder.«

Die Ampel wurde grün. Es ging wieder ein Stück voran.

»Was genau hat er eigentlich am Samstag ausgesagt? Mir gegenüber hat er behauptet, er sei zum Zeitpunkt der Explosion im hinteren Teil seiner Wohnung gewesen. Ein Zeuge will ihn aber zur selben Zeit am Fenster gesehen haben.«

Sie griff mit der rechten Hand nach hinten, fand ohne hinzusehen ein Protokoll und reichte es mir.

Ich hatte mich richtig erinnert. Prembeck hatte ausgesagt, er habe den Knall gehört und sei dann sofort zum Fenster gelaufen. Dabei hatte er sich schon am Samstag selbst widersprochen, wurde mir jetzt erst bewusst. Plötzlich hatte ich seinen Satz wieder im Ohr: »Wenn Sie vorhin nicht umgekehrt wären …« Woher hätte er das wissen sollen, wenn er nicht schon vor dem großen Knall am Fenster gestanden hätte? Und was sollte er für einen Grund haben, bei einer solchen Bagatelle zu lügen, wenn er nichts zu verbergen hatte?

Vangelis war blass, fiel mir auf. Hin und wieder verzog sie das Gesicht, als hätte sie Schmerzen. Hoffentlich nicht noch ein Fall für den Zahnarzt.

»Ist Ihnen nicht gut?«, fragte ich.

»Nur ein wenig müde«, erwiderte sie und straffte sich.

Prembeck erkannte mich sofort wieder. Sein karottenfarbenes Gesicht leuchtete.

»Das ist aber mal eine Überraschung!«, rief er leutselig. »Noch dazu in so ausnehmend hübscher Begleitung!« Er musterte Vangelis von oben bis unten und zurück. Sie ignorierte sein Interesse und stellte ihre übliche unnahbare Miene zur Schau.

»Nur immer herein in die gute Stube.« Prembeck machte eine übertrieben einladende Geste und trat zur Seite. »Was darf ich den Herrschaften anbieten?«

»Nichts. Danke.«

Er lief voraus in das, was er vermutlich sein Wohnzimmer nannte.

»Wir würden uns gerne noch mal über den vergangenen Samstag mit Ihnen unterhalten«, sagte ich, als wir uns auf einem unappetitlichen Sofa niedergelassen hatten. Die beiden lange nicht geputzten Fenster gingen zur Straße. Die dunkle Zimmerdecke war drückend niedrig, der Raum übermöbliert und am Rande der Vermüllung. Es roch nach chinesischem Fast Food und Männerschweiß. Irgendwo in der Wohnung plapperte ein Radio.

»Sie meinen, über den großen Bums?« Prembeck sprach mit mir, starrte dabei jedoch Vangelis an, als wollte er die Körbchengröße ihres Büstenhalters berechnen. »Das habe ich doch alles schon Ihrer schönen Kollegin erzählt.«

Vangelis sah zum Fenster hinaus.

»Wir würden gerne von Ihnen hören, was Sie anschließend gemacht haben.«

»Anschließend?« Endlich wandte er sich mir zu. »Ich verstehe jetzt nicht ganz …?«

»Am Samstagnachmittag. Am Abend. Am Sonntag.«

»Und … Aber was hat das zu bedeuten?« Irritiert blinzelte er mich an, senkte schließlich den Blick. »Am Nachmittag, da war ich wandern. Das mache ich oft. Ist gut fürs Herz, behauptet mein Arzt, und es ist ein billiges Hobby. Finanziell bin ich leider nicht auf Rosen gebettet. Das Wetter war herrlich.«

»Haben Sie unterwegs jemanden getroffen, der das bestätigen kann? Wann waren Sie wieder zurück?«

»Jemanden getroffen?« Er blinzelte, sah weg. »Sie denken doch nicht etwa, ich hätte etwas mit der Bank ...?« Das Strahlen war aus seinem Gesicht gewichen, als hätte jemand den Stecker gezogen.

»Beantworten Sie bitte meine Frage.«

»Aber ... Wozu sollte ich so was denn machen? Okay, im Tresor unten war wohl allerhand zu holen, aber ... Mein Gott, ich doch nicht!« Fahrig strich er sich übers runde Gesicht.

»Beantworten Sie bitte meine Frage.«

»Okay. Wenn es der Wahrheitsfindung dient. Ich war im südlichen Odenwald. Bekannte habe ich keine getroffen.«

»Sie haben sicherlich irgendwo gegessen? Kaffee getrunken?«

»Kaffee getrunken habe ich in Bammental, doch, Sie haben recht. Der Name des Lokals müsste im Internet zu finden sein.« Er wies auf einen verstaubten Röhrenmonitor, unter dem sich sein Schreibtisch bog. »Zu Abend gegessen habe ich in der Kupferkanne in Gaiberg. Dort habe ich mir auch zwei Viertel Wein gegönnt. Später bin ich dann weitermarschiert bis nach Leimen. Da dürfte es zwischen acht und halb neun gewesen sein, und es war schon dunkel. Von da ging's mit der Bahn zurück nach Hause.«

»Was haben Sie gegessen in Gaiberg?«

»Einen Wurstsalat. Einen Straßburger. Der Wein war ein Wieslocher. Müller-Thurgau.«

»Und am Sonntag?«

»Am Sonntag war ich hier.«

»Den ganzen Tag?«

»Ja, den ganzen Tag, stellen Sie sich vor!«, versetzte Prembeck entnervt. »Ich hatte mir am Samstag nämlich den Knöchel verstaucht. Beim Aussteigen aus der Straßenbahn. Achtundzwanzig Kilometer bin ich an dem Tag marschiert, ich habe nämlich so einen elektronischen Schrittzähler, über Stock und Stein, und am Ende, wie ich praktisch zu Hause bin, da vertrete ich mir den Knöchel. Deshalb war ich am Sonntag ein wenig gehandicapt. Und am Montag auch.«

Zum Beweis zog er das linke Hosenbein hoch und ließ mich einen stramm ums Fußgelenk gewickelten Verband besichtigen.

Seine Haut war weiß wie Pizzateig. Am Unterschenkel bemerkte ich eine rötliche, fast zwanzig Zentimeter lange Narbe von einer alten Verletzung.

Vangelis betrachtete schweigend die kunterbunte Einrichtung und schien nicht zuzuhören. An den Wänden reihten sich schiefe und krumme Pressspan-Regale, prallvoll mit Bildbänden, Science-Fiction-Romanen und Fachbüchern.

»Sie sind Fachmann für Funktechnik, richtig?«, fragte ich.

Ferdinand Prembeck vermied es inzwischen, mir in die Augen zu sehen. »Und weil Sie es sowieso schon wissen, gestehe ich es lieber gleich: Ich weiß auch manches über Tunnelbau. Und trotzdem habe ich die Bank nicht ausgeplündert. Obwohl ich das Geld gut brauchen könnte, weiß Gott. Meine Firma ist vor Jahren in Konkurs gegangen, weil ein großer Kunde seine Rechnungen nicht bezahlt hat. Ich werde noch hundertzweiundsiebzig Jahre brauchen, bis ich wieder über Wasser bin, habe ich ausgerechnet. Aber ich muss Sie enttäuschen. Ich habe die Bank nicht ausgeraubt.«

Vangelis sprang plötzlich auf, trat an eines der Fenster und öffnete es. Sie beugte sich weit hinaus, atmete tief durch und ließ es anschließend offen stehen, wofür ich ihr dankbar war. Während ich meinen inzwischen heftig schwitzenden Gesprächspartner weiter mit Fragen löcherte, auf die ich immer wortkargere Antworten erhielt, schlenderte sie herum und studierte den Inhalt der Regale.

Schließlich sah sie Prembeck fragend an. »Toilette?«

»Die schmale Tür gleich neben dem Eingang«, murmelte er, ohne den Blick vom ausgefransten Teppich zu heben. Sie verschwand und zog die knarrende Wohnzimmertür hinter sich ins Schloss. Ich ließ Prembeck von seiner Vergangenheit erzählen, von seiner Zeit in Zentralafrika und Ostasien, von seiner Firma. Aber das einzige Resultat war, dass mir der Mann von Minute zu Minute unsympathischer wurde. Unter seinen Achseln hatten sich längst dunkle Flecken gebildet. Zudem hatte er Mundgeruch.

Schließlich kam Vangelis zurück, und wir verabschiedeten uns. Prembecks ausgestreckte Hand ignorierte ich.

»Er war's nicht«, meinte Vangelis, als wir wieder im Wagen

saßen. Ausnahmsweise fuhr ich, obwohl sie nicht mehr ganz so blass war wie vor unserem Besuch. »Aber irgendetwas stimmt nicht mit dem Mann. Und von seinem Küchenbalkon hat man eine wunderbare Aussicht auf das Haus, von wo der Tunnel gegraben wurde.«

»Geht es Ihnen ein wenig besser?«

Sie lächelte. »Ich habe mir in seiner Küche einen Müsliriegel gemopst. Ich hoffe, sie waren nicht abgezählt.«

»Er war vielleicht nicht direkt beteiligt«, überlegte ich, als wir wieder einmal vor einer roten Ampel warteten. »Aber vielleicht hat er die Sache organisiert? Oder die Täter beraten?«

Inzwischen war später Nachmittag. Die Sonne hatte sich im Westen hinter Wolken verzogen. Als wir den Parkplatz der Direktion erreichten, sah Klara Vangelis schon wieder so elend aus, dass ich sie nach Hause schickte.

19

»Chef!« Balke kam hinter mir her die Treppe heraufgestürmt. »Good news and bad news. Erstens: Unsere Wasserleiche hat endlich einen Namen. Und zweitens: Voronin ist weg.«

»Wie, weg?«

»Aus der Klinik verschwunden, vor einer halben Stunde. Dabei konnte er noch nicht mal aus eigener Kraft stehen. Die Stationsschwester, die mich gerade völlig aufgelöst angerufen hat, sagt, zwei kräftige Burschen seien gekommen, hätten Voronin in einen mitgebrachten Rollstuhl gepackt und einfach mitgenommen.«

»Gegen seinen Willen oder mit?«

»Er war bei Bewusstsein, sagt sie, und hat sich nicht gewehrt.«

Was mochte das nun wieder bedeuten?

»Genau so habe ich auch geguckt«, sagte Balke. »Allmählich ist das hier absurdes Theater.«

»Lassen Sie sicherheitshalber seine Villa in Baden-Baden beobachten. Obwohl ich mir nicht vorstellen kann, dass er dort auftaucht. Wir können ihn nicht zwingen, im Krankenhaus zu bleiben. Er steht ja nicht unter Verdacht. Aber ich würde zu gern wissen, was da vor sich geht.«

»Unsere Wasserleiche heißt übrigens Rashid Serdjukov«, sagte Balke, während er eine Notiz in sein Handy tippte. »Als er noch am Leben war, hat er in Gengenbach gewohnt. Das ist in der Nähe von Offenburg. Russe, wie wir ja schon vermutet hatten, Alter achtunddreißig, geschieden, keine geregelte Tätigkeit.«

Er versenkte das Handy wieder in die Gesäßtasche seiner Jeans.

»Irgendein Bezug zu Frau Lebedeva?«

»Bisher negativ. Seine Vermieterin hat ihn erkannt, gestern Abend im Fernsehen. Sie sagt, er sei oft unterwegs gewesen. Angeblich war er Vertreter für russischen Wein, aber daran hatte sie schon länger ihre Zweifel. Er sei immer ruhig und nett und höflich gewesen und nicht sehr gesprächig. Und er hat sich gerne mal einen oder zwei hinter die Binde gekippt.«

»Zu Voronin fällt mir nur eine Erklärung ein: Er hat Angst. Angst, dass der, der ihm an den Kragen wollte, es wieder versucht.«

Ein Anruf bestätigte mir, was ich im Grunde längst wusste: Ferdinand Prembeck war am Samstagabend tatsächlich in der Kupferkanne in Gaiberg eingekehrt, hatte Straßburger Wurstsalat gegessen und zwei Viertel Wieslocher Müller-Thurgau getrunken. Und er hatte dabei alles getan, was Menschen tun, damit man sich später an sie erinnert.

»Das ist vielleicht ein unsympathischer Kerl gewesen!«, rief die aufgebrachte Wirtin. »So einen Ausziehblick hat der gehabt, Sie wissen, was ich meine. Dass er unserer Sandy nicht an die Wäsche ist, war grad alles. Und nichts ist dem Herrn recht gewesen, nichts. An allem hat er rumgemeckert. Der Salat zu sauer, die Wurst zu dick geschnitten, der Käse zu wenig, der Wein zu kalt. Dabei wird Weißwein doch wohl gekühlt serviert, oder hat sich das jetzt seit Neuestem geändert? Und wissen Sie, was am Ende das Tollste war? Am Ende hat er unserer Sandy viel zu viel Trinkgeld gegeben.«

Die nächste Nummer, die ich wählte, war die der Heidelberger Verkehrsbetriebe. Hier dauerte es einige Minuten, bis ich den Fahrer der richtigen Straßenbahn am Apparat hatte. Er erinnerte sich sofort an einen Fahrgast, der beim Aussteigen umgeknickt war und anschließend ein enormes Gezeter veranstaltet hatte.

Schließlich rief ich auch noch die Dame an, die die Wohnung unter Prembeck bewohnte und mit ihrem Nachbarn in Dauerfehde zu leben schien.

»Den ganzen Sonntag«, keifte sie los, kaum hatte ich seinen Namen genannt, »und den ganzen Montag hat der einen Radau gemacht, kann ich Ihnen sagen!«

»Das heißt, sonst ist er nicht so laut?«

»Er hört dauernd seine komische Musik. Die ist laut genug.«

»Was für eine Art Musik hört er denn?«

»Na ja, so ein schräges Gequieke und Gerumse. Musik kann man das eigentlich nicht nennen. Früher hat er Schlagzeug gespielt, in einer Etagenwohnung, ich bitte Sie! Aber das hat ihm die Hausverwaltung dann verboten, nachdem ich mit dem Anwalt gedroht habe.«

Meine Töchter hatten es sich mit einer Chipstüte vor dem Fernseher gemütlich gemacht.

»Ist für die Schule«, erklärte Sarah. »Wir müssen einen Aufsatz schreiben über irgendwas, was in den Nachrichten war.«

»Bis wann?«

»Bis morgen.«

»Und das wisst ihr erst seit heute?«

»Ist doch voll easy, Paps.« Sie verdrehte die Augen zur Decke. »Schaffen wir locker.«

Das war nicht die Antwort, die ich hören wollte. »Seit wann wisst ihr, dass ihr bis morgen einen Aufsatz schreiben sollt?«

»Pst!«, machte Louise mit vorwurfsvollem Blick.

Die Nachrichten begannen. Ich setzte mich zu ihnen. Die amerikanische Außenministerin verurteilte die unnachgiebige Haltung des Iran beim Thema Urananreicherung. Der iranische Präsident versicherte aufs Neue, sein Land werde das Uran ausschließlich zu friedlichen Zwecken nutzen. Ein französischer

Wissenschaftler bezweifelte, dass der Iran in absehbarer Zeit über ausreichende Anreicherungskapazitäten verfügen würde, um Kernwaffen zu bauen. Vor der Küste Neufundlands war ein Öltanker in einen schweren Sturm geraten und havariert. Die Bundeskanzlerin versicherte, die Rente sei auch in Zukunft sicher. Im Norden Indiens drohte nach schweren Überschwemmungen eine Hungersnot. Während der zwanzigminütigen Sendung machten meine Mädchen sich ab und zu Notizen. Als der Wetterbericht begann, schalteten wir die Kiste aus, und sie gingen zusammen ihre Aufzeichnungen durch. Nichts von dem, was sie gesehen oder gehört hatten, befanden sie für würdig, darüber mehrere Seiten zu schreiben.

»Habt ihr Lust, mit mir darüber zu reden?«, fragte ich. »Vielleicht fällt uns zusammen was ein?«

»Das wär cool, wenn du das machen würdest«, sagte Louise erleichtert. »Ich hab das meiste gar nicht geblickt. Oder ätzend langweilig gefunden.«

Sie wussten nichts über Steuergesetzgebung und automatische Rentenanpassung, was ich bei ihrem Alter eine lässliche Sünde fand. Sie wussten kaum etwas über Afghanistan und die ehemalige Sowjetunion. Am meisten interessierten sie sich für Umweltprobleme und soziale Ungerechtigkeiten, spürte ich bald. Dass infolge der drohenden Ölpest nun zigtausend Tiere um ihr Leben fürchten mussten, fanden sie empörend. Dass Millionen Familien in Indien pro Monat weniger Geld zur Verfügung hatten, als sie selbst als Taschengeld erhielten, wollten sie erst gar nicht glauben. Ich versuchte, ihnen klarzumachen, dass Unterschiede in Einkommen und Wohlstand so alt waren wie die Menschheit. Das versetzte sie in flammende Empörung.

»Es hat auch schon immer Krankheiten gegeben, und trotzdem tut man was dagegen«, meinte Sarah.

»Dann müssen die Reichen eben mehr abgeben«, fand Louise.

»Die Reichen, das sind in diesem Fall wir«, gab ich zu bedenken.

Zum ersten Mal in ihrem jungen Leben wurde den beiden bewusst, dass sie zu jener hauchdünnen Sahneschicht der Menschheit gehörten, die weitgehend frei von Angst vor Kriegen, Hungersnöten und tödlichen Infektionskrankheiten leben durften. Die keine Angst vor morgen haben musste und nur selten Angst vor ihren Nachbarn.

Und dass weltweite Gerechtigkeit für uns selbst zuallererst Verzicht bedeuten würde.

Es war offensichtlich, sie hatten ihr Thema gefunden.

Nun entwickelte sich eine lebhafte Diskussion, worauf man verzichten könnte oder sollte oder müsste. Es war nicht ein Gespräch zwischen Vater und Kindern, sondern ein Austausch auf Augenhöhe. Und es war eine Freude zu sehen, wie viel Erwachsensein sich schon verbarg hinter den oft noch kindlichen Fassaden.

Irgendwann sah Sarah auf die Uhr und wechselte einen erschrockenen Blick mit ihrer eine halbe Stunde jüngeren Schwester.

»Wir sollten vielleicht langsam mal ...«

Ich erhob mich mit ihnen. Ich hatte noch eine Verabredung, auf die ich mich freute.

»Schade«, sagte Louise. »Ausgerechnet jetzt, wo's so spannend war.«

Die Beine weit von mir gestreckt, saß ich auf Lorenzos Terrasse mit dem sensationellen Blick auf Schloss, Neckar und Altstadt. In Griffweite stand eine Flasche Chardonnay in einem schweren, echt versilberten Kühler, der irgendwann einmal auf unbekannten Wegen dem Hotel Beau Rivage in Nizza abhanden gekommen war. Lorenzo klapperte in der Küche. Es duftete göttlich. Was es gab, verriet er grundsätzlich nie, bevor die Teller auf dem Tisch standen.

»Hat eigentlich noch nie ein Japaner versucht, dir dein Haus abzukaufen?«, rief ich.

»Hin und wieder«, antwortete Lorenzo mit behäbigem Lachen. »Ich könnte längst Millionär sein. Das Dumme ist nur: Ich will überhaupt kein Millionär sein.«

Lorenzo hatte nach dem Motto »Slow down your life« gelebt, lange bevor die Welt diesen Trend entdeckt hatte.

»Würdest du mir bitte helfen?«, rief er Minuten später.

Schon bei der Begrüßung war mir aufgefallen, dass er noch

schlechter zu Fuß war als bei unserem letzten Treffen Schon damals hatte er beim Gehen einen Stock benutzen müssen. Aber er hatte nie geklagt. Die Arthritis war sein Schicksal. Sie gehörte zu seinem Leben wie gutes Essen, exzellente Weine und mehr oder weniger geistreiche Gespräche.

Ich stemmte mich aus dem dezent knarrenden Rattansessel und betrat das Haus. Lorenzos Einrichtung war alt und vermutlich wertvoll und dabei unsagbar finster und hässlich. Klotzige Möbel aus dunklem Holz, schwere, düstere Vorhänge, Ölschinken, mit denen man kleine Kinder erschrecken konnte. Er hatte das Haus von seinen Eltern geerbt und alles so gelassen, wie es war. So sehr er bei anderen Dingen Wert auf Stil legte, so gleichgültig schien es ihm zu sein, wie es um ihn herum aussah.

Es gab Doraden. Wie er so schnell frischen Fisch aufgetrieben hatte, wo er doch nicht einmal ein Auto besaß, war mir ein Rätsel. Mein Besuch war mehr oder weniger ein Überfall gewesen, und Tiefgekühltes kam für Lorenzo nicht in Frage. Erst gegen sieben hatte ich angerufen und mein Kommen angekündigt. Dennoch hatte er es geschafft, zwei Doraden in den Ofen zu bringen, die vermutlich noch vor achtundvierzig Stunden quicklebendig in irgendeinem Ozean herumgetollt waren. Dazu gab es Fenchelgemüse und Rosmarinkartöffelchen und ein nach allen Wohlgerüchen des Paradieses duftendes Sößchen. Ich trug die vorgewärmten Teller hinaus, Lorenzo folgte mir mühsam und inzwischen auf zwei Stöcke gestützt.

Über dem Rheintal ging majestätisch eine blutrote Sonne unter. Wir nahmen feierlich Platz.

Während die Sonne allmählich im Dunst versank, aßen wir schweigend. Bei Lorenzo wurde beim Essen nicht gesprochen, und ich genoss die Stille. Hier, auf dieser Terrasse, fand ich die Ruhe, die ich im Moment so sehr brauchte. Diesem alten Mann, der gerade mit erstaunlichem Geschick seinen Fisch zerlegte, brauchte ich nichts zu beweisen.

»Schön, dass du hier bist, Alexander«, sagte er, als die Teller leer waren, und füllte die beschlagenen Gläser nach.

»Danke für die Einladung«, erwiderte ich lächelnd. »Sie ist genau im richtigen Moment gekommen.«

»Du wirkst müde, wenn ich das sagen darf.«

»Das bin ich auch.« Ich erzählte ihm, was zurzeit bei der Heidelberger Kripo los war. Ich erzählte von der ausgeraubten Bank und dem explodierten Cayenne und meinem kaputten Auto. Von Theresa erzählte ich nichts.

»Wo hast du eigentlich die ganze Zeit gesteckt?«, fragte ich am Ende. »Ich habe ein halbes Jahr nichts von dir gehört.«

»Ich war in Italien. Wir alten Männer hassen den Winter, und mein Freund Cesare war so freundlich, mir ein Häuschen in Catanzaro zur Verfügung zu stellen.«

Dieses Häuschen war in Wirklichkeit eine ausgewachsene Villa samt Park und Meerblick, vermutete ich. Eine Weile lauschten wir den Geräuschen der Altstadt, nippten hin und wieder an unseren langstieligen Gläsern.

»Darf ich dich was fragen?«, fragte ich schließlich.

»Man darf immer alles fragen«, erwiderte er ernst. »Wenn man keine Fragen mehr stellen darf, dann besteht ernster Grund zur Beunruhigung.«

»Stimmt es, dass du einmal dem Sohn eines kalabresischen Mafiabosses das Leben gerettet hast?«

»Ach das.« Er schmunzelte bei der Erinnerung. »Es klingt spektakulärer, als es war. Pasquale hatte einen Motorradunfall. Nachts, allein. In Kalabrien gibt es sehr einsame Sträßchen, musst du wissen. Ich bin ganz zufällig vorbeigekommen, habe ihn gefunden und ins Krankenhaus gefahren. Das ist die ganze Geschichte.«

»Und dieser Pasquale ist Sohn eines Mafiabosses?«

»Pasquale ist Cesares Sohn, ja. Der einzige, übrigens. Was vielleicht seine nachhaltige Dankbarkeit erklärt.«

»Die unter anderem dazu führt, dass dein Weinkeller nie leer wird.«

»Und dass wir eben zwei handgeangelte Doraden auf den Tellern hatten.«

»Wie?«, fragte ich verdutzt. »Was heißt das jetzt?«

»Ein Cousin Cesares betreibt ein Ristorante nicht weit von hier.«

»Über diesen Punkt möchte ich lieber nicht nachdenken. Der Polizist in mir könnte auf schlimme Gedanken kommen.«

»Du müsstest mich foltern, um den Namen dieses Ristorante zu erfahren.«

Lorenzo ließ es sich nicht nehmen, die zweite Flasche Chardonnay persönlich aus seinem Weinkühlschrank zu holen und zu entkorken.

»Nicht, dass es mich irgendwas anginge«, nahm ich das Thema wieder auf, als die Gläser frisch gefüllt waren. »Aber es interessiert mich doch: Hast du kein Problem damit, auf Kosten der 'Ndrangheta ein halbes Jahr Urlaub zu machen, Wein zu trinken und Fisch zu essen?«

»Weshalb sollte ich?« Aus Lorenzos Stimme klang ehrliches Erstaunen.

»Böse Zungen könnten sagen: Du lässt dich von der Mafia aushalten.«

»Es ist meines Wissens nicht verboten, Geschenke anzunehmen. Für Cesare bin ich Mitglied der Familie, seit ich ihm seinen Sohn zurückgebracht habe. Er vergöttert und verhätschelt seinen Stammhalter.«

»An dem Geld, mit dem diese Geschenke bezahlt werden, klebt Blut, Lorenzo.«

Nun war doch der Polizist zu Wort gekommen. Und mit einem Mal waren Heiterkeit und Unbeschwertheit verflogen.

Lorenzo wich meinem Blick nicht aus. »Cesare verdient seinen Lebensunterhalt mit Baustoffhandel und ähnlichen Geschäften, Alexander. Kriminalität in dem Sinne, den du meinst, hat er längst nicht mehr nötig. Natürlich zieht er seine Geschäftspartner hin und wieder ein wenig über den Tisch. Aber zeig mir einen erfolgreichen Geschäftsmann, der das nicht tut.«

Glaubte Lorenzo etwa, was er da redete?

»Dein Cesare ist mit kriminellen Mitteln groß geworden. Jetzt, wo er reich ist, kann er es sich natürlich leisten, den Ehrenmann zu spielen. Aber ich bin überzeugt, er würde jederzeit auf seine alten Methoden zurückgreifen, wenn es nötig wäre.«

»Vielleicht ist er auch nur ein wenig ehrlicher als andere?«

Plötzlich schmeckte mir der Wein nicht mehr. »So blauäugig, wie du dich im Moment gibst, kannst du unmöglich sein!«, versetzte ich scharf.

161

»Mein lieber Alexander, ist dieser Abend nicht zu schön für solche Diskussionen?«

»Ich würde trotzdem gerne verstehen, was du eben gemeint hast.«

»Nun denn«, seufzte er und nahm einen Schluck aus seinem Glas.

Inzwischen war es dunkel geworden. Das einzige Licht spendeten der Mond, der vor einigen Minuten im Osten aufgegangen war, und ein blakendes Windlicht auf dem Tisch.

Lorenzo sah mir ins Gesicht. »Entspricht das, was Cesare tut, nicht exakt der Logik unseres Wirtschaftssystems?«

»Inwiefern?«

»Basiert unser ganzes System nicht letztlich auf dem Prinzip des Urwalds? Der Starke nimmt dem Schwachen etwas weg. Starke Länder nehmen den schwachen weg, was sie brauchen, um ihren Wohlstand zu mehren: ihre Rohstoffe, ihre talentiertesten Köpfe. Starke Volkswirtschaften verdrängen schwache von den weltweiten Märkten. Starke Firmen treiben schwache in den Konkurs. Starke Männer nehmen schwachen ihre Stellungen weg, ihre Frauen, ihren Besitz.«

»Und solange alles mit rechten Dingen zugeht, solange alle sich an die Regeln halten, ist das auch völlig in Ordnung so. Das nennt man nämlich Wettbewerb. Und *damit* es mit rechten Dingen zugeht, gibt es bei uns eine Menge Gesetze und zum Beispiel Polizisten wie mich.«

»Falsch, mein Freund«, erwiderte Lorenzo kalt. »Deine Gesetze mögen helfen, die ärgsten Auswüchse zu kappen. Wirklich verhindern werden und sollen sie nichts, denn das Prinzip des Urwalds ist nun einmal die Basis unseres Systems. Und Cesare folgt genau diesem Prinzip. Er ist stark und kann es sich leisten, jedem, der in seinem Einflussbereich einen Sack Zement benötigt, fünfzig Cent extra zu berechnen. Davon wird der andere nicht arm, und Cesare reicher und reicher. Mafia ist nichts anderes als Kapitalismus mit offenem Visier, wenn du so willst. So einfach ist das.«

»Nein, so einfach ist das ganz und gar nicht. Die Frage ist, wo zieht man die Grenze? Wo hört der Wettbewerb auf, und wo fängt die Kriminalität an?«

»Diese Frage wird dir leider niemand beantworten können.«
Plötzlich lächelte Lorenzo wieder. »Was vor zwanzig Jahren
legal war, kann heute mit derselben Berechtigung verboten sein
und umgekehrt. Wer heute Terrorist genannt wird, steht in
fünfzig Jahren vielleicht als Held in den Geschichtsbüchern.
Was in Deutschland als Verbrechen verfolgt wird, ist vielleicht
fünfhundert Kilometer weiter ehrenwert. Ich könnte dir tausend Beispiele nennen, wie beliebig das ist, was du Recht nennst
oder womöglich sogar Gerechtigkeit.«

Über uns flatterte eine Fledermaus. Augenblicke später war
sie schon verschwunden. Ein Geruch nach Basilikum wehte mir
um die Nase. Ich entspannte mich.

»Trotzdem habe ich ein komisches Gefühl dabei, Wein zu
trinken, den ein Mafioso angebaut hat. Das Problem ist nur,
dass dein Teufelszeug so höllisch gut schmeckt.«

»Reben kennen keine Schuld, sondern nur Sonne und Geschmack. Der Weinberg, wo dieses himmlische Gewächs ge-
deiht, ist kaum größer als zwei Fußballfelder. Es gibt pro Jahr
vielleicht fünfhundert Flaschen davon. Lohnt es sich wirklich,
wegen fünfhundert Flaschen Wein eine Grundsatzdiskussion zu
führen, während angesehene deutsche Konzerne in der Dritten
Welt Millionen über Millionen an Schmiergeldern verteilen, um
ihre Konkurrenten aus dem Geschäft zu drängen?«

»Bist du eigentlich Kommunist oder so was?«

Lorenzo lachte, als hätte ich einen köstlichen Witz gemacht.
»Für Politik habe ich mich nie interessiert. Dazu ist das Leben
zu schön und zu kurz.«

Hatte er recht? Hatte ich recht? Womit eigentlich? Allmählich wollten meine Gedanken meinem Willen nicht mehr gehor-
chen. Dieser Abend war vielleicht wirklich zu schön und der
Wein zu gut, um über Prinzipien herumzustreiten.

»Jetzt haben wir überhaupt nicht Schach gespielt«, bemerkte
Lorenzo, als ich mich verabschiedete, um zu Hause nach dem
Rechten zu sehen. »Das müssen wir demnächst unbedingt
nachholen.«

»Ich bringe die Zutaten fürs Essen mit«, sagte ich.

20

Als ich beschwingt die Heidelberger Hauptstraße entlang-
schlenderte, war plötzlich das Gefühl wieder da. Ausgerechnet
jetzt überfiel mich heftiges Verlangen nach Theresa. Zu gern
hätte ich sie in dieser Sekunde in die Arme genommen, fest an
mich gedrückt, an ihrem duftenden Haar geschnuppert. Ich
schrieb ihr eine neu verliebte SMS, erhielt jedoch keine Antwort.

Ausgerechnet jetzt …

Warum irritierten mich diese zwei alltäglichen Worte plötzlich? Louise hatte sie ausgesprochen, enttäuscht, vorhin beim
Ende unseres Gesprächs. Wie oft sagt ein Mensch das in seinem
Leben? Wie oft ist der falsche Zeitpunkt für irgendetwas? Ein
Wunsch geht in Erfüllung, nachdem man sein Ziel längst nicht
mehr begehrt. Ein Glück wird einem zuteil, auf das zu hoffen
man längst aufgegeben hat. Ein schöner Moment wird zerrissen
durch irgendeine Banalität des Alltags.

Im Westen waren dunkle Wolken aufgezogen. Aus der Ferne
war Donnergrollen mehr zu erahnen als zu hören. Am Bismarckplatz wurde die Fußgängerampel genau in der Sekunde
grün, als ich die Bordsteinkante erreichte.

Ausgerechnet jetzt …

Warum hakten sich meine Gedanken an diesen beiden harm-
losen Worten fest? Ich hatte sie vor Kurzem schon einmal
gehört, wurde mir bewusst. Gestern? Ja, gestern, am Vormittag. Aber in welchem Zusammenhang?

Mit einem Mal war ich hellwach und hatte es eilig, nach
Hause zu kommen. Die letzten fünfhundert Meter zur Kleinschmidtstraße legte ich im Trab zurück.

Es kostete mich dreizehn Minuten, die Privatnummer von
Liebekinds Sekretärin herauszufinden, Frau Ragold. Inzwischen war es schon fast elf Uhr geworden, aber sie war noch
wach und zum Glück ein Mensch von Gemüt.

»Gestern Vormittag, sagen Sie?«

»Genau. Ein junger Russe. Er hat sehr gut deutsch gesprochen und zu große Schuhe angehabt.«

»Ah, der.« Sie lachte. »Er hat eine Unterschrift gebraucht, damit er sein Geld kriegt. Die hätte er sich genauso gut vom Dezernatsleiter geben lassen können, aber man will ja nicht so sein, nicht wahr.«

Frau Ragold verfügte über ein beneidenswert gutes Namensgedächtnis, stellte ich in den nächsten Sekunden fest.

»So ähnlich wie dieser Zwerg bei den Nibelungen hat der geheißen, Alberich? Alberin? Albering? Auch nicht. Warten Sie ... Alberings, genau. Außerdem ist der gar kein Russe, sondern Lette. Und mit dem möchten Sie reden? Jetzt sofort?«

»Wenn es sich irgendwie einrichten lässt. Ich weiß, es ist eine Zumutung.«

»Ich müsste kurz in die Direktion rüberlaufen. Sind keine fünf Minuten von hier, und ein bisschen Bewegung am Abend wird mir nicht schaden.«

Weitere fünfzehn Minuten später hatte ich die Handynummer des lettischen Russischübersetzers auf dem Rand der Zeitung notiert. Und wenige Augenblicke später hatte ich ihn persönlich an der Leitung.

»Aber ja, natürlich erinnere ich mich an Sie!« Alberings klang, als hätte er sich den ganzen Abend auf meinen Anruf gefreut. »Was soll ich gesagt haben?«

»Irgendwas wie: ausgerechnet jetzt ... Für mich klang es, als wären Sie enttäuscht, dass die Überwachung eingestellt wurde.«

»War ich auch. Die ganze Zeit war es zum Sterben langweilig. Und dann, wie die auf einmal anfangen, wie irre herumzutelefonieren, da heißt es, Schluss und aus.«

»Wann genau ging es los mit der Telefoniererei?«

»Gegen zehn etwa.«

»Und worum ging es dabei?«

»Eine Krisensitzung wollten sie machen. Um Geld ging es, um viel Geld, das irgendwie plötzlich verschwunden war.«

Nach dem Telefonat nahm ich einen Schluck von meinem Spätburgunder, suchte eine CD aus meiner Sammlung und schaltete die HiFi-Anlage ein, die vor langer Zeit einmal mein großer Stolz gewesen war. Damals, als man Musik noch aus sündteuren Vier-Wege-Boxen hörte und nicht aus plärrenden

PC-Lautsprechern mit einem Klirrfaktor von fünfundneunzig Prozent.

Stan Getz und Charlie Parker spielten einen Samba Triste, und zum ersten Mal seit Langem ging es mir gut. Vielleicht lag mein Problem mit Theresa einfach nur darin begründet, dass ich seit Tagen zu wenig Zeit für mich hatte? Ich musste herunterkommen vom Dauerstress. Mir fehlten das Wochenende und Schlaf. Die schmeichelnde melancholische Musik machte mich müde. Ich schloss die Augen, ließ meine Gedanken schlendern über die immer noch sonnenwarmen Strände von Rio de Janeiro, wo ich nie im Leben gewesen war. Ein wenig traurig von einer Sehnsucht, die kein Ziel hatte, von einer Einsamkeit, die mir wohltat.

Draußen hatte es heftig zu regnen begonnen. In der Ferne polterte Donner.

Geld, das plötzlich verschwunden war.

Sollte das die Erklärung sein für alles?

Der Gedanke ließ mich nicht los.

Schließlich, da war es schon lange nach elf, griff ich erneut zum Telefon.

Wieder wählte ich die Nummer der Polizeidirektion.

»Falk heißt der Mann«, erklärte ich der mürrischen Kollegin in der Telefonzentrale. »Thorsten Falk. Wir müssten ihn im Computer haben.«

Dieses Mal musste ich nur Sekunden warten, und in Gedanken segnete ich wieder einmal die moderne Informationstechnik.

Unter der Nummer, die sie mir nannte, meldete sich nach mehreren Klingelsignalen schließlich eine ernste Kinderstimme.

»Joshua Falk hier, ja bitte, wer ist da?«

»Mein Name ist Gerlach. Ich würde gerne deinen Papa sprechen.«

»Das geht nicht.«

»Ist er denn nicht zu Hause?«

»Darf ich nicht sagen.«

»Das machst du ganz prima, Joshua. Aber weißt du, ich muss ihn wirklich dringend sprechen. Es ist sehr wichtig. Ich bin von der Polizei.«

»Das sagen die schlimmen Menschen immer, sagt die Mama. Wenn einer sagt, er ist von der Polizei, dann soll ich mir den Ausweis zeigen lassen. Hast du denn einen Ausweis?«

»Natürlich. Aber den kann ich dir am Telefon ja schlecht zeigen.«

»Wie sieht der denn aus?«

Tja, wann hatte ich meinen Dienstausweis zum letzten Mal bewusst angesehen?

»Es ist so ein Kärtchen aus Plastik, und vorne ist mein Foto drauf und mein Name, und oben drüber steht groß Polizei des Landes Baden-Württemberg. Dein Papa kennt mich, weißt du.«

»Das sagen die schlimmen Menschen immer, sagt die Mama. Und wenn einer so was sagt, dann soll ich am besten gleich weglaufen.«

»Das fände ich aber sehr schade, wenn du jetzt weglaufen würdest. Ich würde deinem Papa nämlich gerne sagen, wie toll du das machst. Wie alt bist du denn?«

»Viereinhalb. Der Papa ist mit der Mama im Schlafzimmer. Und da darf ich nicht klopfen, sonst kriege ich geschimpft. Bestimmt machen sie wieder ein Schwesterchen.«

»Du hast schon eine Schwester?«

»Ja klar, die Esther. Die wird nächste Woche zwei und ist total blöd. Mit der kann man überhaupt nichts machen. Immer heult sie gleich, und dann kriege ich geschimpft. Hoffentlich wird die neue besser.«

Im Hintergrund hörte ich Stimmen. Es gab einen kurzen Disput, dann meldete sich eine unwirsche Männerstimme und erkundigte sich in knappem Ton nach meinen Wünschen. Ich nannte meinen Namen, entschuldigte mich für die späte Störung und stellte meine Frage. Thorsten Falk, der Leiter der ausgeraubten Bankfiliale, beruhigte sich nur langsam. Ein Coitus interruptus ist immer eine dumme Sache.

»Sie wissen schon, dass ich Ihnen solche Informationen nicht geben darf, Herr Gerlach«, sagte er streng. »Solche Dinge fallen unter das Bankgeheimnis.«

»Das heißt, bevor ich Ihnen eine richterliche Verfügung vorlege, werden Sie mir nicht sagen, ob Frau Lebedeva Schließfächer in Ihrem Tresor hat?«

»Ich darf es nicht beziehungsweise nur mit Einverständnis des Kunden. Unsere Kunden haben schließlich ein Recht darauf ...«

»Aber Sie dürften es mir vermutlich verraten, wenn Frau Lebedeva *kein* Schließfach in Ihrem Tresor hätte?«

Nun kam er ins Schleudern. »Im Prinzip ... ehrlich gesagt, das weiß ich jetzt gar nicht. Und es ist ja auch schon lange nach elf, und ich wundere mich schon ein wenig über diesen Überfall und Ihre seltsamen Fragen.«

»Dann machen wir jetzt Folgendes: Wenn Frau Elisaveta Lebedeva kein Schließfach bei Ihrer Bank hat, dann legen Sie bitte sofort auf. Im anderen Fall warten Sie noch fünf Sekunden.«

Thorsten Falk stöhnte gequält. Aber er legte nicht auf. Ich hörte Joshua plappern und nörgelnde Fragen stellen und Herrn Falk unfreundliche Antworten geben. Dann erst knackte es in der Leitung.

Hatte ich es geahnt? Hatte ich es schon länger vermutet, ohne dass es mir bewusst gewesen war? Die Russin zählte zu den Opfern des Bankraubs! Sollten ausnahmsweise einmal die Starken den Kürzeren gezogen haben?

War es denkbar, dass die Russenmafia rein zufällig zum Opfer des Bankraubs geworden war? Oder sollte es genau umgekehrt sein: Sollte die ganze Aktion einzig und allein dem Zweck gedient haben, an einen kleinen Teil von Frau Lebedevas Vermögen zu gelangen? Nur drei Schließfächer waren vollständig leer gewesen. Drei von den großen. Hatten die Täter die anderen nur aufgebrochen, bis sie die richtigen gefunden hatten?

Jede neue Wendung stellte mich vor neue Rätsel. Balke hatte recht: Alles schien in diesem verworrenen Fall irgendwie mit allem zusammenzuhängen und mit jeder neuen Erkenntnis immer noch verworrener zu werden. An einen Zufall mochte und konnte ich nicht glauben. Andererseits – woher hätten die Täter wissen sollen, wen sie da beklauten? Und wer, um Himmels willen, kam auf die wahnwitzige Idee, ausgerechnet die russische Mafia zu bestehlen?

Heinzjürgen Machatscheck schien zugleich dicker und hagerer geworden zu sein. Wie bei unserem letzten Treffen trug er einen hellgrauen Anzug, der nicht wirklich an seinen unförmigen Körper passte. Vermutlich gab es einfach keine passende Konfektionsgröße für ihn. Und wahrscheinlich hätte er in einem Maßanzug nicht weniger schäbig ausgesehen. Wie am Telefon vereinbart, trafen wir uns in einer ruhigen Eckkneipe wenige Hundert Meter nördlich vom Frankfurter Hauptbahnhof, die von einem riesenhaften Griechen betrieben wurde. Es war kurz vor Mittag.

Der Journalist kam fast eine Dreiviertelstunde zu spät und schimpfte lauthals auf die Deutsche Bahn. Heute schien er immerhin ohne Pistole unter der Achsel unterwegs zu sein. Und offenbar hatte er dem Rotwein abgeschworen. Seine Nase hatte eine fast natürliche Farbe, und er bestellte sich einen dieser nach aufgelösten Gummibärchen riechenden Drinks, die meine Töchter seit Neuestem so liebten. Ich selbst hatte mir eine große Cola bestellt und die Wartezeit genutzt, um mit Theresa ein paar SMS auszutauschen. Heute Abend würden wir uns treffen, hatten wir vereinbart, außer der Reihe, und dieses Mal freute ich mich darauf.

»Wenn ich Ihre Andeutung gestern am Telefon richtig verstanden habe«, begann der Journalist, als sein Getränk auf dem Tisch stand, »dann interessieren Sie sich für die Witwe des alten Lebedev.«

»So ist es.«

Wir saßen am selben Tisch, an dem wir schon vor zehn Monaten gesessen hatten. Wieder hatte Machatscheck einen Stuhl gewählt, auf dem er die Wand im Rücken und die Tür im Blick hatte.

»Darf man wissen, in welchem Zusammenhang? Und wie kommen Sie ausgerechnet auf mich, in dieser Angelegenheit?«

Ich berichtete ihm von den Ereignissen, die seit dem vergangenen Samstag Heidelberg erschütterten. »Und Ihr Name ist mir eingefallen, weil Sie letztes Jahr diese Geschichte erwähnten mit dem Brand in einer psychiatrischen Klinik. Deshalb hoffe ich, dass Sie ein paar Dinge über die russischen Verbrechersyndikate wissen, die ich über offizielle Kanäle nie und nimmer erfahren würde.«

Der Wirt, ein Zweimeterriese, spülte hinter seiner Theke Gläser und summte die griechische Melodie mit, die aus billigen Lautsprechern drang. Wir waren die einzigen Gäste.

»Was genau möchten Sie wissen?«, fragte Machatscheck.

»Und was wäre mein Gewinn, wenn ich es Ihnen verrate?«

»Fangen wir mit der zweiten Frage an: Wie gehabt, erfahren Sie alles, was für die Öffentlichkeit interessant sein könnte, als Erster. Und die Frage, die mich interessiert, ist: Was ist los mit dieser Russin? Haben Sie eine Erklärung dafür, dass sie anscheinend den Schutz höchster politischer Kreise Deutschlands genießt?«

Machatscheck trank einen Schluck und verzog angewidert das Gesicht.

»Lassen Sie mich ebenfalls mit Teil zwei beginnen«, erwiderte er. »Wo die Mafia ist, da ist Geld. Und wo Geld ist, da sind politische Interessen nicht weit.«

»Ich habe recherchieren lassen, womit die Russin ihr Geld verdient. Da geht es um Immobilien, da gibt es eine große Spedition. Es ist ein verzweigtes Imperium, aber nichts davon scheint verboten zu sein. Seit ihr Mann tot ist, hat sie sich offenbar auf die legalen Teile des Geschäfts verlegt.«

»Ja und nein.« Machatscheck nahm einen weiteren vorsichtigen Schluck und schien sich nun doch nach einem anständigen Rotwein zu sehen. »Die Russen halten es da nicht anders als die Italiener: Wo man zu Hause ist, hält man seinen Namen sauber.«

»Sie wollen sagen, die kriminellen Geschäfte finden woanders statt?«

Er nickte. »In Russland gibt es viele Möglichkeiten, rasch zu viel Geld zu kommen. Das Problem ist, das Geld anschließend nach Westeuropa zu schaffen, wo man es dann in ehrenwerte Geschäfte investiert.«

Vor den Fenstern summte eine Straßenbahn vorbei. Der Wirt war irgendwo in den hinteren Räumen seines kleinen Lokals verschwunden und räumte dort halblaut fluchend herum.

»Diese Leute wissen, was sie tun«, fuhr der Journalist fort.

»Die wissen vermutlich besser als Sie selbst, was die Polizei darf und was nicht. Sie wissen, wo die Grauzone aufhört und die Kriminalität beginnt. Sie beobachten die Entwicklung der Gesetzgebung und positionieren ihr Kapital immer wieder neu. Die Leute, von denen wir reden, wissen von kommenden Vorschriften und Gesetzen, lange bevor Sie und ich zum ersten Mal davon im Fernsehen hören.«

»All das glaube ich Ihnen gerne. Aber es erklärt nicht das Wohlwollen, das diese Dame genießt. Wenn ich anderen Leuten auf die Zehen trete, dann handle ich mir schlimmstenfalls einen Rüffel der Staatsanwaltschaft ein, aber kein hochoffizielles Ermittlungsverbot. Und um ehrlich zu sein, lieber Herr Machatscheck: Ich habe den Eindruck, Sie wollen nicht mit der Sprache heraus. Sie wissen mehr über Frau Lebedeva, als Sie sagen.«

Er schmunzelte in sein Glas. »Wie kommen Sie darauf?«

»Säßen Sie sonst hier?«

Er sah für einige Sekunden auf die Straße hinaus, als wollte er sicherstellen, dass dort keine Männer mit Schlapphüten herumstanden, die ihre Gesichter hinter durchlöcherten Zeitungen versteckten. Dann sah er mir ins Gesicht.

»Elisaveta Lebedeva ist in der Nähe von Wolgograd geboren, vor fünfundvierzig Jahren, und zwar unter dem gutbürgerlichen Namen Lisa Buchholz.«

»Demnach ist sie Russlanddeutsche?«

»Das Wort mag ich nicht. Sagen wir lieber: Ihre Vorfahren waren deutscher Abstammung. Die kleine Lisa war ein kluges Mädchen und hat später in Moskau Volkswirtschaft studiert. Das war in der Zeit der Perestroika, als die Sowjetunion begann, sich in ihre Einzelteile aufzulösen. Damals hat sie auch ihren späteren Mann kennengelernt, der übrigens fast zwanzig Jahre älter war als sie. Zu Sowjetzeiten war Lebedev ein hohes Tier im Außenhandelsministerium. Im Zuge der politischen Neuerungen unter Gorbatschow ist er wie so viele in Ungnade gefallen und hat – ganz ähnlich übrigens wie der allseits geschätzte italienische Ministerpräsident – eine kleine Baufirma gegründet. Wenige Jahre später war er schon Multimillionär.«

Fünf aufgetakelte Teenies im Alter meiner Töchter betraten lärmend das Lokal, setzten sich jedoch zum Glück an einen

Tisch neben der Tür. Ihr aufgekratztes Gespräch drehte sich um ein Popkonzert, das drei von ihnen am vergangenen Samstag besucht hatten. Diese versuchten nun nach Kräften, die anderen beiden neidisch zu machen, indem sie mit glänzenden Augen vom Leadsänger der Gruppe schwärmten, dessen Namen ich noch nie gehört hatte.

Machatscheck schnitt eine Grimasse. Er war den Lärm junger Menschen offensichtlich nicht gewohnt.

»Wie ging es weiter mit unserer Lisa Buchholz?«, fragte ich mit Blick zur Uhr. Mein Zug zurück ging um kurz vor eins.

»Lebedev hat seinen Wohnsitz bald nach Deutschland verlegt und die Leitung der Geschäfte im Osten Vertrauensleuten übertragen. Auch russische Mafiosi genießen es, abends ins Bett zu gehen ohne die Furcht, am nächsten Morgen im Gefängnis oder mit einem Loch in der Stirn aufzuwachen.«

»Die Frage, der Sie so geschickt ausweichen, lautet immer noch: Warum kriege ich eins auf die Mütze, wenn ich mich Lebedevs Witwe auf weniger als zehn Kilometer nähere?«

»Und meine ehrliche Antwort lautet: Ich weiß es nicht. Noch nicht. Ich habe eine Vermutung, und das ist der Grund, weshalb ich hellhörig wurde, als gestern am Telefon der Name Lebedev fiel. Ich schlage Ihnen ein Zug-um-Zug-Geschäft vor: Ich halte Sie auf dem Laufenden und Sie mich. Sehen wir, was am Ende für uns beide dabei herausspringt.«

»Wie bleiben wir in Kontakt? Per E-Mail oder lieber per Telefon?«

»Skype.« Machatscheck schob sein immer noch halbvolles Glas angeekelt von sich.

»Habe ich schon mal von meinen Töchtern gehört.«

»Telefon per Internet. Wenn man weiß, wie es geht, zurzeit die sicherste Art, sich auszutauschen.« Er griff in die Innentasche seines Sakkos, schob mir einen schwarz schimmernden USB-Stick über den Tisch und einen Zettel, auf dem eine lange Buchstaben-Zahlenkombination notiert war. »Vor allem, wenn man das hier benutzt. Auf dem Stick finden Sie eine kleine Software. Habe ich von einem Kryptologen an der Universität Kyoto. Dieses Verschlüsselungsprogramm knacken derzeit nicht mal die Chinesen, und das will etwas heißen. Sie installieren es auf Ihrem PC. Skype finden Sie im Internet. Es ist kinderleicht.«

Der massige Journalist erhob sich überraschend mühelos, reichte mir die Hand und war Sekunden später verschwunden.

Inzwischen hatte Theresa meine SMS beantwortet. Sie gab sich fröhlich, voller Vorfreude. Aber etwas in ihrem Ton klang immer noch eine Winzigkeit falsch. Wie in meinem vielleicht auch. Es fehlte die Unbeschwertheit, die unsere Beziehung früher ausgezeichnet hatte.

Als ich im Frankfurter Hauptbahnhof in einen schmutzigen, nach Eisen und angefaulten Äpfeln riechenden Intercity stieg, schlug mein Handy Alarm. Es war Balke.

»Ich habe Prembeck festnehmen lassen. Er hat versucht, sich abzusetzen.«

21

Drei Stunden später saß ich Ferdinand Prembeck zum zweiten Mal gegenüber. Dieses Mal nicht in seinem miefigen Wohnzimmer, sondern im kühlen Verhörzimmer der Heidelberger Polizeidirektion.

»Wohin sollte die plötzliche Reise denn gehen?«

»Nach München.« Er sah mir aufmüpfig ins Gesicht. »Ist das seit Neuestem ein Verbrechen?«

»Und was wollten Sie da?«

»Meine Schwester besuchen.«

Ich wechselte einen Blick mit Balke. Der nickte fast unmerklich. Diese Schwester existierte offenbar. Ich lehnte mich in meinem Stuhl zurück und fixierte unseren Verdächtigen. Schon nach wenigen Sekunden wurde sein Blick unsicher. Schließlich blinzelte er und sah auf den Tisch.

»Was ist los mit Ihnen, Herr Prembeck?«, fragte ich ruhig.

»Gar nichts«, erwiderte er bockig. »Ich brauchte ein bisschen Luftveränderung nach der ganzen Aufregung. Das ist alles.«

Die Tür öffnete sich lautlos. Klara Vangelis streckte den Kopf

173

durch den Spalt und gab Balke einen Wink. Er ging kurz hinaus und kam Augenblicke später wieder herein. Inzwischen schwitzte Prembeck wieder.

»Ihre Schwester weiß leider nichts von Ihrem Besuch«, sagte Balke und setzte sich wieder.

»Sollte 'ne Überraschung sein«, murmelte Prembeck. »Sie hat morgen Geburtstag.«

»Also noch mal von vorn«, sagte ich, nun ein wenig strenger. »Was wollten Sie in München?«

»Sollte 'ne Überraschung sein. Sie hat morgen Geburtstag.«

»Herr Prembeck«, fuhr ich ihn an, »Sie haben seit Jahren keinen Kontakt mehr zu Ihrer Schwester. Sie haben seit Ewigkeiten nicht mal mit ihr telefoniert.«

»Ist ja wohl meine Sache!«

Ich machte eine Pause, die ihn eher nervöser machte, als dass sie ihn beruhigte, und beobachtete ihn beim Schweißabwischen und Nasetupfen. Seinen Mundgeruch konnte ich über den Tisch hinweg riechen.

»Hätten Sie etwas dagegen, wenn wir uns den Inhalt Ihres Koffers ansehen?«, fragte ich dann.

Der für seine Verhältnisse zu teure und für einen Kurzbesuch viel zu große Hartschalenkoffer stand neben seinem Stuhl.

»Und ob ich was dagegen habe!«, schrie er, offenbar schon jetzt mit den Nerven am Ende. »Das geht Sie nämlich einen feuchten Kehricht an, was in meinem Koffer ist! Sie dürfen meine Sachen überhaupt nicht durchsuchen ohne richterliche Genehmigung!«

Trotz des Mundgeruchs beugte ich mich vor.

»Diese Genehmigung werde ich bekommen, verlassen Sie sich drauf. Und weshalb Sie hier sind, will ich Ihnen gerne erklären: Sie stehen im Verdacht, etwas mit dem Bankraub zu tun zu haben. Was genau, weiß ich noch nicht. Aber ich werde es früher oder später herausfinden. Und bis es so weit ist, dürfen Sie ganz umsonst bei uns wohnen. Was Sie zum Anziehen brauchen und zum Waschen, haben Sie ja vermutlich in Ihrem Koffer.«

»Der Bankraub?«, fragte er mit der dämlichsten Miene der Welt. »Ich?«

»Verkaufen Sie mich bitte nicht für dumm, Herr Prembeck«
Ich zählte an den Fingern ab: »Sie sind Spezialist für Funktechnik. Sie verstehen eine Menge von Tunnelbau. Sie brauchen dringend Geld ...«

»Aber das ist doch ... Blödsinn ist das doch.« Prembeck fasste sich verzweifelt an den kahlen Kopf.

Nun mischte Balke sich ein. »Ich habe heute Vormittag mit Ihrem ehemaligen Vorgesetzten bei Herrenknecht telefoniert. Er hat mir ein paar sehr interessante Dinge erzählt.«

»Das ist Vergangenheit!« Prembeck schlug mit der flachen Hand auf den Tisch. »Vorbei und verjährt!«

»Sie sollen zusammen mit einem damaligen Kollegen Computerteile unterschlagen und unter der Hand verkauft haben.«

»Alles nur Gerede.« Der Schweiß strömte über Prembecks mittlerweile eher rotes als gelbes Gesicht. »Nichts als Gerede.«

»Und wegen dieses Geredes wurde Ihnen beiden nahegelegt, zu gehen, damit man Sie nicht feuern musste?«

»Mobbing!« Prembeck wischte sich zum hundertsten Mal die Stirn. »Ich bin gemobbt worden.«

»Ihr Komplize, Klaus Wolsky, ist Tiefbauingenieur.«
Nun zog Ferdinand Prembeck es vor zu schweigen.

»Und ist seither – wie Sie – die meiste Zeit arbeitslos.«
Unser Verdächtiger schnaufte.

»Sie stehen noch in Kontakt?«, fragte ich.
Kopfschütteln. Achselzucken.

Balke übernahm wieder: »Die Dame, die in der Wohnung unter Ihnen wohnt, Frau Kretschmer, sagt, Sie seien in den letzten Wochen auffallend viel unterwegs gewesen.«

»Der Arzt.« Prembeck fuhr sich mit gespreizten Fingern über die feuchte Glatze. »Hat mir Bewegung verordnet. Mein Herz ...« Er schwieg für Sekunden. »Ich will einen Anwalt«, sagte er dann und starrte auf seine fetten Hände.

»Und da sind Sie auf die Idee gekommen, das Nützliche mit dem Notwendigen zu verbinden.« Balke grinste böse. »Dreißig Meter Tunnel buddeln ist bestimmt prima für den Blutdruck.«

»Ich verlange einen Anwalt«, wiederholte Prembeck. »Vorher hören Sie kein Wort mehr von mir.«

»Die Listen von der Bank sind endlich gekommen«, berichtete Vangelis bei der letzten Lagebesprechung des Tages. Heute wirkte sie wieder deutlich fitter als gestern. Offenbar hatte sie nicht vor, krank zu werden. »Die Täter haben wirklich nur die drei großen Schließfächer leer geräumt. In allen anderen scheint nichts zu fehlen.«

»Die haben sie nur aufgeschweißt, bis sie die richtigen gefunden hatten«, meinte Balke.

»Klingt, als hätten sie es tatsächlich auf die Schließfächer der Russin abgesehen«, sagte ich.

»Plus die achtzigtausend, die der Bank gehört haben«, fügte Balke hinzu. »Nehme an, das war für die Baukosten.«

»Und was in den Schließfächern der Russin war, werden wir vermutlich niemals erfahren.«

Vangelis schüttelte die schwarzen Locken.

»Laut Herrn Falk weigert sich der Kunde, seinen Namen preiszugeben und mit der Polizei zu kooperieren.«

Was natürlich das gute Recht dieses Kunden war. Schließlich war er der Geschädigte und kein Verdächtiger.

»Woher wussten die, dass die Russin ausgerechnet bei dieser Bank ihre Kohle deponiert hatte?«, grübelte Balke. »Es ist eine kleine, unwichtige Filiale, zehn Kilometer von Schriesheim entfernt ...«

»Lebedev hat anfangs in Neuenheim gewohnt«, fiel mir ein. »Vermutlich war er einfach zu bequem, die Bank zu wechseln. Außerdem fand er eine kleine Filiale vielleicht unverdächtiger als eine große Bank?«

»Die Täter müssen sie beobachtet haben«, vermutete Vangelis. »Sie haben sie ausspioniert, und anschließend haben sie eins und eins zusammengezählt.«

Balke nickte. »Und angefangen zu graben.«

Aus dem Nichts kam mir ein Gedanke. Ein Verdacht, der so ungeheuerlich war und auf der anderen Seite so naheliegend ...

Die Nummer, die ich suchte, stand ziemlich weit unten auf der Liste, welche seit Tagen auf meinem Schreibtisch lag.

»Riedel?«, hörte ich nach längerem Tuten die verschlafene Stimme des Fahrradkuriers.

»Sie haben am Samstagvormittag im Bella Napoli ein Päckchen abgeliefert.«

»Jepp.«

»Wem haben Sie es übergeben?«

»Diesem ... weiß nicht, wie der heißt. Dem Juniorchef.«

»Und wer war sonst noch im Lokal?«

»Nur der Alte. Hab mich noch gewundert, weil er sonst immer persönlich die Ware annimmt und auch sofort kontrolliert. Ist ein scharfer Hund, der Typ. Wenn da mal ein Gramm fehlt oder die Qualität nicht tiptop ist, dann geht die ganze Lieferung back to Sender. Aber dieses Mal hat er mich kaum angeguckt, so beschäftigt ist der gewesen.«

Ich wechselte den Hörer ans andere Ohr. Meine Untergebenen hörten mit verständnislosen Mienen zu.

»Womit war er beschäftigt?«

»Na ja. Er hat am Fenster gestanden und irgendwas beobachtet. Hab mich noch gewundert, was es da so Interessantes zu gucken gibt. Sonst ist er um die Zeit immer in der Küche und macht seinen Leuten Dampf. Oder scheucht seine Mädels durch die Gegend. Der Typ ist ein ziemliches Arschloch, wenn Sie mich fragen.«

»Können Sie sich erinnern, ob er etwas in der Hand gehalten hat?«

Eine Weile blieb es still.

»Nö«, erwiderte der Fahrradkurier schließlich gedehnt. »Er hat die Arme vor der Brust verschränkt gehabt, glaub ich. Möglich, dass er was in einer Hand gehabt hat. Was könnte das denn gewesen sein?«

Ich legte auf.

Nun hatten Vangelis und Balke begriffen. Entgeistert starrten sie mich an.

»Natürlich!«, stieß Vangelis hervor und warf den Kopf in den Nacken. »Gott, sind wir schwer von Begriff!«

Balke legte stöhnend das Gesicht in die Hände.

»Wenn das stimmt«, sagte er heiser, »wenn wirklich die Bulgaren dahinterstecken, dann macht das Bella Napoli nie wieder auf.«

»Stimmt«, sagte Vangelis nüchtern. »Dann haben sie für den

Rest ihres Lebens ausgesorgt. Falls sie überhaupt noch am Leben sind, natürlich.«

»Und jetzt?«, fragte Balke wieder einmal. »Wie geht's jetzt weiter?«

»Wir brauchen DNA-Material von den Bulgaren«, entschied ich. »Wir beide fahren nach Wieblingen und stellen Schivkovs Haus auf den Kopf.«

»Ob wir auf so einen vagen Verdacht hin einen Durchsuchungsbeschluss kriegen?«

»Es liegt Gefahr im Verzug.« Ich erhob mich. »Die Bulgaren sind in Lebensgefahr.«

Eine halbe Stunde später stand ich zusammen mit Sven Balke vor dem unscheinbaren Bungalow, den Anton Schivkov noch vor einer Woche bewohnt hatte. Das Haus lag ganz im Westen in der Nähe des Friedhofs und so nah an der Autobahn, dass man ständig das Rauschen und Brausen des Verkehrs im Ohr hatte. Die Tür machte keinen allzu wehrhaften Eindruck, war aber natürlich verschlossen.

Die beiden uniformierten Kollegen, die sich in ihrem Streifenwagen am Straßenrand langweilten, berichteten, man habe hier seit Tagen niemanden gesehen, der dem Anwesen auch nur einen interessierten Blick zugeworfen hätte.

Gefolgt von Balke umrundete ich das Haus, dem ein neuer Anstrich gutgetan hätte. Der Plattenweg war von Unkraut überwuchert, das hoch stehende Gras feucht vom Regen der vergangenen Nacht. Das Gewitter hatte nicht lange gedauert. Seit dem Morgen schien wieder die Sonne von einem rein gewaschenen Himmel. Die Luft war frisch. Es duftete schwer nach exotischen Blüten. Ein großer Rhododendron strahlte in sattem Lila.

An der Rückseite des Gebäudes öffnete sich eine bescheidene Rasenfläche, und es gab eine kiesbedeckte Terrasse von der Größe eines Ehebetts. Balke rüttelte an der verglasten Tür und sah mir fragend ins Gesicht.

»Sagten Sie nicht was von Gefahr im Verzug?«

Augenblicke später klirrte es.

Die spärliche Einrichtung war lieblos und billig. Wohnkultur schien nicht Sache des alten Bulgaren zu sein. Das einzig Wertvolle war ein für das kärgliche Wohnzimmer völlig überdimensionierter Flachbildfernseher. Wir durchquerten den Raum und gelangten in einen engen Flur. Von dort gingen Türen ab zur Küche, in ein Schlafzimmer, in das mit knapper Not ein Doppelbett und ein Schrank passten, und in ein maximal acht Quadratmeter messendes Kämmerchen, das ein vermutlich kinderloser Architekt für den Nachwuchs eingeplant hatte. Überall roch es muffig. Nach altem Staub, verbrauchter Luft und ranziger Butter.

Im Badezimmer, das so schmal war, dass man es zu zweit kaum betreten konnte, fanden wir, was wir brauchten: einige kurze, weiße Haare am Boden sowie eine abgenutzte Zahnbürste in einem verkalkten Glas über dem Waschbecken.

Anschließend durchsuchten wir das Haus. Ein Keller existierte nicht, ein Dachboden ebenso wenig. Die Fertiggarage war bis auf einige Ölflecken am Boden, eine ungeöffnete Tüte Streusalz und einen uralten Dachgepäckträger leer. In der Küche nichts Erwähnenswertes, im Kühlschrank einige vergessene Lebensmittel, im Schlafzimmerschrank eine zerrissene Tuchhose und ein nach hinten gerutschtes und vermutlich übersehenes Hemd. Schließlich entdeckte Balke noch einen Abstellraum, dessen Tür von der Küche abging. Dieser war bis obenhin vollgestopft mit Gerümpel und Unbrauchbarem, das vermutlich größtenteils von Schivkovs Vormietern stammte. Balke kletterte leise fluchend hinein und kam verdreckt und laut fluchend wieder heraus.

»Das gibt's doch nicht!«, schimpfte er und wischte sich mit der Rechten über die Stirn, was zur Folge hatte, dass er nun aussah wie ein Indianer auf Kriegspfad. »Die müssen den Coup doch irgendwo vorbereitet haben. Da bleiben doch Spuren, bei einem so großen Ding!«

»Falls die zwei wirklich hinter dem Bankraub stecken«, überlegte ich, »dann müssen sie irgendwo einen zweiten Unterschlupf haben.«

Balke verschwand im Bad, um sich Gesicht und Hände zu waschen.

»Eine Scheune«, fuhr ich fort, als er mit feuchtem Gesicht

wieder herauskam und sich die Hände an der Hose abtrocknete, »irgendwo im Odenwald vielleicht, ein verlassenes Gehöft.«

In diesem Moment schlug mein Handy Alarm.

Es war Runkel.

»Sie haben den Dings«, brüllte er mir ins Ohr. »Diesen alten ... Jetzt hab ich den Namen vergessen, Herrgott!«

»Schivkov?«

»Ja, den, genau.«

»Wo?«

»An der Straße zwischen Eppelheim und Plankstadt. Eine Streife hat ihn erkannt und angehalten.«

»Sind auf dem Weg!«

Dank Blaulicht und Martinshorn waren wir in weniger als zehn Minuten vor Ort. Am Straßenrand stand, die rechten Räder fast im Straßengraben, ein Mercedes älteren Baujahrs. Neben einem dahinter parkenden Streifenwagen mit Mannheimer Kennzeichen und eingeschalteten Blaulichtern erwarteten uns zwei uniformierte Kollegen mit betretenen Mienen. Schon der erste Blick machte klar – etwas war schiefgegangen. Der zweite Blick ergab: Was in der Szene fehlte, war Anton Schivkov.

»Wo ist er?«, fragte ich, als ich aus dem Wagen sprang. »Was ist passiert?«

»Das ...«, begann der Ältere der beiden und sah seinen Kollegen hilfesuchend an.

»... wissen wir auch nicht so genau«, gestand der mit roten Ohren und gesenktem Blick.

Die beiden hatten Schivkov anhand der Personenbeschreibung im Vorbeifahren erkannt, waren sich ihrer Sache zunächst nicht ganz sicher gewesen, hatten ihn aber dennoch gestoppt. Schivkov hatte auch brav gehalten und ihnen mit seiner typischen großspurigen Bereitwilligkeit Ausweis und Fahrzeugschein gezeigt.

»Die ganze Zeit hat der geschwätzt wie ein Wasserfall«, berichtete der zweite Schupo. »Wie toll er Deutschland findet und dass er die deutsche Polizei liebt und so weiter und so weiter. Nur wenn man ihn irgendwas gefragt hat, dann hat er große Augen gemacht und auf einmal nichts geblickt.«

Der Name auf dem Personalausweis, den der alte Mann ihnen ausgehändigt und später zurückgelassen hatte, lautete: Jürgen Schwerin. Man musste schon sehr genau hinsehen, um festzustellen, dass er gefälscht war.

Den beiden Kollegen war das zunächst nicht aufgefallen. Sie hatten mit ihrer Dienststelle telefoniert und anschließend mit der Heidelberger Direktion, um zu hören, was sie mit diesem merkwürdigen alten Kerl anfangen sollten, der den falschen Namen trug und so schlecht deutsch sprach.

»Wie er Ihren Namen gehört hat, Herr Kriminaloberrat, da ist er fast übergeschnappt vor Begeisterung. Ich soll Sie grüßen, hat er gesagt, Sie seien ein guter Freund von ihm. Aber Sie sind ja gar nicht da gewesen, bloß Ihre Sekretärin. Und die hat dann gesagt, wir sollen den Mann festhalten, und Sie würden sich bei uns melden.«

Und wie sie sich endlich wieder Schivkov zuwandten, war er nicht mehr da gewesen. Die beiden untröstlichen Helden konnten nicht einmal angeben, wann genau er verschwunden war.

»Wie vom Erdboden verschluckt«, jammerte der Ältere.

»Echt«, assistierte sein Kollege eifrig. »Dabei war der die ganze Zeit so was von friedlich gewesen und nett, irgendwie, und … Ich meine, wer rechnet denn auch mit so was? Wer rechnet denn damit, dass ein alter Knacker, der noch dazu zum Gottserbarmen hinkt, sich einfach in Luft auflöst?«

Sicherheitshalber ließ ich die umliegenden Dienststellen alarmieren und ordnete an, die Umgebung abzusuchen. Aber mir war jetzt schon klar, dass es vergeblich sein würde.

Schivkov war ein Fuchs. Ein hinkender Fuchs zwar, aber ein Fuchs.

22

Unser nächster Besuch galt Rosalind Dobrev, Slavkos Schein-ehefrau. Wieder musste ich lange läuten, obwohl hinter der Wohnungstür Radau und Geschrei waren. Schließlich öffnete sich doch die Tür. Ein kleines Mädchen mit schokoladever-schmiertem Mund starrte uns neugierig an, kreischte: »Mamiii! Die vom Kinderamt sind wieder da!« und flitzte davon.

Augenblicke später erschien die Mutter mit verquollenen Augen. Sie wirkte noch abgekämpfter als bei meinem ersten Besuch. Wieder stritten im Wohnzimmer am Ende des Flurs Kinder zum lärmenden Fernseher. Irgendwo plärrte sich das Baby die Seele aus dem Leib. Das Gesicht der Mutter hatte die Farbe von angeschimmeltem Käsekuchen.

»Was ist denn jetzt schon wieder?« Sie musterte uns böse und hielt die Tür fest. »Ich weiß, dass die Kinder laut sind. Ihre Kollegen von der Trachtengruppe sind auch schon da gewesen.«

»Wir brauchen etwas von Ihrem Mann«, sagte ich. »Ein Taschentuch. Haare oder seinen Kamm.«

»Machen Sie nur. Nehmen Sie ruhig alles mit, was Sie von ihm finden. Bin froh, wenn mich nichts mehr an den Drecksack erinnert.«

Balke hatte sich schon an ihr vorbeigedrängelt und war im Badezimmer verschwunden.

»Haben Sie in der Zwischenzeit etwas von Ihrem Mann gehört?«, fragte ich – mehr, um die Zeit zu vertreiben, als in der Hoffnung auf eine Antwort.

»Mal angerufen.« Sie schlug die Augen nieder und wirkte plötzlich unendlich müde. Der Lärm im Wohnzimmer ebbte vorübergehend ab. Etwas scheppert zu Boden. Auch der Fern-seher war still, und selbst das Baby schien die Luft anzuhalten. Dann ging der Fernseher wieder an, und das Gezänk begann von Neuem.

»Wann?«, fragte ich.

»Dienstag. Glaub ich. Vorgestern war doch Dienstag, oder?«

»Was hat er gesagt?«

»Er schickt Geld.«

182

»Und hat er Geld geschickt?«

»Gestern, ja. Ein Jüngelchen ist gekommen und hat einen Umschlag gebracht.«

Ich bat sie, das Jüngelchen zu beschreiben, aber sie konnte sich nicht einmal an die Haarfarbe erinnern.

»Student, nehm ich an«, murmelte sie abwesend. »Hat jedenfalls so ausgesehen. Wie ein Student.«

»Hat er irgendwas gesagt?«

»Wer?«

»Der Student.«

»›Sind Sie Frau Dobrev?‹, hat er gesagt. Und dann hab ich ja gesagt, und dann hat er mir den Umschlag in die Hand gedrückt und sich wieder verpisst.«

»Wie viel Geld war in dem Umschlag?«

»Noch nicht aufgemacht«, verstand ich mit Mühe.

Inzwischen stand Balke wieder bei uns und hörte zu.

»Den Umschlag und das Geld muss ich leider mitnehmen«, eröffnete ich der Frau. Aber selbst das schien sie nicht weiter zu interessieren.

»Sie kriegen selbstverständlich eine Quittung. Und falls das Geld aus legaler Quelle stammt, dürfen Sie es natürlich behalten.«

Es dauerte geraume Zeit, bis der Umschlag in einer Küchenschublade gefunden war. Er war aus braunem Papier, Format DIN A5. Balke trug noch Latexhandschuhe und riss ihn an Ort und Stelle auf. Feierlich zog er einen Packen druckfrische Einhundert-Euro-Scheine heraus.

»Zwanzig«, sagte er Sekunden später. »Zweitausend.«

»Schade drum«, sagte Frau Dobrev mit unstetem Blick. »Hätt sie gut brauchen können, die schönen Scheinchen.«

Balke hatte im Badezimmer nichts Verwertbares gefunden, erfuhr ich auf der Treppe. Dobrevs Zahnbürste war neu und unbenutzt. Am Boden waren zwar unzählige Haare verstreut gewesen, aber von allen möglichen Personen. Davon hatte Balke einige zusammengeklaubt und eingetütet.

»Nehme an, er hat sich schon länger nicht mehr bei seiner Frau blicken lassen«, sagte er.

»Vorläufig genügt es, dass wir DNA von Schivkov haben«,

entschied ich. »Wenn er in dem Tunnel war, dann wird Dobrev nicht weit gewesen sein.«

Von der ersten Sekunde an lief alles schief. Nichts war so, wie ich es mir ausgemalt hatte.

Theresa war schon da, als ich – einige Minuten zu spät und mit klopfendem Herzen – die Tür zu unserer gemeinsamen kleinen Wohnung in der Ladenburger Straße hinter mir schloss.

Wir küssten uns.

Aber es war nicht wie früher.

Da war immer noch etwas zwischen uns.

Wir setzten uns an den Tisch.

Wir sahen uns an.

»Du bist immer noch sauer«, stellte Theresa fest. »Darf ich wissen, aus welchem Grund?«

»Das weiß ich doch selbst nicht«, stöhnte ich. »Ich bin auch gar nicht sauer. Ich bin irgendwie … durcheinander.«

»Weil ich meinen Mann *nicht* betrogen habe? Ist es das?«

»Vielleicht, weil du mich genau das die ganze Zeit hast glauben lassen.«

»Du fühlst dich also hintergangen?«

»Irgendwie. Vielleicht. Ein bisschen, ja. Obwohl du mich nie belogen hast. Aber du warst auch nicht wirklich ehrlich zu mir. Du hättest wenigstens mal eine Andeutung machen können, was mit eurer Ehe los ist.«

»Ich hatte Egonchen versprochen, genau das auf keinen Fall zu tun.«

»Du hast mir nicht vertraut«, versetzte ich nach kurzem, ratlosem Schweigen.

»Doch, das habe ich. Aber Egon hat auch mir vertraut. Und ich habe Andeutungen gemacht. Im Februar in Karlsruhe. Du erinnerst dich vielleicht noch an den Abend?«

»Natürlich. Und es gibt keinen Grund für deinen pampigen Ton.«

Nichts ist so, wie du denkst, hatte sie damals gesagt.

Theresa machte keine Anstalten, mich zu berühren, und das war vermutlich gut so. Vielleicht aber auch nicht. Nie hatte ich mich zugleich so sehr im Recht und so idiotisch gefühlt.

»Und erinnerst du dich auch daran, was ich noch gesagt habe, an diesem Abend im Februar?« Sie warf den Kopf zurück und fuhr sich mit beiden Händen durch die honigblonde Lockenpracht.

In die Arme hatte ich sie nehmen wollen, küssen, streicheln, lieben. Stattdessen saßen wir uns an diesem dämlichen Tisch gegenüber, im Energiesparlicht der hässlichen Lampe, die der Vormieter zurückgelassen hatte, und gifteten uns an. Vor uns standen zwei billige Gläser, gefüllt mit lauwarmem Leitungswasser.

»Selbstverständlich erinnere ich mich. Aber ich will es jetzt nicht aussprechen.«

Ich liebe dich, hatte sie gesagt. Zum ersten Mal.

Sie beugte sich vor, fixierte mich mit großen graugrünen Augen.

»Kann es sein, dass hier jemand bockig ist?«

»Ja«, gab ich zu. »Das könnte möglicherweise sein, ja.«

»Dieser Jemand hat aber nicht vor, das heute noch zu ändern?«

»Ich fühle mich auf den Arm genommen, Herrgott. Verkauft. Ich war die ganze Zeit der Trottel in eurem seltsamen Spiel. Ich war die ganze Zeit der Idiot, der keine Ahnung hatte. Er hat es gewusst, von Anfang an, und ich habe mich tausendmal vor ihm zum Affen gemacht!«

»Ich habe von Egon nie gehört, du hättest dich lächerlich gemacht. Im Gegenteil, er hat immer mit großem Respekt von dir gesprochen.«

»Ihr habt über mich gesprochen?«

»Was denkst du denn?«, seufzte Theresa und schloss die Augen. »Wir sprechen über alles Mögliche, weißt du? Sogar über die Kinder seiner Sekretärin. Über deine Töchter übrigens auch.«

Einige Zeit schwiegen wir. Das Schweigen war aus Stacheldraht und voller unausgesprochener, vielleicht noch nicht einmal gedachter Vorwürfe.

Auf der Straße unten bellte ein großer Hund.

»Und nun?« Theresa schien allmählich die Geduld zu verlieren. »Was wird nun mit uns?«

185

»Ich weiß es nicht.« Um ihrem Blick nicht zu begegnen, sah ich zur Decke. »Ich brauche Zeit. Vielleicht ist das alles. Vielleicht brauchen wir einfach Zeit.«

Ihre Stimme klang brüchig, als sie die Frage aller Fragen stellte: »Liebst du mich denn nicht mehr?«

»Sonst würde ich ja wohl nicht hier sitzen, Herrgott, und mich schon wieder zum Affen machen!«

Zum Abschied legte sie kurz ihre warme Rechte auf meine. Bevor ich sie festhalten konnte, zog sie sie zurück und sprang auf.

»Du meldest dich, wenn du genug Zeit gehabt hast?«

Ich blieb noch eine Weile sitzen. Als ich unten die Haustür ins Schloss fallen hörte und auf dem Gehweg das wütende Tackern von Theresas Absätzen, nahm ich das immer noch volle Wasserglas und warf es an die Wand. Es zerbrach nicht, aber ich hatte wieder einmal zu wischen.

Anschließend fühlte ich mich ein klein wenig besser.

Machatscheck hatte nicht übertrieben. Die Installation der notwendigen Software auf meinem betagten PC verlief problemlos. Meine Töchter liehen mir großmütig ein sogenanntes Headset sowie eine tennisballgroße steingraue Kugel mit Klemmfuß und einer kleinen Linse, die sie Webcam nannten. Und dann konnte ich per Internet telefonieren. Wir probierten es aus, und tatsächlich erschienen nach wenigen Sekunden die fröhlich grinsenden Gesichter meiner Mädchen auf meinem alten Röhrenmonitor, und wir konnten uns ganz passabel unterhalten.

»Und es kostet tatsächlich nichts?«, fragte ich noch einmal nach.

»Du kannst sogar umsonst in Australien anrufen, wenn du willst.« Sarahs Stimme klang, als säße sie neben mir und nicht vor dem PC in ihrem Zimmer. Das Bild war ein wenig ruckelig und nicht ganz synchron zum Ton. »China, Amerika, total egal.«

Versuchsweise tippte ich Machatschecks Namen ein, und Augenblicke später poppte ein kleines Fensterchen auf, das mir erklärte, er sei online. Noch bevor ich Zeit fand, mich zu wundern, schellte ein altertümliches Telefon unter meinem Tisch. Es dauerte einige Augenblicke, bis ich begriff, dass das fremde Geräusch aus meinem PC kam.

»Schönen guten Abend, lieber Herr Gerlach«, hörte ich Machatschecks überraschend klare Stimme. »Der Anfang hat ja offenbar geklappt.«

»War wirklich ganz einfach.«

Er lachte nachsichtig. »Ich habe mich eine ganze Weile mit dem Zeug herumgequält. Aber wenn es mal funktioniert, dann ist es Gold wert.« Er wurde ernst. »Diese Dinge sind eine meiner letzten Hoffnungen in diesen trostlosen Zeiten. Es gelingt den Mächtigen dieser Welt einfach nicht mehr, die niederen Klassen auf Dauer unwissend zu halten. Selbst die Iraner werden der Informationsflut längst nicht mehr Herr. Und seit es im hintersten mandschurischen Bauerndorf moderne Handys mit Internetzugang gibt, weiß auch die Landbevölkerung Chinas, dass ihre Landsleute im Südosten dicke Autos fahren und es sogar im Winter warm haben.«

»Irgendwelche Neuigkeiten in unserer Sache?«

»Ich habe einen alten Bekannten in Belgrad kontaktiert. Er hat gute Kontakte nach Sofia und wird sich erkundigen. Eines kann ich aber jetzt schon sagen: Über offizielle Kanäle erfährt man nichts.«

Das Jagdfieber eines alten Wolfs funkelte in seinen Augen.

Am Freitagmorgen fand ich die Direktion in Aufruhr.

»Voronin ist tot!«, erfuhr ich von Balke, der mir in der Tür atemlos entgegenkam. »Erschossen.«

»Wie?« Ich machte kehrt und folgte ihm. »Wo?«

Klara Vangelis erwartete uns mit dem Wagenschlüssel in der Hand neben einem der Dienstwagen, nickte uns stumm zu. Wir stiegen ein.

»In Baden-Baden hat er sich nicht blicken lassen«, sagte Balke während der Fahrt. »Er ist bei einer Frau in Nußloch untergekrochen. Eine Verwandte, nehme ich an. Jedenfalls hat der Name auch russisch geklungen. Voronin heißt sie aber nicht.«

Zwei Streifenwagen des örtlichen Polizeireviers und ein Notarztwagen, die vor dem Gartenzaun eines zitronengelb gestrichenen Hauses standen, ersparten uns die Suche nach der richtigen Hausnummer. Der Tatort lag ganz im Osten des Örtchens am Westhang des Kraichgau. Etwa zwanzig Meter dahinter stieg das Gelände fast senkrecht an.

Das Vorgärtchen verriet Liebe zu Symmetrie und bunten Farben. Alle Fenster zur schmalen Wohnstraße hin waren vergittert.

Balke läutete. Eine breite Matrone undefinierbaren Alters öffnete mit mürrischer Miene und ließ uns wortlos ein.

Das Treppenhaus war eng und finster. Es roch nach scharf gebratenem Speck. Von einer gleichgültigen Handbewegung der Frau geleitet, stürmten wir die knarrende Holztreppe hinauf. Oben hatte schon vor unserer Ankunft Gedränge geherrscht.

Der Arzt verließ eben das Zimmer, in dem der Tote lag.

»Nichts mehr zu machen«, verkündete er mit Eunuchenstimme und steckte sich eine filterlose französische Zigarette an. »Kopfschuss. Wahrscheinlich war er sofort tot.«

Ein uniformierter Kollege gab ihm Feuer. Der Notarzt stieg keuchend und gefolgt von einem hageren Sanitäter mit grauem Pferdegesicht die Treppe hinunter.

»Wir kümmern uns mal um die Frau«, hörte ich ihn noch sagen.

Voronin lag mit ausgebreiteten Armen auf dem Rücken am Fußboden. Ein athletisch gebauter großer Mann, dessen Geburtsort ich eher in Schweden als in Russland vermutet hätte. Er trug marineblaue Boxershorts, überall am Körper und im Gesicht sah ich Verbände und Pflaster von seinem Unfall auf der Autobahn. Das Fenster des Raums, in dem er offensichtlich die Nacht verbracht hatte, ging nach hinten zu einem licht- und trostlosen Gemüsegarten. Am Ende des Gartens eine steile, ockergelbe Lösswand. Darüber begann der Wald.

Der Schuss hatte Voronin nicht in die Stirn getroffen wie die Wasserleiche, deren Name mir schon wieder entfallen war, sondern neben dem rechten Ohr. Am linken Hinterkopf war das Projektil wieder ausgetreten und hatte ein faustgroßes Loch hinterlassen.

Merkwürdigerweise kaum Blut.

Eine der beiden Fensterscheiben hatte ein etwa daumennagel-großes Loch. Zwei der vier uniformierten Kollegen, die sich im engen Treppenhaus gegenseitig auf die Füße getreten waren, verabschiedeten sich erleichtert. Die Hausherrin rumpelte und schepperte unten herum, vermutlich in der Küche. Offenbar hatte sie keinen ärztlichen Beistand gewünscht.

»Abgeknallt!«, murmelte der jüngere der beiden Kolle-gen, die bleiben mussten, und schluckte immer wieder. »Wie Vieh!«

Die Einrichtung des Zimmerchens war bunt gemischt und ein wenig überladen. Ein schmales Bett, daneben ein altertüm-licher, mit Samt bezogener Sessel, über dessen Lehne die sauber gefaltete Kleidung des Toten hing, eine vermutlich hundert Jahre alte, mit Schnitzereien verzierte Nussbaumkommode. Den Boden bedeckte helles Laminat aus dem Baumarkt. In einer Ecke hing eine übergroße und atemberaubend kitschige Madonna, zu deren Füßen ein paar Stiefmütterchen verwelk-ten. Voronin, den ich in diesen Sekunden zum ersten Mal sah, hatte am Fenster gestanden, als der Schuss ihn traf. Möglicher-weise war er dabei gewesen, den Rollladen hochzuziehen, oder hatte nach dem Aufstehen ein wenig Luft schnappen wollen. Balke hielt inzwischen einen Zollstock in der Hand und maß die Höhe des Einschusslochs im Fenster. Dann warf er einen prüfenden Blick auf den Toten und wieder hinaus.

»Von oben aus dem Wald«, sagte er durch die Zähne und sah mich an. »Wollen wir?«

Eine Viertelstunde später standen wir etwa fünfzig Meter vom Haus entfernt und etwa zehn Meter darüber am Wald-rand. Hinter uns verlief ein breiter Weg von Süden nach Nor-den. Die Stelle, wo der Schütze gestanden haben musste, war nicht schwer zu finden gewesen.

»Hier sind frische Spuren!« Balke ging in die Hocke.

Tatsächlich fanden wir eine Menge Fußabdrücke. Der Mör-der hatte vermutlich längere Zeit hier gewartet, bis sein Opfer am Fenster erschien. Ein Baumstamm wies feine, auf den ersten Blick kaum erkennbare Abschürfungen auf.

»Da hat er das Gewehr angelegt.« Balke peilte mit schmalen Augen in Richtung Haus. »Auf die Entfernung geht das nur mit

Zielfernrohr. Der Zeitpunkt war perfekt. Er muss die Sonne genau im Rücken gehabt haben.«

»Damit haben wir jetzt zwei tote Russen«, seufzte ich.

»Das Wochenende können wir abschreiben«, meinte Balke.

»Und die Spusi ist auch schon da.«

Ich entdeckte einen weiß gekleideten Kollegen mit Kapuze am Fenster, hinter dem Voronin vor etwa einer Stunde gestorben war. Daneben meinte ich Klara Vangelis zu erkennen, die ihm etwas erklärte.

23

Piotr Voronins Mörder hatte östlich des Orts am Rand der Kreisstraße geparkt, vermuteten wir. Von dort war er einige hundert Meter dem Weg in den Wald hinein gefolgt und hatte sich zielsicher nach links ins Gestrüpp geschlagen. Offenbar war er mit den Örtlichkeiten vertraut gewesen, denn seine Spuren führten geradewegs zu dem Baum, neben dem er dann Stellung bezogen und auf sein Opfer gewartet hatte. Nicht weniger als fünf Nachbarn hatten um kurz nach acht den Knall gehört. Keiner hatte sich etwas dabei gedacht, weil in dem Waldstück, das sich etwa zwei Kilometer nach Osten ausdehnte, hin und wieder gejagt wurde. Drei Zeugen wollten zur fraglichen Zeit einen abgestellten Wagen auf dem Wanderparkplatz gesehen haben. Wie üblich hatte keiner auf das Kennzeichen geachtet, die Angaben zu Farbe und Fahrzeugtyp waren widersprüchlich. Unsere vorläufig besten Spuren waren die Fußabdrücke und eine Patronenhülse.

»Kaliber siebenzweiundsechzig«, berichtete Balke, als er kurz vor Mittag vom Tatort zurückkehrte. Ich selbst hatte mich schon früher von einer Streife nach Heidelberg zurückfahren lassen.

»Was sagt die Frau?«

»Sie ist irgendwie eine entfernte Cousine von Voronin. Seit ihr Mann vor drei Jahren gestorben ist, lebt sie allein in dem Haus. Kurz nach acht hat sie gehört, wie Voronin aufgestanden ist, sagt sie. Sie selbst war zu dem Zeitpunkt in der Küche und hat Frühstück gemacht. Sekunden später hat es draußen geknallt und oben gerumpelt. Sie hat nichts gesehen und nichts gehört und nichts begriffen. Dass ihr Cousin tot ist, scheint ihr ziemlich schnuppe zu sein.«

Auch Vangelis hatte etwas zu berichten: »Der Fahrer eines Lieferwagens, der um zehn nach acht die Sinsheimer Straße hochgefahren ist, will auf dem Parkplatz einen Mann gesehen haben. Er soll aus dem Wald gekommen sein und etwas Längliches in der Hand gehalten haben. Angeblich hat er Gummistiefel getragen.«

»Ist dieser Mann in ein Auto gestiegen?«

»Kann er nicht sagen. Klein sei er gewesen und stämmig und eventuell grauhaarig.«

»Schivkov?« Ich beugte mich vor.

»War auch mein erster Gedanke.« Mit leisem Knall klappte Vangelis ihr Notizbüchlein zu. »Aber ich kann es noch nicht glauben. Wenn man eine Bank ausgeraubt hat, dann sucht man doch so schnell wie möglich das Weite und fängt nicht an, Leute umzulegen.«

Ich sah Balke an. »Was wissen wir über diesen Piotr Voronin?«

»Dass er schweinereich gewesen ist. Und sich so gut wie ausschließlich unter Landsleuten bewegt hat. Derzeit wird seine Villa in Baden-Baden auf den Kopf gestellt. Er hat eine ziemlich zänkische Witwe, habe ich gehört. Sie macht den Kollegen mächtig Feuer unterm Hintern und droht ständig damit, sie wegen irgendwas zu verklagen.«

»Mit dieser streitbaren Dame sollten wir vielleicht mal ein paar Worte wechseln«, sagte ich langsam.

Jennifer Voronin musste vor Jahren eine attraktive Frau gewesen sein. Nicht allzu groß, hielt sie sich – selbst zu Hause auf hohen Schuhen – sehr gerade. Ihr Körper war mit teurem Schmuck behängt wie ein Tannenbaum, das Gesicht weiß vor Wut.

»Sind Sie jetzt endlich der Boss?«, kreischte sie mich an, noch bevor ich den Mund aufbekam. »Kommen Sie rein, und schaffen Sie mir diese ... diese Bande aus dem Haus!«

Auf dem kiesbedeckten Vorplatz der schlichten Gründerzeitvilla standen neben diversen Einsatzfahrzeugen ein knallroter Mercedes SLK und ein schwarzer Porsche 911 mit mächtiger Heckflosse. Das Grundstück schien nicht groß zu sein. An den Gardinen der Nachbarhäuser, vor denen ebenfalls Wagen der Hunderttausend-Euro-Klasse parkten, war Bewegung.

»Es tut mir leid, Frau Voronin, aber diese Leute tun nur ihre Pflicht. Und sie haben übrigens ein Recht darauf, hier zu sein. Immerhin ist Ihr Mann ermordet worden.«

Widerwillig knurrend und vermutlich nur wegen der neugierigen Nachbarn trat sie einen Schritt zur Seite, um uns in ihr Heim am Hang über der Baden-Badener Altstadt zu lassen. »Stimmt, Piotr ist tot!«, stieß sie mit bebender Unterlippe hervor. »Aber Sie stellen mein Haus auf den Kopf, als wäre er der Mörder und nicht das Opfer.«

»Dafür gibt es leider Gründe. Und deswegen hat ein Richter ein Dokument unterschrieben, das uns den Zutritt zu Ihrem Anwesen erlaubt.«

»Ich scheiß auf Ihre blöden Dokumente! Mein Anwalt wird Ihnen den Marsch blasen, verlassen Sie sich drauf!«

Voronins Witwe stammte offenbar nicht aus den besten Kreisen und war eindeutig badischer Abstammung.

»Können wir uns vielleicht irgendwo setzen?«

Erst zögernd, dann plötzlich eilig führte sie Klara Vangelis und mich in einen der hinteren Räume, ein Arbeitszimmer, wie es schien. Der Blick durch die hohen Sprossenfenster stellte klar, dass das Grundstück keineswegs so klein war, wie ich zunächst vermutet hatte. Am Ende einer weitläufigen Rasenfläche entdeckte ich das geschwungene Dach eines chinesisch anmutenden Pavillons.

Die Hausherrin deutete widerwillig auf eine Sitzgruppe an einem runden Tischchen, in dessen Mitte ein großer, halbvoller Kristallaschenbecher thronte. Piotr Voronin hatte zu Lebzeiten offenbar leidenschaftlich Zigarillos geraucht. Es stank nach kaltem Rauch.

»Womit hat Ihr Mann sein Geld verdient?«, lautete meine erste Frage.

Die immer noch zornbebende Witwe steckte sich ein Zigarillo an. Vielleicht befanden wir uns nicht im Arbeitszimmer ihres toten Mannes, sondern in ihrem eigenen. Der kleine antiquarische Schreibtisch schien jedoch eher ein Schmuckstück zu sein als ein Arbeitsmöbel. In dunklen Regalen an den Wänden standen Bücher, die aussahen, als wären sie nach Metern und Farbe und nicht wegen des Inhalts oder der Verfasser zusammengekauft worden.

»Sein Geld ...«, erwiderte Jennifer Voronin zögernd. »Piotr ist ... war Unternehmer. Er hat alles Mögliche gemacht. Ich weiß wenig darüber. Sie müssen mit Stanislav reden. Seinem Prokuristen. Der sollte sowieso in einer halben Stunde hier sein zur Wochenbesprechung. Ach nein ...« Sie machte eine konfuse Handbewegung, bei der ihr um ein Haar das Zigarillo hinunterfiel. »Die habe ich ja abgesagt. Letzte Woche, nachdem Piotr ...«

Klara Vangelis erhob sich und verschwand lautlos.

»Nachdem zum ersten Mal auf ihn geschossen wurde?«

Die Witwe nickte stumm und strich die Spitze ihres übelriechenden Zigarillos am Aschenbecher ab, wobei die Hälfte der Asche auf dem Tisch landete.

»Wer könnte Grund haben, Ihren Mann zu töten?«

»Keine Ahnung.« Sie nahm zwei hektische Züge. »Von seinen Geschäften weiß ich kaum was. Er wird schon hie und da wem auf den Fuß getreten sein. So ist das halt im Business. Seine Geschäftspartner sind ja auch keine Chorknaben.«

»Wie groß schätzen Sie das Vermögen Ihres verstorbenen Mannes?«

Sie zuckte die über die Jahre knochig gewordenen Schultern unter dem dünnen, elegant fallenden Seidenkleid.

»Mit solchen Sachen habe ich mich nie groß beschäftigt, wie gesagt. Das Geld war eben da, und es ist immer genug gewesen. Woher es gekommen ist, hat Piotr mir nicht erzählt, und ich wollt's auch gar nicht wissen. Das Haus dürfte zwei bis drei Millionen wert sein. Unten in der Stadt haben wir eine Boutique. Wir führen nur gute Sachen: Prada, Dolce & Gabbana, René Lezard. Ich bin die Geschäftsführerin, aber natürlich gehört die Boutique Piotr. Wir haben Gütertrennung, wissen Sie.

Er hat auch Devisengeschäfte gemacht, hab ich mal aufgeschnappt.«

»Darf ich fragen, seit wann Sie verheiratet waren?«

Sie stopfte das Zigarillo in den Aschenbecher, starrte es böse an und begann von einer Sekunde auf die andere, hemmungslos zu weinen. Ihr vermutlich mit zäher Disziplin zur Schlankheit gezwungener Körper bebte und zitterte, ihre Stimme klang wie die Schreie eines verirrten kleinen Vogels.

»Scheiße«, sagte sie nach Minuten, nahm die Hände vom mascaraverschmierten Gesicht und zog lautstark die Nase hoch. »Scheißescheißescheiße!«

Ich reichte ihr ein Papiertaschentuch und wiederholte meine Frage: »Wie lange waren Sie verheiratet?«

»Drei Jahre. Piotr war schon früher ... Zweimal. Schreckliche Weiber, die alle bloß hinter seinem Geld her waren. Die Erste, eine Russin, hat so oft gedroht, ihn umzubringen. Aber er hat sie ja nie ernst genommen, der Depp. Immer hat er nur gelacht. Und jetzt sieht man ...« Sie sah mich groß an. »Ich kann Ihnen die Adresse geben von der fetten Schlampe. Sie wohnt in Lichtental draußen. Sie können gleich hinfahren und sie verhaften, das Dreckstück.«

»Was war Ihr Mann eigentlich von Beruf? Er hat ja vermutlich etwas gelernt.«

Wieder zuckte sie die Achseln. »Über seine Vergangenheit hat er nicht gern erzählt. Ich weiß, dass sein Vater Lehrer gewesen ist und die Mutter auch. Piotr hat mal bei einer Bank gearbeitet, früher, in Russland, das weiß ich. Es ist ihm wohl nicht schlecht gegangen. Aber irgendwann hat er wohl gedacht, dass er da nichts werden kann, und ist in den Westen.«

»Wann war das?«

»Vor fünfzehn Jahren? Oder so.«

Mit zitternden Fingern steckte sie sich ein neues Zigarillo an, nahm einen gierigen Zug. Von oben hörte ich schwere Schritte auf knarrendem Parkett und halblaute Stimmen. Etwas polterte zu Boden. Draußen war Wind aufgekommen. Der Himmel hatte sich im Lauf des Vormittags bezogen.

»Wissen Sie, was er damals für einen Wagen gefahren hat?«

»Das erste Auto, das er sich in Deutschland gekauft hat, war ein Mercedes. Das hat er mir oft erzählt. Gebraucht. Aber S-Klasse natürlich.«

»Demnach dürfte er damals noch nicht Millionär gewesen sein.«

»Wohl nicht, nein.«

»Und seit wann besitzt er diese Villa?«

»Acht Jahre, glaub ich. Ja. Acht Jahre.«

»Und Sie können mir nicht sagen, wie er in der kurzen Zeit zu so viel Geld gekommen ist?«

»Nein. Kann ich nicht.«

Ich erhob mich zum Zeichen, dass ich keine weitere Frage hatte. Und natürlich hatte ich am Ende doch noch eine: »Wie haben Sie sich eigentlich kennengelernt, Ihr Mann und Sie?«

»In der Boutique.« Sie begann erneut zu weinen, fing sich aber wieder. »Ich hab da gearbeitet, wissen Sie. Und da haben wir uns kennengelernt.«

»Waren Sie damals schon Geschäftsführerin?«

Langsam schüttelte sie den Kopf mit den müden Augen und der inzwischen ziemlich derangierten Föhnfrisur.

»Verkäuferin«, murmelte sie kläglich und sah zu Boden, als müsste sie sich schämen.

Auch die zweite Frau, die ich an diesem Tag besuchte, war nicht erfreut über mein Kommen. Aber immerhin schrie sie mich nicht an.

»Sie schon wieder«, stöhnte Rosalind Dobrev zur Begrüßung. Aber ihr Blick war heute fast freundlich.

In der Wohnung war es still.

»Bitte entschuldigen Sie …«

»Schon okay.« Sie wandte sich um und ließ die Tür offen stehen.

Kurz darauf saßen wir zum zweiten Mal in ihrer heute aufgeräumten Küche.

»Wo sind denn Ihre Kinder?«, fragte ich.

»Weg«, erwiderte sie. »Das Jugendamt. Ist vielleicht besser so. Haben Sie Slavko gefunden? Ist er tot?«

»Nein. Und seinen Onkel haben wir leider auch nicht aufspüren können. Ob Ihr Mann noch lebt, kann ich nicht sagen. Ich hoffe es natürlich.«

»Der kommt nicht mehr«, murmelte sie. »Ich weiß es.«

Sie legte die Hände auf die Tischplatte und stemmte sich hoch. Dann drückte sie einige Knöpfe an einer teuer aussehenden, vollautomatischen Espressomaschine, die ich beim letzten Besuch noch nicht hier gesehen hatte.

»Auch einen?«, fragte sie über die schmale Schulter.

»Kann Ihre Maschine auch Cappuccino?«

»Weiß gar nicht, was die alles kann. Mal sehen.«

»Ich würde mit Ihnen gerne noch einmal über Ihren Mann reden«, sagte ich, als sie mir wieder gegenübersaß und zwei duftende Tassen zwischen uns standen. Für sich selbst hatte sie eine große Tasse Milchkaffee gemacht.

»Wenn es sein muss. Fragen Sie.«

»Sie können ganz offen antworten. Es interessiert mich nicht, ob Sie Ihren Mann aus Liebe geheiratet haben oder weil er dringend eine Aufenthaltserlaubnis brauchte.«

»Jetzt fragen Sie endlich«, unterbrach sie mich fast grob. »Trinken Sie Ihren Kaffee, und dann lassen Sie mich endlich in Frieden.«

Sie hatte sich hübsch gemacht, fiel mir erst jetzt auf. Die Lippen geschminkt, die Augen. Eine bunte Kullerkette zierte ihren mageren Hals, ein goldenes, möglicherweise wertvolles Band das Handgelenk. Ihr Blick war von einer Sekunde auf die andere sehr müde geworden.

»Wie lange sind Sie verheiratet?«

»Neun Jahre, elf Monate und ein paar Tage«, erwiderte sie ohne zu rechnen.

»Hat er jemals hier gewohnt?«

»Anfangs schon. Sie haben recht, natürlich, es ist eine Scheinehe. Damals, wie er nach Deutschland gekommen ist, hätte er als Bulgare noch nicht so ohne Weiteres eine Aufenthaltserlaubnis gekriegt. Anfangs haben wir wirklich zusammen hier gewohnt. Ist eigentlich ganz okay gewesen, auch wenn er immer schon ein Windhund und Hallodri gewesen ist. Wie der Alte hier aufgetaucht ist, da ist Slavko immer seltener gekommen. Aber er hat immer mal vorbeigeguckt. Geschenke für die Kinder gebracht und Geld. Nicht nur für David. Slavko ist alles in allem kein schlechter Kerl. Er ist ein Idiot, aber ein schlechter Kerl ist er nicht.«

»David ist sein Sohn?«

Sie nickte mit gesenktem Blick. »Er ist jetzt zweieinhalb. Die ganze Zeit haben wir aufgepasst, dass nichts passiert. Und dann, wie er schon gar nicht mehr richtig hier gewohnt hat, da ist es dann doch passiert.« Gedankenverloren rührte sie in ihrer Tasse.

»Was hat er früher in Bulgarien gemacht? Was waren seine Pläne, als er nach Deutschland kam?«

Sie lachte schrill auf, verstummte sofort wieder, als wäre Lachen hier verboten. Ich nahm einen Schluck aus meiner Tasse und lobte den Cappuccino.

»Pläne«, wiederholte sie und lachte noch einmal kurz. »Reich wollt er werden. Ein dickes Auto haben. Was Männer so wollen, mein Gott.« Sie nippte an ihrem Milchkaffee, verzog das Gesicht und begann, Zucker hineinzuschaufeln. »In Bulgarien war er früher beim Militär gewesen. Davon hat er aber nicht gern erzählt. Hier wollt er anfangs irgendwas mit Import machen. Sachen aus Bulgarien einführen und hier verticken. Aber den ganzen Kram mit Zoll und Umsatzsteuer hat er nicht geblickt. Dann wollt er auf einmal Autos exportieren. Gebrauchte Autos, nach Bulgarien. Das ist für 'ne Weile sogar ganz gut gelaufen. Aber dann ging es immer schlechter. Seine Landsleute wollten bald auch keine Schrottkarren aus dem Westen mehr haben. Die fahren da unten jetzt auch lieber neue Mercedes und BMW.«

Sie verstummte.

»Und dann ist also sein Onkel hier aufgetaucht …«

»Wenn der mal tatsächlich sein Onkel ist.« Rosalind Dobrev pustete in ihre Tasse. »Hab nie so ganz verstanden, um wie viele Ecken die zwei verwandt sind. Der Alte hat ihn ganz schön rangenommen, und das war gut so. Prima, hab ich anfangs gedacht, kommt er endlich zu 'nem vernünftigen Job und auf andere Gedanken. Nicht mehr diese ewigen Spinnereien. Auf einmal hat er auch richtiges Geld verdient. Nicht bloß alle Jubeljahre mal, sondern jeden Monat.«

»Und hat er Ihnen was davon abgegeben?«

Dieses Mal fiel ihr Nicken lebhaft aus. »Knauserig ist Slavko nicht. Er hat immer für die Kinder gesorgt. Aber irgendwie ist er anders gewesen, auf einmal. Hat ihm schon gutgetan, morgens aufstehen, 'nen Plan haben für den Tag, wen, der ihm sagt, wo's langgeht. Aber auf einmal hat er kaum noch mit mir geredet. Immer in Action, immer unterwegs.«

»Wenn er sich verstecken müsste, wo würde er hingehen?«

Sie zuckte die Achseln und nahm einen zweiten Schluck.

»Slavko kennt die Gegend um Heidelberg wie kaum ein Einheimischer. Mit dem Auto rumgurken oder mit dem Motorrad, das hat er am liebsten gemacht. Anfangs hat er mir abends immer lang und breit erzählt, wo er wieder überall gewesen ist. Später nicht mehr. Hat mich auch nicht groß interessiert, ehrlich gesagt. Ja, das hat ihm immer am meisten Spaß gemacht – Benzin verfahren und Löcher in die Luft gucken.«

»Er hat ein Motorrad?«

»Eine Kawa…«

»Kawasaki?«

Sie nickte. »Weiß nicht, ob er die noch hat. Oder schon wieder ein neues. Ein noch tolleres. Für Slavko konnten's ja nie genug PS sein. Irgendwann bricht er sich den Hals mit diesen Dingern, ich hab's ihm tausendmal gesagt.«

»Gibt es hier vielleicht noch Sachen von ihm?«

»Moment.« Sie erhob sich, verließ die Küche und kam Sekunden später zurück mit einem von Kinderhand bunt bemalten Schuhkarton.

»Das hier hab ich beim Aufräumen gefunden. Ist nicht viel, aber vielleicht … Nehmen Sie's. Ich brauch's nicht.«

Mit einer ratlosen Geste hielt sie mir die kleine Schachtel entgegen. Neben einer fast leeren Tube Hautcreme, der Visitenkarte eines Yamaha-Händlers, einem rostigen kleinen Schraubenzieher und einigen dünnen schwarzen Kabeln, die vermutlich zu einem Computer gehörten, enthielt der Karton eine kleine, aber vermutlich teure Digitalkamera.

»Die ist hin«, sagte Rosalind Dobrev. »Keine acht Wochen hat sie funktioniert, dann ist sie dauernd von allein ausgegangen. Slavko hat rumgemault, ist aber natürlich zu faul gewesen, sie umzutauschen. Jetzt ist wahrscheinlich die Garantie abgelaufen.«

Ganz unten im Karton entdeckte ich noch ein blaues Kunststoffkärtchen mit goldenen Kontaktflächen. Vermutlich die Speicherkarte zur defekten Kamera.

»Nehmen Sie ruhig alles mit«, sagte Rosalind Dobrev müde und rieb sich mit der flachen Hand die Stirn.

»Hat Slavko einen Computer?«

»Ein Laptop hat eine Weile hier rumgestanden, ja. Wo der hingekommen ist, weiß ich nicht. Nehme an, er hat ihn irgendwann mitgenommen.«

Ich erhob mich.

»Und was wird jetzt aus Ihnen?«, fragte ich, als ich ihr zum Abschied die Hand reichte. »Werden Sie sich eine Arbeit suchen?«

»Eine Arbeit?« Sie lachte hilflos. »Na, Sie sind lustig.«

»Irgendwas müssen Sie doch machen.«

»Ich hab die Wohnung aufgeräumt, ich hab endlich mal geputzt und ...«

»Das meine ich nicht. Sie brauchen eine Perspektive.«

»Schon klar. Eine Perspektive. Klar.«

»Wenn ich irgendwie helfen kann.« Ich gab ihr zum zweiten Mal eine Visitenkarte, da ich wenig Hoffnung hatte, dass sie die erste noch finden würde. »Egal wie, melden Sie sich. Bitte.«

»Mach ich. Ja.«

Achtlos legte sie die Karte auf den Küchentisch neben ihre Tasse.

»Jetzt muss ich erst mal schlafen. War ein bisschen viel in letzter Zeit.«

24

»Erstens«, begann Balke aufgekratzt, als er mir später in meinem Büro gegenübersaß, »in Voronins Handy sind drei Nummern mit dem Kürzel ›El‹.«

»Elisaveta?«

Er nickte eifrig. »Eine davon ist ihre offizielle Büronummer.

Die beiden anderen sind Handynummern, die aber nicht auf ihren Namen laufen. Der Typ hatte über dreihundert Nummern im Telefonbuch. Wird seine Zeit dauern, die alle zuzuordnen. Unsere Wasserleiche ist übrigens nicht darunter, das habe ich gleich als Erstes gecheckt.«

»Zweitens?«

»Prembeck müssen wir leider abhaken. In seinem Koffer habe ich neben ein paar Klamotten ungefähr dreißig hochwertige Grafikkarten für PCs gefunden, jede mit einem Marktwert von circa zweihundertfünfzig Euronen. Auf seinen Kontoauszügen sind massenhaft Zahlungseingänge von PayPal. Der Typ verhökert Computerteile bei eBay. Neben Grafikkarten auch CPUs und Festplatten.«

»Damit lässt sich Geld verdienen?«

»Auf seine Weise schon. Die Teile sind alle gefälscht. Raubkopien made in China oder Vietnam. Ist eine regelrechte Pest heutzutage. Sogar Autoersatzteile werden schon gefälscht, habe ich mal gelesen. Bremsklötze, Radlager, Kolbenringe, alles Mögliche.«

Kolbenringe? Hoffentlich zählte Herr May nicht zu denen, die gefälschte Ersatzteile einbauten. Ich sprang auf und öffnete ein Fenster. Heute war der Himmel trüb, es war windig, die Sonne ein gleißender, weißer Fleck. Aber die Luft war immer noch warm.

Als ich wieder Platz nahm, schob Balke ein Foto über den Tisch.

»Kennen Sie den?«

»Ist das nicht Akimov, der Edelgastronom?«

Er nickte. »Und sehen Sie auch, wo er gerade ist?«

»Das dürfte die Haustür der Russin sein, mit der er angeblich nichts zu tun hat. Er drückt jemandem die Hand.«

Das Foto war mit Hilfe eines guten Teleobjektivs aus größerer Entfernung aufgenommen worden. Ich fragte lieber nicht, woher mein plötzlich schelmisch grinsender Untergebener es hatte. Ich konnte es mir denken.

»Ansonsten ist übrigens die meiste Zeit tote Hose in Schriesheim«, sagte er. »Die Dame verlässt das Haus nicht mehr, und ihre Gorillas stehen sich die Füße platt.«

»Hat sie die Sicherheitsvorkehrungen verstärkt?«

»Sieht nicht so aus. Aber jetzt halten Sie sich fest, jetzt kommt der Hammer des Tages: Die DNA, die wir im Tunnel gefunden haben, ist definitiv von Schivkov. Außerdem waren da Spuren von einem anderen, die wir momentan noch nicht zuordnen können. Vielleicht von Dobrev, vielleicht von einem Dritten.«

Er schwieg für einen Moment, als wäre ihm ein Gedanke gekommen. Dann sah er mir ins Gesicht. »Halten Sie es für möglich, Chef, dass die zwei Morde und der Bankraub nichts miteinander zu tun haben?«

»Für möglich halte ich im Augenblick noch alles«, erwiderte ich. »Aber für wahrscheinlich halte ich es nicht.« Ich stützte die Ellbogen auf den Schreibtisch und rieb mir mit beiden Händen das Gesicht. »Für mich sieht das Ganze nach einem Rachefeldzug aus. Schivkov erschießt Leute von Frau Lebedeva und plündert ihre Schließfächer aus. Da muss irgendwas gewesen sein in der Vergangenheit, weshalb er sie hasst.«

»Aber, mal ehrlich, wäre das nicht kompletter Irrsinn? Zwei Leutchen gegen eine halbe Armee? Er wäre ja wahnsinnig.«

»Wer sagt uns, dass er nicht wahnsinnig ist?«

Balke erhob sich seufzend. In letzter Sekunde fiel mir Rosalind Dobrevs Karton ein. Ich schob ihn über den Tisch. »Sehen Sie mal, ob Sie mit den Sachen was anfangen können.«

Abends um kurz vor fünf summte wieder einmal mein Telefon.

»Eine Frau Goetsch«, sagte Sönnchen. »Es sei privat.«

Ich erinnerte mich an den Namen. Frau Goetsch war Oberstudienrätin am Helmholtz-Gymnasium, der Schule, die meine missratenen Töchter besuchten. Mein Adrenalinpegel schoss in ungeahnte Höhen.

»Sie sind schwer zu erreichen, Herr Gerlach«, begann die Lehrerin leutselig.

»Ich habe leider viel zu tun.«

»Das denke ich mir. Ich rufe Sie an in meiner Eigenschaft als Klassenlehrerin Ihrer Töchter.«

»Das hatte ich befürchtet.«

Ich nahm die Brille ab, warf sie auf den Schreibtisch und ergab mich in mein Schicksal.

»Ist Ihnen bekannt, dass Ihre Töchter regelmäßig Alkohol trinken?«

»Nein«, musste ich gestehen. »Bisher eigentlich nicht.«

»Ich rühre selbst keinen Alkohol an. Deshalb kann ich es riechen, wenn jemand welchen getrunken hat. Es ist auch schon vorgekommen, dass Sarah und Louise im Unterricht eingeschlafen sind.«

Das wurde ja immer toller.

»Wie oft?«

»Ein wenig zu oft.«

»Ich nehme an, meine Töchter sind nicht Ihre einzigen Schüler, die hin und wieder ein bisschen über die Stränge schlagen.«

Weshalb verteidigte ich meine Früchtchen plötzlich?

»Natürlich nicht«, erwiderte Oberstudienrätin Goetsch gnädig.

»Und was soll ich nun tun, was raten Sie mir? Sie nicht mehr aus dem Haus lassen?«

»Was Sie nun tun oder lassen, ist natürlich allein Ihre Sache. Ich möchte mir nur später nicht vorwerfen müssen, Ihnen etwas verschwiegen zu haben, was Sie vielleicht gerne gewusst hätten.«

Alte Petze! Anscheinend war sie nun beleidigt, denn sie legte grußlos auf.

Ich sank in meinen Sessel. Meine Töchter auf dem Weg zum Alkoholismus! Ich erinnerte mich, in einer der Nächte nach dem Bombenanschlag einschlägige Geräusche aus dem Bad gehört zu haben. Sollte damals eines meiner zarten Mädchen über der Kloschüssel gehangen haben? Andererseits, machten nicht viele Jugendliche in ihrem Alter ihre ersten und zum Glück meist unerfreulichen Erfahrungen mit Alkohol? Als Polizist wusste ich nur zu gut, wie jung die Schnapsleichen inzwischen waren, die meine Kollegen vom Streifendienst bei ihren nichtsahnenden Eltern abliefern mussten oder gleich in der nächsten Notaufnahme.

Aber meine Töchter?

Du lieber Himmel, was mochte als Nächstes kommen?

Als Nächstes kam ein Anruf von Thorsten Falk, dem Leiter der ausgeraubten Bankfiliale.

»Ich habe eben eine merkwürdige E-Mail erhalten, Herr Gerlach. Jemand bietet mir anonym Informationen darüber an, wo die Beute aus dem Bankraub versteckt ist.«

»Was verlangt er dafür?«

»Dazu hat er sich noch nicht geäußert. Falls ich interessiert bin, soll ich bei eBay ein bestimmtes Produkt zu einem vorgegebenen Preis anbieten.«

»Was ist das für ein Produkt?«

»Eine Bohrmaschine von Black und Decker. Ich habe mich schlau gemacht. Der Typ wird nur in den USA verkauft. Als Mindestpreis soll ich sechzig Euro nennen. In den Staaten kostet eine neue Maschine neununddreißig Dollar. Die Mail kam übrigens von einer Hotmail-Adresse und war auf Englisch.«

»Er will uns glauben machen, dass er Amerikaner ist.«

»Und was soll ich jetzt tun?«

»Bieten Sie die Bohrmaschine an«, sagte ich nach kurzem Überlegen. »Leiten Sie die Mail an mich weiter, und halten Sie mich auf dem Laufenden.«

Am Samstagmorgen hatte ich mich eben zu einem gemütlichen Wochenendfrühstück mit Zeitung, Morgensonne und ohne Töchter niedergelassen, als mein Handy surrte.

»Männliche Leiche im Neckar«, erklärte eine aufgeräumte Kollegin. »Tschuldigung, wenn ich störe. Aber ich soll Ihnen Bescheid sagen, hat's geheißen. Es sei Mord.«

»Nicht schon wieder«, stöhnte ich und ließ mein halbes Brötchen mit frischem Camembert auf den Teller sinken.

»Der Kassierer auf der Fähre bei Ladenburg hat ihn entdeckt. Vor einer halben Stunde erst. Die Frau Vangelis ist schon unterwegs, und sie hat gesagt, ich soll Sie informieren, falls Sie Ihr Handy schon anhaben.«

Kollegen von der Wasserschutzpolizei hatten den Leichnam inzwischen aus dem Neckar gefischt und an Land gebracht, erfuhr ich von Klara Vangelis, während ich in Richtung Ladenburg fuhr und mein schöner Espresso auf dem Küchentisch kalt wurde.

203

»Erschossen«, sagte sie. »Alter: vermutlich dreißig und etwas.«
Wie gestern war der Himmel milchig überzogen. Die Luft
kam mir wärmer vor als an den vergangenen Tagen. Die Sonne
stach unangenehm, und irgendwo in meinem Kopf lauerte ein
kleiner, böser Schmerz.

»Der nächste Russe?«, fragte ich, als ich neben den auf dem
Rücken liegenden Körper trat. Der Arzt hatte gerade begonnen,
ihn zu untersuchen.

Der Tote war groß, mindestens einsachtzig, breit und hatte
nussbraunes, kurz geschnittenes Haar, das ihm jetzt nass am
Kopf klebte. Die Haut war vom Wasser aufgequollen, seine
selbst im Tod noch unsympathische Visage mit krummer Nase
wollte nicht recht zu dem teuren Maßanzug passen, in dem er
steckte. Die Socken waren von Pierre Cardin, die Schuhe fehlten. Um den kurzen Hals trug er ein goldenes Kettchen. An den
Handgelenken Striemen von der Fesselung, in denen wir vermutlich dieselben blauen Fasern finden würden wie bei der ersten Wasserleiche. Und genau in der Mitte der Stirn ein kleines
schwarzes Loch.

Der rotblonde Arzt sagte, ohne aufzusehen: »Die Zähne
sehen nicht aus, als hätte ein mitteleuropäischer Zahnarzt sie
repariert.«

Während er den Körper auf der Suche nach Knochenbrüchen
oder verdeckten Verletzungen abtastete, sprach er ein wenig
Latein in sein Diktiergerät.

Das Wasser des Neckars schimmerte bleiern. Kleine Wellen
platschten träge gegen das Ufer. Wir standen auf der Rampe,
die zum Fähranleger hinunterführte, wenige Meter vom Ufer
entfernt. Ein Frachtkahn brummte flussaufwärts. Nervöse Fliegen umsummten uns. Die Luft war für die Uhrzeit zu warm – es
war noch nicht einmal halb neun. Meine Kopfschmerzen wurden allmählich stärker.

Der Arzt knöpfte das fein karierte Hemd des Toten auf,
drückte ein Stethoskop auf die Brust und klopfte ihn ab.

»Seit wann ist er tot?«, fragte ich.

»Ich bin kein Forensiker, aber wie die Haut aussieht, badet
der schon eine Weile. Ich vermute, er ist erst untergegangen, die
Lungen sind nämlich voller Wasser, und nach ein paar Tagen

wieder aufgetaucht. Das kommt von der Gärung. Im Körper bilden sich im Zuge der Verwesung Gase …«

»Man verliert echt jede Lust, im Neckar zu baden«, meinte eine junge stämmige Kollegin und biss herzhaft in ihr mitgebrachtes Leberwurstbrot.

Das gemeinsame Mittagessen begann mit Gebrüll und endete in Tränen.

Als Erstes konfrontierte ich meine Töchter mit dem Anruf der Lehrerin, ohne allerdings deren Namen zu nennen.

»Das kann nur die blöde Goetschkuh gewesen sein«, lautete Sarahs Kommentar. »Die rennt zu oft in die Kirche.«

»Klar trinken wir mal was«, gestand Louise patzig. »Machen doch alle.«

»Wär's dir vielleicht lieber, wir würden kiffen?«, giftete Sarah. »Eitsch nehmen? Was einwerfen?«

Wütend stocherte sie in ihren Spaghetti alla carbonara – statt Speck mit Räuchertofu.

Über das Thema Schlafenszeiten (»Wir sind fast sechzehn, Paps!«) kamen wir zu ihren desolaten Schulleistungen. Mein Hinweis auf ihre haarsträubenden Noten wurde mit dem uralten Argument pariert, viele berühmte Menschen hätten in ihrer Jugend schlechte Noten gehabt. Zum Beispiel Einstein. Aber heute gab ich mich nicht so leicht geschlagen. Ich verdonnerte die beiden dazu, ab sofort regelmäßig und vor allem nicht mehr auf den letzten Drücker ihre Hausaufgaben zu machen.

»Und ich erwarte, dass ihr sie mir jeden Abend unaufgefordert zur Kontrolle vorlegt, haben wir uns verstanden?«

»Und was machen wir, wenn du mal wieder nicht da bist?«, wollte Sarah wissen. »Müssen wir dann aufbleiben, bis du kommst?«

»Das werden wir sehen, wenn es so weit ist.« Schlecht gekontert, fand ich selbst.

»Hast du Stress im Büro, oder wieso bist du heute so komisch?«, fragte Louise.

»Ich bin überhaupt nicht komisch!« Ich mäßigte meine Stimme sofort wieder. Wer brüllt, verliert. »Ich mache mir Sorgen um euch, Herrgott noch mal!«

Die Diskussion entwickelte sich in die völlig falsche Richtung, wurde mir bewusst. Ich befand mich unerwartet in einer Verteidigungsposition.

»Machen wir Nägel mit Köpfen. In zehn Minuten will ich eine Liste von euch sehen mit sämtlichen Noten, die ihr in diesem Halbjahr geschrieben habt.«

»Eine Liste oder zwei Listen?«, fragte Sarah mit treuherzigem Augenaufschlag. »In manchen Arbeiten haben wir nämlich verschiedene Noten gehabt.«

Nun wurde ich doch noch einmal laut. Maulend und zeternd trollten sie sich. Exakt elf Minuten später erschienen sie wieder, jede mit einem Papier in der Hand. Vermutlich kamen sie absichtlich eine Minute zu spät und hatten, nur um mich zu ärgern, besonders unansehnliche Fresszettel genommen.

»Damit landet ihr in der Gosse«, erklärte ich kategorisch »Wenn das nicht besser wird, dann schalte ich euch das WLAN ab.«

Das fanden sie eine hundsgemeine Erpressung, was es bei Licht besehen ja auch war. Aber hin und wieder muss man seine Kinder zu ihrem Glück zwingen.

»Was ist eigentlich aus eurer Band geworden?«, fragte ich dann. »Man hört in letzter Zeit überhaupt nichts mehr davon.«

»Hä?«, fragten sie im Chor. »Was soll das denn jetzt?«

»Ihr habt mich ganz genau verstanden.«

»Wir haben doch null Erfolg gehabt.«

»Immer bloß üben und proben und üben und proben.«

»Meint ihr, erfolgreiche Bands müssen nicht üben?«

»Hat uns eben keinen Spaß mehr gemacht, manno!«

»Erst wollt ihr unbedingt reiten. Vier Wochen später macht es euch keinen Spaß mehr. Dann fangt ihr mit der Band an, und nach ein paar Monaten ist damit auch schon wieder Schluss. Mit dieser Einstellung werdet ihr in ein paar Jahren Straßen fegen und Mülleimer leeren. Und das wird euch auch keinen Spaß machen, das kann ich euch versprechen.«

»Du bist doch total gegen das Reiten gewesen!« Sarah warf ihre Gabel auf den Teller, dass es schepperte. »Du bist froh gewesen, wie wir damit aufgehört haben!«

»Stimmt«, sekundierte Louise nicht weniger wütend. »Und gegen die Band bist du auch gewesen. Von Anfang an.«

»Habe ich jemals was Derartiges gesagt?«

»Hast du nicht. Aber wir haben genau gespürt, dass du dagegen warst. Und jetzt wollen wir aufhören, und jetzt ist das auch wieder nicht recht?«

»Heute bleibt ihr jedenfalls zu Hause und lernt«, verkündete ich. Louise machte eine Geste, als würde sie sich einen Finger in den Hals stecken. »Und am Abend will ich sehen, was ihr gemacht habt. Und außerdem werde ich euch in Französisch abhören.«

Als sie sich zeternd und kreischend und mit Tränen in den Augen davonmachten, fielen Worte wie Guantanamo, Sklavenhaltung und frühes Mittelalter.

Anschließend telefonierte ich mit der Mutter ihrer Freundin Silke und erfuhr, dass auch dort die Wolken tief hingen. Immerhin schienen meine Töchter die Wahrheit gesagt zu haben, soweit es die demnächst anstehenden Klassenarbeiten und den aktuellen Stoff betraf.

Den Samstagnachmittag über geschah ein kleines Wunder: Meine Töchter lernten! Die Computermonitore blieben dunkel, es wurden weder Mails gecheckt noch SMS getippt – es wurde gearbeitet, dass mir ganz warm wurde ums wunde Vaterherz. Hin und wieder kamen sie, um mich etwas zu fragen, und öfter als befürchtet, konnte ich ihre Fragen sogar beantworten. Fast hätte man glauben können, sie seien dankbar für den Druck, unter den ich sie setzte. Pünktlich um sechs erschienen sie mit ihrem Französischbuch. Ich ließ sie Verben konjugieren und Substantive deklinieren und blamierte mich dadurch, dass ich jedes Mal kurz ins Buch blickte, bevor ich nickte.

»Du kannst überhaupt kein Französisch?«, wagte Louise endlich zu fragen.

»Doch. Im Prinzip schon. Ich habe bloß manches vergessen.«

Sarah griff sich an den Kopf, den heute eine neue, noch nie gesehene Frisur krönte. Sie hatte ihre gerstenblonden, glatten Haare am höchsten Punkt des Kopfs mit Hilfe einer pinkfarbenen Klemme zu einem lustig baumelnden Pferdeschwanz drapiert.

»Wozu hast du es dann überhaupt gelernt?«, fragte sie. »Es heißt doch immer, wir lernen fürs Leben …?«

»Manches braucht man später, manches nicht.«

»Was hast du denn gebraucht, zum Beispiel?«

Keine leicht zu beantwortende Frage.

»Deutsch«, sagte ich schließlich. »Ich muss viel schreiben und reden in meinem Beruf. Da ist es ganz praktisch, wenn man sich ausdrücken kann.«

»Und Mathe? Physik? Bio?«

»Geschichte? Erdkunde?«

»Weniger.«

»Aber das ist doch total bescheuert!«, ereiferte sich Sarah. »Da wird man zwölf Jahre lang totgenervt mit dem ganzen Scheiß, und dann kann man alles einfach wieder vergessen?«

»Das Dumme ist«, gab ich zu bedenken, »man kann vorher nicht wissen, was man später brauchen wird. Wenn jemand Ingenieur werden will, zum Beispiel, dann wird es ohne Mathe und Physik wohl kaum gehen.«

Der erwartete Einwand: »Wir wollen aber nicht Ingenieur werden« blieb aus. Stattdessen nickten sie. Und dann nickten sie noch einmal.

»Paps, jetzt haben wir den ganzen Nachmittag superbrav geschuftet«, fing Louise an. »Wir sind echt fleißig gewesen, das musst du zugeben.«

»Ja«, erwiderte ich vorsichtig. Sie zu loben war es vielleicht noch ein bisschen früh. »Gebe ich zu.«

»Meinst du nicht, wir könnten zur Belohnung ein kleines bisschen …?«

»Wir sind auch pünktlich um elf daheim«, ergänzte Sarah die zaghafte Anfrage. »Supermegagroßes Töchterehrenwort!«

25

Machatscheck hatte Neuigkeiten.

»Dieses Ereignis, nach dem Schivkov sich nach Deutschland abgesetzt hat, war ein regelrechtes Massaker«, erfuhr ich abends am Computer. Die Neuigkeit war auch für ihn noch keine halbe Stunde alt. »Irgendeine Familienfeier, ein Killertrupp mit Maschinenpistolen ist gekommen und hat alles zusammengeschossen. Es hat um die dreißig Tote gegeben, etwa ein Drittel Frauen. Außer Schivkov selbst und ein paar Kindern hat anscheinend kaum jemand überlebt.«

»Ein Racheakt der Konkurrenz?«

»Dafür sprechen in der Tat einige Indizien. Die Killer haben bulgarische Armeemunition benutzt. Ein halbes Jahr später haben badende Kinder in einem See etwa zwanzig Kilometer vom Tatort entfernt zwei MPs gefunden, die nachweislich bei der Schießerei benutzt wurden. Kalaschnikow-Nachbauten, ebenfalls aus bulgarischer Produktion.«

»Gibt es Hinweise darauf, wer hinter dem Massaker steckt?«

»Bisher nicht. Das Ganze hat sich in Chiprovtsi abgespielt, einem Gebirgsnest in der Nähe der serbischen Grenze. Es hat anderthalb Stunden gedauert, bis die ersten Polizisten aufgetaucht sind. Die kamen aus der nächsten Kreisstadt, deren Namen ich leider nicht aussprechen kann. Sie haben einen Berg Leichen gefunden, ein paar Schwerverletzte und ein paar wenige Unversehrte.«

»Schivkov war bei der letzten Gruppe?«

»Der war zu dem Zeitpunkt anscheinend schon verschwunden. Zumindest taucht sein Name in dem Protokoll nicht auf, das mein Gewährsmann für mich übersetzt hat. Das Protokoll wurde aber auch erst zwei Tage später geschrieben, als die Kripo aus Sofia sich endlich bis zum Tatort durchgefragt hatte. Man hat, so gut es eben ging, die Toten identifiziert, ein paar Überlebende verhört und Patronenhülsen eingesammelt. Von der Dorfbevölkerung hat natürlich niemand etwas gesehen oder gehört. Und am Ende haben Ihre Kollegen denselben Schluss gezogen wie Sie: Ein Mafiaclan hat einen anderen ausgelöscht. Für die war das eher eine gute Nachricht als Anlass zu kräftezehrenden Ermittlungen.«

Wir machten noch ein wenig Smalltalk, und gerade als ich das Gespräch beendet hatte, wurde ein Schlüssel ins Schloss der Wohnungstür geschoben. Ich hörte die Stimmen meiner Mädchen. Es war zweiundzwanzig Uhr neunundfünfzig.

Der Montag begann mit einer guten und einer schlechten Nachricht.

Die gute kam von Klara Vangelis per Telefon: »Sieht aus, als hätten wir das Versteck gefunden, wo die Bulgaren ihr Bauholz gelagert haben. Eine leer stehende Fabrik südlich von Ketsch.«

Die schlechte überbrachte Sönnchen: »Ich sag's ungern, Herr Gerlach. Aber es gibt schon wieder eine Wasserleiche. In der Rheinschleife bei Gernsheim. Die Mail finden Sie im Posteingang.«

Der Fundort der neuen Leiche lag in der Nähe von Darmstadt und damit in Hessen.

»Und wie kommen die darauf, dass uns das interessiert?«, fragte ich. »Denken die, wir haben zu wenig Arbeit?«

Sönnchen lachte. »Wahrscheinlich denken sie, dass wir uns mit Wasserleichen inzwischen gut auskennen.«

Die Espressomaschine im Vorzimmer zischte und brummte. Es begann, nach Kaffee zu duften.

Ich hatte die Mail – es waren einige Anhänge dabei – inzwischen gefunden und überflogen. Der unbekannte Tote war komplett bekleidet gewesen (braune Jeans und beiges Poloshirt), hatte jedoch nichts bei sich getragen, anhand dessen man ihn hätte identifizieren können. Das Gesicht war – möglicherweise durch eine Schiffsschraube – so zerstört, dass eine Rekonstruktion vermutlich nicht gelingen würde. Nach Schätzung des Arztes hatte er zwischen ein und drei Tagen im Wasser gelegen. Die Beschreibung passte auf Millionen von Männern: Einszweiundsiebzig groß, ziemliches Übergewicht, Alter zwischen fünfundvierzig und fünfundsechzig. Todesursache: Möglicherweise war er erwürgt worden. Am Körper zahlreiche Spuren von Misshandlungen. Keine blauen Kunststofffasern an den Handgelenken. Besondere Kennzeichen: siehe Attachment. Was die Hessen interessierte: Ob wir irgendeine Ahnung hatten, wer der Tote sein könnte. Der Fall hatte keinerlei Ähnlichkeiten mit unseren beiden Wasserleichen aus dem Neckar, was mich sehr beruhigte.

»Das soll Runkel übernehmen«, rief ich und leitete die Mail zusammen mit einem Einzeiler an meinen Untergebenen weiter.

Nach einem eilig hinuntergestürzten Kaffee machte ich mich auf den Weg zu der verlassenen Fabrik, wo die Bulgaren den Coup vorbereitet hatten. Vangelis hatte einen Arzttermin, deshalb fuhr Balke den Wagen. Rolf Runkel saß hinten für den Fall, dass später jemand am Fundort zurückbleiben musste.

»Es ist eine ehemalige Ziegelei am Rhein«, klärte ich meine Begleiter auf. »Es hat da in der Nacht von Samstag auf Sonntag gebrannt. Die Gebäude stehen seit Jahren leer und sollten eigentlich längst abgerissen werden.«

Balke bog von der A 656 auf die A 6 in Richtung Süden.

»Ich hab mir übers Wochenende mal diese Memorycard von Dobrev angesehen«, berichtete er und überholte einen Bus, der die linke Spur gepachtet zu haben schien, auf der rechten. »Leider nichts von Interesse. Nur zwei Amateurvideos. Auf einem sieht man ein paar Bauernlümmel mit ein paar Mädels beim Picknick am See. Auf dem zweiten ist irgendein großes Besäufnis in einer Kneipe. Teilweise sind dieselben Typen drauf. Ich will aber sicherheitshalber noch nach gelöschten Dateien suchen.«

Er bremste, setzte den Blinker und verließ die Autobahn.

»Irgendwelche Erkenntnisse zur neuen Wasserleiche?«, fragte ich.

»Unsere oder die aus dem Rhein?«

Offenbar hatte die Nachricht vom Leichenfund der hessischen Kollegen schon die Runde gemacht.

»Unsere natürlich.«

»Der Typ hat Tätowierungen mit kyrillischen Schriftzeichen am Rücken und an den Oberarmen. Und was der Arzt am Samstag vermutet hat, ist inzwischen bestätigt: Der hat mindestens eine Woche im Wasser gelegen, eher länger.«

»Das heißt, er ist ungefähr zur selben Zeit erschossen worden wie die erste Wasserleiche.«

Wir fuhren durch eine Ortschaft, dann ging es weiter über eine Landstraße in Richtung Süden.

Balke schien plötzlich ein Gedanke gekommen zu sein. Er zückte sein Handy und begann, während er fuhr, mit flinkem Daumen eine SMS zu tippen.

»Ich dachte, das ist verboten?«, sagte ich, während ich misstrauisch die schmale Straße vor uns beobachtete.

»Echt?« Balke tippte ungerührt weiter. »Dass man beim Fahren nicht mit dem Handy telefonieren soll, hatte ich schon gehört. Aber von SMS war doch nie die Rede.«

Es gelang ihm, seine Nachricht zu Ende zu bringen, ohne von der Straße abzukommen. Wir fuhren durch einen weiteren Ort. Minuten später setzte er erneut den Blinker. Rolf Runkel, der während der Fahrt eingenickt war, kam wieder zu sich. Wir waren da.

Eine schmale Kollegin mit warmem Lächeln erwartete uns auf dem großen Parkplatz des verwahrlosten Fabrikgeländes. Hinter dem Steuer eines Streifenwagens, der im Schatten eines großen Kirschbaums parkte, nutzte ein hagerer Kollege die Zeit für ein Nickerchen. Wenige Hundert Meter südlich von uns ragte der mächtige, blaulackierte Pylon der Autobahnbrücke bei Speyer in den Himmel. Nicht weit von uns brummte ein Schiff stromaufwärts, das wir jedoch wegen des Uferwalds nicht sehen konnten.

Wir betraten das weitläufige Gelände, das durch einen Absperrzaun nur provisorisch gegen unerwünschte Besucher gesichert war. Vor dem offen stehenden Tor einer kleinen Halle blieb die Kollegin, die sich als Polizeihauptmeisterin Schütte vorgestellt hatte, stehen. Das Gebäude bestand im Wesentlichen aus Backsteinen, einem rostigen Wellblechdach und vergittertem Glas in den oberen Bereichen der Wände. Auch das große, krumme und jetzt weit offen stehende Rolltor war mit drahtverstärktem, an vielen Stellen gesprungenem Glas lichtdurchlässig gemacht. Um den Spalt zwischen Wänden und Dach herum war das Blech schwarz verfärbt vom Ruß.

Ich hörte den Verkehr auf der A 61 rauschen.

»Es gibt einen Zeugen, der hier in letzter Zeit öfter einen blauen Pritschenwagen gesehen haben will«, eröffnete uns die Kollegin. »Da habe ich gedacht, das wird Sie vielleicht interessieren.«

Sie und ihr schläfriger Kollege gehörten zum Polizeirevier Hockenheim.

Neben dem Hallentor duftete ein wild wuchernder Fliederbusch. Aus den Ritzen zwischen den Betonplatten am Boden wuchs Löwenzahn. In der Ecke lag neben einem Haufen Ziegelbruch eine umgekippte Mülltonne. Wir traten ins Halbdunkel der Halle. Innen roch es brandig. Im gesamten hinteren Teil waren Wände und Decke schwarz und der Boden nass vom Löschwasser der Feuerwehr, die hier in der Nacht auf Sonntag tätig gewesen war.

»Ich hoffe, das Ding wird jetzt endlich abgerissen«, meinte Kollegin Schütte. »Die Firma, der das Areal gehört, ist pleite, und jetzt streitet die Stadt seit Ewigkeiten mit dem Inhaber rum, wer für die Abrisskosten aufkommen muss. Und wir haben den Ärger mit der Halle. Weil sie so schön einsam liegt, treibt sich hier immer wieder alles mögliche Gesindel rum. Penner oder Jugendliche, die die Halle zur Disco umfunktionieren.«

Balke streifte mit den Händen in den Taschen herum und besah sich die feuchte Bescherung. Hinten links befand sich ein alter, dreckverkrusteter Spülstein, einige Schritte davon entfernt stand ein wackeliger Tisch mit Chrombeinen und Kunststoffoberfläche, auf dem zahllose, überwiegend leere Bierflaschen standen. Am Boden Zigarettenkippen, ketchupverklebte Hamburgerverpackungen und Pommestüten. Vier verbogene Stühle im selben Design wie der Tisch. In der anderen Ecke entdeckten wir neben einem Stapel Bauholz drei teilweise angekokelte Matratzen. Auch darum herum leere Flaschen, Kippen und Red-Bull-Dosen.

»Weiß man schon, wie der Brand entstanden ist?«

»Wie es aussieht, haben wieder mal ein paar Kids ordentlich Party gemacht. Vielleicht ist es ihnen zu kalt geworden, und sie haben ein Feuerchen angezündet?«

»Zu meiner Zeit hieß es, eine Party, bei der die Polizei nicht kommt, taugt nichts«, meinte Balke. »Aber auch noch die Feuerwehr – Kompliment. Muss ein tolles Fest gewesen sein!« Er sah um sich, als sehne er sich nach seiner Jugendzeit zurück.

»Steht das Tor eigentlich immer offen?«, fragte ich.

»Natürlich nicht«, erwiderte die Kollegin. »Da hängt eine schwere Kette mit einem Schloss. Aber die schrauben einfach den Beschlag ab, wenn sie rein wollen. Außerdem …« Sie wies auf die Fenster an der Rückfront der vielleicht acht mal zwölf Meter messenden Halle, »das eine Fenster schließt auch nicht mehr. Hier kann jeder rein und raus, wie's ihm passt. Immerhin sind sie wenigstens so anständig gewesen, die Feuerwehr anzurufen, bevor sie sich verkrümelt haben.«

Man brauchte kein Fachmann zu sein, um zu erkennen, dass die nicht verbrannten Balken und Bohlen große Ähnlichkeit hatten mit denen, die wir im Tunnel gesehen hatten. Runkel hob ein Brett hoch, das zwar durch und durch nass, ansonsten jedoch unversehrt war, betrachtete es missmutig und ließ es wieder fallen.

Balke zog die Schublade unter der Tischplatte auf. »Hier ist was!«, rief er und begann, seinen Fund auf dem Tisch auszubreiten.

Es waren etwa zehn aus einem Spiralblock gerissene Blätter. Skizzen, Berechnungen, Notizen in einer Schrift, die wir nicht lesen konnten. Die Skizzen dagegen verstanden wir auf den ersten Blick. Was hier vor uns lag, waren einfache, aber sauber ausgeführte Pläne für den Tunnel. Die Berechnungen schienen die Mengen an Holz zu betreffen, die man benötigt hatte, die Längen der Balken, Bohlen und Stützen.

Ein enormer Haufen Sägemehl und Holzabfälle an der westlichen Seitenwand und eine museumsreife Kreissäge verrieten, dass die Bulgaren ihr Baumaterial hier nicht nur gelagert, sondern auch zugeschnitten hatten. Gleich rechts neben dem Hallentor stand ein kleiner Stromgenerator japanischen Fabrikats, der vermutlich den Strom für die Säge erzeugt hatte. Zum Glück hatte es auf dieser Seite nicht gebrannt. Die Matratzen stammten vielleicht ebenfalls von Schivkov und seinen Helfern und nicht, wie ich zunächst angenommen hatte, von den feiernden Jugendlichen.

Ich hob einen etwa vierzig Zentimeter langen Span auf, der von einem glatt gehobelten Brett abgebrochen war, drehte ihn ratlos zwischen den Fingern, warf ihn auf den großen Haufen der Holzabfälle.

Runkel war inzwischen irgendwohin verschwunden. Balke gähnte. Die Polizeihauptmeisterin sah mich erwartungsvoll an. Ich überlegte, ob es sich lohnte, die Spurensicherung anzufordern. Da kam Runkel zurück, begleitet von einem verlegenen Rentner im Outdoor-Anzug mit Bügelfalte, der sich nicht durch das Tor traute.

»Chef«, rief Runkel aufgeregt. »Kommen Sie mal?«

Bei dem Rentner handelte es sich um den Angler, der den blauen Lieferwagen gesehen hatte, klärte mich Kollegin Schütte auf, während wir auf die beiden zugingen. Sie klang, als würde sie nicht allzu viel auf seine Aussage geben.

»Gerber«, stellte sich der Rentner mit einer Stimme vor, die nach viel zu vielen Zigaretten klang, und machte eine devote Verbeugung angesichts der Obrigkeit.

»Herr Gerber hat uns was Wichtiges zu sagen«, erklärte Runkel stolz und sah den Angler auffordernd an.

»Da ist nämlich ein Auto«, nuschelte der Angler mit hartnäckig gesenktem Blick. »Da hinten liegt ein Auto im Wasser.« Er machte eine unbestimmte Geste in die Richtung, wo wir hergekommen waren. »Ich hab's schon letzte Woche gemeldet. Aber bisher ist nichts passiert.«

»Der Herr Gerber meldet uns öfter mal was«, raunte mir die Kollegin ins Ohr. »Und meistens ist es am Ende lauwarme Luft.«

Bis zu der Stelle, wo das Auto angeblich im Wasser lag, mussten wir ein Stück die Straße entlanggehen, die hier auf dem Hochwasserdamm verlief. Dann wurde der Wald lichter, und der Blick auf einen malerischen kleinen See öffnete sich. Kollegin Schütte erklärte mir, es handle sich um ein Stück eines Altrheinarms, der häufig von Anglern und Wassersportlern frequentiert wurde. Herr Gerber führte uns eilfertig an eine bestimmte Stelle am Ufer. Rechts und links von uns lagen einige mehr oder weniger vollgelaufene Nachen im Wasser. Es roch nach Moder, Fruchtbarkeit und brakigem Wasser.

»Was fängt man hier denn so?«, fragte Runkel leutselig.

»Nicht mehr viel«, erwiderte unser Zeuge mürrisch. »Das meiste fressen die Kormorane, diese Mistviecher!«

»Und wo ist nun das Auto?«, fragte ich ungeduldig.

»Na, da!« Gerber wies auf das trübe Wasser vor uns. »Man kann's natürlich nicht sehen, in der Dreckbrühe.«

»Das heißt, Sie haben es überhaupt nicht gesehen?«

Gerber erschrak bei meinem vielleicht eine Spur zu groben Ton.

»Nicht direkt«, gestand er kleinlaut.

»Und wie kommen Sie dann auf die Idee …?«

»Gucken Sie doch hin. Hier, die Reifenspuren!«

Er hatte recht. Wir standen praktisch darauf. Nach dem Abstand der Reifen zu schließen, stammte die Spur von einem Pkw. Und sie führte schnurstracks ins Wasser.

»Sie organisieren bitte alles Notwendige«, wies ich Rolf Runkel an. »Wir fahren dann zurück.«

Er schien nicht traurig zu sein über seine neue Aufgabe.

Während der Rückfahrt bat ich Balke, mich in dem Industriegebiet südlich von Wieblingen abzusetzen.

»Mein Auto ist fertig.«

»Sie geben Ihren Wagen in eine solche Klitsche?«, fragte er erschrocken, als er vor Herrn Mays Reparaturwerkstatt die Handbremse anzog.

Der Inhaber trat gerade friedlich grinsend aus seiner Werkstatt. Wieder hielt er seinen öligen Lappen in den Händen, und wieder war mir nicht klar, ob der Lappen von den Händen oder die Hände vom Lappen schmutzig wurden.

»Da drüben.« Er wies mit dem Kinn nach links. »Da steht Ihr gutes Stück.«

»Alles wieder in Ordnung?«

»Läuft wie ein Örgelchen. Der Motor macht glatt noch mal dreihunderttausend, wenn Sie nett zu ihm sind.«

Beim Anblick meines guten alten Peugeot wurde ich ganz rührselig. Balke wendete ohne weiteren Kommentar, winkte kurz und fuhr davon.

»Und was bin ich Ihnen nun schuldig?«, fragte ich Herrn May.

»Sagen wir … unter Brüdern …« Er sah zum Himmel, rechnete lautlos. Er rechnete und rechnete, und ich begann das Schlimmste zu fürchten. Ich Idiot hatte keinen Kostenvoranschlag verlangt, nicht einmal ein Händedruck hätte unser Geschäft besiegelt. Wie dämlich musste ein Mensch eigentlich sein, sich auf so etwas einzulassen?

Ich hörte Herrn May bedrohliche Worte murmeln wie: Kopfdichtung, Ölfilter, Kaltreiniger, Leichtlauföl.

»Also gut«, seufzte er endlich. »Weil Sie mir so sympathisch sind – sagen wir zwölfhundert?«

Das war weniger, als er zu Beginn veranschlagt hatte. Erheblich weniger.

Wäre der Mann nicht so unglaublich schmutzig gewesen, ich hätte ihn an meine Brust gedrückt.

»Hab Ihnen gleich noch eine Plakette spendiert«, erklärte der gute Herr May. »Die grüne kriegt er natürlich nicht. Aber mit der gelben dürfen Sie ja auch in die Stadt fahren. Ölwechsel hab ich gleich mit gemacht. Jetzt sollten Sie erst mal für ein Weilchen Ruhe haben.«

»Sie sind ein guter Mensch«, sagte ich bewegt und drückte seine ölige Hand. »Ich werde Sie weiterempfehlen.«

»Bloß nicht!«, erwiderte er erschrocken. »Weiß so schon nicht, wie ich die ganzen Aufträge fertigkriegen soll.« Dann lächelte er wieder. »Ich nehm auch nicht jeden als Kunden, wissen Sie. Aber falls bei Ihnen wieder mal was ist …«

Ich zählte vierundzwanzig Fünfziger in seine schwielige Rechte, legte noch einen fünfundzwanzigsten obenauf und behielt immer noch einen ansehnlichen Packen übrig.

Herr May überreichte mir mit zwei Fingern die Schlüssel.

»Und auf den nächsten tausend Kilometern rasen Sie mal nicht so«, gab er mir mit auf den Weg.

»Ich rase nie«, antwortete ich und drehte den Zündschlüssel. Der Motor sprang bei der ersten Umdrehung an und schnurrte wie eine zufriedene Katze. Ich fuhr zur Polizeidirektion. Im Auto roch es nach Werkstatt und ehrlicher Arbeit. Die Sonne schien. Das Leben war schön.

Als ich auf den Parkplatz der Direktion einbog, wurde mir bewusst, dass ich weder eine Rechnung noch eine Quittung erhalten hatte, und auch von Umsatzsteuer war keine Rede gewesen. Aber daran war jetzt wohl nichts mehr zu ändern.

Außerdem summte gerade mein Handy. Runkel, verriet das Display.

»Da liegt wirklich ein Auto im Wasser. Wir sind mit einem Kahn raus und haben mit einem Ast gestochert.«

»Bis wann haben Sie es draußen?«

»Feuerwehr ist unterwegs. Sie bringen einen Taucher mit. Ich schätze, in zwei, drei Stunden?«

Runkel hielt Wort. Noch vor dem Essen meldete er sich erneut. Der Wagen aus dem Altrheinarm stand wieder auf dem Trockenen. Es war Akimovs gestohlener Mercedes. Der, aus dem die Brandgranaten ins Bella Napoli geflogen waren.

26

»Was soll das denn jetzt wieder?« Balke blickte ungehalten um sich. »Sollen wir jetzt glauben, die Bulgaren hätten ihren Schuppen selbst abgefackelt, oder was?«

Ich war nicht minder ratlos.

»Sie haben ja auch ihren Cayenne selbst in die Luft gejagt«, warf Vangelis ein, die inzwischen vom Arzt zurück war.

»Klar«, maulte Balke, »da ging's um die Bank. Da hatten sie was von. Aber wo, bitte schön, ist der Erfolg, wenn sie ihre eigene Existenzgrundlage vernichten?«

»Aus irgendeinem Grund will man uns glauben machen, dass es einen Bandenkrieg gibt.« Klara Vangelis schob sich eine ihrer schwarzen Locken hinters Ohr. »Die Frage ist: Wozu?«

»Um uns zu verwirren?«, schlug ich vor. »Um Zeit zu gewinnen?«

»Zeit wofür?«

»Um irgendeinen Scheißplan zu Ende zu bringen, den wir immer noch nicht kennen.« Balke raufte sich die regelmäßig selbstgeschnittene, ultrakurze Blondhaarbürste.

Ich lehnte mich in meinem Chefsessel zurück, legte die Zeigefinger an die Lippen.

»Lassen Sie uns mal versuchsweise davon ausgehen, dass Schivkov wirklich die drei Russen auf dem Gewissen hat. Vielleicht haben wir es tatsächlich mit einem Rachefeldzug zu tun. Er will dieser Frau Lebedeva um jeden Preis schaden. Sogar um den Preis, dass sein eigenes Restaurant in Flammen aufgeht. Er stielt ihr Geld, er bringt nach und nach ihre Leute um ... «

»Diese Schießerei in Bulgarien, bei der angeblich Schivkovs Familie umgekommen ist«, grübelte Balke, immer noch wütend. »Vielleicht steckt da gar nicht die bulgarische Konkurrenz dahinter, sondern die Russen?«

»Gibt es in Bulgarien eigentlich noch die Blutrache?«, fragte Vangelis und sah der Reihe nach mich, Balke und Rolf Runkel an. Runkel war inzwischen zurück, hatte bis zum Knie nasse Hosenbeine und bisher kein Wort gesagt. Er guckte ungefähr so dumm, wie wir alle uns in diesem Moment fühlten.

Niemand wusste eine Antwort auf Vangelis' Frage.

»Auf dem Rücksitz von dem Mercedes haben wir übrigens eine Holzkiste gefunden.« Nun hatte Runkel doch etwas gesagt. »Da sind wahrscheinlich die Brandgranaten drin gewesen. Hab sie sicherheitshalber mal mitgebracht. Man weiß ja nie.«

»Was ist, gehen wir essen?« Balke erhob sich ächzend. »Vielleicht sehen wir hinterher klarer?«

»Eine Kleinigkeit noch«, sagte ich. Er sank wieder auf seinen Stuhl. »Das hätte ich um ein Haar vergessen.«

Ich berichtete den dreien von der anonymen Mail an den Filialleiter der Bank.

»Da behauptet einer, er wüsste, wo die Beute versteckt ist?«, fragte Vangelis.

Ich nickte. »Ich vermute, ein Trittbrettfahrer. Herr Falk wird mich auf dem Laufenden halten. Und jetzt gehen wir wirklich essen.«

Als ich später satt, aber alles andere als zufrieden in mein Büro zurückkehrte, stand neben meinem Schreibtisch eine hellgrüne Plastikwanne, in der eine völlig durchnässte, etwa dreißig mal vierzig Zentimeter große Holzkiste lag. Der Deckel dazu, in dessen Rändern noch die Nägel steckten, lag lose auf der Kiste.

»Das hat der Herr Runkel vorhin gebracht«, klärte Sönnchen mich auf. »Sie wüssten schon, hat er gesagt.«

Missmutig schob ich die Wanne, in der ein wenig trübes Wasser schwappte, in die hinterste Ecke meines Büros. Am Deckel der Holzkiste fehlte ein Teil. Beim Aufhebeln war offenbar ein Stück Holz in Form eines länglichen Dreiecks abgebrochen.

»Was da oben drauf steht«, meinte Sönnchen eifrig, »das muss Arabisch sein. Oder Israelisch.«

»Sie kennen sich damit aus?«

»Na ja, auskennen …« Sie kicherte wie ein Teenager. »Ich bin vor Jahren mal in Jerusalem gewesen, mit dem Chor. Und da waren überall diese komischen Kringel auf den Wegweisern.«

Ich setzte mich an meinen Schreibtisch und versuchte nachzudenken.

Noch gab es keinen Beweis dafür, dass Schivkov sein Lokal selbst in Brand gesteckt hatte. Den Mercedes konnte irgendjemand in der Nähe seines Unterschlupfs versenkt haben. Vielleicht zufällig, vielleicht auch, um mich genau das glauben zu lassen, was zu glauben ich mich weigerte. Aber einmal angenommen, die Bulgaren hätten tatsächlich ihr eigenes Lokal niedergebrannt, was würde das bedeuten?

Ging es vielleicht einfach nur darum, den Russen so lange auf die Nerven zu gehen, sie so lange zu reizen, bis sie endlich die Maske der biederen Geschäftsleute fallen ließen und zurückschlugen?

Ich erhob mich und trat ans Fenster. Draußen herrschte heute eine fast hochsommerliche Wärme. Gut gelaunte Menschen waren in T-Shirts unterwegs, die Damenwelt zeigte winterblasse Haut. Ein leichter Wind ging, und plötzlich dachte ich an Theresa.

Übers Wochenende hatte ich ihr Buch zu Ende gelesen, ihr mehrere SMS voller überschwänglicher Komplimente geschickt, die sie allesamt eher einsilbig beantwortet hatte. Dabei hatte ich mich tatsächlich gut unterhalten.

Die Geschichte von Kurfürst Carl Theodor (1724–1799)

und seiner lebenslustigen Elisabeth Auguste (1721–1794) hatte mich sogar zum Lachen gebracht. Während üblicherweise die Damen im Liebesreigen die Geprellten waren, war es hier genau umgekehrt gewesen: Die Kurfürstin hatte neben ihrer Ehe ein höchst abwechslungsreiches Leben geführt voller amouröser Abenteuer und Seitensprünge. Nebenbei hatte sie ihren kränklichen und oft verzagten Carl Theodor weitgehend von der Last des Regierens befreit. Erst im Alter von fast vierzig Jahren war es ihm gelungen, sich allmählich aus der »Dominanz seiner Gemahlin zu befreien«, und prompt wurde die Kurfürstin zum ersten Mal schwanger. Die Liebe geht oft verschlungene Wege. Der Kurprinz starb jedoch bei der Geburt, und alle Hoffnungen auf ein erträgliches Zusammenleben zwischen Fürst und Fürstin waren dahin.

Vielleicht sollte ich Theresa einfach anrufen? Vielleicht ließ sich manches am Telefon besser klären als Auge in Auge? Liebekind war in seinem Büro, wusste ich. Sie war vermutlich allein.

Ich zückte mein Handy und suchte ihre Nummer.

Sie nahm beim zweiten Tuten ab.

»Hi«, sagte sie fröhlich. »Schön, dass du dich meldest.«

»Ich habe Sehnsucht nach dir.«

»Hat sich am Donnerstag nicht so angefühlt.«

Sie lachte. Immerhin.

»Sollen wir es heute Abend noch mal miteinander versuchen?«

»Du klingst auf einmal ganz anders. Fast wieder wie früher.«

»Du übrigens auch.«

Sie lachte schon wieder. »Weißt du, was mir klar geworden ist? Ich habe ein ziemlich schlechtes Gewissen dir gegenüber. Frag mich bitte nicht, warum.«

»Warum?«

»Das weiß ich doch selbst nicht. Ich habe übrigens Egonchen gegenüber auch ein schlechtes Gewissen.«

»Wieso? Er profitiert doch davon, dass du bei ihm geblieben bist, als …«

»Als er festgestellt hat, dass er schwul ist. Du darfst es ruhig aussprechen. Vielleicht hast du recht. Ich war weder zu ihm noch zu dir wirklich ehrlich in den letzten Monaten. Ehrlich wäre gewesen, ihn zu verlassen. Aber ich habe mich über die Jahre so an ihn gewöhnt. Wir verstehen uns immer noch blendend. Eine Weile hatte ich gehofft, es klappt vielleicht doch noch mit Kindern.«

»In deinem Buch habe ich gelesen, dass Liselotte von der Pfalz auch mit einem homosexuellen Mann verheiratet war. Sie hat drei Kinder von ihm gehabt.«

Theresa lachte schon wieder. »Dabei hat sie angeblich ›das Handwerk, Kinder zu machen‹ gar nicht so geliebt.« Ihr Lachen tat mir unbeschreiblich gut. »Im Gegensatz zu mir, wie du ja am besten weißt.«

»Seit wann macht man Kinder mit der Hand? Das bringt mich übrigens auf eine Idee …«

»Das geht leider nicht.« Sie seufzte wohlig und kicherte albern. »Ich bin auf dem Weg zum Frauenarzt.«

»Eine Frage noch, bevor du auflegst. Und bitte eine ganz spontane Antwort: Du hast eine Bank ausgeraubt und musst die Beute vorübergehend verstecken. Du hast noch etwas zu erledigen, bevor du dich irgendwo in deiner neuen Villa am Meer niederlässt.«

»Irgendwann mal am Meer zu wohnen, war immer schon mein Traum. Wo ist die Bank, die ich ausrauben soll?«

»Du sollst jetzt keine Witze machen. Wo würdest du das Zeug verstecken? Es sind vielleicht zwei, drei mittelgroße Koffer.«

»Verbuddeln, irgendwo? Unter einem einsam stehenden Baum im Odenwald? In einem alten Grab auf dem Bergfriedhof?«

»Nicht besonders originell.«

»Wo versteckt man am besten eine Bierflasche?«

»Erstens bin ich es, der hier die Fragen stellt, und zweitens trinke ich nur selten Bier.«

»In einer Bierkiste natürlich.«

»Hoffentlich muss ich Sie nie als Zeugin vernehmen, Frau Liebekind«, sagte ich. »Mit Ihnen ist wirklich gar nichts anzufangen.«

Als ich das Handy wieder einsteckte, fühlte ich mich so gut wie seit vielen Tagen nicht. Die Sonne schien noch schöner als zuvor. Im Vorzimmer telefonierte Sönnchen mit jemandem, den sie offenbar gut leiden konnte. Mir wurde bewusst, dass ich fast nichts über ihr Privatleben wusste. Sie sang im Kirchenchor und spielte hin und wieder mit eher mäßigem Erfolg Tennis. Sie war geschieden, oder ihr Mann war gestorben. Nicht einmal das wusste ich genau. Aber wie verbrachte sie ihre Abende? Gab es da jemanden, von dem ich nichts wusste?

Ich setzte mich wieder an meinen Schreibtisch.

Obwohl ich immer noch nicht die Spur eines Beweises in der Hand hielt, war ich überzeugt, dass Schivkov hinter den drei Morden steckte. Aber weshalb gerade diese Opfer? Voronin, der im Lebedev-Clan sicherlich nicht zu den kleinen Lichtern gehört hatte, zwei unbedeutende Handlanger und Kleinkriminelle und nun auch noch ein fast Sechzigjähriger ohne Gesicht. Weshalb nicht Frau Lebedeva selbst? Weil sie zu gut geschützt war? Weil das, wofür Schivkov sich möglicherweise rächen wollte, in die Zeit fiel, als ihr Mann noch die Entscheidungen traf und die Befehle gab?

Fragen über Fragen und nirgendwo Antworten.

Und wieder und wieder: Was sollte dieser völlig sinnlose Brandanschlag auf das Bella Napoli?

Mir kam ein Gedanke.

Ich drückte die Taste, die mich mit Balke verband.

»Sie waren doch ziemlich früh vor Ort, als das Bella Napoli brannte?«

»Stimmt. Ich bin fast noch vor der Feuerwehr dort gewesen.«

»Wer hat die eigentlich alarmiert?«

»Moment. Haben wir gleich.«

Er legte auf. Nicht einmal eine Minute später war er wieder in der Leitung.

»Prembeck. Er hat zufällig aus dem Fenster gesehen und den Anschlag live beobachtet.«

»Der sieht ja wirklich ziemlich häufig aus dem Fenster. Wurde er in der Sache vernommen?«

»Ähm.« Balke raschelte ein wenig mit Papier. »Ich fürchte fast, das hat irgendwer verbaselt. Aber die Männer in dem Mercedes hat er aus seiner Perspektive bestimmt nicht erkennen können.«

» Trotzdem sollten Sie das schleunigst nachholen. Was ich aber eigentlich wissen wollte: War zum Zeitpunkt der Brandstiftung jemand im Haus?«

» Sie meinen, Schivkovs Nüttchen?« Balke überlegte kurz. » Soweit ich mich erinnern kann, war da niemand. Das Haus war leer. Denken Sie, das war Absicht? Wie bei dem Cayenne?«

» Es wäre ein Indiz dafür, dass Schivkov vielleicht doch der Brandstifter ist.«

» Fast hätte ich's vergessen«, sagte Balke, als ich im Begriff war aufzulegen. » Gestern Nachmittag hat es in Schriesheim eine Art Krisensitzung gegeben, ist mir zu Ohren gekommen. Und wie der Zufall so spielt, sind mir Fotos von den Teilnehmern in die Hände geraten. Ich beame sie Ihnen rauf.«

Auch die neuen Fotos aus Schriesheim waren mit einem Teleobjektiv aufgenommen worden. Der Fotograf musste sie aus einem der Häuser an der gegenüberliegenden Straßenseite gemacht haben, etwa zweihundert Meter südlich von Elisaveta Lebedevas Villa. Drei Männer sah ich auf den fünf kurz nacheinander geschossenen Fotos und eine Frau, alle geschäftsmäßig gekleidet, mit ernsten Mienen und Aktenkoffern. Die vier hatten die Russin am Sonntagnachmittag aufgesucht und waren knapp zwei Stunden geblieben. Die An- und Abreisezeiten waren in Balkes Mail auf die Minute genau vermerkt. Keines der Gesichter kam mir bekannt vor. Ich kopierte sie auf Machatschecks USB-Stick und beschloss, die Bilder an den Journalisten weiterzuleiten.

Anschließend begann ich, in meinem Büro auf und ab zu gehen, weil ich so manchmal besser denken kann als im Sitzen. Aber es half nichts. Meine Gedanken drehten sich im Kreis wie ich selbst. Was ich brauchte, waren Fakten, Beweise, Indizien und keine Spekulationen. Irgendwann fiel mein Blick auf die hellgrüne Plastikwanne in der Ecke, auf die allmählich trocknende Holzkiste. In mir blitzte eine Erinnerung auf.

Ich betrachtete den Aktenstapel auf meinem Schreibtisch, der dringend auf Zuwendung wartete, die so harmlos in der Wanne am Boden stehende Holzkiste mit möglicherweise israelischem Aufdruck. Schließlich klopfte ich auf meine Hosentasche, um mich zu vergewissern, dass der Autoschlüssel darin steckte, und machte mich auf den Weg.

Das Tor der Halle war inzwischen wieder ordentlich verschlossen, mit der alten Kette und einem neuen Vorhängeschloss. Darüber und darunter prangten amtliche Siegel. Zum Glück wusste ich von der Kollegin, dass es an der Rückseite des Gebäudes ein Fenster gab, das sich nicht richtig schließen ließ. Ich packte die umgekippte Mülltonne und umrundete mit ihr im Schlepptau das Gebäude. Quer vor dem Fenster liegend, erleichterte sie meinen Einbruch sehr.

Innen war es dunkler als am Vormittag, da das Tor jetzt geschlossen war. Versuchsweise drückte ich einen Schalter, aber der Strom war natürlich abgestellt. Ich wartete ein wenig, bis meine Augen sich an das Dämmerlicht gewöhnt hatten. Dann machte ich mich an die Suche. Obwohl der Holzhaufen riesig war, dauerte es nur Sekunden, bis ich den Span gefunden hatte. Den länglichen Span, den ich am Vormittag selbst auf diesen Haufen geworfen hatte. Ohne es ausprobiert zu haben wusste ich: Dieses Holzstück passte exakt zum Deckel der Kiste in meinem Büro. Die Kiste mit den Brandgranaten war hier, im Versteck der Bulgaren, geöffnet worden.

Nun ließ es sich nicht mehr leugnen: Schivkov hatte sein eigenes Restaurant in Brand gesteckt. Zu welchem Zweck auch immer.

Als ich mich mit meiner bescheidenen Beute wieder auf den Kletterweg nach draußen machte, fiel mein Blick auf etwas, das ein paar Meter entfernt hinter einigen an die Wand gelehnten Brettern lag. Eine pinkfarbene Haarklammer. Ich angelte das Ding hinter den Brettern hervor und steckte es ein. Dann kletterte ich aus der feuchten Schwüle der Halle zurück in die warme, trockene Mailuft.

Vielleicht war meine Vermutung vor einigen Tagen doch nicht so falsch gewesen – vielleicht war Anton Schivkov schlicht und einfach verrückt geworden? Lief Amok gegen die halbe Welt und sich selbst?

Als ich in den Wagen stieg, zeigte die Uhr am Armaturenbrett halb fünf, und ich war müde. Ich wendete, wurde für einen

Moment von der Sonne geblendet, und dann sah ich den grünen Subaru Kombi. Er fuhr etwa zehn Meter von meiner Kühlerhaube entfernt die Straße in Richtung Norden. Am Steuer saß ein großer Mann, neben ihm ein kleinerer mit kantigem Gesicht und Schnurrbart. Dieser hatte im Vorbeifahren sogar kurz in meine Richtung geschaut.

Während ich über die holprige Zufahrt langsam in Richtung Straße fuhr, um den Abstand zu dem Subaru zu vergrößern, telefonierte ich mit Klara Vangelis, und Sekunden später brach rund um mich herum eine lautlose und unsichtbare Hektik los.

Der Subaru war gerade noch zu sehen, als ich auf die Straße bog, etwa zweihundert Meter vor mir. Er fuhr nicht allzu schnell. Bis zum nächsten Ort – Ketsch – waren es vielleicht drei oder vier Kilometer. Zu kurz, um dort bereits eine Straßensperre zu errichten, zu wenig Zeit. Dann wurde es bereits schwierig. Im Ort gab es Abzweigungen, Hofeinfahrten, Garagentore. Tausend Möglichkeiten zu verschwinden. Ich gab ein wenig Gas, um aufzuholen. Mein Handy trillerte.

»Wir sind dabei, alles dicht zu machen«, berichtete Vangelis. »Noch zehn Minuten, dann sitzen sie in der Falle.«

Die Straße folgte dem Hochwasserdamm, war im Moment sehr übersichtlich, der Subaru gut zu erkennen. Er schien ein wenig schneller zu werden. Leider ist es im wirklichen Leben nicht wie im Kino. In der Realität kann man einem Wagen nur wenige hundert Meter folgen, bevor dessen Fahrer einen zum ersten Mal bemerkt. Und spätestens nach der zweiten Abbiegung wird er wissen, dass er verfolgt wird, falls er Grund hat, das zu befürchten.

In der Ferne die ersten Häuser von Ketsch, der kantige Kirchturm mit den trutzigen Rundbögen. Der Subaru kurz vor dem Ortsschild. Und nirgendwo Blaulicht, nirgendwo ein Streifenwagen.

Meine Hände waren feucht, mein Herz klopfte heftiger als notwendig. Der Subaru bog vor der Kirche links ab. Ich trat das Gaspedal durch. Jetzt wurde es brenzlig.

Die Tachonadel näherte sich der Hundertermarke. Noch immer keine Polizei in Sicht. Seit ich mit Vangelis telefoniert hatte, waren erst drei Minuten vergangen.

Das Ortsschild. Ich bremste scharf. Etwas blitzte gelb. Da würde Sönnchen wieder einmal zu telefonieren haben. Vor mir die mächtige Kirche und eine Straßengabelung. Rechts Schwetzingen, links Brühl. Ich wählte links, wie der Subaru.

Kein grüner Kombi weit und breit. Hinter mir tauchten zwei Streifenwagen mit Blaulicht, aber ohne Signalhorn auf, versuchten, mich mit der Lichthupe aus dem Weg zu scheuchen. Ich gab wieder Gas. Geschwindigkeitsbegrenzungen und gelbe Blitzer spielten momentan keine Rolle. Wieder ein Wegweiser: wieder ging es rechts nach Schwetzingen, nach Brühl dieses Mal geradeaus. Wieder entschied ich mich für Brühl. Die Streifenwagen hinter mir bogen ab und waren Augenblicke später nicht mehr zu sehen.

Das Handy klingelte.

Vangelis: »Der Sack ist zu. Sind Sie noch dran?«

»Im Augenblick habe ich ihn verloren, sorry.«

»Es gibt verflixt viele Sträßchen da. Bisher haben wir nur die Landes- und Kreisstraßen dichtmachen können.«

In weitem Linksbogen ging es durch den Ort. Zum Glück herrschte wenig Verkehr. Die Straße war links von einer hohen Hecke gesäumt. Dahinter glitzerte manchmal Wasser. Die Bebauung wurde lichter. Ortsende, noch drei Kilometer nach Brühl. Vor mir Felder, verstreute Obstbäume, Hecken, unübersichtlich. Links eine Kläranlage. In der Ferne Kamine einer Industrieanlage.

Kein Subaru.

Elf Minuten.

Im Gegensatz zu dem von Ketsch hatte der Brühler Kirchturm einen Hang zur Neugotik. Die Verbindung zu Vangelis stand noch.

»Nichts«, erwiderte sie auf meine ungeduldige Frage. »Bis jetzt noch nichts.«

Das nächste Ortsschild. Eine Baustelle mit roter Ampel.

Kein Subaru.

Zwölf Minuten.

Das hatte keinen Sinn.

»Und Sie sind ganz sicher?«, fragte Vangelis.

»Natürlich bin ich mir sicher!«, herrschte ich sie an, räusperte mich. »Ja«, fuhr ich ruhiger fort. »Ich habe Schivkov direkt ins Gesicht gesehen.«

»Okay«, sagte sie ohne Gefühlsregung. »Der Hubschrauber müsste jeden Moment über Ihnen auftauchen.«

Tatsächlich hörte ich auch schon das Knattern. Augenblicke später flog der blau-weiß lackierte Hubschrauber mit hoher Geschwindigkeit und geringer Höhe über mich hinweg. Hinter mir wurde gehupt. Die Ampel war grün.

Im Ort erneut hundert Möglichkeiten abzuzweigen, sich unsichtbar zu machen. Und spätestens, wenn Schivkov den Helikopter entdeckte, würde er ahnen, was los war.

Sollte er vielleicht im Vorbeifahren mein Gesicht erkannt haben? Unwahrscheinlich. Ich hatte die Sonne im Rücken gehabt. Er konnte nichts gesehen haben.

Der Hubschrauber hatte inzwischen eine weite Schleife gedreht und flog einige hundert Meter östlich von mir zurück in Richtung Süden.

Vierzehn Minuten.

Verflucht, verflucht, verflucht.

Inzwischen hatte ich die Ortsmitte erreicht und bremste. Nein, das hatte wirklich keinen Sinn mehr. Ich fand eine Parklücke vor einem Eiscafé. Venezia. Gab es eigentlich auch Eiscafés, die nicht Venezia hießen?

»Wir haben sie«, hörte ich Vangelis sagen. »Auf einem Acker zwischen Ketsch und Brühl.«

Ich ließ den Motor wieder an und wendete.

27

Während der Rückfahrt nach Heidelberg überlegte ich, ob ich mich noch einmal in der Polizeidirektion blicken lassen sollte, entschied mich jedoch dagegen. Ich telefonierte mit Sönnchen. Niemand hatte in der Zwischenzeit nach mir verlangt. Nichts war so dringend, dass es nicht bis morgen warten konnte.

Ich war müde.

Die Sache mit dem Subaru war eine Pleite gewesen. Zwei

Bauern, Vater und Sohn, auf dem Weg zu ihren Feldern. Im Kofferraum des Subaru irgendeine landwirtschaftliche Maschine. Die beiden waren fast zu Tode erschrocken, als sie sich plötzlich von der geballten Staatsmacht umringt sahen, den ratternden Hubschrauber über sich. Und der alte Mann auf dem Beifahrersitz hatte nicht einmal einen Schnurrbart gehabt.

»Man täuscht sich so unglaublich leicht«, hatte Vangelis versucht, mich zu trösten, und damit meine Blamage nur vergrößert. »Außerdem hätte er den Bart ja auch problemlos abrasiert haben können, nicht wahr?«

Shit happens, sagen meine Töchter in solchen Situationen.

Auch Kripochefs machen Fehler.

Ich hatte ohnehin erst einmal andere Sorgen. Größere Sorgen.

Zu Hause angekommen, legte ich die rosafarbene Haarklammer auf den Küchentisch. Dann setzte ich mich mit der Zeitung auf den Westbalkon und ließ mir von der Abendsonne das Gesicht wärmen. Die Zeitung blieb ungelesen. Als ich wieder erwachte, war sie von meinem Schoß zu Boden gerutscht. Ein freundlicher Wind spielte mit den Seiten. Die Sonne war hinter den Häusern verschwunden. Aus der Wohnung hörte ich Stimmen.

Meine Töchter. Ich gähnte und reckte mich und ging hinein.

»Cool!«, hörte ich Sarah jubeln. »Wo kommt die denn auf einmal her?«

Sie kam aus der Küche gestürmt, sah mich, stutzte. Ihre Begeisterung zerplatzte.

»Hast du meine Haarspange gefunden?«, fragte sie ahnungsvoll. »Ich such sie die ganze Zeit wie blöd.«

Nun erschien auch Louise in der Küchentür.

Ich packte mit jeder Hand eine Hälfte meiner missratenen Brut und schob sie in die Küche zurück.

»Ihr seid ja wohl von allen guten Geistern verlassen!«, brüllte ich und drückte sie unsanft auf Stühle.

Leugnen war zwecklos, das wussten sie. So gestanden sie ohne Umschweife, bei der samstäglichen Party in der Halle am

229

Rhein dabei gewesen zu sein. Und es war nicht die erste Party dieser Art gewesen.

»Wie viele seid ihr da gewöhnlich?«, fragte ich, während ich mit den Händen auf dem Rücken vor den kleinlauten Sündern patrouillierte.

»So fünfzehn?«, meinte Sarah zerknirscht. »Zwanzig?«

»Mal so, mal so«, sekundierte Louise mit gesenktem Blick.

»Und das läuft schon länger so?«

»Wir sind nicht immer dabei gewesen.«

»Wie oft?«

»Zweimal«, behauptete Sarah.

»Viermal«, korrigierte Louise leise.

»Euch ist klar, dass das Einbruch ist, was ihr gemacht habt? Und seit Samstag ist es ja auch noch Brandstiftung. Wollt ihr im Knast landen? Werdet ihr demnächst jemanden umbringen oder vielleicht kleine Kinder entführen?«

»Wir haben das Tor nie aufgemacht.«

»Und wir haben auch überhaupt nichts angezündet.«

»Die Hockenheimer sind das gewesen, diese Spasties.«

Eine Gruppe Schwetzinger Jugendlicher hatte die Halle entdeckt, erfuhr ich nach und nach. Über irgendein Internetforum hatten sie zu den Partys eingeladen und immer die Musik mitgebracht. Für Essen und Getränke hatte jeder selbst gesorgt. Wenn meine Töchter ankamen, hatte das Tor immer schon offen gestanden, schworen sie. Und sie waren nie bis zum Ende geblieben.

»Durften wir ja nicht.«

»Wie seid ihr überhaupt da hingekommen? Und wieder zurück?«

»Pit«, gestand Louise. »Pit hat uns gefahren.«

»Euer Schlagzeuger?«

Sie sanken mit jedem meiner Sätze weiter in sich zusammen.

»Die ersten zwei Mal sind das echt megageile Partys gewesen. Erst wie die Hockenheimer aufgetaucht sind, da war's dann irgendwie vorbei. Das waren so Glatzentypen mit ihren Arschgeweihtussis. Die haben ständig Stunk gemacht und wollten nur noch Bushido hören, und Schnaps haben sie getrunken und rumgegrölt und gepöbelt.«

»Und ihr habt natürlich tapfer mitgehalten beim Alkohol. «
Bei Vernehmungen dienten solche Fragen dazu, die Ehrlichkeit eines Bösewichts oder Zeugen zu testen.

Sie nickten deprimiert.

»Ein bisschen. «

»Aber kein Schnaps. «

»Und es hat uns eigentlich überhaupt nicht geschmeckt. «

»Und wie war das nun mit dem Feuer am Samstag? «

»Irgendein Hirni von den Hockenheimern hat eine Kippe weggeschmissen, nehmen wir an. Genau wissen wir es nicht. Auf einmal hat's gequalmt, und bis wir geblickt hatten, was abgeht, hat's auch schon gebrannt. «

»Und dann habt ihr euch verdrückt und habt es brennen lassen. «

»Gar nicht! «, ereiferte sich Louise. »Wir haben sogar versucht zu löschen. Bloß die Hockenheimer, die sind natürlich wie der Blitz weg gewesen auf ihren Mopeds. Alle anderen haben geholfen. Aber dieses Holzzeugs ist so trocken gewesen, und es hat immer schlimmer gebrannt, und wir mussten das Wasser doch aus dem Rhein holen ... «

»Wir haben dann sogar die Feuerwehr angerufen! « Sarah wurde wieder ein wenig größer. »Wie wir gemerkt haben, dass wir es nicht schaffen, haben wir die Feuerwehr angerufen. «

Seufzend setzte ich mich meinen kleinlauten Mädchen gegenüber. Was nun? Ausgehverbot und Lernzwang konnte ich ihnen nicht aufbrummen, denn das hatten sie schon. Verlängerung war pädagogisch gesehen nicht wirkungsvoll, weil die Strafe zu weit in der Zukunft lag. Ein Jahr Müll hinunterbringen? Die Küche putzen, das Bad? All das waren Dinge, die sie ohnehin tun sollten als Mitglieder dieser trostlosen Wohngemeinschaft. Es war allein meiner eigenen Bequemlichkeit zuzuschreiben, dass ich vieles davon meist selbst erledigte. Weil mir vor den endlosen Diskussionen über ungerechte Aufgabenverteilungen und in der Vergangenheit vollbrachte Heldentaten graute.

Mit einem Mal hatte ich das Gefühl, Fehler über Fehler zu machen. In jeder Hinsicht zu versagen. Meinen Aufgaben als Vater nicht mehr gewachsen zu sein.

»Paps?«, hörte ich Sarah zaghaft fragen. »Was passiert denn jetzt?«

Ich setzte mich gerade hin und versuchte, meine Töchter durch strenge Blicke zu beeindrucken, was heute ausnahmsweise gelang.

»Was würdet ihr denn machen an meiner Stelle?«

»Also«, sagte Louise und sah auf, »ich hätte da vielleicht eine Idee ...«

Abends um kurz nach zehn telefonierte ich wieder einmal mit Machatscheck. Leider wusste er nichts Neues über die Hintergründe des Kriegs zwischen zwei größenwahnsinnigen oder lebensmüden Bulgaren und dem Lebedev-Clan.

»Sowie ich was höre, werden Sie es erfahren«, versprach er. »Die bulgarischen Behörden wissen nichts, oder sie wollen nichts sagen. Wahrscheinlich ist ihnen die ganze Geschichte von Herzen gleichgültig. Eine Schmugglerbande weniger, die ihnen das Leben schwer macht.«

»Ich habe ein paar Fotos für Sie«, fiel mir ein. »Besucher von besagter Dame. Wie kann ich Ihnen die Sachen zukommen lassen?«

Machatscheck diktierte mir eine E-Mail-Adresse, die mit sarahmaus begann und mit yahoo.com endete.

»Das ist doch nicht etwa die Adresse meiner Tochter?«, fragte ich verdutzt.

»Natürlich nicht«, erwiderte Machatscheck grinsend. »Aber falls irgendwer Ihre Mails mitlesen sollte, dann wird er genau das denken. Schreiben Sie was Nettes, damit es aussieht, als würden Sie Ihrer Tochter Familienfotos schicken.«

»Falls ich einer meiner Töchter Mails schreiben sollte«, knurrte ich, während ich schon tippte, »dann würde ich ganz bestimmt nichts Nettes hineinschreiben!«

Sekunden später konnte ich am Monitor beobachten, wie Machatschecks Miene sich veränderte. Erst wirkte er mäßig interessiert, dann irritiert, schließlich erschrocken. »Das ist ja ...«, murmelte er. »Verdammt, das ist ja mal ein fettes Ding!« Er kaute auf seiner Unterlippe und schien noch immer nicht glauben zu können, was er sah. »Halten Sie sich mal gut fest, lieber Herr Gerlach«, sagte er schließlich. »Die Frau auf Ihren Fotos ist eine gewisse Doktor Ingeborg Helwich, ihres Zeichens parlamentarische Staatssekretärin im Verteidigungsministerium. Die Männer kenne ich nicht. Aber von den billigen Anzügen und den wichtigen Mienen zu schließen, dürfte es sich bei denen ebenfalls um hohe Beamte handeln.«

Nun hatte es auch mir die Sprache verschlagen.

Machatscheck wirkte plötzlich wie im Fieber. »Was Sie nicht wissen können: Ich habe in den letzten Tagen einen Kontakt in die deutsche Botschaft in Moskau reanimiert. Da braut sich etwas zusammen, was mit unserer Freundin zu tun hat.«

Der Journalist blätterte hektisch in Papieren, die außerhalb meines Sichtfelds lagen. »Seit Wochen herrscht rege Reisetätigkeit zwischen Berlin und Moskau, habe ich erfahren. Erst war es ein hohes Tier aus dem Kanzleramt. Zwei Wochen später Frau Helwich, begleitet von einem Kerl, der so desinteressiert guckte, dass er nur vom BND sein konnte. Vergangene Woche ist dann sogar eine regelrechte Delegation eingeflogen, und wieder war die Staatssekretärin dabei. Alles natürlich unter strengster Geheimhaltung. Auch mein Kontakt hat nur zufällig davon erfahren, weil er jemanden am Flughafen kennt.«

»Und was wollten die Herrschaften in Moskau? Wer waren ihre Gesprächspartner in der russischen Regierung?«

Machatscheck grinste traurig in seine Webcam. »Nix russische Regierung. Man hat sich mit irgendwelchen zwielichtigen Figuren aus der Halbwelt getroffen. Typen, die in Maybachs vorfahren oder in Bentleys und ohne eine Armee von Leibwächtern ihr Haus nicht verlassen. Nur das erste Gespräch hat in der deutschen Botschaft stattgefunden. Später hat man sich immer in einem Hotel getroffen, im Baltschug Kempinski.«

»Wenn Sie jetzt noch sagen, die Herren mit den dicken Autos kämen aus dem Dunstkreis unserer gewissen Person ...«

»Sie treffen den Nagel auf den Kopf.« Machatscheck seufzte wohlig wie ein Raubtier, das die lange gejagte Beute plötzlich ganz nah vor sich sieht. »Da ist eine ganz dicke Suppe am Kochen. Diese Story könnte meine neue Altersversorgung werden, ich spüre es. Meine alte hat sich ja leider zusammen mit einer gewissen schottischen Bank in Luft aufgelöst.«

Am Dienstagmorgen klingelte kurz nacheinander zweimal mein Telefon. Beim ersten Mal war Thorsten Falk am Apparat, der Filialleiter der Bank.

»Ich habe die Bohrmaschine bei eBay eingestellt«, sagte er. »Aber es ist nichts passiert. Der Informant hat sich nicht wieder gemeldet.«

»Also doch nur ein Spaßvogel, wie ich vermutet hatte.«

Wir beschlossen, die Sache auf sich beruhen zu lassen.

Der zweite Anruf kam von Balke: »Prembeck ist wieder mal verschwunden.«

»Wir haben keinen Haftbefehl gegen ihn. Er kann verreisen, so oft und wohin er will.«

»Ich dachte nur, Sie sollten es wissen. Seine Busenfreundin in der Wohnung darunter sagt, sie hat seit Tagen nichts mehr von ihm gehört oder gesehen.«

»Meldet er sich normalerweise bei ihr ab, wenn er verreist?«

»Normalerweise verreist er überhaupt nicht, sagt sie. Er hängt die meiste Zeit in seiner Wohnung rum, sitzt vor dem Computer, trampelt herum oder glotzt aus dem Fenster.«

Ich bat Sönnchen, mir eine Verbindung zur Mannheimer Notrufzentrale herzustellen. Es klappte fast sofort.

»Sie haben in der Nacht von Samstag auf Sonntag einen Anruf gekriegt«, begann ich.

»Wir haben in der Nacht von Samstag auf Sonntag ungefähr tausend Anrufe gekriegt«, versetzte der Mannheimer Kollege hochnäsig, dem offenbar nicht klar war, mit wem er es zu tun hatte. »Um was geht's denn?«

»Um eine Brandsache.«

»Brandsache. Soso. Wann ungefähr?«

»Kann ich nicht genau sagen. Vor elf.«

Ich hörte Tastaturklappern.

»Da war was, ja. Zweiundzwanzig Uhr siebenundzwanzig, leer stehende Fabrikhalle bei Ketsch. Und?«

»Ich würde gerne die Aufzeichnung hören.«

Nun entspann sich eine kurze Diskussion darüber, dass da ja jeder kommen könne, ich jedoch keineswegs jeder war, sondern der Chef der Heidelberger Kriminalpolizei persönlich. Schließlich sah er ein, dass ich am längeren Hebel saß. Es knackte, und wenig später hörte ich Sarah oder Louise – am Telefon konnte ich ihre Stimmen meist nicht unterscheiden – in heller Aufregung den Brand melden. Immerhin hatten meine Mädchen also auch in diesem Punkt die Wahrheit gesagt. Als ich auflegte, schämte ich mich für mein Misstrauen und beschloss, ihnen nichts von meinem Kontrollanruf zu sagen.

Um elf hatte ich wieder einmal eine Pressekonferenz zu überstehen. Die Medienleute interessierten sich inzwischen mehr für die drei Toten, die es innerhalb von nur zehn Tagen gegeben hatte, als für den inzwischen schon leicht angestaubten Bankraub. Liebekind, die Staatsanwältin und ich waren im Vorgespräch übereingekommen, uns weiterhin bedeckt zu halten. Wir verfolgten zahllose Spuren. Wir waren den Tätern näher, als diese in ihren schlimmsten Träumen fürchteten. Aber aus ermittlungstaktischen Gründen wurden Details nicht verraten und Fragen nicht beantwortet. Punkt.

Der Rest des Tages verstrich mit Nichtigkeiten. Je später der Nachmittag wurde, desto mehr freute ich mich auf Theresa. Um sieben wollten wir uns treffen, in der Wohnung, und heute würde es das Fest werden, das es letztes Mal nicht hatte sein wollen. Champagner hatte ich schon gekauft und kaltgestellt. Um fünf konnte ich kaum noch ruhig sitzen.

Um zehn nach fünf klopfte Sönnchen. Sie war blass.

»Tut mit wirklich leid, Herr Gerlach«, sagte sie leise, »wenn ich Ihnen die gute Stimmung verhageln muss.«

»Aber das ist ja entsetzlich!« Theresa drückte mich fest an sich. »Ich habe von der toten Frau im Radio gehört, am Vormittag schon. Aber ich konnte ja nicht ahnen ...«

»Sie hat alles an Tabletten geschluckt, was sie in ihrem Badezimmerschränkchen gefunden hat.« Die Wärme von Theresas Körpers tat mir gut. Ihre Stimme tat mir gut, ihr Geruch, ihre Nähe. »Nichts von diesen Tabletten war wirklich tödlich, verstehst du? Es war ein völlig idiotischer und dilettantischer Selbstmordversuch. Aber der Pillencocktail hat bewirkt, dass sie eingeschlafen ist. Im Schlaf hat sie sich erbrochen, und daran ist sie dann erstickt. Zwei, drei Stunden nachdem ich sie verlassen habe, muss sie schon tot gewesen sein.«

»Und heute hat man sie erst gefunden.«

»Der Gerichtsvollzieher. Er wollte einen Fernseher abholen, für den seit Monaten keine Raten mehr bezahlt wurden. Als sie nicht geöffnet hat, hat er die Tür aufbrechen lassen.«

Gemeinsam lauschten wir den Geräuschen von der Straße. Beschwingte Schritte, das Lachen von Menschen ohne Sorgen, das müde Brummen eines Autos auf der Suche nach einem Parkplatz.

»Ich hätte es merken müssen«, sagte ich schließlich und löste mich von meiner Geliebten. »Es war so was von offensichtlich, dass diese Frau am Ende war. Ich hätte ...«

»Du kannst nicht die ganze Welt retten«, fiel sie mir ins Wort und zog mich in einer Weise an sich, die keinen Widerstand zuließ. »Manchmal ist man machtlos. Sogar du.«

Später setzten wir uns nebeneinander auf das kleine bunte Sofa, das Theresa im Frühjahr organisiert hatte. Ich lehnte meinen Kopf gegen ihre Schulter. Nichts brauchte ich jetzt mehr als einen Menschen, der mich hielt. Der verstand, was in mir vorging.

Auch an diesem Abend gab es keinen Sex. Auch dieses Mal blieb die Champagnerflasche ungeöffnet. Stattdessen gab es viel Stille und gemeinsames Atmen und ein wenig Liebkosen.

Die Fenster standen offen. Die Luft, die hereinwehte, war weich.

Draußen war ein wunderschöner Maiabend.

Wonnemonat, was für ein Wort!

Ich wurde das Bild nicht los. Rosalind Dobrev, die hässliche, magere Frau mit dem viel zu schönen Vornamen. Wie sie mir gegenübersaß, an ihrem billigen Küchentisch, die Tasse in ihrer Hand, aus der sie kaum trank. Ihr unruhiger Blick, dem es nicht mehr gelingen wollte, irgendetwas festzuhalten von dieser Welt.

Mir war kalt.

»Was steht in ihrem Brief?«, fragte Theresa irgendwann.

»Das Übliche. Ich kann nicht mehr. Niemand ist schuld. Für die Kinder ist es besser so.«

Die große geblümte Kaffeetasse in ihren schmalen, knochi-
gen Händen.

Theresa streichelte mich und schwieg. Sie wusste, hier gab es
nichts zu sagen.

28

Zu Hause angekommen, fand ich die Wohnung dunkel. Die
Zwillinge waren jedoch nicht etwa ausgeflogen, wie ich im ersten Moment fürchtete, sondern lagen brav in ihren Betten. Ich
wünschte ihnen eine gute Nacht, ging ins Wohnzimmer und
schaltete meinen PC ein.

Kaum war der Rechner betriebsbereit, poppte ein Fensterchen auf und verkündete, ein gewisser Herr Machatscheck
wolle mich sprechen.

Inzwischen war es halb zwölf.

»Ich glaube, ich habe da was für Sie«, begann der Journalist.
Sein Mondgesicht bewegte sich heute ein wenig ruckelig, die
Stimme war jedoch klar. »Ich habe einen alten Kontakt aufgetan zu einer Kollegin, die ich von einer NATO-Tagung in Prag
kenne. Die Frau ist absolut verlässlich. Und sie konnte mir
einige Hintergrundinformationen beschaffen zu Ihrem Anton
Schivkov.«

»Ich bin ganz Ohr.«

»Diese Neuigkeiten haben mich übrigens fünfhundert Euro
gekostet. Nicht für Suzanna, sondern für ihren Informanten im
Polizeipräsidium in Sofia. Sie haben für so was doch bestimmt
ein Budget?«

»Da wird sich irgendein Weg finden. Aber nun spannen Sie
mich nicht länger auf die Folter. Ich bin hundemüde.«

»Einige bulgarische Mafiaclans arbeiten seit Jahren mit
befreundeten russischen Clans zusammen. Die Russen haben in
der Vergangenheit gerne bulgarische Kanäle genutzt, um Gel-
der in die EU zu transferieren. Das Geld über die Schwarzmeer-
küste ins Land zu schaffen, war und ist kein Problem. Dort ist
es dann gewaschen worden – zum Beispiel mit Hilfe fingierter

Grundstücksgeschäfte, und anschließend nach Westeuropa transferiert worden.«

Ich zerbiss ein Gähnen. »So weit verstanden.«

»In diesem Zusammenhang scheint es vor einigen Jahren Ärger gegeben zu haben. Schivkov hat damals mit einer Moskauer Gruppe zusammengearbeitet und dabei wohl nicht schlecht abkassiert. Üblich sind zehn Prozent, habe ich mir sagen lassen. Irgendwann haben die Russen plötzlich behauptet, er hätte sie betrogen. Es soll um eine Differenz von mehreren Millionen gegangen sein, für die Russen Peanuts, aber bei diesem Thema sind die leider humorlos. Schivkov hat alles abgestritten. Er habe immer exakt die Summen weitergereicht, die er erhalten habe, abzüglich seiner Marge natürlich. Der Streit ging eine Weile hin und her und wurde schärfer. Schließlich hat Schivkov um des lieben Friedens willen die Hälfte des geforderten Betrags bezahlt. Aber damit waren die Russen nicht einverstanden, die Sache ist aus dem Ruder gelaufen, und am Ende haben sie der Verwandtschaft vom Land mal gezeigt, wo der Hammer hängt.«

»Und jetzt soll ich vermutlich dreimal raten, wer der Kopf dieser Moskauer Gruppe war?«

»Das dürfte nicht nötig sein.« Machatscheck zwinkerte mir zu. »Der Showdown hat sich übrigens ausgerechnet anlässlich der Hochzeitsfeier für Schivkovs jüngste Tochter abgespielt. Die Russen sind mit zwei oder drei Autos gekommen, haben alles zusammengeschossen, was ihnen vor die Läufe ihrer Kalaschnikows geraten ist, und sind wieder verschwunden. Das Ende vom traurigen Lied ist, dass heute von seiner Sippe kaum noch jemand am Leben ist. Der Rest hält sich in den Wäldern versteckt oder ist in alle Winde verstreut.«

Ich schwieg für einige Sekunden und versuchte nachzudenken. »Schivkov überlebt, kann ein bisschen Geld retten«, sagte ich dann, »es gelingt ihm, sich in den Westen abzusetzen ...«

»Praktischerweise hat er in Heidelberg einen entfernten Neffen sitzen ...«

»Und das einzige Ziel, das er in seinem Leben noch hat, ist Rache. Er will sein Geld zurück, er fängt an, wahllos Russen abzuknallen.«

»So sieht es wohl aus, ja«, meinte Machatscheck zufrieden.

In meinem Rücken knackte die Tür.

»Paps«, hörte ich Louises schlaftrunkene Stimme, »könntest du mal ein bisschen leiser sein?«

Wieder einmal riss mich mein Handy aus dem Schlaf. Vier Uhr einunddreißig, zeigte mein Wecker.

»Schivkov«, war das erste Wort, das ich verstand. »Diesmal haben wir ihn aber wirklich.«

Es war Rolf Runkel. Ich hatte ihn für diese Woche selbst zum Bereitschaftsdienst eingeteilt.

»Wo?«

»An der Kreisstraße zwischen Lampertheim und Hüttenfeld. Er ist in eine Routinekontrolle geraten und hat versucht abzuhauen.«

»Die Kollegen haben ihn festgenommen?«

»Noch nicht ganz. Sie haben die Verfolgung aufgenommen, er hat sein Auto nach ein paar hundert Metern stehen lassen und ist zu Fuß weiter. In den Wald.«

»Weit wird er nicht kommen, bei seiner Gehbehinderung.«

»Angeblich ist er in Richtung Süden. Ringfahndung wird gerade aufgebaut. Diesmal kriegen wir ihn.«

Als ich am Mittwochmorgen meinen ersten Bürokaffee trank, war Anton Schivkov immer noch auf freiem Fuß. In dem Opel, den er hatte stehen lassen, hatten meine Leute seine Fingerabdrücke gefunden. Eine Verwechslung war diesmal ausgeschlossen. Das Waldstück, in dem er sich vermutlich versteckt hielt, war unglücklicherweise weitläufig und unübersichtlich. Zwei Kilometer östlich von der Stelle, wo er seinen Wagen abgestellt hatte, durchschnitt die A 67 in nord-südlicher Richtung den Wald, etwa fünf Kilometer südlich die A 6 von Westen nach Osten. Unendlich viele Möglichkeiten zu verschwinden. Derzeit wurde das Areal von zwei Hundertschaften Bereitschaftspolizei durchkämmt, und es konnte noch Stunden dauern, bis alles abgesucht war.

»Damit hätten wir ja endlich so etwas wie ein Motiv«, stellte Vangelis bei der ersten Lagebesprechung fest, nachdem ich von der Schießerei in Bulgarien berichtet hatte. »Fehlen nur noch die Täter.«

»Die Frage ist, wie viele will Schivkov eigentlich noch umlegen?« Balke kratzte sich am Kopf. »Einen Russen für jeden toten Bulgaren? Dann stehen uns aufregende Zeiten bevor.«

»Von mir aus kann er sie alle zusammen umpusten«, brummte Runkel mit vor Müdigkeit und Enttäuschung kleinen Augen. »Bin ich zur Polizei, um die Mafia zu beschützen?«

»Im Moment sind das für uns potenzielle Opfer«, versetzte ich scharf. »Der Rest ist später Sache der Gerichte.«

»Genau!« Balke wurde laut, was nicht oft vorkam. »Und am Ende darf ich dann mit meinen Steuern wieder mal die Gerichtskosten bezahlen, wenn die Herrschaften von ihren teuren Anwälten rausgehauen werden!«

»Ich weiß nicht, warum«, sagte Vangelis langsam. »Aber ich kann mir nicht vorstellen, dass Schivkov seine Opfer willkürlich auswählt.«

»Geht mir ähnlich«, sagte ich. »Ich glaube, er hat nach dem Massaker bei der Hochzeit seiner Tochter einen Plan …«

»Hochzeit?«, fragte Balke alarmiert. »Sagten Sie eben Hochzeit?«

»Hatte ich das nicht erwähnt? Die Schießerei hat sich bei der Hochzeitsfeier für seine jüngste Tochter …«

Balke war schon auf den Beinen. »Bin in einer Minute zurück.«

Als er atemlos wiederkam, trug er seinen aufgeklappten Laptop im Arm.

»Dauert noch einen kurzen Moment«, sagte er durch die Zähne, während er in fieberhafter Eile irgendwelche Tasten drückte. »Es ist ein Video von der Speicherkarte, die Ihnen Dobrevs Frau mitgegeben hat. Das, was ich erst für ein Kneipenbesäufnis gehalten habe. Ich hatte nur ein bisschen drin rumgeklickt. Aber jetzt, wo Sie es sagen, ich meine, da war irgendwo eine Frau in Weiß.«

Der Film begann damit, dass einige schwere Limousinen vor einer ländlichen Kirche vorfuhren. Beleibte, dunkel gekleidete Herrschaften bauten sich auf der Treppe auf. Als Letztes erschienen das Brautpaar und die glücklichen Eltern. Der korpulente Bräutigam wurde nur von seiner Mutter begleitet. Schivkovs Frau musste ungefähr drei Zentner wiegen. Die pummelige Braut war jung, strahlend gesund und auf eine ländliche Weise hübsch.

Schnitt.

Es folgte die Trauzeremonie, von der wir natürlich kein Wort verstanden, pathetische Musik aus einem rettungslos verstimmten Klavier.

»Klasse Kamera«, meinte Balke und übersprang die Szene.

Nun durften wir festlich gekleidete und blendend gelaunte Menschen dabei beobachten, wie sie um eine riesige, U-förmige Tafel herum Platz nahmen. Es schienen etwa vierzig Personen zu sein, und es gab eine Menge Gerangel, Geschiebe und Gelächter, bis jeder den ihm zugedachten Stuhl gefunden hatte. Zwei junge Kerle standen kurz davor, handgreiflich zu werden. Dabei schien es darum zu gehen, wer neben einem vielleicht siebzehnjährigen Mädchen sitzen durfte. Erst als sich ein Älterer einmischte und dem kleineren der beiden eine knallende Ohrfeige verpasste, kehrte Ruhe ein. Die Tafel stand in einem saalartigen länglichen Raum mit unbeschreiblich kitschigen Kronleuchtern an der Decke und hohen Fenstern an beiden Längsseiten. Die Kamera war fast ständig in Bewegung, viele Szenen mehr oder weniger verwackelt.

Lange Tische wurden abgefilmt, die sich unter Schüsseln und Platten, Blumen und Flaschen bogen. Dazwischen immer wieder Menschen. Kräftige, rotgesichtige Bauernburschen schnitten Grimassen in die Kamera, Frauen und Mädchen hielten kichernd die Hand vor den Mund, wenn sie bemerkten, dass sie im Bild waren. Kreischende Kinder spielten Fangen oder versteckten sich unter den Tischen. Immer wieder das Brautpaar, dessen männlicher Teil schon merklich Schlagseite hatte, während die vor Aufregung und Freude rotgesichtige Braut angestrengt an der Linse vorbeistarrte.

Schnitt.

Alle hatten ihren Platz gefunden, vor den Fenstern dunkelte es schon. Reden wurden gehalten, ausschweifende Reden. Kinder mussten ruhig gehalten werden, Jugendliche schlichen gebückt zum Büfett und bedienten sich schon mal, was zu weiteren Ohrfeigen führte. Balke spulte wieder ein Stück vor. Jetzt stand die Kamera auf einem Stativ neben der Eingangstür. Vor den Fenstern war es Nacht geworden. Der Raum bebte von Gelächter, Gejohle und guter Laune. Immer öfter verschwanden Menschen links an der Kamera vorbei, dann quietschte jedes Mal eine Schwingtür, Minuten später kamen sie erleichtert zurück.

»Da!« Balke deutete auf den Monitor. »Schivkov.«

Anton Schivkov, der Schnurrbart kürzer, das Haar noch kaum ergraut, schlingerte gemessenen Schrittes in Richtung Ausgang. Ständig musste er stehen bleiben, jemandem auf die Schulter schlagen oder eine Frau auf beide Wangen küssen. Schließlich verschwand er aus dem Blickfeld der Kamera.

Die Schwingtür quietschte.

»Wir haben nicht mal mehr fünf Minuten.« Balkes Stimme war heiser vor Aufregung.

Inzwischen war es ruhiger geworden. Die ersten Gäste waren am Tisch eingeschlafen, viele der Kinder. Im Hintergrund versuchte ein breitschultriger Kerl, eine schmale, ausnahmsweise blonde Frau mit rustikalen Mitteln zu Zärtlichkeiten zu überreden, und erntete einen Boxhieb in den Bauch. Schivkov war immer noch nicht zurück. Ein zweiter der Bauernlümmel sprang unvermittelt auf, torkelte in Richtung Tür, schaffte es jedoch nicht mehr und erbrach sich neben dem längst verwüsteten Büfett. In dem Moment, als er sich mühsam aufrichtete und mit der flachen Hand den Mund abwischte, kamen sie.

Eine Tür knallte, die Schwingtür quietschte, Köpfe fuhren hoch, drei, vier, fünf Männer stürzten ins Bild, die Gesichter hinter Strumpfmasken verborgen, eröffneten sofort das Feuer. Es dauerte nur Sekunden, dann waren die ersten Magazine leer. Die Mörder luden nach und durchstreiften ohne Eile den Raum, gaben hie und da noch Schüsse ab oder kurze Salven, wenn sie Überlebende entdeckten. Nur die Kinder verschonten sie. Die hatten sich zum Teil in den Ecken zusammengedrängt, andere blieben unter den Tischen, waren vielleicht nicht einmal aufgewacht. Schließlich machten die Mörder kehrt, sahen immer wieder sichernd in die Runde. Aber nichts regte sich mehr. Falls von den Erwachsenen noch jemand am Leben war, dann war er klug genug, es zu verbergen. Die Russen rissen sich die Strümpfe von den Köpfen, lachten, riefen sich mit kehligen Stimmen Bemerkungen zu, hieben sich im Gehen gegenseitig auf die Schultern.

»Der da, das ist doch Wasserleiche Nummer eins!«, murmelte Balke.

Auch ich hatte ihn erkannt. »Den Vorletzten, den Rotblonden, haben wir in Schriesheim gesehen.«

»Voronin ist nicht dabei«, stellte Vangelis fest. »Aber der Mittlere, könnte das die zweite Wasserleiche sein? Sehen Sie die krumme Nase?«

»Vielleicht hat Voronin im Auto gewartet?« Balke kratzte sich am Kopf.

Schivkov war immer noch nicht zurück.

Die Russen hatten keine Eile. Sie blieben sogar stehen, um sich Zigaretten anzuzünden, die der Anführer verteilte. Dann gingen sie rauchend weiter in Richtung Ausgang. Nur der Letzte in der Reihe, der Fünfte, schien ein Problem mit der Situation zu haben. Er lachte nicht mit, war blass und hielt den Blick gesenkt.

Sie waren schon fast aus dem Bild, als der Rotblonde die Kamera entdeckte. Er stutzte, stoppte seine Kumpanen mit einem Warnruf. Dann kam er auf die Kamera zu, wurde größer und größer. Schließlich wackelte das Bild, für Sekundenbruchteile war die Decke zu sehen, einer der abscheulichen Kronleuchter, und das Letzte, was der Monitor zeigte, war ein schwerer Schuh, dessen grobe Sohle rasend schnell größer wurde.

»Der Typ hatte zum Glück keine Ahnung, wie ein Camcorder funktioniert«, sagte Balke, als das Bild schwarz wurde. »Er hat geglaubt, er löscht den Film, indem er das Ding zu Klump tritt.«

»Schivkov kommt zurück in den Saal.« Vangelis lehnte sich in ihrem Stuhl zurück. »Natürlich hat er die Schüsse gehört und sich irgendwo versteckt. Er findet seine niedergemetzelte Familie. Und irgendwann findet er auch die zerstörte Kamera. Er ist aber schlau genug, sie nicht wegzuschmeißen.«

»Slavko schafft es irgendwie, die Gesichter der Russen aus

dem Video heraus zu vergrößern …«, spann ich den Faden weiter.

»Was nicht wirklich ein Problem ist«, meinte Balke. »Die Kamera war erste Sahne, super Optik. Nur der Kameramann ist ein Trottel gewesen.«

Mit leisem Plopp klappte er den Laptop zu.

»Der Rest ist einfach«, sagte ich und rieb mir die Augen. »Schivkov nistet sich in Heidelberg ein. Bestimmt war es kein Zufall, dass das Bella Napoli ausgerechnet gegenüber der Bank liegt, wo die Russen ihre Reichtümer verstecken.«

»Das Restaurant hat es übrigens schon früher gegeben«, wusste Balke. »Ich nehme an, er hat es einfach weiter betrieben, weil es so am unverdächtigsten war.«

»Aber woher weiß er das alles?«, fragte Vangelis.

»Woher wusste er was?«, fragte Balke zurück.

»Wie konnte Schivkov wissen, wo die Russin ihr Geld deponiert hat?«

»Dobrev war viel unterwegs«, sagte ich. »Ich nehme an, er hat die Russen über Monate hinweg beobachtet und ausspioniert.«

»Schivkov hat ein bisschen Geld mitgebracht, um für die erste Zeit über die Runden zu kommen und seinen Plan auszuarbeiten«, überlegte Balke weiter.

»Und damit ihm das Geld nicht zwischendrin ausgeht, macht er das mit den Nutten«, ergänzte Runkel, der bisher geschwiegen hatte.

»Es waren fünf«, sagte Balke. »Plus Voronin. Drei davon sind tot, drei also wahrscheinlich noch am Leben. Die Wasserleiche der Hessen passt übrigens nicht in die Reihe. Von den Typen im Video war keiner über vierzig.«

Ich sah ihn an. »Versuchen Sie bitte, möglichst gute Ausdrucke von den Gesichtern zu machen. Und ich überlege mir in der Zwischenzeit, was wir damit anfangen.«

Balke sprang auf, klemmte sich den Laptop unter den Arm. »Halbe Stunde.«

29

»Wer ist das?«, fragte ich Igor Akimov, den kugelförmigen Edelgastronomen, und hielt ihm zwei der Portraits unter die Nase. »Und sagen Sie jetzt bitte nicht, Sie kennen den Mann nicht.«

Akimov sah mir misstrauisch ins Gesicht, warf einen betont gelangweilten Blick auf die Fotos. Asthmatisch keuchend atmete er ein und aus.

»Nie gesehen«, behauptete er schließlich trotz meiner Ermahnung. »Wer soll das sein?«

»Einer Ihrer russischen Landsleute, den wir vor zwei Wochen tot aus dem Neckar gefischt haben. Er wurde erschossen, aber das wissen Sie vermutlich schon.«

»Ich bin deutscher Staatsbürger, Herr Gerlach«, stieß Akimov hervor. »Ich bin ein ehrlicher und anständiger Geschäftsmann. Mit solchen Dingen habe ich nichts zu tun.«

Das Gespräch fand vor seiner breiten und einbruchsicheren Haustür im Mannheimer Nobelviertel statt. Akimov machte keine Anstalten, uns hereinzubitten. Balke stand mit mahlendem Kiefer neben mir und ließ ihn nicht aus den Augen.

»Herr Akimov, ich habe keine Zeit für irgendwelche Spielchen«, sagte ich scharf. »Der Mann auf diesem Foto war an einem Massenmord beteiligt, der sich vor vier Jahren in Bulgarien ereignet hat ...«

»Was Sie nicht sagen ...«

»Und jetzt ist er tot. Er ist nur einer von bisher drei Opfern, und das werden nicht die letzten gewesen sein, wenn Sie sich weigern, uns zu unterstützen.« Ich ließ ihn die restlichen Bilder sehen, die Balke für mich aus dem Video herauskopiert und ausgedruckt hatte. »Und erzählen Sie mir bloß nichts von Ehrlichkeit und Anstand. Ich habe Beweise dafür, dass Sie Kontakte zu kriminellen Kreisen pflegen. Und wenn Sie jetzt nicht sofort Ihren breiten Hintern bewegen, werde ich Sie in Beugehaft nehmen.«

»Kriminelle Kreise?« Akimov wich einen halben Schritt zurück. »Das ist Rufschädigung! Und wie sprechen Sie überhaupt mit mir? Ich werde mich über Sie beschweren!«

Jetzt hatte er Angst, es war offenkundig.

»Tun Sie das. Beschweren Sie sich ruhig. Ich werde im Gegenzug dafür sorgen, dass Sie noch heute die Steuerfahndung am Hals und den Wirtschaftskontrolldienst in jedem Ihrer Lokale haben.«

Das war die falsche Taktik gewesen. Er grinste wieder.

»Herr Gerlach, wir hatten erst vor drei Monaten unsere letzte Steuerprüfung. Ohne jede Beanstandung, übrigens. Meine Küchen und sanitären Anlagen entsprechen höchsten Standards. Finden Sie nicht, wir sollten auf solche Albernheiten verzichten?«

In diesem Moment juckte es nicht nur Balke in den Fingern. Ich zückte mein Handy und begann, irgendeine Nummer zu wählen.

Mit jeder Taste, die ich drückte, wurde Akimovs Grinsen ein wenig dünner.

»Diese Männer schweben in Lebensgefahr, sagen Sie?«, fragte er, als ich das Handy ans Ohr nahm.

Ich ließ es wieder sinken. Von Balke meinte ich, ein leises Knurren zu hören.

»Lassen Sie mich die Bilder bitte noch einmal sehen«, sagte Akimov.

»Mit wem hat er telefoniert, was denken Sie?«, fragte Balke, als wir mit Blaulicht und Signalhorn unterwegs waren in den Norden Mannheims. »Mit unserer Freundin in Schriesheim?«

»Darum können wir uns kümmern, wenn diese Geschichte vorbei ist.«

Nach unserem Gespräch hatte Akimov uns einige Minuten vor seiner geschlossenen Haustür warten lassen. Von innen hatten wir seine herrische Stimme gehört, jedoch keine Antworten. Er hatte mehrere Telefonate führen müssen, und als er die Tür schließlich wieder öffnete, hielt er einen karierten Zettel in der Hand.

»Ich habe leider nur Namen und Anschrift von einem der Männer herausfinden können«, hatte er erklärt. »Ich hoffe, Sie haben Erfolg.«

Letzteres hatte sogar ehrlich geklungen.

Der mit königsblauer Tinte geschriebene Name lautete Vladimir Orlov. Er wohnte in der Lilienthalstraße in Mannheim-Schönau. Das Navi wies uns den Weg.

Wir überquerten den Neckar. Balke fluchte, weil ein altes Ehepaar, des Lebens offenbar überdrüssig, bei Rot die stark befahrene Straße überquerte. Er bremste scharf, schlug einen Haken, dann waren wir vorbei und das Ehepaar noch am Leben. Wir folgten einer scheinbar endlos langen Straße, die immer weiter aus der Stadt hinausführte. Balke überholte einen weiß lackierten amerikanischen Schulbus.

Zehn Minuten später hielten wir vor einem hässlichen Beinahehochhaus in der Lilienthalstraße, Balke schaltete Signalhorn und Motor aus. Es gab hier drei fast identische Häuser, deren Balkonbrüstungen allerdings in verschiedenen Farben gestrichen waren. Das Gebäude, das wir suchten, war das mittlere.

Wir mussten ein Stück den Gehweg entlanglaufen, überholten einen alten Mann, der mit seinem Rollator unterwegs zum Einkaufen war. Eine Frau mit blau-grünem Kopftuch und langem dunklen Mantel stieg in einen verbeulten silberfarbenen Golf. Das Klingelschild mit der Aufschrift »Orlov« war in der obersten Reihe. Ich drückte den Knopf, keine Reaktion. Balke stieß Luft durch die Nase, ich drückte noch einmal. Wieder geschah nichts.

»Ausgeflogen?«, zischte er.

»Hoffen wir's«, sagte ich. »Sehen wir lieber nach.«

Die Glastür des Hauses stand zum Glück offen.

Der Fahrstuhl kam auch nach längerem Warten nicht, so nahmen wir die schmutzige Treppe. An den betongrauen Wänden Graffiti. Sogar mein fünfzehn Jahre jüngerer Untergebener war außer Atem, als wir das siebte Stockwerk erreichten. An allen Türen klebten mehr oder weniger originelle Namensschilder. Nur an einer nicht. Dieses Mal drückte Balke den Klingelknopf. Innen schepperte ein misstönender Gong. Er klopfte. Er klopfte mit der Faust. Ich versuchte es inzwischen an der gegenüberliegenden Tür. Diese öffnete sich nach wenigen Augenblicken, und eine feiste Frau undefinierbaren Alters starrte mich durch dicke Brillengläser traurig an.

An der Tür klebte ein Schild mit der Aufschrift »Dr. Tanja Fröhlich«.

»Wir möchten zu Herrn Orlov.« Ich ließ sie meinen Ausweis sehen. »Wissen Sie, ob er zu Hause ist?«

»Wir sind von der Polizei«, fügte Balke hinzu, als die Frau nur verständnislos von einem zum anderen sah. Aus den Tiefen ihrer Wohnung drangen Jasminteeduft und Musik. Joan Baez, »I dreamed I saw Joe Hill last night, alive as you or me«.

»Der sollte eigentlich daheim sein«, meinte die Frau endlich. »Ich habe jedenfalls nicht gehört, dass er heute schon ausgegangen wäre.«

Balke schnüffelte und verzog das Gesicht. Auch ich hatte es inzwischen gerochen: Es stank. Ob aus Orlovs Wohnung oder einer anderen, war nicht auszumachen.

»Wann haben Sie ihn zum letzten Mal gesehen?«, fragte ich die verschreckte Nachbarin.

Ratlos hob sie die wulstigen Schultern. »Jetzt, wo Sie fragen ... eigentlich schon länger nicht mehr. Seine ... Partnerin auch nicht. Vielleicht sind die beiden in Urlaub?«

»Da!« Balke deutete auf den Spion in Orlovs Tür. Beziehungsweise auf das Loch, in welchem der Spion sich einmal befunden hatte.

»Hat jemand im Haus einen Schlüssel?«, fragte ich. »Gibt es hier einen Hausmeister?«

Drei Minuten später war die Wohnung offen, und nun war klar, wo sich die Quelle des durchdringenden Gestanks befand.

Der Mörder hatte einen Trick benutzt, den ich aus einem alten Film mit Alain Delon kannte: Man läutet an der Tür, und in dem Moment, wenn der Bewohner durch den Spion sieht, schießt man hindurch. Eine im wahrsten Sinn des Wortes todsichere Sache.

Vladimir Orlov – der Rotblonde, der die Kamera zertreten hatte – musste schon seit einigen Tagen tot sein. Seine Leiche lag im Flur unmittelbar hinter der Tür. Ein schmales rabenschwarzes Kätzchen saß neben ihm und maunzte uns vorwurfsvoll an. Der Tote trug einen goldfarbenen Seidenpyjama. Die Kugel war durch sein rechtes Auge gedrungen und an der Oberseite des

Schädels wieder ausgetreten, wo sie ein handtellergroßes Loch gerissen hatte. Überall an den Wänden klebten Blut und Gehirnmasse.

»Hätten wir uns ja nicht so sputen müssen.« Balke atmete tief ein, stieg beherzt über die Leiche, durchquerte den dahinter liegenden Raum und riss alle erreichbaren Fenster auf.

»Haben Sie in den vergangenen Tagen hier einen Knall gehört?«, fragte ich die inzwischen gipsbleiche Nachbarin, deren feuchter Mund vor Entsetzen offen stand.

»Hier hören Sie alles Mögliche, wenn der Tag lang ist«, presste sie hervor, wandte sich ab und verschwand hinter einer Tür links neben dem Eingang ihrer Wohnung.

Schon bei der ersten flüchtigen Durchsuchung von Orlovs Räumen fanden wir einen großkalibrigen Revolver unter der Couch, eine verchromte Smith & Wesson, die ihm vermutlich aus der Hand geflogen war, als der Schuss ihn traf. Sie war entsichert, aber zum Abdrücken hatte er keine Gelegenheit mehr gehabt.

»Dieser Schivkov ist verdammt hart drauf.« Balke empfand kein Mitgefühl mit dem Toten. »Einfach so durch die Tür …«

Aus der gegenüberliegenden Wohnung drangen würgende Geräusche. Joan Baez war verstummt.

Die Fünfzimmerwohnung des Toten war mit kostspieliger Geschmacklosigkeit eingerichtet und erstaunlich aufgeräumt. Es war nicht zu übersehen, dass Orlov hier nicht allein gelebt hatte. Nur in der ultramodernen Küche herrschte das Chaos. Dort fanden wir ein Gewirr aus Pizzakartons und leeren Flaschen, die entweder französischen Cognac vom Feinsten oder georgischen Rotwein enthalten hatten. Die Pizzakartons stammten alle vom selben Lokal in der Mannheimer Innenstadt, dem Da Rosario. Einige davon lagen aufgeklappt am Boden verstreut, vielleicht von der kleinen Katze heruntergezerrt und ausgeplündert bei der verzweifelten Suche nach Essbarem.

Balke schluckte und warf einen Blick über die Schulter auf die Leiche im Flur. Ich wusste, was er dachte: Wäre die Katze ein wenig älter gewesen, dann hätte sie ihr Futter nicht in Pizzakartons gesucht. Katzen kennen keine Liebe über den Tod hinaus. An manchen der in den italienischen Farben bedruckten Schachteln krabbelten die ersten Maden herum.

In der folgenden Viertelstunde kamen zwei Streifenwagen und kurz darauf die Kollegen vom Mannheimer Kriminaldauerdienst. Wir schüttelten Hände, ich berichtete, was hier vermutlich vorgefallen war, erklärte, soweit nötig, die Hintergründe.

»Vor allem brauchen wir sein Handy«, erklärte ich den Kollegen, »außerdem alles, wo Adressen drinstehen könnten oder Telefonnummern.«

»Sollt ihr haben«, erwiderte der gemütliche Leiter der Mannheimer Gruppe, die drei Männer und drei Frauen umfasste. »Schön, dass es auch mal einen von den bösen Buben erwischt.« Er hatte sich mit dem Namen Löffler vorgestellt.

Eine der Kolleginnen ging in die Küche, um für das inzwischen völlig verängstigte Kätzchen etwas zu fressen zu suchen.

»Sie kennen den Mann?«, fragte ich.

»Kennen wäre zu viel gesagt.« Löffler hob die Achseln. »Zwei, drei Mal hat's Schlägereien gegeben, wo er mitgemischt hat. Früher auch mal Verdacht auf Totschlag. Ich bin heute noch überzeugt, dass er es gewesen ist. Er ist dann aber doch freigesprochen worden. Angeblich, weil die Beweiskette nicht lückenlos war, und gestanden hat er natürlich nichts. In letzter Zeit ist eigentlich nichts mehr gewesen. Heute halten's die Russen wie die Italiener: Dort, wo sie wohnen, sind sie brav wie die Lämmchen. Wenn die heute einen Killer brauchen, dann fliegen sie den aus dem Ausland ein, und zwei Stunden später ist er schon wieder fort.«

Mit dem weißen iPhone, das wir auf einem Nachttisch neben dem mit bordeauxrotem Satin bezogenen Wasserbett fanden, landeten wir einen Volltreffer. Es war eingeschaltet, der Akku allerdings so gut wie leer. Balke suchte und fand in aller Hast ein Ladegerät und hängte es an die Steckdose. Anschließend ging er, auf dem glucksenden Bett sitzend, daran, Orlovs Telefonbuch zu durchstöbern.

»Die letzte Nummer, die er gewählt hat«, sagte er nach wenigen Sekunden, »ist die vom Da Rosario. Das war vergangenen Freitag, abends um zwanzig Uhr dreiundvierzig. Vor fünf Tagen.«

Damit kannten wir vermutlich den ungefähren Todeszeitpunkt Orlovs. Und möglicherweise auch den Trick, mit dem die Bulgaren ihn an die Tür gelockt hatten. Orlov dürfte zu diesem Zeitpunkt schon gewusst haben, dass zwei seiner Kumpane und Voronin tot waren, und entsprechend vorsichtig gewesen sein.

Was ich angesichts der Aufgeräumtheit der Wohnung schon vermutet hatte, wurde zur Gewissheit, als die Mannheimer begannen, die Schränke zu durchsuchen.

»Hier wohnt noch eine Frau«, erklärte mir eine drahtige Kollegin mit langem, schwarzem Haar. »So wie's in der Küche aussieht, ist sie aber schon eine Weile nicht mehr hier gewesen.«

Im Wohnzimmer ertönte Gelächter. Die Kollegen hatten in einer Ritze des olivgrünen Designersofas einen schwarzen Tangaslip entdeckt.

Vladimir Orlov hatte zu Lebzeiten eine unüberschaubare Menge Menschen gekannt, die überwiegend weiblichen Geschlechts waren. Bei den meisten Nummern fanden sich nur Kürzel wie IMI oder SB, sodass Balke viel zu telefonieren hatte an diesem Nachmittag. Die Namen, die im Klartext notiert waren, klangen bis auf wenige Ausnahmen russisch. Ein Adressbuch auf Papier oder Ähnliches schien er nicht besessen zu haben.

Schivkov war immer noch auf freiem Fuß, hatte mir Runkel bei meiner Rückkehr vom Tatort zerknirscht eröffnet. Die Durchsuchung des Waldstücks südöstlich von Lampertheim hatte alles Mögliche zutage gebracht, aber nicht den alten Bulgaren.

»Der hat ein Talent, sich unsichtbar zu machen«, tröstete ich meinen frustrierten Untergebenen. »Aber früher oder später werden wir ihn kriegen, verlassen Sie sich darauf.«

Kurz nachdem wir Mannheim hinter uns gelassen hatten, war auch die Frau aufgetaucht, die mit Orlov die Wohnung geteilt hatte. Löffler, der Leiter der Tatortgruppe, hatte mich angerufen, und im Hintergrund hatte ich das fremdsprachige Geschrei und Gezeter der – nach seinen halblauten Worten – äußerst attraktiven jungen Dame gehört. Irgendwelche Aussagen zur Sache konnte sie nicht machen, da sie für drei Wochen in ihrer Heimat in Marokko gewesen war und eben erst vom Flughafen kam.

Ich selbst hatte in diesen Stunden das Gefühl, mitten im ruhigen Auge eines Orkans zu sitzen. Selbst im Vorzimmer war es still, denn Sönnchen hatte sich endlich zum Zahnarztbesuch durchgerungen. Auf meinem Schreibtisch lagen die Porträts der fünf Mörder nebeneinander aufgereiht. Inzwischen trugen nur noch zwei von ihnen kein Kreuz an der rechten oberen Ecke.

Zwei Mitglieder des Killertrupps waren möglicherweise noch am Leben, und Balkes Aufgabe war es, sie zu finden, bevor Schivkov es tat. Zur Unterstützung hatte ich Balke zwei junge Kollegen und Rolf Runkel zugeteilt. Der war froh gewesen über die neue Aufgabe, vermutlich, weil er das Gefühl hatte, einiges wiedergutmachen zu müssen.

Unsere erste Vermutung war inzwischen bestätigt: Die Bulgaren hatten offenbar von Orlovs Vorliebe für die Pizzen des Da Rosario gewusst. Den Boten zu identifizieren, der dem Russen am Freitagabend sein Essen hätte bringen sollen, war nicht weiter schwierig gewesen, da das Lokal nur zwei Pizzalieferanten beschäftigte. Der Student, mit dem ich persönlich telefoniert hatte, war vor Schuldbewusstsein übergequollen und nervtötend redselig gewesen. Schivkov hatte ihn an der Haustür abgefangen und ihm weitschweifig erzählt, er wolle einen alten, lange nicht gesehenen Freund überraschen. Als Belohnung hatte er ihm zwanzig Euro versprochen. Daraufhin hatte der Bote Schivkov sein alarmrotes Basecap ausgehändigt sowie den Pizzakarton. Nur wenige Minuten später war der Bulgare lachend wieder aus dem Haus gekommen und hatte dem Wartenden seine Mütze zurückgegeben, den versprochenen Zwanziger in die Hand gedrückt sowie das Geld für die Pizza.

Auch das Geschoss, das hinter Orlov in einen Türpfosten eingedrungen war, war schon sichergestellt. Wieder war das Kaliber neun Millimeter. Dasselbe wie in Voronins Audi, dasselbe wie bei den beiden Russen aus dem Neckar.

Die Suche nach zwei letzten und möglicherweise noch lebenden Todesschützen zog sich bis in den Mittwochabend hin und blieb erfolglos. Um kurz vor acht erschien Balke mit geröteten

Augen bei mir, ließ sich auf einen der Stühle jenseits meines Schreibtischs fallen und schob ein Papier über den Tisch.

»Das hier ist der Rest. Alle anderen können wir vergessen, weil das Geschlecht nicht passt oder das Alter oder sonst irgendwas. War ein ätzender Job, kann ich Ihnen sagen.«

Zwölf Namen zählte ich auf Balkes Liste. Drei wohnten im näheren Umkreis von Heidelberg. Fünf weitere immerhin im Südwesten Deutschlands, die restlichen vier verteilten sich über das ganze Bundesgebiet.

»Und jetzt?«, fragte Balke wieder einmal und sah demonstrativ auf die Uhr.

»Jeder dieser Männer kriegt heute Abend noch Besuch. Runkel kann das organisieren, weisen Sie ihn gründlich ein. Anschließend können Sie nach Hause gehen. Und falls einer von diesen beiden dabei ist«, ich tippte auf die Fotos ohne Kreuz, »dann wird er umgehend festgenommen. Die Männer stehen unter Mordverdacht.«

Einer der beiden war ein fast noch jugendlich wirkender Mann, der sich nach der Schießerei betont cool gegeben hatte. Der andere war etwas älter, ich schätzte ihn auf Mitte dreißig. Er war der Letzte in der Reihe gewesen und hatte an der allgemeinen Heiterkeit keinen Anteil genommen. Offensichtlich hatte er keinen Spaß dabei gehabt, mit einer MP in eine Menge fröhlich feiernder Menschen zu schießen.

»Okidoki.« Balke erhob und streckte sich, dass die Gelenke knackten. »Ich sage Rübe Bescheid. Falls was ist – wie erreicht er Sie?«

»Mein Handy bleibt die ganze Nacht an.«

Im Treppenhaus traf ich Klara Vangelis in Begleitung ihres Angetrauten. Wir kannten uns von der Hochzeit im Januar, schüttelten freundlich Hände.

»Wie war's auf See?«, fragte ich. »Hatten Sie guten Wind?«

Bernd Schurich – man hatte die Nachnamen bei der Hochzeit beibehalten – lachte breit. Ich bildete mir ein, den Wind zu spüren und die See zu riechen, wenn ich in sein von Sonne und Wetter gerötetes Gesicht sah.

»Wind gut, Wellen gut, Bier gut«, erwiderte er und entblößte zwei Reihen kräftiger und fernsehweißer Zähne.» Aber jetzt ist es auch schön, meine liebe Klara wieder bei mir zu haben.«

Schurich war Zahnarzt, wusste ich, mit eigener Praxis, die er von seinem Vater übernommen hatte. Nie hatte ich Vangelis so lächeln gesehen wie in dieser Sekunde. Meine sonst so taffe, klein gewachsene Erste Kriminalhauptkommissarin klebte geradezu an ihrem hoch aufgeschossenen Göttergatten.

»Die Geschichte mit Ihrer Waschmaschine fanden wir übrigens alle zum Quieken«, erzählte Schurich gut gelaunt.» Zweifache Überschwemmung, sozusagen. Muss man erst mal hinkriegen, nicht wahr.«

»Na ja«, erwiderte ich.» Ich fand's leider nicht so lustig.«

Sein Strahlen erlosch, als er begriff, dass sein Spaß nicht gut angekommen war. Er drückte Vangelis kraftvoll an sich, und ich wartete darauf, dass sie zu schnurren begann.

»Wir haben natürlich jeden Abend lange telefoniert, meine Schöne und ich«, erklärte er entschuldigend.» Und da hat sie es mir nebenbei erzählt.«

Wir verabschiedeten uns, und im Umdrehen fiel mir etwas ein.

»Wer war denn mit Ihnen auf Ihrem Schiff?«

»Ist nicht mein Schiff«, erwiderte er, nun wieder lachend. »Wir sind eine alte Clique. Haben alle mal in Heidelberg studiert und uns damals beim A-Schein-Kurs auf dem Neckar kennengelernt. Und seither, das geht jetzt schon zehn Jahre, sind wir jedes Jahr eine Woche zusammen segeln. Die Yacht gehört Bertram. Er gönnt sich sonst nichts, nicht mal ein Auto, aber die Yacht, die muss sein. Bertram ist studierter Volkswirt und irgendwas Wichtiges im Innenministerium in Stuttgart, fragen Sie mich nicht ...«

Vangelis riss die Augen auf und schlug die Hand vor den Mund.

»Ist irgendwas, Schatz?« Schurich sah verständnislos seine Frau an, dann mich.» Habe ich schon wieder was Falsches gesagt?«

»Es erklärt manches, worüber ich mir einige Zeit den Kopf zerbrochen habe«, sagte ich und wandte mich nun wirklich zum Gehen.

Vangelis ließ ihren Angetrauten stehen und lief mir nach. Sie

fasste mich am Arm. »Ich hatte es vergessen«, sagte sie leise.
»Bitte entschuldigen Sie. Er hat recht, wir haben jeden Abend
mindestens eine halbe Stunde telefoniert und über alles Mögliche geredet. Dass die Geschichte mit Ihrer Waschmaschine
sich gleich bis nach Stuttgart herumsprechen würde, konnte ich
nicht ahnen.«

»Geschenkt«, sagte ich beschwichtigend. »Interessant finde
ich eher, dass sich unser Besuch in Schriesheim so schnell her-
umgesprochen hat. Aber jetzt muss ich wirklich los. Ich habe
noch einen wichtigen Termin.«

30

Mein Termin hieß Lorenzo. Für heute hatten wir uns die offizielle Eröffnung unserer privaten Schachsaison vorgenommen.
Wie abgesprochen, hatte ich dieses Mal sämtliche Zutaten fürs
Abendessen sowie den Wein mitgebracht. Saltimbocca alla
romana würde es geben. Während Lorenzo sich in der Küche
betätigte, genoss ich auf seiner Terrasse die Aussicht auf Heidelberg und ein gutes Abendessen. Später half ich ihm beim Decken
des Tischs und beim Heraustragen der Teller. Während des
Essens sprachen wir wie üblich nichts. Später über die drama-
tischen Geschehnisse der letzten Tage und Wochen.

Wie üblich wollte Lorenzo alles wissen. Hin und wieder
nippte er hingebungsvoll seufzend an seinem Glas und gab
mehr oder weniger kluge Kommentare zu meinem Bericht ab.
Der Weinhändler in der Märzgasse hatte mir einen trockenen
Gutedel aus dem Markgräflerland empfohlen. Die Preise der
beiden Flaschen waren atemberaubend gewesen, und der Inhalt
schien Gnade zu finden auf Lorenzos Zunge.

Nachdem wir den Tisch abgeräumt und die zweite Flasche
entkorkt hatten, bauten wir Lorenzos handgeschnitztes und
angeblich über hundert Jahre altes Schachspiel auf.

Im ersten Spiel setzte er mich mit dem sechzehnten Zug matt,
im zweiten mit dem elften, beim dritten gab ich nach fünf Zügen
auf.

»Der Tod dieser Frau lässt dich nicht los, nicht wahr?«, fragte mein Freund mitfühlend. Rosalind Dobrev.

»Ich hätte es verhindern können«, sagte ich und rieb mir die Augen. »Ich war vollkommen blind. Es war so offensichtlich, dass die Frau im Begriff war, ihr Leben abzuschließen. Wenn du gesehen hättest, wie sie ihre Wohnung geputzt hatte, wie sie sich zurechtgemacht hatte. Wie müde ...«

Lorenzo schnitt mir das Wort ab, was er sonst niemals tat.

»Mein lieber Alexander, der größte Irrtum der abendländischen Aufklärung ist diese merkwürdige Einbildung, der Mensch könne jedes Problem lösen, wenn er sich nur gehörig Mühe gibt. Vielleicht müssen wir uns allmählich wieder mit dem Gedanken vertraut machen, dass es auch so etwas wie Schicksal gibt. Dass wir hin und wieder machtlos sind.«

Eine Weile schwiegen wir. Natürlich hatte er recht. Und natürlich änderte das nichts an meinen Schuldgefühlen.

»Mal was ganz anderes«, sagte ich schließlich, als ich die Gläser neu füllte. »Stell dir vor, du hättest eine Bank ausgeraubt.«

»Ein hübscher Gedanke«, fand Lorenzo. »Leider war ich in meiner Jugend zu bequem dazu. Und nun, in meinem Alter ...«

»Du hast enorme Beute gemacht ...«

»Es wird ja immer schöner«, seufzte er wohlig. »Und, habe ich die anwesenden Bankkunden mit der Waffe bedroht? Das wäre eigentlich nicht so meine Art.«

»Du hast mit großer Raffinesse den Tresorraum geknackt und ein paar große Kundenschließfächer geleert.«

»Natürlich ausschließlich von Menschen, die ihren Reichtum nicht auf redliche Weise verdient haben.«

»Aber jetzt kommt das Problem: Du musst deine Beute loswerden, denn du hast noch einiges zu erledigen, bevor du dich ins Ausland absetzen kannst. Es muss schnell gehen, deshalb sollte das Versteck nicht allzu weit weg sein. Wie würdest du das anstellen?«

»Das ist doch ganz einfach.« Lorenzo lächelte verträumt und nippte an seinem Glas. »Ich würde Monate vorher bei derselben Bank ein großes Schließfach anmieten. Und dort würde ich meine Beute verstecken. So wäre sie gut aufgehoben, und irgendwann viel später würde ich mit meinem Schlüssel und einem riesengroßen Koffer kommen ...«

»Im Prinzip ein guter Plan«, gab ich zu. »Der Haken ist nur, dass er nicht funktioniert. Du bekommst dein Schließfach nämlich nicht auf, wenn nicht jemand von der Bank dabei ist mit einem zweiten Schlüssel. Und das dürfte ziemlich kompliziert werden.«

»Nun gut, wenn das so ist ...« Lorenzo dachte einige Sekunden nach, die Hände auf dem Bauch gefaltet. »Dann würde ich es wohl irgendwo ganz klassisch vergraben.«

»Unter einem einsam stehenden Baum im Odenwald, ich weiß. Und dann würdest du eine Schatzkarte zeichnen, damit du es später wiederfindest.«

»Kann es sein, dass wir allmählich ein wenig albern werden?«

»Ich finde, angesichts der Rahmenbedingungen ist das auch absolut vertretbar.«

Trotz meiner Müdigkeit telefonierte ich später noch mit Machatscheck und berichtete ihm von den jüngsten Ereignissen und Entwicklungen.

Das Hochzeitsvideo versetzte ihn in Alarmstimmung.

»Kann ich das haben?«, fragte er sofort. »So was ist pures Gold in meinem Geschäft. Wer hat die Rechte daran?«

»Der, der es gedreht hat, dürfte kaum Ansprüche stellen, weil er wahrscheinlich tot ist. Ich werde sehen, was ich in der Sache für Sie tun kann.«

Ich hörte, wie er sich schamlos die Hände rieb.

»Wieso tun wir uns das eigentlich an, Herr Machatscheck?«, fragte ich. »Warum haben wir uns keine vernünftigen Jobs gesucht?«

Er grinste breit. »Weil es mir unglaublich viel Spaß macht, großen Tieren auf den Zehen herumzutrampeln. Und weil irgendwer ja schließlich gegen diese Mistflut ankämpfen muss, die unsere Gesellschaft Tag für Tag überschwemmt. Und weil ich Langeweile nun mal hasse wie die Pest.«

»Ich finde Langeweile prima.« Ich unterdrückte eine Gähnattacke. »Ich kann mir im Augenblick nichts Schöneres vorstellen, als mich ein paar Wochen so richtig nach Herzenslust zu langweilen.«

Machatscheck suchte etwas auf dem Tisch. Seine Tränensäcke schienen in den vergangenen Tagen und Nächten noch schwerer geworden zu sein.

»Irgendwo«, murmelte er, »habe ich noch was für Sie. Ah, hier.« Er sah auf. »Sie fragten letztens nach diesem Piotr Voronin. Voronin und Lebedev kannten sich schon aus ihrer gemeinsamen Zeit im Moskauer Außenministerium. Es gibt noch einen dritten Namen in dem Zusammenhang: Akimov. Sagt Ihnen was?«

»Und ob.«

»Der Kontakt zwischen den dreien ist wohl nie ganz abgerissen, und später war Voronin so was wie Lebedevs Finanzminister. Er war für die Geldanlagen zuständig und für Investment und damit vermutlich auch für die Geldwäsche. Damals hat man sein Geld ja noch hauptsächlich im Osten verdient. Angelegt hat man es natürlich im Westen, wo es sicherer ist. Nachdem dann unsere bewusste Dame die Leitung der Geschäfte übernommen hatte, war Voronin plötzlich weg vom Fenster. Da muss irgendetwas vorgefallen sein. Jedenfalls hat sie den Posten umgehend mit einem Mann ihres Vertrauens besetzt. In Moskau gibt es gewisse Leute, die behaupten, Voronin und Akimov würden hinter Lebedevs Tod stecken. Möglicherweise waren sie darauf aus, die Leitung der deutschen Gruppe an sich zu reißen, und die Witwe hat sie ausgebremst?«

Machatscheck blinzelte in die Kamera, als hätte er den Faden verloren, senkte den Blick.

»Mit der mir eigenen schmutzigen Phantasie könnte ich mir vorstellen, dass Voronin bei den Geldwäschegeschäften mit den Bulgaren in die eigene Tasche gewirtschaftet hat. Falls es so wäre, dann hätte Schivkov natürlich ein ordentliches Schweigegeld kassiert.«

»Lebedev kommt dahinter ...«

»Voronin schiebt alles Schivkov in die Schuhe, um seinen Hals zu retten.«

»Lebedev kommen Zweifel an Voronins Version ...«

Machatscheck strahlte plötzlich wie ein Kind beim Ostereier-

258

suchen.« Woraufhin Voronin ein Killerkommando nach Bulgarien schickt. Angeblich, um Schulden einzutreiben und die Betrüger zu bestrafen. In Wahrheit aber, um Zeugen aus der Welt zu schaffen, die ihm gefährlich werden konnten.«

»Und ausgerechnet der Mann, den er vor allen anderen tot sehen will, entkommt, weil er auf dem Klo zum Kotzen war.«

»Klingt irgendwie logisch, finden Sie nicht auch?«

»Zumindest ist das die erste plausible Erklärung für den ganzen Schlamassel, die ich höre«, gab ich zu.

»Dann bliebe noch eine Frage offen, lieber Herr Gerlach«, sagte der Journalist heiter. »Was hat unsere Dame mit dem deutschen Verteidigungsministerium am Hut? Und eine letzte Frage: Was halten Sie eigentlich davon, wenn wir uns künftig duzen?«

»Einverstanden.« Ich winkte müde in die Kamera. »Alexander.«

»Heinzjürgen.« Machatscheck grinste unternehmungslustig. »Wir sind ein gutes Team, findest du nicht auch?«

»Da hat vorhin so ein Kerl für Sie angerufen«, eröffnete mir meine Sekretärin am Donnerstagmorgen mit säuerlichem Lächeln. »Ein arger Kotzbrocken, muss ich schon sagen. Also, Leute gibt's …«

»Was will er von mir?«, fragte ich über die Schulter, während ich frisch und ausgeschlafen und voller Tatendrang zum Schreibtisch strebte und im Vorbeigehen mein Sakko an den Garderobenständer warf, wo es sogar hängen blieb.

»Der war einer von denen, die mit einer Sekretärin nicht reden. Bloß, dass er Sie sprechen will. Hat nach Ärger geklungen.«

Noch vor dem unbekannten Ärgerverbreiter rief Sven Balke an. Er hatte die ganze Nacht nicht geschlafen, und genauso hörte er sich an.

»Komplette Pleite, Chef«, sagte er mit dumpfer Stimme. »Die halbe Nacht habe ich mit irgendwelchen verpennten Dienststellen rumtelefoniert und ihnen Beine gemacht und mir ihre Berichte durchfaxen lassen. Acht von den Typen auf unserer Liste wurden angetroffen. Keiner davon kommt in Frage.

Drei sind in Urlaub, einer ist unbekannt verzogen. Bei denen haben zumindest Nachbarn die Fotos gesehen. Alles Nieten.«

»Sollte sich nicht Runkel darum kümmern?«

»Sollte er, ja. Aber wie ich versucht habe, ihm den Job zu erklären, habe ich beschlossen, das doch lieber selbst zu machen.« Balke gähnte, dass ich das Knacken der Kiefergelenke zu hören glaubte. »Jetzt warte ich nur noch auf die Liste von Orlovs Handyprovider. Möglicherweise hat er die Nummern von seinen damaligen Kumpels ja ganz gezielt aus dem Handy gelöscht.«

»Und bis wann ist mit diesen Listen zu rechnen?«

»Im Lauf des Vormittags sollen sie kommen. Hat man mir hoch und heilig versprochen.«

»Dann fahren Sie jetzt nach Hause und legen sich schlafen. Das war eine dienstliche Anweisung. Ich gebe Ihnen den Rest des Tages frei.«

»Ich möchte aber lieber noch abwarten, bis ich die Listen gesehen habe. Vorher kann ich sowieso nicht schlafen.«

Man kann einen Menschen mit einiger Mühe zur Arbeit zwingen. Ihn von der Arbeit abhalten kann man höchstens mit körperlicher Gewalt.

Auch in der vergangenen Nacht hatte es wieder zweimal Alarm gegeben, weil jemand im einen Fall Schivkov und im anderen Dobrev gesehen haben wollte. Jedes Mal war die Fahndung bereits nach kurzer Zeit wieder abgeblasen worden. Vermutlich bewegten die beiden sich grundsätzlich getrennt, schliefen vielleicht sogar an verschiedenen Orten und trafen nur zusammen, bevor sie wieder zuschlugen.

Mein Telefon summte erneut.

»Der Kotzbrocken«, raunte Sönnchen und stellte sofort durch.

Eine sonore, befehlsgewohnte Männerstimme dröhnte mir ins Ohr. »Schröter hier. Ministerialdirigent Schröter, BMWi, Abteilung fünf. Ich spreche mit Herrn Gerlach?«

»Kriminaloberrat Gerlach.«

Wenn schon mit Dienstrang, dann doch bitte auf beiden Seiten.

Das Wort »Kotzbrocken« fand ich schon nach seinen ersten

Worten treffend. BMWi bedeutete Bundesministerium für Wirtschaft und Technologie, fand ich nebenbei mit Hilfe des Internets heraus. Abteilung fünf befasste sich mit Außenwirtschaftspolitik. Mein unsympathischer Gesprächspartner war Leiter der Abteilung.

»Sie pfuschen uns leider immer noch ins Handwerk, muss ich hören. Oder soll ich sagen, schon wieder?«

»Es geht um die Russen, nehme ich an?«

»Das nehmen Sie ganz richtig an. Welcher Teufel reitet Sie eigentlich, dass Sie entgegen allen Bitten und ausdrücklichen Weisungen immer noch Personen aus diesem Kreis überwachen lassen?«

»Hier sind Menschenleben bedroht. Ich habe inzwischen vier gewaltsame Todesfälle auf dem Tisch. Nebenbei sind wir dabei, einen Massenmord aufzuklären, der sich im Ausland ereignet hat, vermutlich aber von Deutschland aus organisiert wurde. Die Verantwortlichen halten sich in meinem Verantwortungsbereich auf. Und ich kann mir beim besten Willen nichts vorstellen, was wichtiger wäre als die Vermeidung weiterer Morde ...«

»Sich etwas vorzustellen, gehört in diesem Fall nicht zu Ihren Aufgaben«, fiel Schröter mir ins Wort. »Das hier ist drei Nummern zu groß für Sie und Ihre Truppen. Halten Sie also bitte ab sofort Ihre Finger da raus. Das war übrigens eine dienstliche Anweisung.«

»Erstens bezweifle ich stark, dass Sie befugt sind, mir irgendwelche Befehle zu erteilen. Und zweitens, nur damit ich Sie später fehlerfrei zitieren kann: Ich soll Ihrer Meinung nach also tatenlos zusehen, wie noch mehr Menschen ermordet werden?«

»Erstens werden wir beide schon noch sehen, wer von uns am längeren Hebel sitzt. Und zweitens ist es wohl nicht übermäßig schade um den gefährdeten Personenkreis, wie Sie zugeben werden. Und außerdem geht es hier, drittens, um höhere Interessen.«

»Was wiegt in Ihren Augen schwerer als Menschenleben? Sollte mir eine Grundgesetzänderung entgangen sein?«

»Jetzt werden Sie mal nicht albern, Herr Kriminaloberrat.«

Der Mann sprach meinen Dienstrang in einer Weise aus, die den Tatbestand der Beamtenbeleidigung erfüllte. »Aber um Ihre Frage zu beantworten: Schwerer als ein Menschenleben wiegen viele Menschenleben. Das Wort Opportunitätsprinzip ist Ihnen ein Begriff?«

»Wir hier in der Provinz halten uns an das Legalitätsprinzip.«

»Was für eine untergeordnete Behörde wie die Ihre auch durchaus angemessen ist. Sie werden sich aber damit abfinden müssen, dass es auf politischer Ebene hin und wieder Dinge gibt, die schwerer wiegen als das Leben irgendwelcher russischer Mafiahilfskräfte.«

Ich schluckte hinunter, was ich dem Ministerialdingsbums gerne an den Kopf geworfen hätte, und legte auf.

»Gute Nachrichten«, verkündete ich Balke Augenblicke später am Telefon. »Sie können alles stehen und liegen lassen und sofort nach Hause gehen. Wir haben strikte Weisung, sämtliche Aktivitäten einzustellen.«

Balke schwieg lange.

»Okay«, sagte er dann und hustete. »Dann soll Schivkov die zwei meinetwegen auch noch abknallen. Mir persönlich ist das ja so was von schietegal.« Wieder schwieg er für Sekunden. »Sie sind ganz schön stinkig, was?«

Ich atmete zweimal tief durch. »Mich ärgert, dass man einfach so, angeblich im Dienst höherer Interessen, den Tod von Menschen in Kauf nimmt. Auch wenn diese Menschen zugegebenermaßen nicht zur netten Sorte gehören. Mich ärgert aber noch viel mehr, dass man es nicht für nötig hält, mich darüber aufzuklären, worum es bei diesem ganzen Irrsinn eigentlich geht.«

Ich warf den Hörer aufs Telefon und drückte die Direktwahl zu Balke gleich noch einmal.

»Und vergessen Sie nicht, Ihre Undercoveragentin aus Schriesheim abzuziehen. Frau Krauss wird sich freuen, wenn sie den Rest ihres Urlaubs zu Hause verbringen darf.«

»Ich werde Evalina sofort anrufen.« Ich hörte Balkes Grinsen durchs Telefon. »Die Arme langweilt sich sowieso allmählich zu Tode.«

»Und vergessen Sie auch nicht, mir die Rechnung für das möblierte Zimmer zu bringen, oder was immer Sie da ohne mein Wissen angemietet haben.«

»Gibt keine Rechnung.« Bei aller Müdigkeit und allem Frust brachte Balke noch ein Lachen zustande. »Nachdem die alte Vermieterin spitzgekriegt hat, dass Evalina Polizistin ist und es um die Russin geht, hat sie ihr sogar kostenlos Frühstück und Mittagessen gemacht.«

Als ich auflegte, bemerkte ich, dass Sönnchen – vermutlich schon seit einiger Zeit – in der Tür stand.

»Arg schlimm?«, fragte sie mitfühlend, setzte sich mir gegenüber auf einen Besucherstuhl und stellte einen duftenden Cappuccino vor mich hin, den ich in diesem Augenblick sehr gut brauchen konnte. Ich nahm einen Schluck und stieß an Stelle einer Antwort ein wütendes Knurren aus. Dann erzählte ich ihr, worum es bei dem gegen Ende ziemlich lautstarken Telefonat mit dem unsympathischen BMWi-Beamten gegangen war. In den letzten Tagen hatten wir uns kaum gesehen, und es tat mir gut, mit einem normalen Menschen zu sprechen. Ich fragte sie, wie es beim Zahnarzt gewesen war, und natürlich war es schlimm gewesen.

»Eine Wurzelbehandlung. Aber jetzt ist alles gut, behauptet er.« Sie beugte sich vor, um mir zu zeigen, welcher Zahn hatte repariert werden müssen. Ich sah nichts.

»Wenn Sie eine Bank ausgeraubt hätten, Frau Walldorf, und Sie müssten die Beute vorübergehend in der Nähe verstecken. Wie würden Sie das anstellen? Und sagen Sie bitte nicht, Sie würden sie unter einem allein stehenden Baum im Odenwald vergraben.«

»In einer Kirche«, meinte sie ernsthaft. »Die meisten Kirchen stehen nachts offen, und da gibt's tausend Ecken, wo nur alle Jubeljahre mal wer hinguckt. Und wer verdächtigt schon jemanden, der in eine Kirche geht? Das wäre völlig risikolos.«

Auch eine Idee.

»Und wenn Sie gerade keine Kirche in Reichweite haben?«

»Ein Schließfach am Bahnhof?«

»Zu klein.«

»Und außerdem muss man ständig Geld nachwerfen.« Sie

starrte angestrengt an die Regalwand in meinem Rücken. »Im Kofferraum von einem Auto, das irgendwo ganz legal parkt?«

Davon standen im Großraum Heidelberg in diesem Augenblick vermutlich Zigtausende herum.

Irgendwann fiel Sönnchens Blick auf die Fotos, die immer noch auf meinem Schreibtisch lagen.

»Den da kenn ich.« Sie deutete auf den Fünften in der Mörderreihe. Es war der, der etwas deprimiert guckte. »Den seh ich jeden Sonntag bei uns in der Kirche.«

»So schön es wäre, das kann eigentlich nicht sein. Erstens suchen wir diesen Mann seit zwölf Stunden deutschlandweit wie die berühmte Nadel im Misthaufen.«

»Heuhaufen«, korrigierte mich meine unersetzliche Sekretärin milde.

»Zweitens kann ich mir einen Kerl, der seelenruhig einen Haufen Menschen zusammenschießt, nicht so recht als regelmäßigen Besucher von Gottesdiensten vorstellen. Und drittens: Würde ein Russe nicht eher in eine orthodoxe Kirche gehen, wenn schon?«

»Ich kenn den aber«, wiederholte sie unbeeindruckt. Als Heidelberger Urgestein kannte Sönnchen die halbe Stadt. »Er trägt jetzt einen Bart. Ich kann das Foto auch unserem Herrn Pfarrer zeigen, wenn Sie mir nicht glauben. Heut Abend haben wir Chorprobe.«

Ich massierte meine Nasenwurzel mit Daumen und Zeigefinger. Dann leerte ich meine Tasse.

»Nein«, entschied ich. »Das machen wir zusammen. Und zwar jetzt gleich.«

»Dürfen Sie das denn? Ich meine, nachdem dieser … komische Kerl aus Berlin angerufen hat?«

»Berlin ist weit weg, und schließlich bin ich immer noch der Chef hier.« Ich erhob mich. »Soll ich Sie im Auto mitnehmen?«

»Nicht nötig.« Sönnchens Augen blitzten tatendurstig. Sie sprang ebenfalls auf. »Ich bin mit dem Rad da. Dann kann ich dem Herrn Pfarrer schon mal Bescheid sagen. Wir warten dann vor der Kirche auf Sie.«

31

Ich gebe ja zu, es war kindisch. Eine Trotzreaktion, weil ich mich so über diesen Herrn Schröter geärgert hatte. Eine sinnlose Fahrt nach Neuenheim, nur um es diesem eingebildeten Ministerialdirigenten zu zeigen. Der es natürlich niemals erfahren würde. Dennoch verschaffte mir meine Eigenmächtigkeit eine kleine, schäbige Befriedigung.

Sönnchen behielt recht: Ich brauchte mit dem Wagen tatsächlich fast zehn Minuten länger als sie mit dem Rad für die anderthalb Kilometer. Vermutlich wäre ich sogar zu Fuß schneller gewesen.

Meine Sekretärin erwartete mich fröhlich lachend vor der dunkelbraunen Tür des großen und würdevoll aussehenden Pfarrhauses. Es hatte grüne Fensterläden und stand unmittelbar neben der mächtigen Sankt-Raphaels-Kirche. Der Pfarrer, ein trotz seines fortgeschrittenen Alters mit vollem, dunklem Haar gesegneter und sehr beleibter Herr mit roter Nase, stand neben ihr und begrüßte mich lautstark: »Grüß Sie Gott, Herr Kriminaloberrat! Frau Walldorf hat mir schon viel von Ihnen erzählt!«

Er schüttelte meine Hand heftig und lange und stellte sich als »Schwabacher, Johannes Schwabacher« vor. Mit seiner Stimme wäre es ihm problemlos möglich gewesen, in einem vollbesetzten Dom ohne Mikrofon zu predigen.

Ich ließ ihn das Foto sehen. Er nickte, ohne auch nur den Bruchteil einer Sekunde zu zögern.

»Aber ja«, dröhnte er mit fränkischem Akzent. »Das ist unser Herr Geldorf. Der sitzt meistens links hinten, gleich neben der Säule.«

»Können Sie sagen, seit wann?«

Der Pfarrer zog eine gütige Grimasse und dachte ein Weilchen nach. Über uns in den Bäumen zankte eine Horde Spatzen.

»Ich stehe der Pfarrei jetzt seit acht Jahren vor, und anfangs habe ich ihn nicht gesehen, da bin ich mir sicher. Wenn mich nicht alles täuscht, dann ist er im Frühjahr vor drei Jahren zum ersten Mal in unserem Gotteshaus erschienen. Seither kommt er fast jeden Sonntag, den unser Herr werden lässt. Nur in den letzten drei Wochen, grad fällt's mir auf, da hab ich den Herrn Geldorf nicht mehr gesehen.«

»Erlauben Sie mir eine Frage, auf die Sie mir vermutlich keine Antwort geben dürfen: Geht er zur Beichte?«

Während ich sprach, hatte ich mein Handy gezückt und Balkes Privatnummer aus dem Telefonbuch gesucht. Der musste jetzt eigentlich schon zu Hause sein. Als der Pfarrer zur Antwort ansetzte, hob ich die Hand, um ihn zu bremsen.

»Geldorf?«, fragte Balke ratlos. »Nein, der steht nicht auf der Liste. Das klingt ja nicht mal russisch.«

»Nein«, erwiderte Pfarrer Schwabacher, als ich mit entschuldigendem Lächeln den roten Knopf drückte, »da haben Sie recht. Diese Frage darf ich Ihnen nicht beantworten. Aber so viel kann ich Ihnen schon sagen: Der Herr Geldorf macht auf mich den Eindruck eines Menschen, dem eine schwere Schuld auf der Seele lastet. Letztes Jahr ist er einmal bei mir gewesen, an einem Abend im August. Daher kenne ich übrigens seinen Namen. Er spricht ja sonst nicht viel. Weder mit mir noch mit den anderen Gläubigen. Verstehen Sie, in einem Gotteshaus wie dem unseren, in einem Viertel wie dem unseren, da kennt man seine Schäfchen. Der Andrang ist ja heutzutage – dem Herrn sei's geklagt – nicht mehr so stürmisch. Außer an Weihnachten natürlich.«

»Was wollte er bei Ihnen an dem Abend im August?«

»Die uralte Frage, die schon vor fünfzehnhundert Jahren den alten Boëthius ratlos gemacht hat: Wenn der liebe Gott in seiner Allwissenheit schon in der Stunde unserer Geburt weiß, was wir im Lauf unseres Lebens alles sündigen werden, wie können wir dann schuldig sein? Wie kann der Mensch an etwas schuld sein, das vorherbestimmt und damit unvermeidlich war, worauf er gar keinen Einfluss hatte?«

»Und welche Antwort haben Sie ihm gegeben?«

»Die Antwort, die unsere gute Mutter Kirche seit fünfzehnhundert Jahren gibt: Wir Menschlein sollen uns nicht anmaßen, Gott zu verstehen. Gott ist abertausendmal größer, als unser kleiner Verstand sich jemals wird ausmalen können.«

»Hat ihn das getröstet?«

»Würde Sie das denn trösten?«

»Sie können mir vermutlich nicht sagen, wo Herr Geldorf wohnt?«

»Aber doch, das kann ich. Ich habe ihn einmal aus einem Haus kommen sehen. Vor ungefähr einem Vierteljahr ist das gewesen, kurz nach Mariä Lichtmess. Ich habe ihn gegrüßt, aber der Herr Geldorf war, wie so oft, in Gedanken.«

Pfarrer Schwabacher bestätigte außerdem, dass Geldorfs Gesicht inzwischen ein dichter, nicht übermäßig gepflegter Vollbart zierte. Das Haus, das er meinte, lag am westlichen Ende der Mönchhofstraße. Die Nummer wusste er nicht.

»Grün gestrichen ist es, linkerhand und ungefähr fünfzig Meter vor der großen Kreuzung. Sie können es nicht verfehlen.«

Als ich wieder in meinem Peugeot saß, war ich mir immer noch nicht klar darüber, was ich von dieser Geschichte halten sollte. Ein reuiger Mörder, der regelmäßig zur Kirche ging? Andererseits: Waren nicht auch zahllose Mörder des Tausendjährigen Reichs tiefgläubige Christen gewesen?

Nur, um nichts falsch zu machen, um auch die kleinste Chance nicht ungenutzt zu lassen, suchte und fand ich Minuten später eine Parklücke vor dem grünen Haus, das der Pfarrer mir beschrieben hatte.

Ich überquerte die sonnenwarme Straße. Der Himmel war heute milchig blau und von zahllosen Kondensstreifen zerkritzelt. Die Luft war drückend, und ich war froh, als ich den Schatten des Hauses erreichte. Neben der Tür eine bunte Ansammlung von Fahrrädern und Betonkästen für die Mülleimer. Im Haus lebten sechs Parteien. Geldorf wohnte im obersten Stockwerk.

Ich hatte schon den Finger auf dem Klingelknopf, als ich plötzlich zögerte und die Hand wieder sinken ließ. Selbst wenn die Chance neunundneunzig zu eins stand, dass der Mann völlig harmlos war – es war zu riskant, hier allein aufzutauchen und ihn zu fragen, ob er vielleicht zufällig ein mehrfacher Mörder war. So zückte ich mein Handy, um wenigstens eine Streife

267

zur Verstärkung anzufordern. Jeden meiner Mitarbeiter hätte ich zur Schnecke gemacht, hätte er anders gehandelt.

»Der ist nicht da«, ertönte eine helle Kinderstimme in meinem Rücken. Ich wandte mich um. Ein dunkelhaariges, vielleicht achtjähriges Mädchen mit Sommersprossen im runden Gesicht sah neugierig zu mir auf. Das Kind trug eine schwarze, verschlissene Jeans und eine geblümte Bluse, die an den Schultern schon ein wenig spannte. Mit einem Fuß stand es auf einem dieser winzigen metallenen Tretroller, mit deren Hilfe man sich in Nullkommanichts einen Unterarm brechen konnte, wie Sarah vor einigen Jahren im Selbstversuch nachgewiesen hatte.

»Du kennst den Herrn Geldorf?«, fragte ich mit gesenkter Stimme, um kein unnötiges Aufsehen zu erregen.

»Klar kenn ich den«, erwiderte das Kind so lautstark, dass man es vermutlich noch an der nächsten Ecke, mit Sicherheit aber im zweiten Obergeschoss hören konnte. »Ich wohn ja hier.«

»Und wie ist er so?«

Der Blick des Mädchens wurde unsicher. »Och«, sagte sie. »Der Sagnix ist schon okay.«

»Das heißt, er ist nicht so nett?«

»Bös ist er aber auch nicht. Er sagt bloß nie was. Das sagen auch meine Mama und mein Papa. Der Herr Geldorf ist lieber für sich und redet nicht gern mit anderen Leuten. Aber bös ist er nicht, nein.«

»Und er ist nicht daheim, sagst du? Wo ist er denn hin?«

»Einkaufen. Mit dem Auto. Er hat seinen Korb dabei gehabt und zwei leere Bierkisten. Meine Mama sagt, der Sagnix trinkt zu viel. Er kauft nur einmal die Woche ein, und dann nimmt er immer das Auto. Obwohl das gar nicht gut ist für die Umwelt. Meine Mama kauft jeden Tag ein, und die nimmt das Rad. Aber wir sind ja auch drei, die Mama, der Papa und ich. Und er kauft auch jedes Mal zwei Kisten Bier.«

»Weißt du denn, was er arbeitet?«

»Der ist immer nur daheim. Wie der Henkenhaf im ersten Stock. Die Mama sagt, der Sagnix muss reich sein, weil er einen tollen BMW fahren kann, auch wenn er gar nichts arbeitet. Arbeitslos ist er aber nicht.« Jetzt senkte auch das Mädchen die

Stimme: »Der Henkenhaf«, fuhr sie mit verschwörerischem Blick nach oben fort, »der ist arbeitslos. Der trinkt auch Bier, und dann haut er seine Frau. Drum ist sie im Winter auch ausgezogen. Der Sagnix, der haut niemanden.«

»Hätte er denn jemanden, den er hauen könnte?«

»Nö. Der hat keine Frau. Den mag keine, sagt meine Mama. Weil er nie was sagt und weil er nie lacht. Der ist immer traurig, und Frauen mögen keine traurigen Männer, sagt meine Mama.«

»Seit wann wohnt er denn schon hier?«

Das Mädchen sah zum Himmel und bewegte stumm die Lippen beim Rechnen.

»Vorletztes Jahr ist er eingezogen. Da sind Weihnachtsferien gewesen, und die Sternsinger sind grad gekommen. Und genau da hat er seine ganzen Sachen hochgeschleppt, und meine Mama hat die Sternsinger in unser Wohnzimmer gelassen, damit er vorbeigekonnt hat. Und dann haben sie Kuchen gekriegt und heiße Schokolade. Ich auch, obwohl ich kein Sternsinger bin. Meine Mama sagt, nächstes Jahr darf ich vielleicht auch mitsingen. Nicht als König. Aber vielleicht als Hirte oder als Schäfchen.«

»Und Herr Geldorf hat einen BMW, sagst du?«

»Einen ganz tollen! Aber jetzt ist er ein bisschen kaputt. Er macht so komische Töne. Wie ein Rennwagen.«

Oben klappte ein Fenster.

»Melinda«, rief eine dunkle Frauenstimme, »mit wem redest du denn da schon wieder?«

»Mit dem Mann hier«, erwiderte das sommersprossige Mädchen mit dem Kopf im Nacken. »Er will auch zum Sagnix.«

»Wieso auch?«, fragte ich alarmiert und trat zwei Schritte zurück. Melindas Mutter beugte sich etwas weiter vor, sodass wir Blickkontakt hatten. Sie hatte dasselbe Mondgesicht wie ihre Tochter, allerdings ohne Sommersprossen.

»Weil vor einer halben Stunde schon mal einer nach dem gefragt hat«, erwiderte sie unfreundlich. »Sonst kriegt er ja nie Besuch. Und jetzt ist er grad einen Tag aus dem Urlaub zurück, und schon interessiert sich die halbe Welt für ihn.«

Ich stellte mich vor, wedelte mit meinem Dienstausweis. »Wie hat der Mann ausgesehen, der zu Herrn Geldorf wollte?«

»Mein Gott, wie hat der ausgesehen?« Sie zog eine misslaunige Grimasse. »Groß. Dreißig, maximal fünfunddreißig. Breites Gesicht. Was ist denn überhaupt los hier? Wieso haben wir auf einmal die Polizei im Haus?«

»Er hat Plutschins angehabt«, wusste Melinda. »Und eine braune Jacke. Und einen Helm hat er dabeigehabt. Einen ganz schwarzen.«

Plutschins? Bluejeans vermutlich.

»Ihre hübsche Tochter sagte mir, Herr Geldorf wäre einkaufen. Sie wissen nicht zufällig, wo er das gewöhnlich macht?«

Es gibt wenige Dinge, auf die Frauen so zuverlässig reagieren wie auf Komplimente zu ihren Kindern.

»Und ob ich das weiß«, erwiderte die Frau mit einem Schimmer von Lächeln im Gesicht. »Zum Lidl in Handschuhsheim fährt er immer. Da kriegen Sie alles, und vor allem kriegen Sie einen Parkplatz. Ich hab ihm selber den Tipp gegeben. Gleich nachdem er eingezogen war.«

»Wissen Sie, ob er ein Handy hat? Haben Sie vielleicht sogar seine Nummer?«

Sie zuckte die Achseln. »Keine Ahnung, ob der ein Handy hat. Er ist nicht besonders redselig, wissen Sie? Grad, dass er einen grüßt, wenn man sich auf der Treppe trifft. Und von Hausordnung und Gehweg fegen hält er übrigens auch nicht viel.«

Ich diktierte Melindas Mutter meine eigene Nummer.

»Falls er wieder auftauchen sollte, rufen Sie mich bitte an.«

»Hat er denn was ausgefressen?«

»Nein, reine Routine. Ich habe nur ein paar Fragen an ihn. Aber sagen Sie ihm bitte nicht, dass ich hier war. Rufen Sie mich einfach nur an, falls Sie ihn sehen.«

»Und Sie sind sicher, dass das Dobrev war, der zu Geldorf wollte?«, fragte mich Klara Vangelis Sekunden später am Telefon. Inzwischen saß ich wieder im Wagen und war auf dem Weg in den äußersten Norden Heidelbergs.

»So sicher, wie man in dieser Situation sein kann«, erwiderte ich ein wenig gereizt.

»Wir haben übrigens eine Akte über diesen Jakob Geldorf«,

fuhr sie fort. »Geboren ist er in Kasachstan. Im Alter von zwölf Jahren ist er zusammen mit seinen Eltern nach Deutschland gekommen. Dann die übliche Migrantenkarriere: abgebrochene Hauptschule, kein Job, dafür viel Alkohol und hin und wieder kleinere Delikte. Schlägereien, einmal ein Gaststätteneinbruch, bei dem er die Alarmanlage ausgelöst hat und an Ort und Stelle festgenommen wurde. Damals war er siebzehn und ist mit ein paar ernsten Worten des Richters und hundert Stunden Sozialdienst davongekommen. Mit neunzehn dann zehn Monate wegen schwerer Körperverletzung. Ohne Bewährung.«

»Hat er in der Vergangenheit Kontakte zur russischen Mafia gehabt?«

»Das ist anzunehmen, aber nicht belegt. Einige Zeit hat er als Türsteher bei einem Sexclub in der Nähe von Bruchsal gearbeitet, der damals noch den Russen gehörte. Da hat er sich die nächste Anzeige wegen Körperverletzung eingehandelt. In den letzten fünf Jahren war dann nichts mehr. Wovon er heute lebt, kann ich nicht sagen. Dem Staat liegt er jedenfalls nicht auf der Tasche.«

»Wie kommt ein solcher Loser in Voronins Killertrupp?«

»Vielleicht wollte er bei den Russen endlich richtig einsteigen? Vielleicht war die Aktion in Bulgarien seine Feuertaufe?«

Diese Taktik verfolgen die meisten Verbrechersyndikate der Welt: Bevor jemand in den engeren Kreis aufgenommen wird, muss er seine Loyalität unter Beweis stellen, indem er ein schweres Verbrechen begeht. Nicht selten heißt das sogar, einen nahen Verwandten zu töten. Dadurch ist einerseits sichergestellt, dass der Kandidat es wirklich ernst meint. Andererseits kann er später nicht zur Polizei gehen und petzen. Und drittens können seine zukünftigen Arbeitgeber darauf vertrauen, keine Polizeispitzel in ihre Reihen aufzunehmen.

Jakob Geldorf hatte seine Prüfung offenbar nicht bestanden, sondern war daran zerbrochen, wollte man den Andeutungen des Pfarrers glauben. Falls er in diesem Augenblick noch am Leben war, dann verdankte er das dem Umstand, dass er in den letzten Wochen in Urlaub gewesen war.

»Sein Wagen ist ein silberfarbener 3-er BMW«, fuhr Vangelis fort. »Haben Sie was zu schreiben?«

»Nein.«

Sie diktierte mir die Nummer, wiederholte sie, und ich versuchte, sie mir einzuprägen.

Als ich den gut gefüllten Parkplatz des nicht übermäßig großen Supermarkts erreichte, zuckten schon überall Blaulichter im weichen Licht des Maivormittags. Ich zählte fünf Streifenwagen. Zwei zivile Fahrzeuge aus dem Fuhrpark der Kriminalpolizei kamen wenige Sekunden nach mir an.

Als ich aus meinem Peugeot stieg, sah ich mich umringt von fragenden Gesichtern. Ich pickte mir Rolf Runkel heraus, übertrug ihm die Leitung der Aktion, beschrieb Geldorfs BMW, ließ sein Foto herumgehen.

»Denken Sie daran, der Mann hat jetzt einen Vollbart«, sagte ich so laut, dass jeder es hören konnte. »Und er ist wahrscheinlich bewaffnet.«

»Der Parkplatz ist ja zum Glück nicht so riesig«, stellte Runkel nach einem Rundumblick fest. »Hinten sind allerdings noch mehr Parkplätze, hab ich vorhin gesehen.«

»Lassen Sie die Zufahrten sperren«, befahl ich. »Ich gehe inzwischen hinein und sehe mich um.«

Kurze Zeit später drängelte ich mich durch den Eingang des um diese Tageszeit bereits erstaunlich gut besuchten Supermarkts. Man veranstaltete gerade eine mediterrane Gourmetwoche, die offenbar guten Zuspruch fand. Außerdem gab es einen Toshiba-Laptop zum Superschnäppchenpreis.

Ich durchstreifte den Supermarkt Zeile für Zeile, drängelte mich durch Trauben von Einkäufern, die ihre Beute zur Kasse schoben, konnte Jakob Geldorf jedoch nirgendwo entdecken. Vor allem der Wein und der Laptop schienen gut wegzugehen. Zu meiner Beruhigung sah ich auch nirgendwo einen der Bulgaren.

Die Suchaktion dauerte nicht einmal zehn Minuten. Wir fanden weder Geldorf noch seinen BMW oder seine potenziellen Mörder. Schließlich ließ ich den Einsatz abblasen. Meine Mitarbeiter stiegen in ihre Fahrzeuge und machten sich auf den Weg zurück zur Polizeidirektion. Natürlich wagte keiner, in meiner Gegenwart abfällige Bemerkungen zu machen. Das würden sie während der Fahrt ausgiebig nachholen, ich konnte es in ihren

Mienen lesen: Der Gerlach wird allmählich alt. Schon der zweite Alarm, bei dem nichts herauskommt als vertane Zeit und verschwendetes Benzin.

32

Ich ließ meinen Mitarbeitern einige Minuten Vorsprung, beichtete Vangelis die neuerliche Pleite und reihte mich schließlich in den lebhaften Verkehr in Richtung Innenstadt ein. Während der gemächlichen Stop-and-go-Fahrt durch Handschuhsheim freute ich mich am gesunden Klang meines Motors und wünschte Herrn May ein langes, glückliches Leben.

Wie üblich schienen wieder einmal alle Ampeln rot zu sein. Zwischendurch überfiel mich plötzlich die Lust, Theresas Stimme zu hören, ihr Lachen. Ich hatte das Handy schon in der Hand, legte es aber wieder zurück auf den Beifahrersitz. Vielleicht war es nicht klug, gerade jetzt zu telefonieren, wo es jeden Augenblick Geldorfs Festnahme melden konnte.

Zehn Minuten später, inzwischen stand ich an einer Ampel kurz vor der Ernst-Walz-Brücke, trillerte mein Handy tatsächlich. Es war jedoch nicht die erwartete gute Nachricht, sondern Melindas Mutter.

»Grad ist mir noch was eingefallen«, rief sie aufgeregt. »Manchmal fährt der Herr Geldorf auch nach Weinheim zum Einkaufen. Da gibt's anscheinend einen kleinen russischen Supermarkt. Und die haben Sachen, die er sonst nicht kriegt.«

Und nun? Wenden und nach Weinheim fahren? Auf so einen vagen Hinweis hin? Erneut eine Fahndung auslösen, die vermutlich wieder zu nichts als schlechter Laune führen würde? Ich entschied mich dagegen. Weit würde Geldorf ohnehin nicht mehr kommen. Jeder Polizist Heidelbergs kannte inzwischen das Kennzeichen seines Wagens, hatte sich sein Porträt eingeprägt. Es war nur noch eine Frage von Minuten, bis ihn eine rote Kelle an den Straßenrand winken würde.

Die Grünphasen waren kurz, die Autoschlange vor mir lang. Der Verkehr staute sich schon weiter vorn, entdeckte ich, jenseits der Brücke. Der russische Supermarkt in Weinheim beschäftigte mich immer noch. Sollte ich doch lieber kehrtmachen und dieser neuen Spur folgen, die mit größter Wahrscheinlichkeit keine war? Vor mir stand ein tiefergelegter schwarzer Mercedes mit dunklen Scheiben und einem Auspuff, den der TÜV gewiss noch niemals gesehen hatte. Der Fahrer spielte nervös mit dem Gaspedal. Selbst bei geschlossenen Scheiben drang das Wummern seiner Musik bis zu mir. Es war fast elf Uhr, und in meinem Peugeot wurde es minütlich wärmer. Ich gähnte. Vielleicht wäre eine Klimaanlage im Auto doch keine schlechte Sache?

Wieder wurde die Ampel grün. Dieses Mal gehörte ich zu den Glücklichen, aber schon wenig später, auf der Brücke, stand ich erneut. Einige hundert Meter vor mir war eine Baustelle, fiel mir ein, kurz vor dem Bahnhof. Der Neckar schimmerte und blitzte in der Sonne. Meine Müdigkeit steigerte sich zur Schläfrigkeit. Ich kurbelte das Fenster herunter. Im Radio diskutierte ein Moderator mit der Autorin eines Erziehungsratgebers für Eltern pubertierender Mädchen. Hin und wieder musste ich lächeln. Wieder ging es zehn Meter voran. Noch hundert Meter, dann kam Schatten.

Aus den Augenwinkeln sah ich ein Motorrad in Gegenrichtung vorbeifahren. Schwarzer Helm, war das Erste, was in mein Bewusstsein drang. Plutschins. Der gebeugte Rücken. Slavko Dobrev? Tausend Motorradfahrer tragen schwarze Helme und Jeans. Viele haben vermutlich einen gebeugten Rücken.

Nur zu oft ist es nicht unser Verstand, der entscheidet, sondern die günstige Gelegenheit. Hätte sich im Gegenverkehr nicht gerade jetzt eine Lücke aufgetan, wäre ich vermutlich weitergefahren. Aber da war eine Lücke, und ich riss das Lenkrad herum, scherte aus der Reihe aus, musste noch einmal zurücksetzen. Die Fahrerin eines steingrauen Uraltkäfer, der ich den Weg versperrte, winkte freundlich und lächelte. Ich rumpelte mit dem rechten Vorderrad über die Bordsteinkante, was mir einen bitterbösen Radfahrerblick einbrachte. Dann war ich herum und gab Gas.

Der schwarze Helm war inzwischen zehn, elf Fahrzeuge vor mir. Und natürlich war die nächste Ampel wieder rot. Zeit zu telefonieren, während der schwarze Helm allmählich in der Ferne kleiner wurde. Ich hatte die Wahlwiederholung schon gedrückt, legte jedoch beim ersten Tuten wieder auf. Dieses Mal wollte ich sicher sein.

Grün. Zu meiner Erleichterung bogen drei Fahrzeuge vor mir ab. Einige hundert Meter konnte ich schneller fahren und aufholen. Links die Einfahrt der Unikliniken. Augenblicke später kreuzte ich schon die Mönchhofstraße, wo Geldorf zu Hause war. Dorthin war Dobrev jedoch offenbar nicht abgebogen. Die Straße war vierspurig, in der Mitte verliefen Straßenbahngleise. Eine lang gezogene Rechtskurve nahm mir für einige Zeit die Sicht nach vorn. Die Bebauung wurde spärlicher, die Straße zweispurig. Der nadelspitze Kirchturm von Handschuhsheim kam in Sicht.

Da war er wieder: der schwarze Helm, jetzt nur noch fünf Fahrzeuge vor mir, an einer Ampel. Dieses Mal musste ich nur wenige Sekunden warten. Dobrev – falls er es denn war – ließ den Motor aufheulen und überholte mehrere Wagen, um sich dann wieder brav in die Kolonne einzuordnen. Als legte er Wert darauf, in dieser Kolonne an einer bestimmten Stelle zu sein. Für mich war Überholen hier unmöglich. Aber das war auch nicht nötig, denn Dobrev blieb jetzt mit gleich bleibendem Abstand vor mir. Ohne weitere Stopps passierten wir mehrere Ampeln und durchquerten Handschuhsheim, den nördlichsten Stadtteil Heidelbergs. Der Verkehr wurde wieder spärlicher. Ich holte auf. Vier Fahrzeuge vor dem Motorrad entdeckte ich einen kleinen tomatenroten Wagen. Einen BMW, wenn ich mich nicht täuschte. Dahinter folgte ein weißer Ford Focus, dann etwas taxibeiges Japanisches. Kein silberner BMW. Spätestens jetzt hätte er zu sehen sein müssen.

Als ich an einer Tankstelle mit angeschlossener Kfz-Werkstatt vorbeifuhr, fielen mir Melindas Worte wieder ein: »Sein Auto ist ein bisschen kaputt.«

Ich suchte im Handy – angenommene Anrufe – Melindas Mutter.

»Hab ihn noch nicht gesehen«, berichtete sie ungefragt. »Ich hab schon einen ganz steifen Hals vom aus dem Fenster Gucken.«

»Ihre Tochter sagte vorhin, mit seinem Auto sei irgendwas nicht in Ordnung.«

»Der Auspuff, ja, stimmt. Wie er gestern aus dem Urlaub gekommen ist, da hat sein BMW geröhrt wie so ein Angeberauto. Er hat überhaupt viel Ärger damit, hat er mir mal gesagt. Ist übrigens das einzige Mal gewesen, dass er mehr als drei Worte mit mir geredet hat. Damals hat er auf die Werkstätten geschimpft, und dass ihm sein Auto noch die Haare vom Kopf frisst. Er hat sogar überlegt, ob er es nicht lieber verkaufen soll.«

Sollte Geldorf seinen BMW in die Werkstatt gebracht und Einkaufskorb und Bierkisten in ein Ersatzfahrzeug umgeladen haben? Nun wurde mir doch unwohl. Falls dieser Motorradfahrer mit dem schwarzen Helm wirklich Dobrev war und irgendwo weiter vorn Geldorf fuhr, dann war Schivkov nicht weit. Und dann wurde es allmählich doch Zeit, Verstärkung anzufordern.

Ich passierte gerade das Heidelberger Ortsschild, als ich erneut Vangelis' Nummer wählte. Sie hörte kurz zu.

»Ich sause rüber ins Lagezentrum«, sagte sie dann, wie üblich durch nichts aus der Ruhe zu bringen, »und rufe Sie in einer Minute zurück.«

Jetzt waren nur noch vier Fahrzeuge zwischen mir und dem roten BMW, der betont langsam zu fahren schien: der weiße Ford, der taxifarbene Japaner, ein Lexus, wenn ich mich nicht irrte, Dobrev, ein nagelneuer, stolz im Sonnenlicht funkelnder Audi.

Dossenheim. Und wieder Ampeln.

Von der Direktion bis hierher braucht man mit Blaulicht fünfzehn Minuten. Und fünfzehn Minuten können verflucht lang sein, wenn man vor einer roten Ampel steht und sich ausmalt, was in der Zwischenzeit Schreckliches passieren kann. Dobrev war gerade noch bei Gelb durchgewischt, ich stand und beobachtete, wie der schwarze Helm um die nächste Biegung der Bundesstraße verschwand und sich fünf, sechs, sieben Wagen vor mir einreihte. In einschlägigen Filmen biegt der Held an dieser Stelle auf den Gehweg ab, um zu überholen. Aber rechts von mir stand eine Schlange von Rechtsabbiegern, die nach Dossenheim hineinwollten. Und vor mir eine Ampel, die offenbar niemals wieder grün werden wollte. Mein Herz klopfte, meine Hände waren feucht.

Doch.

Sie wurde doch wieder grün.

Nördlich von Dossenheim bot sich die Gelegenheit zu überholen, wenn man sich über die Geschwindigkeitsbegrenzung hinwegsetzte. Ich nutzte meine Chance, wieder näher heranzukommen, und machte mir ein paar Feinde mehr auf der Welt. Als ich Schriesheim erreichte, waren nur noch fünf Wagen zwischen Dobrevs Motorrad und mir. Vor Dobrev waren jetzt andere Fahrzeuge. Der weiße Ford war verschwunden, ebenso der Audi. Nur der Lexus und der tomatenrote BMW waren noch da.

Immer noch fuhr Geldorf eher zu langsam als zu schnell, ließ sich hin und wieder überholen. Dobrev fuhr an den Straßenrand und bremste ab, vermutlich um nicht zu nah heranzukommen, ließ mich vorbei. Jetzt war der Lexus direkt vor mir. Vom Fahrer konnte ich nichts sehen als die Augen im Rückspiegel.

Das Handy, Vangelis. Eine Flotte von vier Fahrzeugen war inzwischen auf dem Weg. Zwei auf der Bundesstraße hinter mir, zwei auf der A 5, die einige Kilometer westlich parallel verlief. Diese beiden würden vor uns in Weinheim sein. Das war gut.

Vangelis hatte die Adresse des russischen Supermarkts in Weinheim an die dortigen Kollegen durchgegeben, damit sie ein Empfangskomitee in Stellung bringen konnten.

»Wir lassen die Verbindung ab jetzt stehen, okay?«

Ich behielt das Handy am Ohr, hörte, wie sie über einen zweiten Apparat telefonierte. »Es gibt eine neue Entwicklung«, sagte sie dann. »Spielende Kinder haben in einer Kiesgrube in der Nähe von Regensburg eine Leiche gefunden.«

»Mit einem Loch in der Stirn?«

»Sie sagen es.«

Damit war Geldorf der letzte der fünf Mörder, der noch am Leben war. Wenn ich einen Fehler machte, nicht mehr lange.

»Ich mache mich jetzt auf den Weg zu Ihnen«, hörte ich Vangelis sagen. »Ich nehme die Autobahn und rufe Sie gleich wieder an.«

277

Großsachsen mit seiner knubbeligen kleinen Kirche. Inzwischen zählte ich acht Fahrzeuge zwischen Geldorf und mir. Dobrev war immer noch hinter mir und hatte mich offenbar nicht erkannt. Meine augenblickliche Position war gut. Weit genug zurück, um nicht aufzufallen, nah genug, um den roten BMW nicht zu verlieren.

Mit Vangelis kam ich überein, mit dem Zugriff in Weinheim so lange zu warten, bis Geldorf aus seinem Wagen stieg. Die dortigen Kollegen gingen gerade in Stellung, erfuhr ich von meiner Einsatzleiterin, die gerade mit zweihundert Stundenkilometern auf der A 5 nach Norden jagte. Dieser Zugriff würde brandgefährlich werden. Es musste sehr schnell gehen, und überdies mussten Geldorf, Dobrev und Schivkov gleichzeitig überrumpelt und entwaffnet werden.

Solange Geldorf sich bewegte, war er halbwegs in Sicherheit. Noch schien er nichts von seinen Verfolgern bemerkt zu haben.

Großsachsen blieb hinter uns. Geldorf war immer noch mit exakt siebzig Stundenkilometern unterwegs. Vor uns ein Abzweig nach links, in der Ferne schon die ersten Häuser Weinheims. Plötzlich wurde der BMW schneller, schlug einen scharfen Haken und bog, ohne zu blinken, mit einem halsbrecherischen Manöver durch den dichten Gegenverkehr hindurch links ab. Der Lexus musste bremsen, blinkte, folgte ihm. Ich selbst musste warten, um einen Lkw passieren zu lassen. Dann eine Lücke, ich trat aufs Gas. Während ich beschleunigte, drückte ich die Wahlwiederholung.

»Er fährt in Richtung Westen!«, rief ich. »Vermutlich will er auf die Autobahn.«

»Mist«, erwiderte Vangelis. »Ich bin kurz vor Weinheim. Die Kollegen vor mir sind schon von der Autobahn runter.«

»Wie weit sind die auf der B 3?«

»Etwa drei Kilometer hinter Ihnen.«

»Sie sollen aufschließen, so schnell sie können.«

Geldorf wollte nicht auf die Autobahn. Das war überhaupt nicht möglich, denn hier gab es gar keine Auffahrt, stellte ich in den nächsten Sekunden fest. Die breite, gerade Straße führte über die A 5 hinweg und geradeaus weiter in Richtung Viernheim. Jetzt achtete er nicht mehr auf Verkehrsregeln, beschleunigte auf hundertzwanzig, hundertdreißig, hundertvierzig. Der Lexus folgte dicht auf, Dobrev immer noch hinter mir. Geldorfs abruptes Abbiegemanöver hatte nicht nur mir klargemacht: Mittlerweile wusste er, dass er verfolgt wurde. Hinter mir ein Dröhnen, Augenblicke später schoss das Motorrad an mir vorbei. Vangelis und die beiden Fahrzeuge vor ihr hatten inzwischen gewendet und waren auf dem Weg zurück. Die Kollegen hinter mir fuhren, was die Autos hergaben, um aufzuholen.

Ein Kreisverkehr, dahinter einige verstreute Häuser. Geldorf umrundete ihn, nahm die dritte Ausfahrt, diesmal mit quietschenden Reifen. Nun ging es wieder nach Süden, Richtung Ladenburg. Ein Dorf, Kurven, zum Glück niemand auf der Straße. Die Landschaft wurde offen, die Straße gerade und zum Glück wenig befahren. Geldorf wurde immer noch schneller. Inzwischen fuhren wir fast hundertsiebzig.

Was waren meine Optionen? Ich musste mehrere Ziele gleichzeitig erreichen: Geldorf beschützen und festnehmen, den beiden offenbar zu allem entschlossenen Bulgaren Handschellen anlegen, bevor sie einen Schuss abgeben konnten.

Eine Straßensperrung würde mit tödlicher Sicherheit in einer Schießerei enden, weil die Bulgaren sich nicht widerstandslos ergeben würden. Die kleine Kolonne von hinten auflösen? Erst Schivkov unter irgendeinem Vorwand von einem Streifenwagen stoppen lassen, zwei Kilometer weiter Dobrev aus dem Verkehr ziehen? Die dazu nötigen Streifenwagen mussten erst einmal dort sein, wo ich sie brauchte. Und dieses Dort änderte sich von Sekunde zu Sekunde.

Vorne qualmten Reifen. Der rote BMW überholte einen Traktor mit Anhänger. Der Lexus musste scharf abbremsen, kam ins Schlingern. Dobrev quetschte sich in einem lebensgefährlichen Manöver zwischen dem Traktor und einem entgegenkommenden Sattelschlepper hindurch, der dröhnend hupte.

Augenblicke später war auch ich an dem landwirtschaftlichen Nutzfahrzeug vorbei. Die ersten Häuser von Heddesheim kamen in Sicht. Eine Ampel, rot, natürlich. Geldorf kümmerte sich nicht darum, fuhr links an den warteten Fahrzeugen vorbei, bog ab, jetzt ging es wieder in Richtung Westen. Die Bulgaren dürften inzwischen begriffen haben, dass es dieses Mal nicht so einfach werden würde mit der Kugel zwischen die Augen. Und sie mussten längst bemerkt haben, dass ihnen ein alter Peugeot Kombi hartnäckig an den Fersen klebte.

Die nächste Abbiegung, wieder wählte Geldorf rechts.

Was würde ich tun, säße ich da vorne in dem roten Auto? Die Verfolger abzuschütteln war unmöglich. Dobrevs Kawasaki würde problemlos bei jeder Geschwindigkeit mithalten können, die der BMW schaffte. Anzuhalten und sich auf eine Schießerei einzulassen war wenig aussichtsreich. Es stand zwei gegen einen. Die besten Chancen hatte Geldorf vermutlich mit Theresas Bierflasche-in-der-Kiste-Taktik: ein Ort, wo viele Menschen waren, zwischen denen er sich unsichtbar machen konnte.

Ich hatte das Handy immer noch am Ohr, hielt Vangelis auf dem Laufenden, die meine Position per Funk an die anderen Kräfte durchgab. Immer mehr Fahrzeuge waren auf dem Weg in meine Richtung. Unsere eigenen, die Kollegen aus Weinheim auf der A 659, Kollegen aus Mannheim auf der A 6. Der in Mannheim stationierte und für den Fall der Fälle alarmierte Rettungshubschrauber ließ soeben sein Triebwerk warm laufen. Sowohl ein hessisches Spezialeinsatzkommando als auch das baden-württembergische waren im Anflug, da wir uns ständig zwischen den beiden Bundesländern hin und her bewegten. Die einen kamen per Hubschrauber aus Frankfurt, die anderen aus Göppingen bei Stuttgart. Die Straße führte in Richtung Viernheim und war jetzt schmal, kurvig und gefährlich. Zum Glück auch hier wenig Verkehr.

Nach einer letzten Kurve sah ich Viernheim vor mir und Geldorf auf die Autobahn abbiegen.

»A 659«, brüllte ich ins Handy. »Richtung Mannheim.«

Wo wollte er hin? Verfolgte er einen Plan, oder fuhr er ziellos herum, weil Anhalten sein Tod wäre?

Schon war auch ich auf der Autobahn, Geldorf erschreckend weit entfernt, Dobrev hinter ihm, der Lexus ein wenig zurückgefallen. Ich raste mit hundertachtzig über das Viernheimer Kreuz, das war alles, was mein Peugeot hergab, fiel dennoch rapide zurück, sah gerade noch, wie Geldorf und Dobrev die Autobahn schon wieder verließen.

»Auf den ersten tausend Kilometern rasen Sie mal nicht so«, hatte Herr May gesagt.

Aber schon durfte ich wieder bremsen.

»Ausfahrt westlich vom Viernheimer Kreuz«, rief ich ins Handy, das zwischen meinem linken Ohr und der Schulter klemmte. Weder Geldorf noch seine Verfolger waren mehr zu sehen, als ich aus der Kurve kam. Links oder rechts? Links ging es nach Mannheim hinein, in die Innenstadt. Rechts ins Grüne. Hinter mir wurde gehupt. Also rechts. Keine zehn Sekunden später stand ich erneut vor derselben Frage: Links ging es in die nördlichen Stadtteile Mannheims, rechts nach Viernheim zurück.

Menschen, die verfolgt werden, schlagen gerne Haken. Versuchen, instinktiv das zu tun, womit der Verfolger am wenigsten rechnet. Also setzte ich erneut den rechten Blinker, und wieder musste Vangelis die aus allen Himmelsrichtungen anrückenden Kräfte neu sortieren. Die Straße verlief jetzt parallel zur Autobahn, von der ich gerade kam, führte durch ein Waldstück. Links das Grün des Mannheimer Golfplatzes.

Eine breite Durchfahrt unter der A 6 hindurch. Kurz darauf das Viernheimer Ortsschild. Und ein riesiges Werbeplakat des Rhein-Neckar-Zentrums, des größten Einkaufszentrums im Umkreis von vielleicht einhundert Kilometern.

33

Der rote BMW stand verlassen und mit offener Fahrertür in der Kurve zum riesigen Parkplatz halb auf dem breiten Gehweg, hatte offenbar einen Begrenzungspfosten niedergemäht. Die Kawasaki entdeckte ich ebenso wenig wie den Lexus. Ich zog im absoluten Halteverbot die Handbremse, hetzte auf den Osteingang zu. Innen viele Menschen, Glas und Licht und eine freundliche Lautsprecherstimme. Ich wurde angerempelt, rempelte selbst.

Das Handy.

Vangelis.

»Ein Einkaufszentrum?«, fragte sie entsetzt. »Das ist bitte nicht Ihr Ernst!«

»Wie lange brauchen Sie noch, bis Sie hier sind?«

»Drei, vier Minuten.«

»Melden Sie sich, sobald Sie auf den Parkplatz fahren. Verteilen Sie vorerst alles, was anrückt, auf die Eingänge, und machen Sie das Gebäude dicht. Versuchen Sie, das Center-Management zu erreichen. Wir brauchen jemanden, der sich hier auskennt. Vielleicht gibt es unterirdische Zugänge, Notausgänge. Außerdem sollen die ihre eigene Security alarmieren. Ich bin schon drin und peile die Lage.«

Während ich telefonierte, war ich – nun etwas langsamer und ständig um mich sehend – weitergelaufen. Bunte Lichter, Lärm, Musik und viel zu viele Menschen.

Nirgendwo ein bekanntes Gesicht.

Sollte Geldorf die Mall etwa gar nicht betreten oder durch einen der anderen Ausgänge schon wieder verlassen haben? Und wo steckten die Bulgaren? Weder das Motorrad noch den Lexus hatte ich draußen gesehen. Aber das musste nichts heißen. Hier gab es offenbar viele Ein- und Ausgänge, und das war schlecht, sehr schlecht. Dafür schien kein Obergeschoss zu existieren. Keine Rolltreppen oder Aufzüge in Sicht, alle Geschäfte auf Erdniveau. Das war gut. Gab es vielleicht einen Keller?

Inzwischen hatte ich eine Art überdachten Platz erreicht. In der Mitte Tischgruppen, es roch nach Kaffee und frisch Gebackenem. Das Handy vibrierte in meiner Hand.

»Wir sind da. Ausgänge sind dicht. Wo stecken Sie?«

Ich machte kehrt. Eine erotische Lautsprecherstimme kündigte eine Modenschau bei Peek & Cloppenburg an. Ich lief zurück zum Osteingang. Klara Vangelis und Rolf Runkel kamen mir entgegengerannt, gefolgt von drei, nein, vier uniformierten Kollegen, deren Gesichter ich noch nie gesehen hatte.

Ich deutete auf den jüngsten und vermutlich unerfahrensten der vier.

»Sie übergeben mir bitte Ihre Waffe. Und dann verstärken Sie die Kollegen draußen.«

Der junge Mann guckte erst verblüfft, dann ungläubig und

überreichte mir schließlich mit zorniger Miene seine Heckler &
Koch.

»Geladen und gesichert«, sagte er dabei, wie es sich gehörte.

»Was denken Sie? Sollen wir räumen lassen?«, fragte Vangelis.

»Erst mal lieber nicht«, erwiderte ich. »Die Gefahr einer
Panik ist mir zu groß. Außerdem ist noch nicht mal geklärt, ob
Geldorf und die Bulgaren wirklich hier irgendwo sind. Bisher
habe ich nur sein Auto …«

In diesem Moment fielen die ersten beiden Schüsse. Und die
Panik war da. Menschen schrien, erst weit entfernt, dann schon
nah, Schritte klapperten und trampelten, Frauen nahmen im
Laufen ihre Kinder auf den Arm. Die dazugehörigen Männer
brüllten sinnlos herum und trieben sie zur Eile an. Wir drückten
uns an die Schaufensterfront, um den Strom vorbeizulassen.
Zum Glück waren die Gänge breit. Zum Glück war nicht Samstag, sondern Donnerstag.

»Ich komme mit.« Klara Vangelis wühlte schon in ihrer
großen Handtasche nach ihrer alten Walther PPK, die sie bevor-
zugte, da sie kleiner und leichter war als die heute bei der Polizei übliche Heckler & Koch.

»Nee, du ganz bestimmt nicht«, widersprach eine wohlbe-
kannte Stimme.

Sven Balke und Evalina Krauss standen neben uns, beide ihre
Waffen schon in der Hand. Mir war es gleichgültig, wer mich
begleitete, und zwei waren in jedem Fall besser als eine. Ich
nickte ihnen zu. Sie nickten zurück.

Wir machten uns auf den Weg in die Richtung, aus der wir
die Schüsse gehört hatten.

Die Menschentrauben, die uns entgegenströmten, waren
schon kleiner geworden. Ein älteres Ehepaar, sie gebeugt und
zierlich, er mit hochrotem Kopf und am Stock, schienen die
Nachhut zu bilden. Irgendwo schrie ein Kind nach seiner
Mama, aber das schien von hinten zu kommen. Vor uns war es
jetzt still. Langsam bewegten wir uns weiter in das unübersicht-
liche Gebäude hinein. Der Gang knickte ein wenig nach rechts
ab, wurde breiter und heller. Ich blieb an der linken Schaufensterfront, meine beiden Begleiter an der gegenüberliegenden.

Von dort roch es nach gebratenem Fisch, auf meiner Seite nach Leder. Ein Schuhgeschäft. In der Mitte des Gangs immer wieder Sitzbänke und große Kübel voller vermutlich künstlicher Blumen. Nach fünfzig weiteren Metern erreichten wir einen weiteren Platz, größer, sehr hell, Palmen und Blumen. Hier roch es nach Pommesfett und Bratwurst, und wir hatten die Wahl zwischen geradeaus, links oder rechts. Rechts ging es zu Karstadt. Dort gab es doch Rolltreppen. Woher waren die Schüsse gekommen?

Ich blieb stehen, hob die Hand, um den anderen zu signalisieren, dass sie ebenfalls innehalten sollten.

Wir lauschten.

Aus den Lautsprechern Beruhigungsmusik.

Sonst nichts außer letzten, sich rasch entfernenden Schritten, fernen Kinderschreien, Angstrufen. Die meisten der Flüchtenden wussten vermutlich nicht einmal, wovor sie davonliefen. Sie folgten aus uralten Instinkten heraus einfach der fliehenden Herde.

Ich riskierte einen Blick um die nächste Ecke, der nach links abzweigende Gang war menschenleer.

Da knallte es wieder. Einmal. Näher diesmal, viel näher.

Ein großes Kaliber. Glas klirrte.

Ein heiserer, herrischer Ruf. Ich meinte, Schivkovs Stimme zu erkennen. Noch ein Schuss. Schivkov – jetzt war ich mir sicher – fluchte, rief offenbar nach seinem Neffen. Der antwortete knapp und wütend.

Schüsse und Stimmen kamen aus der Verlängerung des Gangs, durch den wir gekommen waren. So überquerten wir geduckt und im Laufschritt den Platz, liefen weiter, für den Fall des Falles immer nah an den endlos scheinenden Schaufensterfronten, den jeweils nächsten Eingang im Blick. Balke und Krauss folgten mir mit wenigen Schritten Abstand auf der anderen Seite, beide die Läufe ihrer Pistolen senkrecht nach oben haltend. Kurz vor dem Ende des Gangs blieb ich erneut stehen. Jetzt war es wieder still. In der Ferne das Rattern eines Hubschraubers, das rasch leiser wurde. An der Ecke auf meiner Seite war ein kleines Bistro. Kaffee und Kuchen drei Euro fünfzig. Heute Salatteller zum Sonderpreis.

Als mein Atem sich beruhigt hatte, wagte ich mich noch ein wenig weiter vor und riskierte einen Blick an der Säule vorbei nach links und rechts. In beide Richtungen öffneten sich wieder Gänge. Hinter einem Regal eines Schuhgeschäfts gegenüber duckten sich zwei Verkäuferinnen. Sie starrten mich aus weiten Augen an, versuchten wohl zu erraten, ob ich zu den Guten gehörte oder zu den Bösen.

Mit den Lippen formte ich lautlos das Wort »Polizei«. Da nickten sie, entspannten sich und deuteten aufgeregt nach links. Ich gab ihnen Zeichen, zu bleiben, wo sie waren und sich klein zu machen.

Inzwischen war es sehr ruhig geworden um uns herum. Nur ganz von ferne hörte ich noch Stimmen. Immer noch das leise Knattern eines Hubschraubers. Aber da war noch etwas anderes. Etwas Fremdes.

Von links meinte ich, Atmen zu hören. Ein unterdrücktes Räuspern. Ich ging in die Knie, spähte wieder um die Ecke. Slavko Dobrev stand nur drei Meter von mir entfernt – den Rücken halb zu mir – im Eingang eines Juweliergeschäfts. Seine schwere Automatic hielt er auf den Eingang einer schräg gegenüber liegenden Boutique für Damenmode gerichtet.

Schivkov war nicht zu sehen, konnte aber nicht weit sein. Vielleicht stand er im Eingang des nächsten oder übernächsten Geschäfts, sodass die beiden Geldorf ins Kreuzfeuer nehmen konnten, der sich vermutlich in der Boutique verschanzt hatte.

Wieder ein heiserer Befehl, und jetzt war ich überzeugt, er kam von Schivkov. Dobrev zuckte zusammen, grunzte etwas, ging in die Knie und setzte sich vorsichtig in Bewegung. Er kam ungefähr zwei Meter weit. Dann fiel ein Schuss, er klappte zusammen wie ein Taschenmesser, fiel aufs Gesicht. Seine Waffe schlitterte einige Schritte weiter und blieb liegen.

»Wie sieht's aus?«, flüsterte jemand in meinem Rücken.

Balke hatte inzwischen, ohne dass ich es bemerkt hatte, die Seite gewechselt und stand nun hinter mir. Evalina Krauss sicherte von der anderen Seite, die Waffe mit beiden Händen im Anschlag, Zeigefinger am Abzug.

»Dobrev hat's erwischt«, flüsterte ich überflüssigerweise zurück. »Geldorf ist da drüben, nehme ich an. In der Boutique.«

285

»Und?«

»Warten.«

»Worauf? Dass sie sich gegenseitig abknallen?«

»Darauf, dass wir es irgendwie verhindern können.«

»Warum eigentlich?«, wollte Balke nach einer Denkpause wissen.

»Weil wir dafür bezahlt werden.«

Wir warteten. Eine Minute. Zwei.

Dobrev schien nicht mehr zu atmen. Unter ihm breitete sich allmählich eine Blutlache aus. Auch sonst rührte sich nichts mehr. Von draußen hörte ich immer wieder näher kommende Signalhörner, die, kurz bevor sie die Shopping-Mall erreichten, verstummten. Der Parkplatz wimmelte jetzt vermutlich von Menschen. Das Geräusch eines zweiten Hubschraubers schwoll an, ebbte wieder ab.

Balke tippte mir auf die Schulter, deutete nach links.

Geldorf. Er war dort gewesen, wo ich Schivkov vermutet hatte, im Eingang des übernächsten Geschäfts auf unserer Seite. Dann war es vielleicht Schivkov, der sich in der Boutique versteckte? Geldorf kam tief gebückt hervorgeschlichen, eine langläufige Pistole hektisch hin und her schwenkend.

Balke und mich bemerkte er nicht, da wir im Halbdunkel standen und er den Eingang der Boutique nicht aus den Augen ließ.

Dann ging plötzlich alles so schnell, dass ich erst später begriff, was geschehen war.

Eine schnelle Bewegung hinter dem Schaufenster der Boutique. Ein Schuss knallte, wieder splitterte Glas, Geldorf wirbelte herum, ließ sich in der Drehung fallen und begann zu schießen.

Und noch bevor er auf dem granitglänzenden Fußboden aufschlug, eröffnete Evalina Krauss das Feuer.

Dann war es wieder still. In meinen Ohren hallten die Schüsse nach.

Wir warteten eine weitere halbe Minute. Schließlich wagte ich mich aus der Deckung, Schritt für Schritt, gesichert von meinen beiden Begleitern. Geldorf atmete noch, erkannte ich, als ich näher kam. Dobrev nicht.

Endlich hatte ich eine Position erreicht, aus der ich die Boutique überblicken konnte. Dort gab es jedoch nichts zu sehen außer einer großen Anzahl von Kleiderständern, von denen jeder einem gedrungenen Mann wie Schivkov ein vorzügliches Versteck bot.

Jemand packte mich an der Schulter.

Ich fuhr herum und hätte um ein Haar abgedrückt.

Vor mir stand ein schwarz vermummter Hühne mit Helm und Maschinenpistole und grinste mich durchs offene Visier gutmütig an.

»Lassen Sie uns das mal machen«, sagte er in breitem Hessisch und klappte seinen Gesichtsschutz herunter. »Ich und meine Kollegen wollen ja nicht aus der Übung kommen, nicht wahr.«

Hinter ihm standen noch vier oder fünf von seiner Sorte.

Er hob die Hand, rief einen knappen Befehl.

Getrampel, Gebrüll. Blendgranaten flogen in die Boutique. Es knallte und blitzte.

Ich sprang in den Eingang des Juweliergeschäfts, fand Deckung hinter einer Säule. In kurzer Folge hörte ich die »Sauber!«-Rufe der Männer vom Spezialeinsatzkommando.

Dann rief eine dröhnende Männerstimme: »Raum gesichert. Hier ist nichts.«

34

»Das war's dann ja wohl«, meinte Balke am späten Nachmittag nur halb befriedigt. »Das war Nummer fünf.«

Von Schivkov hatten wir keine Spur gefunden. Weder in der Boutique noch in einem der umliegenden Geschäfte.

»Noch nicht ganz«, widersprach ich. »Wir wissen immer noch nicht, was aus der Beute geworden ist.«

Die Identität des Toten aus der Kiesgrube bei Regensburg war bereits geklärt. Wie befürchtet, war er der vierte in Voronins Todesschwadron. Der fünfte aber lebte. Evalina Krauss hatte gut gezielt und Geldorf mit drei Schüssen dreimal ge-

troffen. Keine seiner Verletzungen war jedoch lebensbedroh-
lich. Morgen würde ich ihn vernehmen dürfen, spätestens übermorgen, hatte der Arzt versprochen, mit dem ich telefoniert
hatte.

An der Rückseite der Boutique gab es eine Tür, hatten wir
festgestellt. Und diese Tür, die nicht verschlossen war, führte ins
Freie, auf den Parkplatz. Damit war geklärt, wie Schivkov das
Gebäude hatte verlassen können. Der Lexus hatte auf dem
Parkplatz gestanden, Dobrevs Kawasaki dagegen war ver-
schwunden.

Vermutlich hatte Schivkov das Motorrad bereits kurz darauf
in irgendeinem Baggersee versenkt und war mit einem auf ihn
wartenden Wagen weitergeflohen. Oder mit der Bahn oder wie
auch immer. Nichts davon ist bewiesen. Nichts ist geklärt. Aber
eines weiß ich: Ich habe seine Stimme gehört, kurz bevor Dobrev in sein Verderben lief. Er muss in der Nähe gewesen sein,
auch wenn wir wieder einmal keine Spur von ihm fanden.

Mein Handy surrte. Auf dem Display ein kleiner Briefum-
schlag. Ich zögerte erst, da ich in einer Besprechung normalerweise nicht gestört werden wollte, drückte dann aber doch
den Knopf in der Hoffnung, die Nachricht könnte von einer
bestimmten Absenderin sein.

War sie aber nicht. Sie war von Machatscheck.

»TV einschalten«, las ich. »ZDF.«

Die Achtzehn-Uhr-Nachrichten hatten soeben begonnen. Die
Meldung, auf die Machatscheck mich hinweisen wollte, war
der Aufmacher.

»Wie wir soeben aus Kreisen des Berliner Außenminsteri-
ums erfahren haben, ist es in der vergangenen Nacht gelungen,
ein Millionengeschäft zwischen russischen Kriminellen und
einem bisher nicht genannten Land des Nahen Ostens zu verei-
teln. Im Hafen von Odessa wurde gegen drei Uhr morgens in
letzter Sekunde ein Frachtschiff am Auslaufen gehindert ...«

Während der Sprecher seinen etwas gestelzten Text verlas,
war ein verwackeltes Video zu sehen, welches ein nicht allzu
großes und überaus rostiges Schiff zeigte, wie es von einigen
dunkel gekleideten, schwer bewaffneten und martialisch brül-
lenden Männern gestürmt wurde.

»Dem Vernehmen nach hatte das Schiff über eintausend Tonnen zur Urananreicherung dienender Einrichtungen und Geräte geladen, die aus einem geheimen Kernforschungszentrum in Zentralsibirien stammen sollen. Der Schwarzmarktwert des Schmuggelguts dürfte zwischen zweihundert und dreihundert Millionen Dollar betragen. Es ist als sicher anzunehmen, dass der Bestimmungsort der hochbrisanten Fracht im Nahen Osten liegt. Für zwanzig Uhr hat das Kanzleramt eine Pressekonferenz anberaumt.«

Nun erst kam das, worum es Machatscheck ging: »Gerüchten zufolge verdanken die russischen und ukrainischen Geheimdienste, die bei der Aktion Hand in Hand arbeiteten, den entscheidenden Hinweis auf das in buchstäblich letzter Sekunde vereitelte Millionengeschäft abtrünnig gewordenen Mitgliedern russischer Mafiagruppen, die sich in Westeuropa aufhalten.«

»Die Lebedeva!« Balke schlug mit der flachen Hand auf den Tisch. »Ich werd nicht mehr!«

Damit war geklärt, weshalb man mir ständig Knüppel zwischen die Beine geworfen hatte, sobald ich der Frau zu nahe kam. Sie hatte die Seiten gewechselt. Wie hatte der Angeber aus dem Wirtschaftsministerium gesagt, als wäre ich ein drittklassiger Streifenpolizist? Schwerer als ein Menschenleben wiegen viele Menschenleben.

Sollte Elisaveta Lebedeva mitgeholfen haben, eine weitere Zuspitzung des Nahostkonflikts zu verhindern? Möglicherweise einen dritten Weltkrieg?

Vielleicht hatte sie sich auch nur auf elegante und ausnahmsweise sogar legale Weise ein paar Milliönchen hinzuverdient und konnte den Verlust des Inhalts dreier Bankschließfächer nun etwas leichter verschmerzen.

Die nächste Meldung betraf eine außer Kontrolle geratene Ölbohrung im Golf von Mexiko, aus der seit Wochen Unmengen schwarzer Brühe sprudelten. Ich schaltete den Fernseher aus.

Heute saßen wir nur zu dritt in meinem Büro: Evalina Kraus, Sven Balke und ich. Vangelis hatte noch etwas in ihrem Büro zu erledigen und wollte später zu uns stoßen. Wo Runkel steckte, wusste niemand. Sönnchen versorgte uns mit Kaffee und guter Laune.

»Wie sind Sie beide eigentlich nach Viernheim gekommen?«, fragte ich Balke. »Sie sollten doch zu Hause sein und sich ausruhen.«

Er lächelte seine Evalina verliebt an. »Weibliche Intuition. Meine Süße hat sich gelangweilt und mal zwischendurch den Polizeifunk eingeschaltet. Wie sie gehört hat, was sich da zusammenbraut, war sie nicht mehr zu halten. Und ich konnte sie ja schlecht alleine in den Krieg ziehen lassen.«

Ich verkniff mir die Frage, woher und vor allem wozu ein Mensch zu Hause einen Empfänger für unseren neuen, angeblich abhörsicheren Funk hatte.

Oberkommissarin Krauss schwieg und starrte mit leeren Augen auf ihre leicht zitternden Hände. Später würde ich unter vier Augen mit ihr sprechen müssen und ihr zu einer psychologischen Betreuung raten. Auf einen Menschen zu schießen und ihn auch noch zu treffen, wirft jeden aus dem Gleichgewicht.

»Was ist eigentlich mit Frau Vangelis?«, fragte ich.

»Was soll sein?« Balke sah mich verständnislos an.

»Sie haben sie im Einkaufszentrum daran gehindert, mich zu begleiten. Bei Frau Krauss hatten Sie keine Bedenken.«

Evalina Krauss erwachte aus ihrer Trance. Die beiden sahen sich an. Dann sahen sie mich an.

»Wissen Sie es denn nicht?«

»Was?«

»Dann sind Sie wohl der Einzige in der ganzen Direktion, der es noch nicht weiß.«

»Was weiß ich nicht?«

»Sie ist im vierten Monat«, sagte Oberkommissarin Krauss.

»Man sieht's ja schon!«, fügte Balke mit leisem Vorwurf hinzu.

Offenbar hatte niemand es für nötig gehalten, mich zu informieren. Oder jeder hatte angenommen, ein anderer hätte es schon getan. Sönnchen hatte es mit Sicherheit als eine der Ersten gewusst. Und mir nichts gesagt.

Manchmal ist man sehr einsam als Chef.

Vor den offen stehenden Fenstern schien die Abendsonne. Der Verkehr auf dem nahen Römerkreis rauschte. Im Vorzimmer übte Sönnchen beim Tippen leise für die Chorprobe. Irgendwo in der Ferne heulte eine Kreissäge.

»Lassen Sie uns noch mal zur Beute kommen, bevor wir für heute Schluss machen«, sagte ich. »Finden wir die, finden wir vielleicht auch Schivkov.«

»Ich bin überzeugt, der ganze Kram ist längst im Ausland«, meinte Balke. »Er muss Helfer gehabt haben, und die haben die Sore mitgenommen und warten irgendwo auf ihn.«

»Schivkov ist nicht der Typ, der anderen sein Vermögen anvertraut«, warf ich ein.

Die Tür öffnete sich. Vangelis trat ein, gefolgt von Rolf Runkel, lächelte mütterlich in die Runde. Balke hatte recht: Man sah es schon. Man sah es vermutlich schon seit Wochen, wenn man sich die Mühe machte hinzusehen. Die beiden nahmen sich Stühle. Ich nickte Vangelis verständnisvoll zu und fühlte mich schlecht.

»Versetzen wir uns in Schivkovs Lage«, fuhr ich fort, als wieder Ruhe eingekehrt war. »Aus meiner Sicht hatte er nur zwei Optionen. Er konnte die Beute ins Ausland schaffen mit allen damit verbundenen Risiken. Oder er konnte es irgendwo in der Nähe verstecken, bis Gras über die Sache gewachsen war. Eine dritte Möglichkeit sehe ich eigentlich nicht.«

»Mit der Post schicken?«, schlug Runkel vor. »Als Paket?«

»Wohin?«

»Irgendwohin.«

»Nicht über eine Grenze«, meinte Balke. »Zu risikoreich, in meinen Augen.«

»Ich denke, das Zeug ist noch irgendwo in der Nähe«, sagte Oberkommissarin Krauss.

Vangelis nickte. »Jeder Kilometer, den er mit der Beute im Gepäck zurücklegt, wäre ein Risiko. Und mit jeder Stunde würde das Risiko größer. Der Bankraub hätte vorzeitig auffliegen können. Er hätte durch einen dummen Zufall in eine Polizeikontrolle geraten können …«

Runkel war heute ausnahmsweise ganz bei der Sache. »Wenn wir den Subaru hätten, dann hätten wir vielleicht einen Hinweis, wo sie die Beute hingekarrt haben. Erdspuren an den Reifen oder so.«

»Der Subaru ist seit fast zwei Wochen europaweit zur Fahndung ausgeschrieben«, warf Vangelis ein und sah auf die Uhr. »Ich vermute, den haben sie irgendwo versenkt wie den Mercedes. Bis wir den finden, ist Schivkov vermutlich an Altersschwäche gestorben.«

»Vielleicht ist die Idee gar nicht so schlecht«, überlegte Balke mit beiden Zeigefingern an den Lippen. »Subaru ist eine seltene Marke. Es müsste sich zumindest herausfinden lassen, woher das Auto stammt.«

»Wir interessieren uns aber leider weniger dafür, woher das Auto kommt, sondern wohin es verschwunden ist«, sagte ich, der Spekuliererei plötzlich überdrüssig. Mit einem Mal fühlte ich die Erschöpfung, die ich auch in den anderen Gesichtern sah. Die Aufregungen des Tages, die Verfolgungsjagd, der Stress im Rhein-Neckar-Zentrum hatten nicht nur bei mir Spuren hinterlassen.

»Vorläufig bleibt uns wohl nichts anderes übrig, als zu warten«, beendete ich die Diskussion. »Falls Schivkovs Beute noch irgendwo in der Nähe ist, dann wird er sie nicht verrotten lassen.«

Einen letzten Punkt wollte ich aber doch noch geklärt haben. Ich wandte mich an Balke. »Was ist eigentlich aus dieser merkwürdigen E-Mail an Herrn Falk geworden?«

»Von dem Knallkopf, der angeblich weiß, wo die Beute versteckt ist? Das ist eine tote Spur. Sogar Ihre Töchter wären imstande, eine Mail so zu verschicken, dass niemand sie bis zum Absender zurückverfolgen kann.«

Während die anderen sich erhoben und gegenseitig einen schönen Abend wünschten, nahm ich den Hörer ab und bat Sönnchen, mich mit dem Leiter der Bankfiliale zu verbinden.

»Nein, der Absender der Mail hat sich nicht wieder bei mir gemeldet«, sagte Thorsten Falk Augenblicke später. »Und zum Glück hat auch niemand die Bohrmaschine kaufen wollen. Ich weiß gar nicht, was ich dann gemacht hätte. Im Grunde war das Betrug, wozu Sie mich angestiftet haben.«

»Es war ja für einen guten Zweck«, tröstete ich ihn und legte auf.

35

Theresa legte die Hände auf meine Schultern, hielt mich auf Armeslänge von sich und betrachtete mich wie einen lange vermissten und überraschend wiedergefundenen Gegenstand.

»Ich habe mich auf dem Weg hierher ganz schön konfus gefühlt«, sagte sie zärtlich. »Ich habe mich so auf dich gefreut. Und gleichzeitig hatte ich Angst, dich zu sehen.«

»So ähnlich war es bei mir auch«, gestand ich. »Aber bei mir hat die Sehnsucht gewonnen.«

Ich versuchte, sie an mich zu ziehen, aber sie sperrte sich.

»Liebst du mich?«, fragte sie ernst.

»Wäre ich sonst hier?«

»Das ist nicht die Antwort, die ich an dieser Stelle hören wollte.«

Ich zog fester. Sie wehrte sich immer noch, wandte das Gesicht ab, als ich sie küssen wollte. Aber ich war stärker als sie. Plötzlich gab sie nach, fiel mir in die Arme, ließ sich endlich drücken und streicheln.

»Ich liebe dich sogar sehr«, sagte ich in ihr duftendes Haar.

Der Saxofonist, der die Wohnung über uns bewohnte, übte einen schwierigen Sololauf, der nach Stan Getz klang.

»Er hat wirklich Talent«, stellte meine Göttin zwischen zwei Küssen fest. »Vielleicht sollten wir mal in eines seiner Konzerte gehen?«

»Sie sind immer noch verheiratet, verehrte Frau Liebekind. Was würden die Leute sagen, wenn sie dich zusammen mit einem anderen Mann in der Öffentlichkeit sehen würden?«

»Im Augenblick sind mir alle Leute schnuppe«, flüsterte sie und schmiegte sich ganz fest an mich. »Außerdem gehen heutzutage viele verheiratete Frauen mit den falschen Männern irgendwohin.«

Lange standen wir mitten im Raum, während draußen das letzte Sonnenlicht verdämmerte und die Straßenbeleuchtung aufflackerte, lauschten der Musik und hielten uns, als könnten wir jede Sekunde und diesmal für immer auseinandergerissen werden.

»Champagner?«, fragte ich irgendwann.

»Bitte, ja.« Sie tupfte sich verstohlen die Augenwinkel. »Das würde jetzt passen, finde ich.«

Ich öffnete die eiskalte Flasche, füllte die schönen alten Kelchgläser aus Theresas Beständen, wir stießen an.

»Alles wieder gut?«, fragte ich nach dem ersten Schluck und küsste ihre vollen, vom Trinken kalten Lippen. »Alles wieder wie früher?«

»Das werden wir sehen.« Theresa stellte ihr Glas ab und zog mich zu der Matratze, die das Bett ersetzte, weil wir immer noch keine Gelegenheit gefunden hatten, eines zu kaufen. Vielleicht war heute der Anlass, diesem Umstand endlich abzuhelfen?

Augenblicke später dachte ich nichts mehr. Nicht an Möbel, nicht an Champagner, nicht an meinen Chef und seine geheime Leidenschaft, nicht an Schivkov und seine Millionenbeute, nicht an Elisaveta Lebedeva oder russische Uranzentrifugen. Wir wälzten uns auf der Matratze und versuchten, uns irgendwie gegenseitig die Kleidung vom Leib zu reißen.

»Stimmt«, stellte Theresa einige Zeit später befriedigt fest. »Es hat sich nichts verändert zwischen uns.«

Sie fand das Feuerzeug in ihrer Handtasche, die unvermeidliche Zigarette danach glimmte auf, wir tranken Champagner, lauschten dem Saxophon und den Geräuschen von der Straße. Wir hatten es nicht einmal geschafft, uns anständig zu entkleiden. Ich war noch in Hemd und Socken, Theresa trug noch ihre heute nachtblaue und jetzt ziemlich derangierte Unterwäsche aus Spitze und Seide. Wir hatten miteinander geschlafen, als würde die Welt gleich untergehen. Danach lagen wir Arm in Arm da, sahen zur Decke, an der das Licht der Straßenlaterne schräge Vierecke bildete. Theresa rauchte. Hin und wieder lachten wir leise glucksend, ohne zu wissen, weshalb. Die Welt ging nicht unter. Ganz im Gegenteil, sie war wunderschön.

Der Saxofonist gab eine Zugabe nach der anderen.

Ich fühlte mich vollkommen.

Später schliefen wir ein zweites Mal miteinander, nicht, ohne uns vorher vollständig auszuziehen. Dieses Mal dauerte es lange, und wir waren sehr, sehr zärtlich. Doch, stellte ich dabei fest, es hatte sich doch etwas geändert: Der Druck fehlte, den ich erst jetzt fühlte, wo er verschwunden war.

Wir waren frei.

Wir waren keine Diebe der Liebe mehr.

Wir hatten alles Recht der Welt, hier zusammen zu sein, überall zusammen zu sein, uns zu lieben, mit unseren Körpern und mit den Herzen. Was vielleicht dasselbe war.

»Warum haben wir es uns eigentlich so schwer gemacht?«, seufzte meine Liebste später und legte ihren schweren Kopf mit den hellen, weichen Locken auf meine Brust.

»Weil wir blöd waren«, vermutete ich nach längerem Nachdenken.

Sie widersprach nicht.

Ich genoss das Zusammenliegen, die perfekte Ruhe. Dieses nichts wollen, nichts wünschen und nichts fürchten als den Moment, wenn es zu Ende sein würde. Wenn wir wieder auseinandergehen mussten. Denn noch immer war Theresa Liebekinds Frau, und so würde es auch bleiben.

Irgendwann, längst war es Nacht geworden, die Geräusche der Straße hatten sich verändert, aber wir hatten kein Licht gemacht, irgendwann kam unser wortkarges Gespräch auf die Russen und die Bulgaren, das Bella Napoli und schließlich auf die jungen Frauen, die längst wieder in ihrer Heimat waren und dort vermutlich ihrem prächtigen Einkommen in Heidelberg nachtrauerten.

»Prostitution ist etwas so Abscheuliches«, sagte Theresa, während sie meine Brust streichelte. »Es hat so gar nichts mit dem zu tun, was Sex wirklich ist. Ich kann Männer nicht begreifen, die Liebe kaufen. Warum stellt ihr das nicht ab?«

»Was ist das für dich, Prostitution?«, fragte ich zurück.

Verblüfft sah sie mich an. »Was ist das für eine merkwürdige Frage?«

»Was ist Prostitution in deinen Augen?«

»Wenn Frauen Geld dafür nehmen, dass sie mit Männern schlafen. Oder ihnen auf andere Weise sexuell zu Diensten sind.«

»Wie ist es, wenn sie statt Geld Schmuck nehmen? Oder ein Auto? Eine kleine Wohnung, in der sie umsonst wohnen dürfen?«

»Ich verstehe ...« Theresa setzte sich auf, zog die Beine an sich, schlang die Arme um die Unterschenkel.

»Es gibt keine klaren Grenzen. Prostitution ist so kompliziert wie die Liebe selbst. Hast du noch nie mit einem Mann geschlafen, den du – sagen wir mal – nicht gerade aus tiefstem Herzen geliebt hast, von dem du dir aber irgendwas versprochen hast?«

»Aber natürlich nicht!« Sie klang verstimmt, wie sie die drei Worte hervorstieß. Aber schon das Ausrufezeichen am Ende hatte ein wenig unsicher geklungen. Ich streckte die Hand aus, um sie zu besänftigen, da fuhr sie fort: »Einmal, an der Uni. Mit meinem Professor für mittelalterliche Geschichte. Das war nicht gerade mein Glanzfach, und ich hatte ziemlich Angst vor den Prüfungen. Es hieß, wenn man nett zu ihm ist, dann werden die Fragen in der Prüfung leichter. Praktischerweise waren wir acht Wochen vorher auf Exkursion in Rom.«

»Und wie ist die Prüfung ausgegangen?«

»Eine glatte Eins.« Schmunzelnd steckte sie sich eine neue Zigarette an. »Und jetzt willst du mir also einreden, das sei Prostitution gewesen?«

»Wie kompliziert das Thema ist, kannst du an unserer verworrenen Rechtsprechung ablesen. Sobald es zum Beispiel um die Frage geht, ob die Damen steuerpflichtig sind, wird es richtig lustig. Die heutige Regelung sagt ungefähr: Wenn der Geschlechtsverkehr nur wegen des zu erwartenden Entgelts ausgeübt wird, dann handelt es sich um eine Leistung im Sinne der Steuergesetzgebung. Bleibt die Frage: Ist eine unverdient gute Note in mittelalterlicher Geschichte ein Entgelt oder eine Schenkung?«

»Weißt du was?« Theresa klang plötzlich wieder gut gelaunt. »Das ist mir zu kompliziert. Ich war damals dreiundzwanzig und hatte auch ein bisschen zu viel Frascati getrunken, und wenn ich es mir recht überlege, dann war ich doch ein kleines bisschen in den Mann verliebt.« Sie wälzte sich mit offensichtlichen Absichten auf mich. »Ich weiß nicht mal mehr, wie er hieß.«

Unser dritter Anlauf endete in gemeinsamem Gelächter. Für Theresa gab es noch einen klitzekleinen Brustwarzenorgasmus zum Nachtisch. Ich öffnete eine zweite Flasche Champagner. Wir waren außer Atem und ziemlich betrunken und uns so nah wie noch nie.

Jakob Geldorf war in allen Punkten geständig. Mehr als das, er redete mit einer Bereitwilligkeit und in einem Tempo, dass ich froh war, ein Diktiergerät dabei zu haben, als ich am Freitagvormittag neben seinem Krankenhausbett saß. Er erleichterte sein Gewissen und schien in mir seinen Beichtvater zu sehen.

Im Grunde erfuhr ich jedoch nichts, was ich nicht schon gewusst oder zumindest vermutet hatte. Voronin hatte seinen Partner Lebedev über die Jahre um mehrere Millionen betrogen. Geldwäsche ist immer mit einem gewissen Schwund verbunden, weshalb anfangs nicht aufgefallen war, dass aus Bulgarien regelmäßig zu wenig Geld kam. Irgendwann war Lebedev seinem Finanzminister aber doch auf die Schliche gekommen. Um seine Haut zu retten, hatte Voronin die Schuld den Bulgaren in die Schuhe geschoben. Schivkov wollte sich das nicht gefallen lassen. Schließlich hatte er immer ordentlich abgerechnet, und außerdem wollte er auch weiterhin gut verdienen am grenzüberschreitenden Geldgeschäft. Lebedev war immer misstrauischer geworden, der Ton seiner Telefonate mit Voronin schärfer. Schließlich hatte dieser keine andere Möglichkeit mehr gesehen, als die lästigen und gefährlichen Zeugen in Bulgarien aus der Welt zu schaffen. Er hatte einen Trupp junger, ehrgeiziger Männer zusammengestellt und als ungeladene Gäste zur Hochzeit von Anton Schivkovs jüngster Tochter geschickt. Die bulgarischen Maschinenpistolen und letzte Anweisungen hatten sie erst wenige Kilometer vor dem Tatort erhalten, auf einem Parkplatz im Wald. Von einem bärtigen Russen, den Geldorf nicht kannte und den er später nie wiedergesehen hatte.

Jakob Geldorf schien glücklich zu sein, sich diese erdrückende Last von der Seele reden zu können, und mehr als einmal musste ich ihn sacht zum Thema zurückführen. Nach der Rückkehr aus Bulgarien hatte er einen Nervenzusammenbruch erlitten. Dabei war es nicht der Massenmord gewesen, der ihn schier um den Verstand brachte, sondern der Blick einer einzigen jungen Frau, die er aus nächster Nähe erschossen hatte. Diese Frau, vermutlich noch nicht einmal volljährig, ihr verständnisloser Blick, kam immer wieder zur Sprache. Vermutlich war sie nicht annähernd so schön gewesen, wie sie in seiner Erinnerung über die Jahre geworden war. Er war nicht anklagend gewesen, dieser Blick, nicht flehend oder bettelnd, sondern einfach nur verständnislos, das wiederholte Geldorf wieder und wieder und wieder.

Es war unverkennbar: Der fünfte Mörder hatte sich in der Zehntelsekunde, bevor er abdrückte, in sein Opfer verliebt. Oder vielleicht auch erst in den Wochen danach. Und ihr Blick würde ihn vermutlich bis zum Ende seines Lebens nicht mehr loslassen.

Als ich zur Direktion zurückkehrte, legte mir Balke zwei Urlaubsanträge vor.

»Wir werden ein bisschen wegfahren, haben wir überlegt, nach dem ganzen Stress.«

»Genehmigt«, sagte ich und unterschrieb, ohne hinzusehen. »Wo geht's hin?«

»Wissen wir noch nicht. Nach Bulgarien vielleicht.«

»Mit dem Auto oder mit dem Flugzeug?«

»Mit den Bikes natürlich«, erwiderte Balke belustigt. »Bei diesem Wetter, ein Traum!«

Menschen träumen von höchst unterschiedlichen Dingen.

Evalina Krauss hatte eine Betreuung durch unsere Psychologen abgelehnt. Zwingen konnte ich sie zu nichts. Deshalb würde ihr der Urlaub sicherlich doppelt guttun. Weg von allem, zusammen mit dem Mann, der sie liebte und den sie liebte.

36

Nun ging es ans Aufräumen. Die Sonderkommission »Tunnel« wurde aufgelöst, Papierberge wurden sortiert, gelocht, abgeheftet, Notizen ins Reine geschrieben.

Und dann hieß es warten.

Warten darauf, dass Schivkov aus der Deckung kam, um seine Beute zu holen, und sich dabei erwischen ließ. Warten darauf, dass einem Bauern beim Pflügen seines Feldes etwas merkwürdig vorkam, dass der Hund eines Spaziergängers nicht aufhören wollte, an einer bestimmten Stelle zu scharren und zu bellen, dass spielende Kinder in einem abbruchreifen Haus Dinge fanden, die dort nicht hingehörten.

Ich wartete Tage, ich wartete Wochen, und nichts geschah.

Elisaveta Lebedeva ging ihren Geschäften nach. Jakob Geldorf wurde aus der Klinik entlassen und, auf seinem Krankenbett sitzend, in U-Haft genommen.

Jeder Polizist Europas kannte inzwischen Anton Schivkovs kantiges Gesicht und vermutlich auch jeder russische Mafioso Deutschlands. Die bulgarischen Kollegen schworen jeden Eid, man fahnde mit allen verfügbaren Kräften nach ihm. Aber die Wälder des Balkans sind groß und einsam und ihre Bewohner nicht gerade als geschwätzig verschrien.

Klara Vangelis wurde mit jedem Tag runder und umgänglicher.

Sven Balke und Evalina Krauss kehrten braun gebrannt aus ihrem Urlaub zurück. Sie hatten Bulgarien nicht ganz erreicht, sondern sich nach einer Tour die Donau hinab am Plattensee ein paar entspannte Tage gegönnt.

Außerdem gab es neue Fälle zu bearbeiten.

Währenddessen stand das Bella Napoli verlassen da, mit wegen akuter Einsturzgefahr vernagelten Türen, und starrte mit dunklen Fensterhöhlen, immer noch fassungslos über das, was ihm zugestoßen war.

Die herrenlose Immobilie wurde allmählich zum Problem. Dobrev, der rechtmäßige Besitzer, war tot, seine Frau ebenfalls. Weitere Erben waren nicht greifbar, und so wusste die Stadtverwaltung nicht einmal, wohin sie die Einschreiben schicken sollte, in denen sie den Abriss oder Wiederaufbau der Ruine forderte.

Die Russen hatten vermutlich längst neue Schließfächer in anderen Bankfilialen angemietet, die sich allmählich mit Reichtümern füllten. Die Bank würde den Verlust ihrer achtzigtausend Euro verschmerzen. In diesen Kreisen hatte man sich in den vergangenen Jahren an Defizite anderer Größenordnungen gewöhnt. Und wen interessierte es im Grunde, dass eine Ganovenbande eine andere um einen Teil ihres illegalen Eigentums erleichtert hatte?

Manch einer meiner Mitarbeiter rechnete vermutlich heimlich nach, welche Summe Schivkov den deutschen Steuerzahlern erspart hatte, indem vier Mördern nicht der Prozess gemacht werden musste und diese nicht jahrelang im Gefängnis auf Staatskosten durchgefüttert werden mussten.

In den Tagen nach dem Bankraub und drei Wochen später noch einmal hatten Hundertschaften der Bereitschaftspolizei den Wald rund um den ausgebrannten Pritschenwagen abgesucht. Sie hatten vieles gefunden, unter anderem einen kleinen Tresor, der vor Jahren bei einem Villeneinbruch in Mosbach verschwunden war, Unmengen Müll und sogar Reste einer menschlichen Leiche, die dort schon seit Jahrzehnten gelegen haben musste. Wir vermuteten in dem Toten einen in den Wirren nach dem Zweiten Weltkrieg verschwundenen Bauern aus Bad König, konnten jedoch nichts beweisen.

Was meine Leute bei ihrer Suche jedoch nicht fanden, war etwas, das als Versteck für Schivkovs Beute getaugt hätte. Nirgendwo war kürzlich gegraben worden, in keinem hohlen Baum war etwas Interessantes zu entdecken, in keiner Erdhöhle fanden sich außer leeren Getränkedosen und gebrauchten Präservativen Dinge, die von Natur aus dort nicht hingehörten.

Runkel hatte vermutlich recht: Die Bulgaren mussten ihre Beute in den Subaru umgeladen und weitertransportiert haben. Der Subaru aber war und blieb verschwunden. Das Fahrzeug war unsere letzte Spur und im Übrigen eine kleine Schwachstelle in Schivkovs ansonsten so perfektem Plan. Aber auch hier stießen unsere Ermittlungen letztlich ins Leere. Klara Vangelis, die ich nur noch im Innendienst einsetzte, verbrachte eine Woche damit, deutschlandweit alle Besitzerwechsel von Fahrzeugen dieses Typs zu überprüfen. Alle infrage kommenden Wagen standen in den Garagen oder vor den Häusern, wo sie von Rechts wegen hingehörten. Keiner war als gestohlen gemeldet, keiner der Halter reagierte auf ihre telefonische Nachfrage übermäßig irritiert oder auffallend gelassen. Einzelne Fälle, die Vangelis trotz allem verdächtig vorkamen, ließ sie diskret von den örtlichen Kollegen überprüfen. Das Ergebnis war in jedem Fall gleich null.

Schon wenige Wochen nach der Schießerei in Viernheim schien ich der Einzige zu sein, dem die Sache nicht aus dem Kopf ging. Vielleicht, weil ich die Explosion des Cayenne so hautnah miterlebt hatte. Vielleicht, weil mich ungelöste Rätsel immer schon nervös gemacht haben.

Meine Schachabende mit Lorenzo wiederholten sich, und es kam sogar vor, dass ich gewann oder meinem Freund und Meisterkoch wenigstens ein Remis abrang. Er hatte mir schwören müssen, dass die Zutaten seiner göttlichen Gerichte künftig ausschließlich aus legalen Quellen stammen würden. Zumindest, wenn ich davon essen sollte. Beim Wein dagegen war Lorenzo stur geblieben. Das fand ich eine lässliche Sünde, da sein Chardonnay einfach zu gut schmeckte, um schlecht von ihm zu denken.

Mit Theresa war ich glücklicher denn je in dieser Zeit. Nein, eigentlich war ich zum ersten Mal wirklich glücklich mit ihr. Alles war leichter mit einem Mal, unbeschwerter. Wie früher trafen wir uns dienstags und freitags. Wie früher tranken wir Sekt und sprachen über Gott und die Welt und die Liebe.

An einem Dienstag im Juni erschien Rolf Runkel bei mir. Schon die Art, wie er durch die Tür schlich, ließ mich ahnen, dass er wieder einmal Mist gebaut hatte.

»Chef«, begann er kleinlaut, »mir ist da was durchgerutscht. Nämlich diese Leichensache von den Darmstädtern.«

Ich entspannte mich. »Das hat sich wahrscheinlich längst selbst erledigt.«

»Hat es nicht. Ich hab vorhin mit der Kollegin telefoniert. Sie wissen immer noch nicht, wer der Mann aus dem Rhein ist.«

»Und was schlagen Sie vor?«

Er zuckte die Schultern. Setzte sich umständlich.

»Gleich, wie Sie mir die Mail geschickt haben, bin ich unsere Vermisstenmeldungen durchgegangen. Hab aber nichts gefunden. Und dann hab ich's irgendwie vergessen. Weil doch so viel los gewesen ist, und dann ist es unter den Haufen geraten und liegen geblieben.«

Er knetete ein paar Papiere in seinen feuchten Händen.

»Zeigen Sie mal her«, sagte ich großmütig. »Mehr, als Sie getan haben, hätte ich an Ihrer Stelle auch nicht unternommen. Sie hätten nur vielleicht den Darmstädtern einen kleinen Bericht schicken sollen.«

Bei seinen Papieren handelte es sich um die Mail selbst sowie Computerausdrucke aus dem Anhang. Unappetitliche Fotos, wie Gerichtsmediziner sie machen. Details der Leiche, die eventuell bei der Identifizierung helfen konnten. Ich blätterte die Bilder flüchtig durch. Eine etwa zwanzig Zentimeter lange Narbe am rechten Unterschenkel des Toten zog meine Aufmerksamkeit auf sich.

Und dieses Mal war ich es, der sagte: »Den kenne ich.«

Eine Stunde später saßen wir zu viert zusammen und zermarterten uns wieder einmal die Köpfe.

»Spinne ich jetzt, oder was?« Balke starrte mich wütend an. »Wieso denn jetzt Prembeck? Den hatten wir doch gecheckt! Der war doch sauber!«

»Möglicherweise haben wir etwas Wichtiges übersehen«, sagte ich. »Er ist übrigens nicht erschossen worden, sondern erdrosselt, steht hier. Zumindest hatte er entsprechende Würgemale am Hals.«

Inzwischen hatte Runkel mit Prembecks streitbarer Nachbarin telefoniert und erfahren, dieser sei seit Mitte Mai nicht mehr in seiner Wohnung gewesen, und sie habe ihn noch keine Sekunde vermisst.

Neben Balke hatte ich Klara Vangelis hinzugebeten.

»Ich hatte ja von Anfang an den Verdacht, dass er irgendwie

302

mit der Sache zu tun hat«, sagte sie. »Er hat sich so merkwürdig benommen. Außerdem hat man von seinem Küchenbalkon eine großartige Aussicht auf das Haus, von wo die Bulgaren den Tunnel gegraben haben. Vom Wohnzimmer kann man praktisch ins Bella Napoli hineinsehen. Und wie wir wissen, war aus dem Fenster sehen sein Hobby.«

Und er war dir von Herzen unsympathisch, dachte ich mit einem kleinen Lächeln.

»Klar. Irgendwie muss er wohl doch mit drinhängen«, grübelte Balke mit Blick zur Decke. »Wir hatten ja sogar überlegt, ob er mit den Bulgaren zusammengearbeitet hat. Sie in technischen Fragen beraten hat, zum Beispiel.«

»Hätte er dann nicht zugesehen, dass er außer Reichweite kommt, sobald er seinen Anteil an der Beute hatte?«, warf ich ein. »Im Gegensatz zu Schivkov und Dobrev hatte er hier nichts mehr zu erledigen.«

»Vielleicht ist die Beute ja noch gar nicht verteilt?«

»Trotzdem ...« Ich rollte einen Kuli auf dem Tisch hin und her. »Irgendwie überzeugt mich das nicht. Aber nehmen wir mal an, Prembeck hat tatsächlich gewusst, was die Bulgaren planen.« Mein Stift rollte vom Tisch. Balke fing ihn mit einer eleganten Bewegung auf und legte ihn wieder vor mich hin. »Dafür spricht, dass er an dem Wochenende, während der Bankraub lief, alles daran gesetzt hat aufzufallen. Damit auch wirklich jeder wusste, dass er *nicht* in diesem Tunnel war, *nicht* in diesem Tresor.«

»Und dann hat er angefangen zu überlegen, wie er was vom Kuchen abkriegen kann«, überlegte Balke mit weit von sich gestreckten Beinen.

»Vielleicht hat er versucht, die zwei Bulgaren zu erpressen?«, schlug Runkel vor. »Und die haben ihn dann umgelegt.«

Kein ganz dummer Gedanke.

»Vielleicht war er es, der diese merkwürdige Mail an Herrn Falk geschrieben hat?« Vangelis sah alarmiert um sich. »Vielleicht hat er nicht nur mitgekriegt, dass die Bulgaren einen Tunnel gegraben haben, sondern auch, wo sie anschließend die Beute versteckt haben?«

»Das mit der Mail müsste sich feststellen lassen.« Balke sah

Runkel an. »Rübe, du könntest nachher schnell zu seiner Wohnung fahren und mir seinen PC holen.«

Kaum waren Balke und Vangelis an ihre Schreibtische zurückgekehrt und Rolf Runkel auf dem Weg nach Neuenheim, da summte mein Telefon.

»Die Lehrerin wieder mal«, sagte Sönnchen fröhlich.

Mein Adrenalinpegel schoss in die Höhe. »Doch nicht etwa diese Frau Goetsch?«

»Am Apparat«, erwiderte die Oberstudienrätin gemütlich. Sönnchen hatte schon durchgestellt.

»Was haben sie diesmal angestellt?«, fragte ich ahnungsvoll.

»Nichts. Im Gegenteil. Ich vertrete nämlich die Ansicht, man solle nicht immer nur schlechte Nachrichten überbringen, sondern hin und wieder auch einmal gute. Falls es welche zu vermelden gibt, natürlich nur.«

Gute Nachrichten von meinen Töchtern. Das war ja mal etwas Neues.

»Das heißt, die beiden machen sich?«

»Die erste gute Nachricht ist: Ihre Töchter schlafen nicht mehr im Unterricht. Weshalb ich Sie aber eigentlich anrufe, Herr Gerlach: Sie wissen vielleicht, dass ich schon vor Jahren eine Arbeitsgemeinschaft ins Leben gerufen habe mit dem Inhalt ›Soziale Verantwortung in der Praxis‹, die sich leider nicht gerade reger Beteiligung erfreut.«

»Meine Töchter haben mir davon erzählt.«

»Ich finde, wir sollten mit unseren Schülerinnen und Schülern nicht nur theoretisch über soziales Verhalten und Verantwortung diskutieren. Sie sollten auch an ganz konkreten Fällen von den aktuellen gesellschaftlichen Problemen ihrer Heimat erfahren. In diesem Schuljahr haben wir uns das Thema ›Migrantenkinder‹ vorgenommen.«

»Was ich als Chef der Kriminalpolizei nur gutheißen kann.«

»Ihre beiden Mädchen geben seit einigen Wochen vier Kindern aus der fünften und sechsten Klasse Nachhilfe in Deutsch und Mathematik und Französisch. Und sie tun das mit einer Emsigkeit, dass ich sie manchmal ermahnen muss, ihre eigenen Hausaufgaben nicht zu vergessen. Ich würde mich glücklich schätzen, wenn ich mehr von der Sorte in meiner kleinen AG hätte. Das wollte ich Ihnen mitteilen.«

Von dieser Arbeitsgemeinschaft hatte ich zum ersten Mal gehört, als ich meine Töchter wegen des Verdachts auf Brandstiftung zur Rede gestellt hatte. Es war Louises Vorschlag gewesen, als Strafe für ihre Missetaten etwas für sozial benachteiligte Mitschüler zu tun.

»Habe ich eben richtig gehört«, fragte ich sicherheitshalber nach, »sagten Sie, Französisch?«

»Aber ja«, erwiderte die Lehrerin irritiert. »Weshalb fragen Sie?«

»In Französisch sind die beiden doch ...« Ich hüstelte. »... komplette Nieten.«

Oberstudienrätin Goetsch lachte herzlich. »Sehen Sie, Herr Gerlach, an der Universität hatte ich einmal einen Professor, er ist leider vor Jahren verstorben. Der gute Mann war der Ansicht, wenn man etwas wirklich begreifen wolle, dann solle man am besten eine Vorlesung darüber halten.«

Am Nachmittag wurde klar, dass wir ins Schwarze getroffen hatten. Balke fand auf Prembecks PC sogar eine ordentlich abgelegte Kopie der E-Mail an Herrn Falk.

»So blöd muss einer erst mal sein«, meinte er befriedigt.

»Hat er vielleicht noch mehr solche Mails geschrieben?«, fragte ich. »Könnte ja sein, dass er sein Wissen meistbietend versteigern wollte.«

Balke schüttelte den Kopf. »Ich habe sicherheitshalber auch gecheckt, mit wem er in den Wochen nach dem Bankraub telefoniert hat. Das letzte Gespräch war am zwölften Mai. Damit haben wir den ungefähren Todeszeitpunkt. Ist aber nichts von Interesse dabei gewesen.«

Während Balke sprach, hatte mein Laptop den Eingang einer neuen Mail signalisiert. Sie kam von der Polizeidirektion Darmstadt – der Obduktionsbericht, den ich am Vormittag angefordert hatte.

Prembeck war nicht, wie anfangs vermutet, erdrosselt worden, verkündete ich Sekunden später, sondern einem Herzinfarkt erlegen. Er war seinen Peinigern während der Folter unter den Händen weggestorben. »Sein schwaches Herz hat ihnen einen Strich durch die Rechnung gemacht.«

»Erstens«, sagte Balke, »was wollten die von ihm erfahren?«

»Wo die Beute versteckt ist, vermute ich.«

»Dann können es nicht die Bulgaren gewesen sein. Zweitens: Hat er geredet, bevor er gestorben ist, oder hat er nicht?«

37

Wieder vergingen Wochen.

Am fünfundzwanzigsten Juni machte sich das Azorenhoch über Mitteleuropa breit. Plötzlich stöhnte alle Welt über die Hitze, nachdem man den Sommer monatelang herbeigesehnt hatte. Mir selbst bekam die Hitze mit jedem Jahr schlechter, stellte ich fest, und so schleppte ich mich morgens müde ins nicht klimatisierte Büro und kehrte abends noch müder nach Hause zurück.

Am Abend des dreißigsten Juni veranstalteten Balke und Krauss eine kleine Grillparty, über deren Anlass sie sich hartnäckig ausschwiegen. Die Veranstaltung fand auf dem Parkplatz hinter der Polizeidirektion statt. Rolf Runkel hatte sofort die Oberhoheit über den Grill an sich gerissen, Sönnchen steuerte eine Riesenschüssel Nudelsalat bei, ich selbst hatte Kuchen mitgebracht, Balke das Grillgut sowie zwei Kisten Pils aus seiner Heimat und Klara Vangelis – schließlich war sie griechischer Abstammung – eine Flasche eisgekühlten Ouzo.

Wir waren etwa fünfzehn Personen, fast die komplette Heidelberger Kripo. Runkels Grillkünste wurden einhellig gelobt, was zur Folge hatte, dass er sich die Verfügungsgewalt über Rost, Glut und Zange überhaupt nicht mehr nehmen lassen wollte. Das Bier fand so guten Zuspruch, dass schon nach einer Stunde für Nachschub gesorgt werden musste. Diese Aufgabe wurde einer Streife anvertraut, die zur Belohnung ebenfalls ein Grillsteak erhielt und selbstverständlich kein Bier, da ihre Schicht noch bis Mitternacht dauerte. Ein Ouzo allerdings wurde genehmigt, und nach dem Steak noch ein zweiter wegen der Verdauung. Dann mussten die beiden wieder los, weil es auf den Neckarwiesen wieder einmal eine handgreifliche Unstimmigkeit zwischen betrunkenen Teenagern zu schlichten gab.

Evalina Krauss schien nicht viel zu vertragen und wurde bald auf sympathische Weise sehr albern. Klara Vangelis trank den ganzen Abend Saft und aß für zwei.

»Da sind ja noch welche drin!«, stellte Balke fest, als es gegen zehn ans Aufräumen ging, und deutete auf einen der vermeintlich leeren Bierkästen, in der sich noch drei verschlossene Flaschen befanden. »So was Blödes. Jetzt sind sie natürlich warm.«

Nicht nur er hatte inzwischen ein wenig Mühe mit den Zischlauten.

Neben der werdenden Mutter schien nur Runkel noch nüchtern zu sein. Der stocherte emsig in der Glut herum, obwohl es längst nichts mehr zu grillen gab. Sönnchen war schon um kurz vor acht aufgebrochen. Chorprobe.

Wo versteckt man am besten eine Bierflasche?, hatte Theresa gefragt.

In einer Bierkiste, logisch. Da, wo sie nicht auffällt. An einem Ort, der so naheliegend ist, dass man ihn gar nicht in Betracht zieht.

Eine halbe Stunde später standen wir vor der Ruine des Bella Napoli. Balke hatte in aller Hast einen Schlüssel zu dem Vorhängeschloss organisiert, welches seit nun schon neun Wochen die provisorische Brettertür sicherte.

»Betreten verboten!«, stand auf einem großen, rot umrandeten Warnschild. »Lebensgefahr!«

Balke fummelte eine Weile an dem Schloss herum.

»Es ist der falsche Schlüssel«, sagte er schließlich. »Erst habe ich gedacht, ich bin zu besoffen dazu. Aber er passt tatsächlich nicht.«

»Oder es ist das falsche Schloss.«

Klugerweise hatte mein Mitarbeiter nicht nur an eine starke Taschenlampe gedacht, sondern auch an ein Brecheisen. Er setzte an, und in der nächsten Sekunde lagen Schloss samt Beschlägen am Boden. Inzwischen war es halb elf, und ich fühlte mich wie ein Dieb, als wir eintraten.

Innen stank es auch jetzt noch nach kaltem Rauch, verschmortem Kunststoff und modriger Feuchtigkeit. Wir durchquerten den völlig ausgebrannten Gastraum, dessen Fußboden tatsächlich lebensgefährlich war, wenn man neben die Balken trat. In der Küche sah es schon etwas besser aus. An der Rückseite fanden wir die Kellertür. Sie war verschlossen. Der Schlüssel fehlte. Balke übergab mir die Lampe, das Brecheisen kam zum zweiten Mal zum Einsatz.

Vorsichtig stiegen wir die vom Löschwasser immer noch feuchte und von herabgeschwemmter Asche teuflisch rutschige Steintreppe hinab. Von unten wehten uns nasse Kälte entgegen und noch mehr Modergeruch. Am Fußende der Treppe eine Pfütze.

Der Lichtkegel von Balkes Lampe geisterte umher.

Gerümpel überall. Gerümpel von Generationen, Spinnweben, Schmutz von Jahrzehnten. Das Wrack eines Handwagens entdeckte ich, der vermutlich in den Jahren nach dem Zweiten Weltkrieg bei der Nahrungsbeschaffung gute Dienste geleistet hatte, zwei hoffnungslos zusammengerostete Kinderwagen, deren ehemalige Passagiere demnächst das Rentenalter erreichen dürften, eine ausgediente Badewanne hochkant an die Wand gelehnt, aus der Beuys ein Kunstwerk gezaubert hätte, stapelweise mit einer dicken Staubschicht überzogene Holzkisten voller leerer Weinflaschen, Reste eines Lattenzauns, eine museumsreife Waschmaschine.

Balke strebte auf ein dunkles, türloses Loch im Hintergrund zu. Auch der hintere Raum war über und über vollgestopft mit Sperrmüll und inzwischen vielleicht schon wieder wertvollen Kuriositäten. Hier schien die Unordnung noch größer zu sein als im ersten Raum.

Plötzlich blieb der Lichtkegel an einer bestimmten Stelle am Boden kleben. Balke trat zwei Schritte vor, bückte sich und hob etwas auf. Dieses Etwas funkelte und blitzte im Licht.

»Wow!«, sagte er. »Ich glaube, hier sind wir richtig, Chef!«

Was er in der Hand hielt, war ein mit weißen Steinen besetztes Goldcollier.

»Wenn das Ding so echt ist, wie es aussieht«, sagte mein Untergebener andächtig, »dann kostet es sechsstellig.«

Das Nächste, was wir entdeckten, war ein erst kürzlich herausgebrochenes Loch in der Außenwand zur Straßenseite hin. Das Loch war rund und hatte einen Durchmesser von vielleicht einem halben Meter. Davor lagen große Granitsteine und Mörtelbrocken verstreut. Wer immer hier gepickelt hatte, hatte es eilig gehabt. Schräg im Raum stand ein wurmstichiger und unten bereits faulender Kleiderschrank, den vermutlich jemand vor das Versteck gestellt hatte.

Balke ging in die Hocke und leuchtete in die hinter dem Loch liegende Höhle, die etwa einen Meter tief zu sein schien.

Ein perfektes Versteck, das nur einen Haken hatte: Es war leer.

Jemand hatte es vor uns entdeckt.

»Mist«, zischte Balke. »Schivkov ist schon da gewesen.«

»Oder die Russen.« Ich nahm mein Handy zur Hand, um nach der Spurensicherung zu telefonieren.

»Es waren drei«, sagte Balke bei der Morgenbesprechung am nächsten Tag. Nach seiner Miene und dem finsteren Blick zu schließen, hatte er Kopfschmerzen. »Drei relativ frische Spuren hat die Spusi gefunden. Männerschuhgrößen. Einer davon ist übrigens ausgerutscht und die Treppe runtergefallen. Das ist ihm erstens zu gönnen, und zweitens haben wir so ein paar Blutspuren sicherstellen können. Außerdem haben sie noch eine ältere Spur gefunden, die von Prembeck sein könnte. Rübe vergleicht das Profil gerade mit ...«

Sein Smartphone, das er vor sich auf meinen Schreibtisch gelegt hatte, unterbrach ihn. Er nahm es ans Ohr, hörte zu, nickte.

»Bingo – die Schuhe, die zur vierten Spur passen, stehen auf Prembecks Küchenbalkon. Die eingetrocknete Ascheschmiere klebt noch an den Sohlen.«

»Dann hat er also wirklich gewusst, wo Schivkov die Beute versteckt hat.«

»Und versucht, erst mit der Bank und dann mit den Russen einen Deal zu machen. Oder mit beiden gleichzeitig.«

»Was ihm leider nicht gut bekommen ist.«

»Wieso leider?«, fragte Balke mit erschöpftem Grinsen.

Ich faltete die Hände im Genick und dachte nach.

»Damit ist aber immer noch nicht klar, wer die drei Männer geschickt hat. Schivkov oder die Lebedeva?«

»Und was auch nicht klar ist«, fügte Balke hinzu, »wem gehören die zweihundertsiebzigtausend Mücken in dem Umschlag?«

Ich beugte mich vor. »Welcher Umschlag?«

»Wissen Sie es etwa noch nicht? Das Versteck war doch nicht ganz leer. In einer Ecke unmittelbar hinter der Wand haben die Kollegen einen Umschlag gefunden, und da war richtig fett Kohle drin. Man konnte es nur finden, wenn man quasi um die Ecke guckte. Deshalb haben wir es letzte Nacht nicht gesehen. Der Umschlag war total aufgeweicht, aber die Scheinchen sind prima erhalten. Ausschließlich druckfrische Fünfhunderter.«

Das Geld konnte aus den Schließfächern der Russin stammen oder aus einem der anderen. Möglicherweise handelte es sich um Schwarzgeld, überlegten wir, das den Besitzer als Steuersünder entlarvt und angesichts der Summe in ernste Schwierigkeiten gebracht hätte.

Auch auf das Diamantcollier, das wir am Boden gefunden hatten, erhob niemand Ansprüche. Ein Sachverständiger schätzte den Marktwert auf hundertdreißigtausend Euro.

38

Nun fehlte nur noch ein letzter Teil der Geschichte – Schivkov. Falls er seine Beute nicht selbst geholt hatte oder hatte holen lassen, dann würde er dies vielleicht irgendwann nachholen. Nach menschlichem Ermessen konnte er nicht wissen, dass andere ihm zuvorgekommen waren.

Von unserem Fund im Keller des Bella Napoli drang nichts an die Öffentlichkeit. Ich ließ den Boden vor dem Versteck sauberfegen und den Schrank davorschieben. Außerdem ließ ich drei sehr kleine und sehr unauffällige Bewegungsmelder installieren. Diese schlugen in den folgenden Wochen mehrfach

Alarm, der sich jedoch stets als falsch herausstellte. Meine Techniker vermuteten Katzen oder Ratten als Auslöser. Die Empfindlichkeit der Bewegungsmelder wurde zurückgedreht, und dann war Ruhe.

Das Schuljahresende rückte näher. Die Zeugnisse meiner Töchter fielen besser aus als befürchtet, aber bei Weitem nicht so, wie Väter es sich wünschen. Wenn ich ehrlich sein soll, dann waren sie ungefähr so, wie meine eigenen in ihrem Alter gewesen waren. So schimpfte ich ein wenig und lobte sie, wo es angebracht war. Zum Beispiel für ihre Forschritte in Französisch.

Dann begannen die Ferien. Meine Mädchen waren viel unterwegs, ich selbst gönnte mir zwei Wochen Urlaub in der Zeit, in der sie mit einer Jugendgruppe im Val d'Ardèche waren. Dort wurden abenteuerliche Dinge unternommen, von denen ich bei den seltenen Telefonaten lieber keine Details hören wollte. Sie fuhren Kanu in einem Fluss, der nicht gerade als gemütlich bekannt war, sie sprangen von himmelhohen Felsnasen in eiskaltes Wasser, abends wurden am großen Lagerfeuer Würstchen gebraten, und erst später begann ich mich zu fragen, was meine Töchter als überzeugte Vegetarier eigentlich an Würstchen fanden. Ich genoss die Leere meiner Wohnung, die Ruhe und die freie Zeit. Ab und zu machte ich mit Theresa zusammen Tagesausflüge, und manchmal fühlten und benahmen wir uns wie ein frisch verliebtes Paar.

Mitte August ging mein Urlaub zu Ende. Meine Töchter kehrten zurück, außer Rand und Band vor Gesundheit und Sonne und frischer Luft, und beide bis über die Ohren verliebt. Dieses Mal zum Glück in verschiedene Jungs.

Aus Sommer wurde allmählich Herbst, und wieder geschah lange Zeit nichts.

In der Nacht auf den dritten September war es dann wieder einmal so weit. Zwei der Bewegungsmelder hatten Signal gegeben. Ein Mensch befand sich im Keller des Bella Napoli. Oder ein großes Tier. In dieser Nacht hatte wieder einmal Rolf Runkel Dienst. Er rief mich an, während er schon auf dem Weg war.

Als ich zwanzig Minuten später wieder einmal zu nächtlicher Stunde vor dem Bella Napoli stand, war der Alarm schon wieder abgeblasen.

»Ein Penner«, erklärte Runkel selbstbewusst. »Hat wohl gedacht, er findet da drin eine gemütliche Bleibe für den Winter. Kann von Glück sagen, dass er sich nicht den Hals gebrochen hat.«

»Der hat sich vielleicht erschrocken«, berichtete einer der beiden uniformierten Kollegen, die Runkel begleitet hatten, und steckte sich lachend eine Zigarette an. »Und nach Schnaps gestunken hat der, dass man sich gar nicht getraut hat, in seiner Nähe eine Fluppe anzuzünden.«

»Wo ist er?«, fragte ich.

Dreifache Ratlosigkeit glotzte mich an.

»Irgendwie ist er auf einmal fort gewesen«, gestand Runkel. »Keiner hat's so richtig mitgekriegt. Aber egal, der ist wirklich total harmlos gewesen.«

»Hat er gehinkt?«, fragte ich misstrauisch.

»Nö.« Einhelliges Kopfschütteln. »Der ist ganz normal gegangen.«

»Wie alt war er?«

»Schwer zu sagen. Sechzig, fünfundsechzig vielleicht. Nicht besonders groß.«

»Ein Ausländer«, sagte der Uniformierte mit der Zigarette. »Wahrscheinlich hat er keine Aufenthaltserlaubnis, und drum hat er sich lieber verdrückt.«

»Ein Ausländer?« Ich war schon halb beruhigt gewesen. »Und er hat wirklich kein steifes Bein gehabt?«

»Nein, wirklich nicht«, versicherte der mit der Zigarette. »Und er hat Deutschland über den grünen Klee gelobt. Der hat uns vielleicht zugetextet, kann ich Ihnen sagen. Drum haben wir ihm dann auch den Rücken zugedreht, damit er endlich mal die Klappe hält. Vor allem die Polizei, also uns, findet er total super. Das hat er mindestens dreimal betont.«

»Warum gucken Sie denn so, Herr Kriminaloberrat?«, fragte Runkel besorgt. »Ist irgendwas? Haben wir was falsch gemacht?«

»Nein, nein.« Ich winkte müde ab. »Alles prima. Ich fahre dann wieder nach Hause. Und Sie sorgen bitte dafür, dass hier ein besseres Schloss an die Tür kommt.«

Während des Gesprächs war eine Erinnerung in mir aufge-

312

blitzt. Während der Fahrt zurück in die Heidelberger Weststadt sah ich die ganze Zeit das Bild vor mir.

Am nächsten Morgen bat ich als Erstes Balke zu mir.
»Bringen Sie bitte Ihren Laptop mir«, sagte ich am Telefon. »Ich möchte das Video noch einmal sehen.«
»Brauch ich nicht. Ich habe es auf meinem Handy.«
Zwei Minuten später war er da.
»Von Anfang an?«, fragte er mit seinem geliebten Smartphone in der Hand.
»Das Ende. Kurz bevor die Russen kommen.«
Balke fuhr mit dem Finger auf dem Touchscreen herum, und Sekunden später begann der Film. Gegröle, Gelächter, Klirren. Und dann Schivkov. Schwer angetrunken und bestens gelaunt ging er in Richtung Ausgang. Das Haar noch kaum ergraut, der Schnurrbart weniger buschig.
»Und?«, fragte ich. »Fällt Ihnen etwas auf?«
Balke schüttelte den Kopf, kratzte sich im Genick. Öffnete den Mund, schloss ihn wieder. Und dann sah er es auch: »Der hinkt ja gar nicht!«
»Genau«, sagte ich befriedigt. »Kann natürlich sein, dass er später einen Unfall hatte und sein kaputtes Knie daher kommt. Das glaube ich aber nicht. Der Mann hat uns die ganze Zeit an der Nase herumgeführt. Er ist ein so unglaubliches Schlitzohr.«

Elisaveta Lebedevas Gorillas waren heute andere als bei meinem letzten Besuch, jüngere. Das Grinsen war dasselbe. Die Russin ließ mich eine Viertelstunde in der kühlen Halle stehen, wie beim letzten Mal sorgfältig bewacht von ihren Türstehern. Heute roch es nicht nach Essen, sondern nach feuchtem Hund. Am Morgen war ein schweres Gewitter über Süddeutschland hinweggezogen, und die Temperatur war um zehn Grad gefallen.
Schließlich kam die Hausherrin mit strahlendem Lächeln und ausgestreckter Hand aus irgendeiner Tür geschossen.
»Herr Gerlach, wie schön, Sie zu sehen!«
Sie trug hohe Schuhe zu einem schlicht geschnittenen, sand-

farbenen Kleid. Wir schüttelten uns die Hände, als wären wir Freunde.

»Es tut mir so leid, dass Sie so lange warten mussten. Ein wichtiges Auslandsgespräch. Die Arbeit ist kein Wolf, sagen wir in Russland. Sie läuft nicht in den Wald davon, wenn man in die Hände klatscht. Drei meiner Lkws stehen seit vorgestern an der Grenze zwischen Polen und Weißrussland, und die Herren vom Zoll machen wieder einmal Ärger. Angeblich fehlen Unterlagen. In Wirklichkeit geht es natürlich darum, dass ich mich weigere, meine Fahrer Geldscheine zwischen die Zollpapiere legen zu lassen. Irgendwann müssen auch im Osten die Ziegenböcke aus den Gemüsegärten gejagt werden, nicht wahr?«

»Waren Sie erfolgreich?«

»Es hat ein Weilchen gedauert, bis ich den Minister am Apparat hatte. Der Leiter der Zollstation wird noch heute von seiner Versetzung erfahren. Was kann ich für Sie tun? Ich habe leider sehr wenig Zeit.«

»Eigentlich wollte ich etwas für Sie tun.«

Ich zog das Collier aus dem wattierten Umschlag, das Sönnchen mir am Vormittag aus dem Tresor geholt hatte. »Das gehört Ihnen, nehme ich an?«

Sie betrachtete es ratlos aus schmalen Augen. Schüttelte schließlich den Kopf.

»Nein«, sagte sie und sah mir mit dunklem Blick in die Augen. »Schön ist es. Aber dennoch – leider nicht meines. Woher haben Sie es?«

Ich hatte gehofft, sie würde wenigstens zwinkern, wenn sie einfach so, innerhalb von kaum mehr als einer Sekunde, auf hundertdreißigtausend Euro verzichtete. Hätte sie gezwinkert, dann hätte ich eine kleine Genugtuung mit nach Hause genommen. Die Genugtuung, sie zwar nicht überführt, aber doch erwischt zu haben. Strafrechtlich würde ich dieser Frau niemals beikommen, dazu war sie zu klug und zu reich.

Aber sie gönnte mir meine Befriedigung nicht. Nicht einmal ein winziges Zögern, kein Zaudern, kein falscher Wimpernschlag.

»Schade«, sagte ich und ließ das Schmuckstück in den Umschlag zurückgleiten. »Ich weiß gar nicht, was ich jetzt damit anfangen soll.«

»Wenn Sie den rechtmäßigen Besitzer nicht finden, warum lassen Sie es nicht versteigern? Für den Erlös dürfte sich leicht eine Verwendung finden. Es gibt so unendlich viel Elend in der Welt, nicht wahr?«

Sie strahlte mich herzlich an, reichte mir ihre feste, kühle Hand.

Dann wandte sie sich um.

Die Gorillas grinsten.

Ich war entlassen.

Wolfgang Burger
Eiskaltes Schweigen
Ein Fall für Alexander Gerlach.
304 Seiten. Piper Taschenbuch

Fröstelnd steht Kriminalrat Alexander Gerlach vor der Leiche von Anita Bovary. Die Frau, die erstochen in ihrer kleinen Wohnung aufgefunden wurde, lebte isoliert, hatte weder Freunde noch Bekannte. Im Umfeld der Toten stößt er auf mehr und mehr Ungereimtheiten, doch jede Spur führt in eine Sackgasse. Erst als eine zweite Leiche gefunden wird, fügen sich die Indizien zum alarmierenden Bild. Gerlach beginnt zu fürchten, dass es noch mehr Opfer geben könnte. Es kommt jedoch noch sehr viel schlimmer, denn er hat ein wichtiges Detail übersehen ...

»Wolfgang Burger steht für spannende und gefühlvolle Geschichten mit Grips und Witz.«
Mitteldeutscher Rundfunk

Wolfgang Burger
Schwarzes Fieber
Ein Heidelberg-Krimi. 288 Seiten.
Piper Taschenbuch

Eine bewusstlose Frau mit starken Kopfverletzungen, die in der Nähe von Heidelberg gefunden wird, gibt der Polizei Rätsel auf: Wer ist sie? Und weshalb wird sie von niemandem vermisst? Als sie aufwacht, stellt sich heraus, dass sie nicht sprechen kann. Kripochef Alexander Gerlach übt sich in Geduld, doch dann kommt es zu weiteren Mordanschlägen auf die Fremde. Erst als die Leiche eines Mannes aus Angola auftaucht, beginnt Gerlach die wahren Zusammenhänge zu erahnen, und ein gefährlicher Wettlauf mit der Zeit beginnt.

Wolfgang Burger

Heidelberger Wut
Kriminalroman. 272 Seiten.
Piper Taschenbuch

Als der eigenbrötlerische Seligmann von seiner Nachbarin als vermisst gemeldet wird, hat Kriminalrat Gerlach gerade ganz andere Sorgen, hat er doch einen noch immer unaufgeklärten Bankraub auf dem Tisch. Aber als man im Haus des Vermissten Blutspuren entdeckt, wird Gerlach hellhörig. Gibt es eine Verbindungslinie zu dem Bankraub? Und welche Rolle spielte Seligmann bei der brutalen Vergewaltigung einer Schülerin vor einigen Jahren? Kein Wunder, dass bei all diesen Geschehnissen auch Gerlachs Privatleben wieder einmal Kopf steht – gerade jetzt, wo die pubertierenden Zwillinge eigentlich seine Aufmerksamkeit dringend benötigen ...

Wolfgang Burger

Heidelberger Requiem
Kriminalroman. 256 Seiten.
Piper Taschenbuch

Alexander Gerlach glaubt, mit seiner Beförderung zum Chef der Heidelberger Kriminalpolizei einen ruhigen Posten bekommen zu haben. Doch schon am ersten Tag wird die Leiche eines Chemiestudenten gefunden, der auf grausamste Weise ermordet wurde. Die Lösung des Falls scheint einfach, denn der junge Mann hatte synthetische Drogen hergestellt, um sein Budget aufzubessern. Doch bald kommt es zu einem weiteren Mord, der alle bisherigen Vermutungen über den Haufen wirft. Als Gerlach beginnt, das grausame Spiel zu durchschauen, ist es fast zu spät ...
Ein spannender Roman mit einem ungewöhnlich sympathischen Helden, der sich nicht nur ständig in die falschen Frauen verliebt, sondern zudem als allein erziehender Vater von seinen beiden Töchtern in Atem gehalten wird.

Michael Kibler

Rosengrab

Kriminalroman. 384 Seiten.
Piper Taschenbuch

Bei einer Autobahnraststätte wird eine junge Frau quer über die Fahrbahn in den Tod getrieben. Für Kommissar Steffen Horndeich und seine Kollegin Margot Hesgart steht schnell fest, dass hier kein Selbstmord vorliegt. Aber wer steckt dahinter? Immer tiefer dringen die Ermittler in ein Netz aus Lügen und Verrat vor. Bis sie schließlich einen rätselhaften Fund auf der Darmstädter Rosenhöhe machen, wo eine unglaubliche Wahrheit unter der Erde ruht …

»Ein hochdramatisches, raffiniertes Verbrechen.«
Heilbronner Stimme

»›Rosengrab‹ bietet spannende Unterhaltung, ist sehr gut recherchiert und erzählt von Charakteren, denen man gerne noch in weiteren Fortsetzungen begegnen möchte.«
www.focus.de

Alexander Rieckhoff / Stefan Ummenhofer

Giftpilz

Ein Fall für Hubertus Hummel.
256 Seiten. Piper Taschenbuch

Herzprobleme! Auch das noch! Ein Kuraufenthalt in einer Schwarzwälder Klinik soll Hubertus Hummel wieder auf die Beine bringen – die Besuche von Familie und Freundin tragen jedenfalls zu seinem Wohlbefinden bei. Doch als ein Mitpatient an einer Pilzvergiftung stirbt, ist es mit Ruhe und Erholung vorbei, denn der Studienrat vermutet dahinter keineswegs nur einen Unglücksfall. Gemeinsam mit dem Journalisten Klaus Riesle begibt er sich im Kurmilieu auf Verbrecherjagd, was nicht nur ihm bald auf den Magen schlägt …